BARBARA POTT

VON FLUCH UND HEIL

ROMAN

Bibliografische Information der Deutschen Nationalbibliothek:
Die Deutsche Nationalbibliothek verzeichnet diese Publikation in der
Deutschen Nationalbibliografie; detaillierte bibliografische Daten
sind im Internet über http://dnb.dnb.de abrufbar.

Verlag: BoD · Books on Demand GmbH, In de Tarpen 42, 22848 Norderstedt
Druck: Libri Plureos GmbH, Friedensallee 273, 22763 Hamburg
ISBN: 978-3-7693-2111-1

Von Fluch und Heil
Ein Roman von Barbara Pott

Prolog

13. Juni 1944

Mit dem Bewusstsein kehrte auch der Schmerz zurück, eine unerbittliche Welle ohne Aussicht auf Einhalt oder der Möglichkeit zur Flucht.

Paul d'Argies war sich bewusst, dass er seine Zähne zu stark aufeinanderbiss – trotzdem war er unfähig, etwas an dem Zustand zu ändern. Das protestierende Knirschen im Kiefer lenkte seine Aufmerksamkeit weit weg von der Qual, und jegliche Ablenkung hieß er auf das Herzlichste willkommen. Für einen kurzen klaren Moment schoss ihm die irre Frage durch den Kopf, ob er sein Gebiss auf diese Weise zum Bersten bringen konnte, bevor ihn ein Auflodern in seiner Seite erneut in die Realität zurückholte.

Er stieß den Atem in einem kurzen, gepressten Keuchen aus und versuchte krampfhaft, seine Gedanken in andere Bahnen zu lenken. Auf die Zutaten eines Rezepts, das seine Großmutter ihm jahrelang vergeblich hatte näherbringen wollen. Oder auf dieses verdammte Lied, das Armand den ganzen Tag vor sich hin sang. Wo steckten der Junge und sein dämlicher Gesang?

Sein Röcheln unterdrückend, lauschte er. Er war unsagbar müde, doch den Schlaf, den sein gepeinigter Körper ihm versagte, übernahmen seine Augen allein. Die Lider, verklebt und schwer, blieben geschlossen und zwangen Paul dazu, sich auf seine übriggebliebenen Sinne zu verlassen. Es war kein leiser Ort, an dem er sich befand. Doch das Pfeifen und Dröhnen in seinen Ohren machte es unmöglich, die auf ihn einprasselnden Laute zuzuordnen. Das Ausbleiben von Schüssen und Explosionen sowie die Tatsache, dass Paul sein Gewehr nicht in seinen Händen spürte, ließen darauf schließen, dass es sich um einen sicheren Standort handelte. Der Boden unter ihm war hart und unnachgiebig, er lag in einer für ihn eher unnatürlichen Schlafhaltung auf der Seite.

Vermutlich war er während der abendlichen Rast zwischen Schutt und zertrümmertem Mauerwerk weggenickt und nahm die in seine Glieder kriechende Kälte wahr, jetzt nachdem das Lagerfeuer erloschen war. Seine Augen waren ganz gewiss nicht geschlossen, sondern bereits weit geöffnet und die stockfinstere Nacht spielte ihm einen Streich.

Doch wo waren seine Männer? Wo steckte Armand? Warum sang der Junge nicht? Sollte sein Lied nicht klar und deutlich zu hören sein, so wie in jeder Nacht, in der er Wache hielt? Diese helle, sanfte Stimme, der einzige Trost nach einem Tag des Kampfes und der Verluste?

Paul schluckte und leckte sich die gesprungenen Lippen. Er sammelte sich. Versuchte, die beiden sich abwechselnden Klangteppiche in sein Bewusstsein zu rufen, die in den letzten Tage und Wochen zur Konstante für ihn geworden waren, und die unterschiedlicher kaum sein konnten. Der eine bestehend aus Jammerlauten, Detonationen und Befehlen. Den ganzen Tag. Manchmal die ganze Nacht.

Abschnitt Juno einnehmen. Den Deutschen den Garaus machen. Der französischen Bevölkerung zur Hilfe kommen, das Land von den Besatzern befreien und dem Schrecken ein Ende bereiten.

So weit die Grundidee. Geplant in einer Zusammenkunft von ordensbehängten Heerführern, festgelegt auf einer stummen Karte, ausgeführt von Männern, die noch keine waren und größtenteils niemals die Chance haben sollten, ebensolche zu werden. Den Gegenpol – verantwortlich dafür, dass Paul bis heute nicht den Verstand verloren hatte – bildete das seltener werdende Lachen und die bunten Geschichten seiner loyalen Kameraden in den immer kürzer andauernden Kampfpausen. Und die Lieder des jungen Armand. Das Heulen der Bootsmotoren und die gegen die schweren Planken schlagende Brandung hätten die ersten Töne fast gänzlich verschlungen. Die nackte Angst angesichts der Dinge, die gleich passieren sollten, hatte sie alle gelähmt. Schwer bepackte, dafür umso schwächer bewaffnete Soldaten, eingepfercht in stählerne, offene Särge, dicht an dicht und doch jeder allein. Und dann hatte er gesungen, dieser junge Kerl direkt neben ihm, nicht älter als 18 oder 19, schlotternd und von einem Fuß auf den anderen tretend.

Etliche Stunden später hatte Paul in Gesellschaft einiger Kameraden seiner Division auf dem harten Boden eines zerbombten Wohnhauses gekauert, aufgewühlt und schwermütig. Als alter Hase hatte er bereits zu viel gesehen. War es nicht erstaunlich, wie das menschliche Denken sich selbst mit Scheuklappen zu schützen vermochte, wenn es an die Schwelle zum Wahnsinn gedrängt wurde? Paul war geübt darin. Und trotzdem war es selbst ihm unmöglich, an zerfetzen Leibern vorbeizumarschieren, das Flehen und Wimmern der Sterbenden auszublenden, ohne Schaden zu nehmen.

Und dann war es wieder da gewesen, dieses Lied. Er hatte überlebt, der kleine Kerl. Den chaotischen Ausstieg aus den Landungsbooten, die Brandung und die feindlichen Geschosse, bis hierher hatte er es geschafft.

Das Tosen in Pauls Ohren wurde leiser. Doch statt eines vertrauten Liedes durchsetzten Schreie sein träge aufklarendes Bewusstsein. Jammerlaute und Stöhnen. Gequälte Stimmen, die nach Wasser, Gott oder ihren Müttern riefen.

D'Argies hob seinen Kopf, um ihn nur einen Sekundenbruchteil später wieder auf den kalten Untergrund sinken zu lassen. Hier konnte er nicht liegen bleiben. Um herauszufinden, wo zur Hölle er gelandet war, musste er endlich raus aus dieser gottverdammten Starre. Aufstehen. Die Lage überprüfen. Weiter, Soldat, immer weiter. Er unternahm einen erneuten Versuch, seine Augen zu öffnen, indem er mit der zitternden Hand, die nicht unter ihm begraben lag, über sein Gesicht und seine müden Lider fuhr. Ein kleiner Akt, der ihn unendlich viel Kraft kostete, jedoch nicht umsonst war: Helles Licht verdrängte die Dunkelheit und gab Pauls verschwommenem Blick auf schemenhafte Bewegungen frei, die sich wanden oder unkontrolliert zuckten. Er konnte nicht erkennen, um wen es sich handelte, doch er hatte in seinem Leben genug gesehen, um derlei Windungen und Zuckungen einzuordnen.

Paul blinzelte hektisch gegen den schmierigen Film auf seinen Augen an. Mit seinem Sehvermögen kehrte auch der Geruchssinn zurück. Erst jetzt vernahm er den metallischen Gestank von Blut und das süßliche Aroma von Verwesung, und er biss sich auf die zur Faust geballten Hand in der Hoffnung, Brechreiz und Aufschrei unterdrücken zu können.

Die Stube, in der er sich befand und auf deren Boden er lag, entpuppte sich als Küche. Ein gewaltiger Ofen hatte seinen Platz unter dem Kamin, an dessen Seiten neben Töpfen und Pfannen getrocknete Kräuter und Knoblauchzehen herabhingen. In der Raummitte stand ein Küchenblock. Die großen Fenster auf der gegenüberliegenden Seite ließen vermuten, dass es sich um ein herrschaftliches Anwesen handelte. Fast schmeckte man das frische Brot aus dem Rohr, den geräucherten Schinken, der dort für gewöhnlich am Kamin zum Trocknen hing.

Doch nichts von alldem war zu sehen, zu riechen oder zu erahnen. Stattdessen waren die weißen Wände blutverschmiert. Rotbraune, zum Teil verkrustete Handabdrücke und Schlieren vermischten sich mit Spritzern aus Schlamm und Blut zu einem makaberen Fries.

Neben Paul auf dem Boden kauerten Männer. Soldaten, die saßen, lagen oder sich kriechend vorwärts bewegten wie desorientierte Schnecken. Einige lehnten aufrecht an den Wänden und starrten ins Leere, viele von ihnen bluteten aus unbehandelten Wunden, während andere teilweise notdürftig mit rot durchtränkten, schmutzigen Tüchern versorgt worden waren. Männer, Jungen, fast noch Kinder, die benommen vor sich hin stierten. An ein Fenster gelehnt saß – surreal friedlich – ein Bursche und schrieb in ein kleines, grünes Buch. Das

Schlachthaus um ihn herum völlig ausblendend, führte er den Stift konzentriert über das Papier. Dann hielt er inne und blickte auf.

Paul zuckte zusammen, als der Junge ihn direkt ansah. In seinem Gesicht spiegelte sich keinerlei Angst oder Schrecken wider. Es schien, als wäre er bereits tot.

Pauls Atem überschlug sich.

Was ist das hier alles? Wo bin ich?

Unkoordiniert tastete er nach seinen Waffen. Das Gewehr fehlte, ebenso die Pistole. Seine Finger streiften etwas Kaltes, Metallisches am Gürtel – die Feldflasche. Oder eine Granate.

Ein Aufruhr trieb seine immer mehr von Panik gelenkte Aufmerksamkeit zurück zur Raummitte. Er schreckte zusammen, als eine Handvoll alter Kartoffeln vom Küchenblock rollten und dumpf auf dem Boden aufprallten.

Zwei vor Anstrengung schwer atmende Männer hievten einen dritten Kameraden auf die Arbeitsplatte. Er wälzte sich lautstark klagend hin und her, seine verdreckten Stiefel schabten über das geölte Holz, vergebens nach Halt suchend. Seine Arme um sich geschlungen als würde er frieren, warf er sich mit schmerzverzerrtem Gesicht hin und her. Die Kameraden wichen ihm nicht von der Seite und versuchten zu verhindern, dass der Leidende es den Kartoffeln gleichtat und in seinen wilden Bewegungen von der Arbeitsfläche stürzte.

Paul befreite den unter seinem Körper eingeklemmten Arm und presste sich die Fäuste in die Augen. Sein Keuchen schraubte sich zu einem unkontrollierten Schnappen hoch. Als sich plötzlich etwas auf seine Brust legte, stieß er einen gurgelnden Laut aus und schlug es hektisch fort wie ein übergroßes Insekt. Es war irritierend und beängstigend zugleich, dass ihn diese simple Handlung so unendlich viel Kraft kostete.

Erst eine Stimme in unmittelbarer Nähe holte ihn aus seiner Panik. Paul ließ seine Hände sinken und suchte nach der Quelle, doch seine müden und vom starken Druck seiner Fäuste irritierten Augen mochten sich nicht so recht auf etwas fokussieren. Fast so, als hätten sie für heute schon genug gesehen und beschlossen, ihren Dienst vorerst zu quittieren.

Eine Hand schob sich unter Pauls Kopf und hob ihn leicht an. Etwas berührte seine Lippen und er zögerte nur kurz, bevor er die raue Kante einer Flasche erkannte und diese gierig und dankbar akzeptierte.

Das kühle Wasser war Befriedigung und Schock zugleich, und nach wenigen Schlucken überfiel ihn ein quälender Husten, der seine schmerzende Seite erneut zum Leben erweckte und ihm die Tränen in die Augen trieb.

»Warte, warte ... nicht so hastig«, ermahnte man ihn, und die Flasche verschwand von Pauls Lippen.

Schmerz und Durst wichen Erleichterung. Diese Stimme, er kannte sie. Und er hatte gefürchtet, sie nie mehr zu hören.

»Armand ...« Paul runzelte die Stirn. Stammte dieses heisere Krächzen von ihm?

»Alles ist gut. Bleib ganz ruhig.«

Behutsam wurde sein Kopf wieder auf den Boden gesenkt und mit der Wiedersehensfreude wichen die letzten Schleier aus Pauls Blick.

»Da bist du ja«, flüsterte er, und in diesen vier Worten steckte so viel mehr, als er derzeit mitzuteilen vermochte. Freude darüber, den Kameraden, seinen jungen Freund, gesund und lebendig zu sehen. Die Erleichterung, nicht allein in diesem Albtraum festzusitzen. Hoffnung, dass der Raum und alles, was darin geschah, mit einfachen Worten zu erklären war.

»Du siehst ja was passiert, wenn man dich mal aus den Augen lässt.« Armand lächelte und tätschelte Pauls Schulter. Müde sah er aus. Erschöpft, blass, abgekämpft, aber offenbar unversehrt.

Paul versuchte, sich auf seine Ellenbogen aufzustützen, doch scheiterte kläglich. Was war denn so schwierig daran, diesen alten, knochigen Leib vom dreckigen Boden hochzubekommen?

»Wo ... was ... Armand ... wo sind wir hier?«

»In Sicherheit. Du wurdest verwundet.«

»Wie schlimm ist es?«, fragte Paul geradeheraus und ignorierte Armands Zögern.»Wo ist *in Sicherheit*?«

»Ein Hof. Die Deutschen sind fort, es wird dir niemand eine Granate vor die Füße werfen. Es gibt hier Medikamente.«

Das Gefühl, als schöbe sich ein glühendes Eisen langsam durch sein Fleisch, raubte Paul kurz die Sinne. Er versuchte, den Schmerz durch einen saftigen Fluch zu vertreiben. Erneut berührte etwas seine Lippen.

»Versuch's hiermit. Das wird helfen«, murmelte Armand.

Der Geschmack von Tabak entspannte Paul augenblicklich, doch der erste hektische Atemzug war zu tief und zu gierig und die darauffolgende Hustenattacke trieb ihm erneut Tränen in die Augen.

»Wahrscheinlich ... krepiere ich hier gerade jämmerlich und du ... hilfst auch noch nach«, keuchte Paul und setzte sein dreckigstes Grinsen auf.

Armand erstarrte und das war alles, was er wissen musste. Er wurde ernst. Sein Grinsen blieb auf seinem Gesicht zurück wie eine abgestreifte Schlangenhaut. Ohne Leben, ohne Geist. »Ich bin erledigt, oder?«, fragte er und bemühte sich um Fassung. »Ende. Das wird nicht wieder. Sei ehrlich zu mir.«

»Paul ...«

»Was ist passiert, Armand? Ich liege hier und kann mich kaum bewegen ... mein Bauch ... die ganze Seite brennt wie Feuer ... komm schon. Wie steht es um mich?«

Armand schaute weg, auf der Suche nach einem Punkt im Raum, auf dem sein Blick verweilen konnte, ohne mit Tod und Grauen konfrontiert zu werden.

»Habe ich schon versucht«, kommentierte Paul leise, »hier drin gibt's nichts Tröstendes.«

Der junge Mann sah auf ihn herab. Jede Spur seines sonst so spitzbübischen Wesens war wie weggewischt. Paul zuckte beinahe zurück angesichts des Kummers, der ihm entgegenschlug.

»Du wurdest angeschossen«, erklärte Armand mit brüchiger Stimme. »Da hätte niemand mehr sein dürfen, es hieß, die Luft wäre rein. Doch dann fielen Schüsse und du bist umgefallen. Wir haben dich versorgt, so gut wir eben konnten.«

»Wann?«

»Vor zwei Tagen.«

»Vor ... vor zwei Tagen?« Paul schluckte. Er erinnerte sich an den Marsch durch ein Dorf. Völlig zerbombt, eine Geisterstadt. Das einzige Geräusch das Knirschen von Schutt unter den Stiefeln. Und dann nichts mehr.

Wo waren die zwei Tage abgeblieben?

»Warum bin ich hier? Wieso nicht in einem Lazarett oder Krankenhaus? Was ist das für ein Ort?«

Ein klagevoller Aufschrei am anderen Ende des Raumes ließ sie beide zusammenfahren. Armand riss seinen Kopf hoch und sah sich verunsichert um. Alles an ihm erinnerte Paul an ein verschrecktes Tier, die Muskeln zum Zerreißen gespannt. Wenn dies hier doch angeblich Sicherheit bedeutete, warum war sein junger Freund dann so nervös?

Ein Hof.

Verletzte Soldaten.

Sterbende Männer.

Paul runzelte die Stirn. Nein, das war nicht möglich. Sie hatten eine Abmachung.

»Armand«, raunte er. Als dieser nicht gleich reagierte, nahm Paul all seine Kraft zusammen und packte dessen Handgelenk. Ein weiteres Zusammenzucken später hatte er Armands volle Aufmerksamkeit.

»Dieser Ort ...«, begann er und ignorierte seinen protestierenden schwer zerschundenen Körper.

»Du bist in Sicherheit, das ist alles, was du wissen musst. Man wird sich um dich kümmern ...«

»Hör mir zu!«, zischte Paul und brachte seinen Freund abrupt zum Schweigen. »Wir haben uns unterhalten, weißt du noch? Über diese Gerüchte ... diesen Ort, wo einem beim Verrecken nachgeholfen wird ...«

»Sprich nicht so, Paul.«

»Bin ich an diesem Ort?«

»Es ist nicht so, wie du denkst. Sie hilft einem …«

»Bin ich an diesem Ort, Armand?«

Der Junge zog sein Handgelenk mit einem Ruck aus Pauls Griff. »Das nächste Lazarett ist zu weit entfernt!« Er wurde laut, lauter als Paul ihn jemals zuvor gehört hatte. »Ich hatte die Wahl, dich zwischen dem Schutt und Geröll liegen und langsam verbluten zu lassen oder auf diesen Hof zu bringen. Verdammt, du bist hier, weil ich dich nicht aufgeben wollte!«

Paul schloss die Augen und ließ die zitternden Hände über sein Gesicht gleiten. »Es gibt sie also«, murmelte er kraftlos durch seine kalten Finger. »Die angeblich Heilige, an die so viele glauben.«

»Ich wollte, dass sie dich rettet, Paul. Die letzten zwei Tage hat sie alles versucht.«

»Du hättest mich besser liegenlassen oder Manns genug sein sollen, mich an Ort und Stelle abzuknallen!« Nun war es Pauls Stimme, die laut und schrill durch die Küche hallte. »Alles ist besser als hier auf den Tod zu warten! Wird sie für mich beten und mich dann mit vergiftetem Haferbrei füttern? Oder mir gütig lächelnd ein Kissen auf das Gesicht drücken?«

Er atmete schwer, die Schmerzen hatten sich mittlerweile in den kompletten Bauchraum ausgebreitet wie ein Flammenteppich. Es ging zu Ende, er hatte seine Pflicht getan und zahlte dafür nun mit dem Leben. Den Preis hatte er von Anfang an gekannt. Doch das Wissen linderte nicht die Angst.

»Bring mich von hier weg«, krächzte er und versuchte aufzustehen, »wir werden ein Lazarett finden, dort wird man mich retten können …«

»Du verblutest, es ist nur eine Frage der Zeit«, erwiderte Armand, hielt seinen Gefährten jedoch nicht auf. Stattdessen rannen Tränen an seinen verschmutzten Wangen herab. Nach allem, was den Männern in den letzten Tagen und Wochen widerfahren war, sah Paul seinen jungen Kameraden hier und jetzt zum ersten Mal weinen.

Sein Zorn verflog gemeinsam mit seinen Kräften. Er sank zurück auf den Boden.

»Das weiß ich, Armand«, japste er resigniert, »und ich fürchte mich. Ich werde aber nicht hier herumliegen und darauf warten, dass mich jemand in den ewigen Schlaf wiegt.« Er griff wieder nach dem Handgelenk des Jungen und zog ihn sanft zu sich runter. »Wo ist meine Pistole?«

Armand schüttelte energisch den Kopf. »Nein, nein, so geht das nicht.«

»Tu nicht so, als gäbe es Spielregeln hierfür. Wo ist meine Pistole?«

»Weit weg. Ich lasse das nicht zu, du sturer Bock!«

»Es ist nur eine Frage der Zeit. Deine Worte, Armand.«

»Lass sie helfen. Sie wird dir etwas geben. Du wirst einschlafen …«

»Ich will nicht einschlafen, verstehst du nicht? Ich will hier nicht liegen und darauf warten, dass ich verrotte. Du bringst mich von hier weg an einen Ort, an dem mir geholfen werden kann oder du sorgst dafür, dass es schnell zu Ende geht. Soll ein gottverdammtes Geschoss oder eine Granate diese Aufgabe übernehmen, nicht eine Überdosis Morphium oder irgendwelche Zauberpilze.«

»Keine Sorge, das Geschoss hat seine Arbeit bereits getan.«

»Offensichtlich nicht gründlich genug, sonst würden wir dieses Gespräch nicht führen. Gib deiner Kräuterhexe was zum Trinken aus, aber gestatte mir wenigstens meinen Stolz und lass es mich auf meine Weise zu Ende bringen.« Er streckte dem Jungen seine Hand entgegen. »Die Pistole. Jetzt, Armand.«

Dem Freund liefen Tränen über das Gesicht – Verzweiflung, Zorn und Trauer kämpften aussichtslose Gefechte. Sein Mund öffnete und schloss sich wie der eines Fisches, ohne dass auch nur der kleinste Laut über seine Lippen kam.

Zu Pauls Angst gesellte sich Mitleid. Er wusste, dass er zu viel erwartete. Wie konnte er von seinem jungen Kameraden verlangen, ihm das letzte Werkzeug zu reichen?

Ein Schatten fiel auf Paul und er wendete sich von Armand ab. Neben ihm sank eine Frau auf die Knie.

Sie war jung, wesentlich jünger als Paul selbst, gerade einmal Ende zwanzig. Mit dem hochgesteckten blonden Haar wirkte sie fast mädchenhaft. Doch ihre feinen Züge glichen der einer alten Frau. Dunkle Ringe legten sich unter die stahlblauen Augen, Schmutz und Dreck bildeten leichte Krusten auf ihrer elfenbeinfarbenen Haut. Sie schien viel Leid gesehen zu haben, was ihre Schönheit fast gänzlich erstickt hatte.

Mit feingliedrigen, zitternden Fingern griff sie nach Pauls Wunde, stoppte jedoch in ihrer Bewegung. Sie schaute auf ihn herab, und in ihrem Gesicht spiegelten sich Mitleid und Seelenschmerz wider.

»Darf ich?«, fragte sie.

Paul, erschöpft und frustriert, musterte sie argwöhnisch.

»Keine Mühen«, krächzte er und kämpfte gegen den Drang an, von ihr wegzurücken, »ich weiß Bescheid.«

Seine Abneigung spürend zog sie ihre Hand weg. »Es tut mir leid«, sagte sie mit weicher Stimme.

»Nicht Ihre Schuld.«

»Ich kann es Ihnen leichter machen.«

»Ach ja? Bringen Sie mich zu einem Arzt. Einem richtigen Arzt, in einem Lazarett. Damit wäre mir am meisten geholfen.«

»Dafür ist keine Zeit mehr.«

»Dann sorgen Sie für eine Pistole, ich nehme Ihnen die Arbeit ab.« Er rollte den Kopf auf der Suche nach seinem jungen Freund. »Armand?« Er hatte genug. Es war Zeit zu gehen. Auf seine Weise.

»Warum wollen Sie das tun?«, fragte das Mädchen wie beiläufig, die Hände in ihrem Schoß ruhend. »Sich selbst richten. Dafür werden Sie in der Hölle landen.«

»Prinzipien. Die Kontrolle behalten. Ein schneller und schmerzloser Tod. Ich liege schon viel zu lange hier und mache mir Gedanken über das Sterben.« Paul fror, er war müde, das Rasseln in seinen Lungen zu präsent. »Freuen Sie sich, so erspare ich Ihnen schon die Drecksarbeit und rette Sie vor dem Fegefeuer.«

Sie lächelte. Ein bitteres, schweres Lächeln, als hätte sie all das schon zu oft gehört. »Dafür sind Sie zu spät.«

Aus dem Augenwinkel sah Paul, wie sie mit etwas in ihren Händen spielte.

»Wie ist Ihr Name?«, fragte er.

»Camille.«

»Camille. Was immer Sie vorhaben, lassen Sie es. Vergeuden Sie kein Morphium an mich. Geben Sie mir ...« Eine neue Woge des Schmerzes durchfuhr Paul, größer und brutaler als alles, was er seit seinem Erwachen durchleben musste. Er rollte sich zusammen, als Stimmen, Hände und Schreie auf ihn einprasseln wie heiße Nadeln.

Da hörte er Armand singen. Eines der Lieder, das er oft gesungen hatte, egal wie hart der Kampf, wie groß die Verluste oder wie zerfressend die Angst gewesen waren. *La Route Enchantée* war eines von Pauls Lieblingsstücken, doch nie zuvor hatte er es in einer solch traurigen und schwermütigen Variante gehört. Er blinzelte wild gegen die verschwimmende Umgebung an, fand Armands Gesicht in dem Nebel aus Silhouetten und Flächen. Etwas Nasses, Warmes tropfte auf seine Nase. Der Junge weinte wieder.

Dann entfernte er sich und nahm das Lied mit, womit er eine Leere und Kälte hinterließ, die Paul einhüllte wie eine unerwünschte Decke.

Er spürte einen Stich in seinen Arm und es fiel ihm wieder ein.

»Jetzt wird alles gut.«

Camilles gehauchte Worte versetzten ihn in blanke Panik. Blind vor Wut und Schmerz schlug Paul um sich, kämpfte gegen alles an, was ihn festhielt. Er strampelte, brüllte und tobte. Es war ihm gleich, wen er beabsichtigt oder unbeabsichtigt traf.

Zwischen all dem Aufruhr war das feine metallische Geräusch des sich lösenden Splints tosend laut. Auf die wenigen Sekunden der vom Schock ausgelösten Ruhe folgte die Detonation der Granate, die all die Stunden geduldig an Pauls Gürtel geruht hatte.

01

Selten war das Klopfen seiner Finger auf dem weichen Leder des Lenkrads so träge wie zu diesem Zeitpunkt.

Für gewöhnlich pflegte Eric sämtliche Lieder zu begleiten, was immer ihm das Radio entgegen schrie, er untermalte es – sei es mit einem oder beiden Zeigefingern, den kompletten Handflächen im Wechsel oder mit seiner Stimme. Es gab genau zwei Orte, an denen er sich traute, inbrünstig zu singen, und wo er sichergehen konnte, dass niemand mit der Polizei drohte oder die Hunde mitheulten. Einer davon war die heimische Duschkabine, der andere die sichere Fahrgastzelle seines Wagens.

Der heitere Popsong aus dem Radio wurde von einem Werbeblock abgelöst und Erics gleichgültig trommelnde Finger kamen vollends zum Stillstand. Mit einem schweren Seufzen schaltete er das Gerät aus, ohne die Landstraße aus den Augen zu lassen, die sich vor ihm seit einer gefühlten Ewigkeit in die Länge zog.

Die Erkenntnis, dass es nur noch einen dieser beiden Orte gab, versetzte ihm einen Stich; so wie jedes Mal, wenn sie sich in sein Bewusstsein drängelte wie ein unwillkommener Gast.

Erics Blick wanderte kurz durch das Fahrzeuginnere, bevor er auf die Straße zurückfand. Sein Auto war wohl der letzte Ort zum Singen, sollte ihm jemals wieder der Sinn danach stehen.

Die heimische Duschkabine gab es schließlich nicht mehr.

Eine kaum merkliche Bewegung in seiner Peripherie lenkte Erics Aufmerksamkeit in Richtung Beifahrersitz.

Der dort in sich zusammengesackte Teenager starrte ausdruckslos durch die Windschutzscheibe. Sein Kopf, eingerahmt von einer Basecap und monströsen Kopfhörern, die jeden Piloten vor Neid erblassen ließen, wippte leicht zu einem für Eric unhörbarem Takt.

»Alles okay, Räuber?«, fragte er möglichst beiläufig und wunderte sich kurz über die heisere Qualität seiner Stimme. Hatten sie tatsächlich fast zwei Stunden Autofahrt hinter sich gebracht, ohne auch nur ein Wort zu wechseln?

Der Kopf des Teenagers wippte ungestört weiter, eine Reaktion auf Erics Frage nach seinem Wohlbefinden blieb aus.

Ein erneutes Seufzen entfuhr Eric und er fuhr sich mit der Hand über den für ihn ungewöhnlichen Dreitagebart.

Geduld.

Geduld war das Gebot der Stunde.

Es gab Momente, an denen er sich dieses kleine harmlose Wort wie ein Mantra immer wieder vorbetete, um eben jene Geduld nicht zu verlieren. Sie beide hatten eine schwere Zeit durchgemacht, die noch lange nicht hinter ihnen lag.

An guten Tagen brachte Eric all das Verständnis und Feingefühl für seinen Sohn auf, welches ihn abends mit einem Gefühl des Triumphes einschlafen ließ. Dann würde er am liebsten seine Frau anrufen und ihr beweisen, was für ein exzellenter Papa er sein konnte.

An schlechten Tagen brüllten sie sich an. Die Geduld vom Tisch gefegt, schmetterten sich Vater und Sohn Vorwürfe und Schuldzuweisungen entgegen. Und Eric wurde einmal mehr daran erinnert, dass seine Frau nicht länger zu ihm gehörte.

Geduld.

Wie sollte man dauerhaft und zuverlässig geduldig sein, pubertäre Launen ertragen, abfedern, absorbieren, wenn man selbst immer wieder die größte Angriffsfläche bot? Wenn jede Bitte, den Müll rauszubringen, in Anschuldigungen und Vorhaltungen ausartete?

Ein Waldstück tauchte vor ihnen auf, hell und fast schon malerisch schön, und Eric zwang sich zu einem Lächeln. Das Wetter heute war besser, als man es in diesem Teil des Landes erwarten konnte und ihre Reise näherte sich dem Ende – einige wenige Ortschaften weiter und sie hatten ihr Ziel erreicht.

In sich gekehrt und auf die Straße konzentriert, zuckte Eric merklich zusammen, als Alain ihn ansprach.

»Wann hörst du auf, mich so zu nennen?«

Der Junge schob sich die Kopfhörer in den Nacken, wobei die enormen Lautsprecher von den Ohren rutschten und Alains Wangen umgaben wie eine Klammer. Am stoischen Blick nach vorne durch die Scheibe änderte sich allerdings nichts.

»Entschuldige«, erwiderte Eric, »Macht der Gewohnheit. Ich habe mich wegen deiner Kopfhörer zu sicher gefühlt.«

»Nicht sehr schlau.«

Die zaghafte Euphorie, die in Eric angesichts der Chance eines Dialogs aufkeimte, verwelkte augenblicklich. Er atmete tief ein und beschloss, sich jedweden Kommentar zu verkneifen.

Geduld. Das Gebot der Stunde.

Stattdessen folgten Erics Augen weiterhin der Straße bis zum Horizont. Die Landschaft raste an ihnen vorbei, das Waldstück wich flachen Wiesen und Feldern.

Sie könnten weiter fahren. Bis ans Meer. Wann sind sie zum letzten Mal dort gewesen?

Die Erinnerung, die Erics Gedächtnis aufbaute, war ebenso klar wie trostlos. Ein Mann mit einer Strandtasche, die Augen vor sich auf den Boden gerichtet, als suchte er nach Spuren. Eine Frau, die einen Stapel Badetücher wie ein Schutzschild vor sich hertrug. Statt ausgelassener Stimmung herrschte Schweigen. Das einzig Fröhliche an der tristen Szene blieb der Halbwüchsige, der ungezügelt auf die seichten Wellen zustürmte und lieber keine Zeit mit Ausziehen vergeuden wollte.

»Wie lange fahren wir noch?«, ertönte Alains Stimme erneut und Eric richtete sich auf.

»Bald geschafft«, gab er zurück, »vielleicht eine halbe Stunde. Hast du Hunger? Im Rucksack ist noch Baguette.«

Wortlos reckte Alain sich nach hinten, um an einem auf dem Rücksitz deponierten Trekking-Rucksack zu zerren, der in seinen Ausmaßen den Kopfhörern des Jungen in nichts nachstand. Ein gewaltiges, tarngrünes Ungetüm, bei dem Eric sich jedes Mal fragte, was man dort alles reinpacken sollte, um ihn halbwegs vollzukriegen.

Einen Augenblick später erfüllte erst ein appetitliches Rascheln den Innenraum des Wagens, bevor der Duft von Backwaren in Erics Nase drang und Alain ihm schweigend die blau-goldene Tüte ihrer Pariser Stammbäckerei entgegenstreckte. Eric schüttelte den Kopf und nahm behutsam den Fuß vom Gas, als sie in einen weiteren Ort einfuhren.

Er betrachtete die Szenerie mit ihren alten Häusern und Gutshöfen, dem üppigen Grün, der Nähe zum Meer – eine Gegend, die perfekt zum Leben war, wenn man es lauschig, abgelegen und naturverbunden mochte.

Adjektive, die Erics Bruder Vincent überhaupt nicht entsprachen. Und doch befanden sie sich auf dem Weg zum Hotel jenes Mannes, von dem Eric sich einbildete, er würde ihn durch und durch kennen. Eine Nobelherberge im Nirgendwo, restauriert und geführt von einem Stadtmenschen, der mit Abgeschiedenheit und Ruhe so viel am Hut hatte wie eine Katze mit einer vollgelaufenen Badewanne.

Zwei Jahre lagen zwischen ihnen: der jüngere Eric, der Ruhigere, Angepasste – und Vincent, der Rebell und Einzelgänger. Als sie damals das elterliche Heim in Brest verließen, um in Paris zu studieren und zu leben, hatte man Vincent aufblühen sehen. Eine große Stadt, bunt, rastlos und an jeder Ecke die Muse kitzelnd – es war genau das Richtige für ihn gewesen. Und während Eric, der Theoretiker, sich für das Studium des Ingenieurwesens entschied, nutzte sein Bruder die Hochschulausbildung als Fundament für eine eindrucksvolle Karriere als Innenarchitekt und freischaffender Künstler. Der bodenständige Eric heiratete und wurde Vater, der rastlose Vincent beschränkte sich auf lockere, kurzlebige Frauengeschichten. Heute, Jahre später, hatte der eine die laute Stadt gegen ein Gutshof-Idyll eingetauscht, während der andere vor den Trümmern seiner Ehe stand.

So gesehen die pure Ironie.

Das Navigationssystem erwachte zum Leben und wies die Fahrzeuginsassen darauf hin, dass sie ihr Ziel fast erreicht hatten. Und tatsächlich, nach zwei weiteren Ortschaften, alle ebenso charmant wie eintönig, passierten Vater und Sohn das Ortsschild von Amblie.

Eric hatte sich im Vorfeld über das Internet zu informieren versucht und war schon angesichts der unprätentiösen Web-Präsenz des Ortes stutzig geworden. Hier angekommen fiel es ihm schwer zu entscheiden, ob Ort ein adäquater Begriff für die traurige Ansammlung von Häusern war.

Der kleine Fluss, der sich bei Pierrepont zu Eric und Alain gesellt hatte, verlief parallel zur Dorfstraße und begleitete alle Bleibenden und ebenso die, die nur auf der Durchreise waren. Er schien mit seiner Fließgeschwindigkeit das Schnellste zu sein, was Amblie an Zügigkeit zu bieten hatte.

Je weiter man in den Ort vordrang, desto enger ging es zu, und man fühlte sich als Großstädter schon fast wieder heimisch. Es gab einen rudimentären Bahnhof, der sich seiner Bedeutung nicht bewusst zu sein schien. Eine Bäckerei, bei der nicht klar wurde, ob sie geöffnet oder bis ans Ende aller Tage geschlossen war, sowie ein kleines Lebensmittelgeschäft mit einem ebenso winzigen wie alten Mann davor, der auf einem Hocker in der Sonne saß und döste. Die dank Markisen und Sonnenschirmen einzige nach Leben anmutende Einrichtung war ein Café namens *Coco*, untergebracht im Erdgeschoss eines alten Eckhauses. Doch auch hier stand der Großteil der Außenbestuhlung leer, eine junge Kellnerin wischte verwaiste Tische.

Eric riskierte einen schnellen Blick zu Alain und versuchte den Ausdruck auf dessen Gesicht zu deuten. Er hoffte darauf, dass der offenstehende Mund für Neugier und Begeisterung stand, zweifelte aber daran.

»Ganz nett, oder?«, erkundigte er sich wie beiläufig und klang zuversichtlicher als er sich fühlte. In Wahrheit fragte er sich, wie um Himmels willen es Vincent von allen Flecken in diesem Land ausgerechnet hierher verschlagen musste.

Als er erneut zu Alain sah, starrte dieser ihn ungläubig an.»Wie lange bleiben wir noch gleich?«

Eric wählte seine Antwort mit Bedacht.»Na ja, wir müssen ja nicht die gesamten Ferien hier verbringen. Aber ich denke, es wird uns gut tun …«

»Ich weiß nicht, ob mir sechs Wochen hier gut tun«, kam die prompte Entgegnung und Alain zeigte aus dem Fenster auf die vorbeiziehenden Häuser.»Ernsthaft, ich hab keine Ahnung, ob ich hier Empfang habe …«

Er wühlte panisch in seiner Hoodie-Tasche, aus der er Sekunden später das allgegenwärtige Smartphone hervorzog. Der nach einem kurzen Blick auf das Display ertönende Ausruf der Frustration verhieß nichts Gutes.

Eric rollte mit den Augen.»Jetzt wart's doch erstmal ab«, versuchte er noch zu beschwichtigen, obwohl ihm völlig klar war, dass er seinen Sohn längst wieder an den Trotz verloren hatte. Die Rasanz, mit der die Kopfhörer ihren Platz auf Alains Ohren zurückfanden, das demonstrative Abwenden, um mit stoischem Blick aus dem Seitenfenster hinaus zu stieren – Symbole, die Eric unmissverständlich klarmachten, dass jedwede Kommunikation beendet war.

So legten sie weitere, sich endlos ziehende Kilometer der Strecke erneut schweigend zurück, jeder unter seiner eigenen Gewitterwolke. Eric folgte der kurvigen Hauptstraße, die schnell wieder aus dem Ort herausführte, vorbei an noch mehr Feldern und weiteren Höfe.

In einem Waldstück bogen sie in einen breiten Weg ein, an dem ein rustikales, aber geschmackvolles Schild auf ihr Ziel hinwies. »Schau, gleich geschafft.«

»Wie ist Onkel Vincent denn auf den Namen gekommen? Ist das nicht eine Métro-Station? Charonne?«

Eric zuckte mit den Achseln.»Ich kann mir fast nicht vorstellen, dass das eine etwas mit dem anderen zu tun hat.« Er hatte bereits seine Erinnerungen durchforstet, konnte sich aber nicht an ein Ereignis oder eine wichtige Gegebenheit erinnern, die in Zusammenhang mit der Métro-Station Charonne in Paris und seinem Bruder stand. Aber es war ihm ebenso unerklärlich, warum man hier ein Hotel eröffnete – so gesehen hatte er eine Menge Fragen an Vincent.

Nach einigen hundert Metern führte der Waldweg durch ein weit geöffnetes, schmiedeeisernes Tor, ein aus einer niedrigen Steinmauer emporwachsender, stark von Efeu überwucherter Zaun markierte links und rechts die Grundstücksgrenze.

Schon bald ließen Eric und Alain den Wald erneut hinter sich und folgten der zusehends schlechter werdenden Straße über eine weitläufige Wiese, auf deren Anhöhe die Mauern eines Anwesens auftauchten.

»Et voilà, da wären wir«, triumphierte Eric und bemühte sich, nicht vor lauter Vorfreude und Erleichterung zu beschleunigen. Den Wagen im Schritttempo auf der Schotterstraße zu steuern sorgte bereits für genug Adrenalin.

So unscheinbar die stabile Mauer aus Naturstein von weitem wirkte, umso imposanter war das Anwesen innerhalb der Wälle. Ein Torbogen gewährte Besuchern Zugang zu einem großzügigen Innenhof, der graue Schotter der Straße wurde durch weißen Kies abgelöst, und Eric kniff die Augen zusammen, um nicht geblendet zu werden. Es knirschte und knackte unter den Reifen, als er am Haupteingang vorfuhr.

Der Einfluss der Hauptstadt, den Vincent in die Provinz mitgebracht hatte, war hier sofort erkennbar. Während die Anbauten der klassischen Architektur der Region entsprachen, mit hellem Stein und rustikalen Fenstern, bestand der Eingangsbereich des Mittelgebäudes bis zum Dach hin komplett aus Glas. Die schwarzen Streben waren aus demselben Material gefertigt wie der Zaun, die Eric und Alain an der Grundstücksgrenze passiert hatten. Wilder Wein legte sich um Glas und Mauerwerk wie eine weiche Decke, ein Zuhause für eine Vielzahl von kleinen Vögeln.

Eric stellte den Motor ab und sank mit einem Seufzen tiefer in den Sitz. Dem Protest seines Rückens nach zu urteilen schien er langsam zu alt für längere Autofahrten zu werden. Er sah zu Alain, der keinerlei Anstalten machte, auszusteigen.

»Ich hätte gewettet, dass du aus dem Auto springst, sobald wir geparkt haben«, kommentierte er dessen Reglosigkeit.

»Ich glaube, ich will hier nicht bleiben«, brummte Alain und stierte durch die Windschutzscheibe.

»Jetzt stell dich doch bitte nicht so an. Wo ist denn dein Problem? Das Wetter ist top, die Landschaft wundervoll und du hast Onkel Vincent lange nicht gesehen …«

»Eben, was mache ich dann hier?«

»Er wird dich nicht beißen, er freut sich auf dich.« Eric spürte die Frustration in sich hochkriechen. Entnervt presste er sich seine Handballen auf die Augen. Sein Ton verlor den verständnisvollen Beiklang und kippte in den, wie Yvonne es immer genannt hatte, väterlichen Machtwort-Duktus. »Ich würde mich freuen, wenn du deine Laune ein bisschen in den Griff bekommst.«

»Meine Laune?« Alain riss den Kopf herum und funkelte ihn an. »Die hat dich die letzten drei Stunden nicht gestört.«

»Oh doch, aber ist ja nicht zu ändern, wenn du der Meinung bist, mich anschweigen zu müssen.«

»Und was wolltest du von mir hören? Eine schöne Geschichte? Lustige Anekdoten aus meinem Leben? Die wären ja sogar neu für dich, richtig?«

Eric starrte seinen Sohn an – eine Mischung aus Wut, Enttäuschung und Fassungslosigkeit in sein Gesicht geschrieben. Sollte er sich jetzt zu einer Antwort hinreißen lassen und Alain in den nächsten Sekunden seine geballten Emotionen ungefiltert vor die Füße knallen, würde das angespannte Verhältnis zwischen Vater und Sohn sofort auf eine ganz neue Stufe von miserabel katapultiert werden.

Stattdessen wandte Eric sich ab und löste energisch seinen Gurt.

»Versuch's einfach, ja?«, gab er gezwungen ruhig zurück und warf die Fahrertür auf. »Wenn schon nicht für mich, dann wenigstens für Vincent.« Damit stieg er aus und schlug die Tür zu, ohne eine Antwort abzuwarten.

Sein Puls raste und während er sich auf den Weg zum Kofferraum machte, holte er mehrmals tief Luft.

»Da seid ihr ja!«

Die vertraute Stimme riss Eric jäh aus seinem Ärger. Er schaute auf und blickte in ein strahlendes Gesicht, das er lange nicht mehr gesehen hatte. Er ließ seinen ursprünglichen Plan, erst das Gepäck zu holen, augenblicklich fallen und umrundete den Wagen in einem kleinen Sprint, bevor er Vincent erreichte, um ihn mit einem High Five und brüderlichen Begrüßungsküssen auf die Wangen zu begrüßen. Er zögerte für den Bruchteil einer Sekunde, unschlüssig, ob eine Umarmung angebracht war. Doch Vincent nahm ihm die Entscheidung ab.

»Tut das gut, dich zu sehen, kleiner Bruder«, lachte er und schloss Eric in seine Arme, nicht ohne ihn zum Abschluss kurz vom Boden zu hieven. »Willkommen im *La Sainte Charonne*!«

Dankbar erwiderte Eric die Umarmung und sog Vincents Geruch ein. Eine Wolke aus Aftershave sprang auf ihn über und er war sich sicher, heute Abend eine ordentliche Portion Bartöl in seinen Haaren wiederzufinden.

»Du brichst mir die Rippen, lass mich runter«, grunzte er. Wieder festen Boden unter den Füßen trat er einen Schritt zurück und musterte sein Gegenüber. Stattlich sah Vincent aus, leicht gebräunt, der üppige Vollbart gepflegt und durchaus kleidend, zugegebenermaßen etwas grauer als bei ihrem letzten Aufeinandertreffen.

»Tut gut, hier zu sein.«

»Hattet ihr eine entspannte Fahrt?« Vincent legte den Kopf schief und schaute an Eric vorbei, wo Alain sich aus dem Fahrzeug schälte. Zu Erics Überraschung hatte sein Sohn es geschafft, etwas Ähnliches wie ein Lächeln aufzusetzen.

»Alain«, rief Vincent, aufrichtig erfreut, »nein, ich werde jetzt nicht darüber philosophieren, wie groß du geworden bist und dir in die Backe kneifen, keine Sorge.«

»Hallo.«

Alain streckte schüchtern eine Hand aus, die Vincent betont galant annahm, bevor er den Jugendlichen ebenfalls mit dem obligatorischen Küsschen links und rechts willkommen hieß.

»Hallo, mein Freund. Ich freue mich, dass du deinen Vater hierher geschleppt hast und die Ferien mit uns verbringst.«

Der Teenager nickte kaum merklich. Eric beobachtete das Zusammenspiel von Onkel und Neffe mit einer Mischung aus Anspannung und Neugier. Vincent hatte schon immer ein Händchen für Kinder, behandelte sie altersgerecht, ohne sie herabzusetzen oder sich selbst komplett lächerlich zu machen. Eric hoffte nur, dass Alain seine Krallen nicht allzu bald wieder ausfuhr.

»Kommt, bringen wir mal euer Gepäck auf die Zimmer. Anschließend unternehmen wir eine kleine Hoteltour und ich zeige euch mein Schmuckstück.«

»Zimmer?«, fragte Eric und runzelte die Stirn, »Plural?«

Vincent grinste breit. »Ja, wir haben derzeit die Kapazitäten, dass der junge Mann hier sein eigenes Refugium beziehen kann.«

Und Eric sah zu, wie sich das erste ehrliche Lächeln seit langem auf Alains Gesicht ausbreitete.

02

Die Zimmer waren in der Tat beeindruckend. Direkt unter dem Dach, die Balkenkonstruktion aus dunklem Holz einwandfrei erhalten und sichtbar, hatte man sie nur so weit restauriert wie nötig, um den urigen Charme des alten Gutshofes direkt in die Schlafstube zu tragen. Die Wände waren teils weiß gekalkt, teils komplett naturbelassen, so dass sich die hellen Steine des Mauerwerks im Inneren wiederfanden. Die imposanten Fenster, von außen mit wildem Wein umrahmt, boten einen herrlichen Ausblick über die blühenden Wiesen, die sich hinter dem Hof erstreckten.

Eric stellte seinen Koffer an das Fußende des großzügigen Doppelbettes, dehnte die verspannten Muskeln und ließ den Blick durch den Raum wandern. Das innenarchitektonische Gespür seines Bruders war unverkennbar. Moderne, hochwertige Möbel hier, stilvolle Dekoration dort – nicht zu viel, nicht zu wenig. Das Hotel war in der Tat ein Schmuckstück.

Beim Durchqueren des Zimmers begrüßte die ein oder andere Holzdiele den neuen Gast lautstark und knarzend, und Eric war froh, ein Dachgeschosszimmer zu haben, das ihn davor bewahrte, die Nacht dank bewegungsfreudiger Bewohner über ihm wachzuliegen. Er ließ seinen kleinen Rucksack von der Schulter auf einen Stuhl in der Ecke gleiten und hielt einen Moment inne.

Yvonne hätte das hier geliebt. Im Gegensatz zu ihm war sie gerne auf dem Land, hatte mehr als einmal angeregt, die Pariser Wohnung zu verkaufen und der großen Stadt den Rücken zu kehren. Hätte seine Zustimmung ihre Ehe gerettet oder alles nur beschleunigt? Vielleicht wäre sie glücklicher gewesen, aber er? Sie hätten ihre

Streitereien in einem Häuschen im Grünen ausgetragen und nicht in einer Stadtwohnung, mit dem einzigen Unterschied, dass er derjenige gewesen wäre, der von Frust und Unzufriedenheit zerfressen sein Dasein gefristet hätte, nicht sie.

»Ich erinnere mich daran, dass du viel Platz im Bett beanspruchst«, ertönte eine sanfte Stimme hinter ihm. Eric hatte Vincent gar nicht kommen hören, und so stand er nun da, lässig an den Türrahmen gelehnt, sein großer Bruder, der ihm in den letzten Wochen und Monaten über Telefon und E-Mail zur Seite gestanden hatte. Es war ein bisschen wie nach Hause kommen, und trotzdem fühlte sich Eric unendlich verloren.

»Wenn ich dich früher nach einem Albtraum in mein Bett habe kriechen lassen, habe ich das für den Rest der Nacht bereut. Da sind sicher noch immer irgendwo blaue Flecken von deinen Ellenbogen.«

»Ach komm, du warst doch froh, dass du da nicht alleine im Dunkeln liegen musstest.«

Vor Erics innerem Auge formte sich das Bild von zwei kleinen Jungen, die mit Taschenlampen unter der Bettdecke Bücher lasen. Es war die Erinnerung an einen seltenen Moment des Friedens in ihrem Elternhaus. Er räusperte sich und schaute an Vincent vorbei in Richtung Gang.

»Sitzt im Zimmer und starrt auf sein Smartphone«, beantwortete sein Bruder die still gestellte Frage, »Ist bei euch alles in Ordnung?«

Eric schnaubte nur und fuhr sich durch die dunklen Locken, was Vincent mit einem Nicken kommentierte.

»Dachte ich mir. Ich wollte euch vorhin nicht stören. Im Auto, meine ich. Ihr habt ausgesehen, als ob ihr noch etwas zu klären hättet.« Er trat einen Schritt in den Raum hinein und schloss behutsam die Tür.

»Ich weiß einfach nicht«, murmelte Eric und stellte sich ans Fenster, die Hände in den Hüften gestemmt. Ihm war klar, dass seine gesamte Körperhaltung die Resignation widerspiegelte, die sich in ihm breitmachte wie ein Geschwür. »Er entgleitet mir, Vincent. Ich tue, was ich kann. Keine Überstunden, keine Arbeit am Wochenende, ich nehme mir nicht einmal Projekte mit nach Hause, damit ich für ihn da bin. Und trotzdem hält er mir bei jeder Gelegenheit vor, ich wüsste nichts über sein Leben.«

»Wie heißt seine Freundin?«

Eric drehte sich verwundert um. »Wie bitte?«

»Seine Freundin. Wie heißt sie?«

Für einen Moment starrte er Vincent an und runzelte die Stirn.

»Er hat keine.«

Vincent zuckte mit den Achseln. »Wie viele eurer Konflikte hängen wirklich mit deiner Trennung von Yvonne zusammen und was davon ist ... eine pubertäre Erscheinung? Probleme, die alle Eltern mit Kindern in Alains Alter haben, unabhängig, wie gut oder schlecht die Ehe läuft? Hast du dich das mal gefragt? Vielleicht machst du dir zu viele Gedanken.«

»Ich weiß, dass er mir die Schuld an der Trennung von seiner Mutter gibt. Und er hat recht, ich bin ein Arsch gewesen, und hätte ich mal früher die Notbremse gezogen, die Arbeit nicht immer als oberste Priorität gesehen, hätte ich das alles vielleicht verhindern können.«

»Meinst du.«

Eric legte den Kopf schief. »Möchtest du auf etwas hinaus?«

»Wenn deine Arbeitswut wirklich der einzige Grund für Yvonne gewesen ist, dich zu verlassen, dann tut sie mir ernsthaft leid. Dein Workaholic-Leben mag Auslöser von vielem sein, aber was immer du geändert hättest, es wäre wahrscheinlich trotzdem auf getrennte Wege hinausgelaufen.« Mit drei weiten Schritten hatte Vincent den Raum durchquert und legte Eric zwei große, schwere Hände auf die Schultern. Er duckte sich ein wenig und sah seinen jüngeren Bruder eindringlich an. »Hör auf, dich selbst fertigzumachen. Fakt ist, Alain ist bei dir geblieben. Er hatte die Wahl und er hat sich für dich entschieden, nicht für seine Mutter. Das sollte dir zu Denken geben. Du bist ein ausgezeichneter Vater. Du kannst nicht aufholen, was du versäumt hast. Das ist vorbei. Aber du kannst jetzt wieder für ihn da sein. Und dieser Aufenthalt hier ist ein Anfang.«

»Das ist meine Intension, denn offen gestanden, wenn das hier nicht funktioniert, weiß ich nicht, ob das alles noch Sinn macht mit uns beiden.«

»Soll heißen?«

Eric seufzte. »Wenn wir in den nächsten Tagen keinen gemeinsamen Konsens finden, werde ich Alain vorschlagen, zu seiner Mutter zu ziehen.«

Vincent trat einen Schritt zurück und musterte seinen Bruder mit großen Augen. »Das ist nicht dein Ernst.«

»Er hasst mich offensichtlich, Vincent. Wir haben solchen Stress daheim, wir kommen nicht zur Ruhe, er nicht, und ich auch nicht.«

»Du liebst Alain, er ist dein ein und alles. Ihn aufzugeben würde dich völlig zerstören …«

»Aber an ihm festzuhalten, zerstört uns beide!« Eric hielt inne und schluckte die sich zur Lawine auftürmenden Emotionen herunter. Sein Bruder konnte am allerwenigsten dafür, dass seine Familie – oder das, was davon übrig war – gerade in Millionen feiner Scherben zerbarst.

Ein sachtes Klopfen an der Zimmertür unterbrach das Gespräch und die Brüder schüttelten sich mental, um die in der Luft liegende Schwere aufzulösen.

Alain streckte zaghaft seinen Kopf herein, musterte den Raum und präsentierte ein fast schelmisches Grinsen.

»Mein Zimmer ist definitiv größer«, verkündete er mit einem triumphierenden Unterton, schlüpfte durch die Tür und warf sich auf Erics Bett.

Vincent räusperte sich. »Freut mich, dass es dir gefällt«, erwiderte er. Er klatschte in die Hände, um das Ausbreiten einer unangenehmen Stille im Keim zu ersticken. »Dann mal los, ich führe euch herum.« Und mit einem abschließenden, ermutigenden Griff drückte er Erics Schulter, bevor er sich nach draußen begab. Dabei nickte er in Richtung Alain. »Mach ein paar schöne Bilder mit deinem Smartphone und schick sie deiner Freundin. Sie ist ebenfalls herzlich eingeladen, falls ihr mal aus der Stadt raus wollt.«

Eric riss die Augen auf und starrte zuerst Vincent, dann Alain an, der zu seiner Überraschung puterrot anlief. Er öffnete den Mund, nur um ihn direkt wieder zu schließen, und sah seinem Sohn ungläubig dabei zu, als dieser sein Telefon herauszog und sich, nach wie vor mit hochrotem Kopf und einem kleinen Lächeln auf den Lippen, aus dem Zimmer trollte.

Der zum Hotel *La Sainte Charonne* umgebaute ehemalige Gutshof hatte zu seiner Glanzzeit zweifelsohne eine bedeutende Rolle im Dorf gespielt. Neben der in Hufeisenform ausgerichteten Gebäude mit dem großzügigen Innenhof gehörten mehrere Hektar Wiesen und Wald zum Anwesen. Eric erinnerte sich an das Stück, das sie vor einer Stunde vom ersten Tor an der Hauptstraße bis zum Hof zurückgelegt hatten. Wenn dies dem Radius des Grundstücks entsprach, könnte sein Bruder entweder eine zweite Stadt bauen oder ins Agrargeschäft einsteigen – vorausgesetzt, das Land war für den Ackerbau nutzbar.

Herzstück des heutigen Hotels war der mittlere Gebäudetrakt. Neben der Rezeption und zwölf Zimmern beherbergte er ein kleines, aber feines Restaurant mit einer gemütlichen Bar. Wenn man von der erforderlichen Gastronomieausstattung absah, erweckte die riesige Küche den Eindruck, es würde noch immer eine Magd hier die kulinarischen Genüsse aus dem 19. Jahrhundert zubereiten.

Im rechten Nebenbau, in dem nach Vincents Erzählungen früher die Schweine untergebracht waren, befand sich heute ein moderner Pool. Wie bei allen Gebäudeteilen des Anwesens hatte man auch hier so viel vom Mauerwerk und der Dachbalkenkonstruktion erhalten wie möglich. Und obwohl die ursprüngliche Funktion des Gebäudes mit dessen heutiger Nutzung wenig gemein hatte und schon von Natur aus mehr Technologie und Modernität einforderte, war es Vincent hier gleichermaßen gelungen, das Alte mit dem Neuen stimmig zu kombinieren.

Er hatte es allerdings nicht geschafft, den Gestank vollends aus dem Gebäude zu verbannen. Eric schniefte und rieb sich die Nase ob der kaum merklichen, aber definitiv vorhandenen Schweinestallnote, die sich mit dem Geruch des Chlorwassers vermischte.

Unterdessen ließ Alain es sich nicht nehmen, die Temperatur des Beckens zu prüfen. Er hockte am Rand, strich die Hände durch das Wasser und beobachtete die feinen Wellen, die sich auf der spiegelglatten Oberfläche bildeten. Er drehte sich zu den beiden Männern und schaute erwartungsvoll zu seinem Vater auf. Der zuckte mit den Achseln.

»Du hast sicher deine Badehose eingepackt«, sagte Eric, »geh sie holen und hab Spaß.«

Sein Blick folgte dem Jungen, der sich zügig auf den Weg in sein Zimmer begab. Mit der ins Schloss fallenden Tür wandte er sich Vincent zu.

»Woher wusstest du es?«, fragte er argwöhnisch und musterte seinen Bruder, der eine Stelle im Mauerwerk prüfte. Dieser sah ihn nur mit hochgezogenen Augenbrauen an und Eric bohrte weiter: »Alain. Woher wusstest du, dass er eine Freundin hat?«

Vincent grinste. »Ich wusste es nicht. Das war geraten. Gäbe es keine, hätte er mir schon widersprochen.«

Eric schüttelte den Kopf und konnte sich ein bitteres Lächeln nicht verkneifen. Ja, ein Spitzen-Vater war er. Sein kinderloser Bruder musste ihm zeigen, wie man so etwas Essentielles wie das Vorhandensein einer Freundin im Leben eines Jugendlichen herausfand.

»Komm, ich führe dich durch den gegenüberliegenden Trakt«, lenkte Vincent auf ein anderes Thema und marschierte zügig zur Seitentür, wobei sein Blick prüfend durch den Raum wanderte. Stolz und Zufriedenheit umgaben ihn wie eine Aura.

»Du hattest erwähnt, dass du dieses Anwesen gefunden hast?«, fragte Eric, seinem Bruder mit den Händen in den Taschen folgend, »Gefunden wie in: Kleinanzeigen gelesen und drauf gestoßen?«

»Nein, bildlich gesprochen. Ich hatte eine Panne mit dem Wagen und auf der Suche nach Hilfe habe ich diesen Hof entdeckt.«

Eric ging gedanklich die Strecke von der Hauptstraße zum Hof ab. Ein ordentliches Stück zu Fuß.

»Warum hast du nicht dein Telefon benutzt, um Hilfe zu holen?«

»Ich hatte keinen Empfang. Das ist nicht unüblich hier draußen.«

»Du hättest der Straße folgen können, anstatt querfeldein durch die Pampa zu marschieren.«

Vincent verlangsamte seine Schritte und sah seinen kleinen Bruder irritiert an. »Verhörst du mich gerade?«

Eric lachte auf. »Nein, um Himmels Willen, es interessiert mich nur. Du hast nicht viel erzählt, also frage ich eben.«

Die warme Luft außerhalb des Badehauses war erfrischend und roch nach Wildblumen – Eric atmete tief ein, erleichtert, wieder im Freien zu sein. Er dachte kurz daran, Vincent auf den Schweinegeruch anzusprechen, wollte aber nicht nochmal als Spion oder Miesepeter dastehen und verkniff sich jedwede Bemerkung. Wahrscheinlich hatte Paris seine Naturverbundenheit in den letzten Jahren in jeglicher Hinsicht demontiert und er reagierte etwas überempfindlich, abseits von Abgasen und dem mitunter recht muffigen Geruch der Seine.

Mit knirschenden Schritten erreichten sie den gegenüberliegenden und am wenigsten veränderten Teil des Hofes. Früher vermutlich ebenfalls Scheune oder Stall, diente er heute als Garage, Werkzeugschuppen und Abstellkammer. An einer Wand parkte eine zusammengeklappte Tischtennisplatte, in einer anderen Ecke lehnte ein Knäuel alter Fahrräder. Dutzende vollbeladene Regale umrandeten zwei Autos – ein japanisches Modell, bedeckt mit einer leichten Staubschicht, sowie ein in die Jahre gekommener, violetter Renault, der aussah, als wäre er vor kurzem erst abgestellt worden. Beiden Fahrzeugen fehlten die Nummernschilder.

»Eine Rumpelkammer«, kommentierte Eric trocken. »Ich bin ja fast erleichtert, dass du zu so viel Unordnung fähig bist.«

»Ich bin selten hier drin. Dies hier war eher das Reich meines ehemaligen Hausmeisters.«

Und mit einem Mal erkannte Eric, was ihn die ganze Zeit gestört hatte. Seit ihrer Ankunft hatten sie außer Vincent keine Menschenseele getroffen oder gesehen. Kein Personal im Restaurant, keinen

Koch in der Küche, und, fast noch irritierender, nicht einen Gast. Außer ihren eigenen Stimmen, dem Zwitschern der Vögel und den knirschenden Protesten zahlloser Kieselsteine unter ihren Schritten waren keinerlei Geräusche zu hören. Das einzige Fahrzeug im Innenhof war sein Eigenes, und die beiden Autos hier im Schuppen sahen nicht so aus, als gehörten sie Gästen, die nach dem Frühstück zu Ausflügen aufgebrochen waren. Es sei denn, die Besucher hatten die Angewohnheit, ihre Kennzeichen zum Parken abzumontieren bzw. Wanderungen nicht unter mehreren Wochen zu unternehmen.

»Wie läuft denn der Laden so?«, fragte Eric gespielt beiläufig, um einen weiteren Vorwurf sein Misstrauen betreffend zu vermeiden.

Vincent lächelte etwas gequält. Er antwortete nicht sofort. »Ist dir aufgefallen, hm?«

»Na ja. Ich hatte Sorge, überhaupt ein Plätzchen bei dir zu bekommen. Von daher bin ich nicht beleidigt. Aber für ein Hotel in dieser Lage in den Sommerferien ...« Eric beendete den Satz nicht und ließ seine Bedenken in der Luft schweben. Er stocherte ungern in offenen Wunden herum, und es sah so aus, als hätte er eine solche eben gefunden.

»Konkurrenz. Preise. Und die Lage? Die ist top für Wanderer und Rad-Touristen, aber die meisten reisen dann doch direkt ans Meer weiter oder eher in die Nähe einer größeren Stadt. Amblie hat nichts zu bieten.« Vincent verschränkte die Arme und schob mit seiner Schuhspitze einen imaginären Gegenstand auf dem Boden herum. Ein sicheres Zeichen für ein unliebsames Thema zu einem ungünstigen Zeitpunkt.

»Wie viele Gäste sind denn derzeit hier?«, fragte Eric vorsichtig und hoffte, dass das Schweigen seines Bruders damit zusammenhing, dass er im Kopf zusammenzählte. Als er dessen sorgenvollen Gesichtsausdruck sah, korrigierte er seine Frage mit Bedacht. »Ist denn außer Alain und mir sonst jemand hier?«

»Ein Gast aus Bayeux.«

Verunsichert, welche Reaktion die richtige war, holte Eric erst mal tief Luft. Sollte er sich freuen, dass es wenigstens einen Gast gab? Vincent Mut zusprechen? Oder besser seiner Sorge Ausdruck verleihen und mit gut gemeinten Ratschlägen um sich werfen? Ein Dutzend Fragen drängten sich in seinem Gehirn, doch er entschied zu schweigen.

Innerhalb der letzten Monate hatte er seinen großen Bruder mit seinen Problemen belastet, ohne nur einmal nachzufragen, wie es um ihn und sein Hotel stand. Und wieder war eine von Vincents Stärken zum Tragen gekommen: schauspielerisches Talent. Es konnte dem Ältesten du Bellay noch so bescheiden gehen, wenn er es verbergen wollte, dann gelang ihm das auch.

Vincent setzte sich in Bewegung. »Und da ich derzeit mit Ausnahme meiner Rezeptionistin das Personal freigestellt habe, muss ich mich jetzt langsam in Richtung Küche aufmachen«, verkündete er, alle Anspannung, die noch vor einigen Momenten spürbar war, aus seinem Gesicht gewischt. »Ihr sollt ja mit gefüllten Mägen schlafen gehen.«

Eric, der vor lauter Grübelei gar nicht bemerkt hatte, dass er den Boden begutachtete, riss den Kopf hoch. »Du hast dein Personal freigestellt?« Nach einigen Sekunden Bedenkzeit fügte er hinzu: »Du machst Essen?« Er schaute seinem Bruder hinterher und konnte sich nicht entscheiden, welche der beiden Tatsachen ihn mehr beunruhigte.

03

In der Tat war das Mahl, das Vincent an ihrem ersten Abend auffuhr, üppig und überraschend genießbar.

Die du Bellays genossen ihr Dinner zu dritt im stimmungsvoll beleuchteten Restaurant. Alle Tische waren gedeckt, mit gestärkten weißen Tischdecken ausgelegt und mit glänzendem Besteck und Weingläsern bestückt. Einzig das Fehlen von Menschen verlieh dem Ambiente eine seltsam bedrückende Stimmung. Edith Piaf sang im Hintergrund für Gäste, die ausblieben.

Von den freien Tischen abgesehen, hätte man sich einbilden können, man säße in Vincents Esszimmer, während dieser sich immer mal wieder mit entschuldigenden Worten vom Tisch entfernte, um durch eine schwere Schwingtür in die Küche zu huschen. Die Rezeptionistin, die, wie er erklärte, ab und zu hier aushalf, hatte sich bereits verabschiedet, jedoch nicht, ohne sich kurz bei Eric und Alain vorzustellen. Magalie, eine schmale, unscheinbare Gestalt, kaum älter als zwanzig, verdiente sich hier ein bisschen Geld neben ihrem Studium dazu und übernahm die Rezeption und das Telefon, wenn Vincent nicht im Haus war. Und obwohl sie mit ihrer porzellanartigen Haut und dem feinen hellen Haar wie eine fragile Puppe wirkte, schien sie den Laden mühelos im Griff zu haben.

Eric rollte den Stiel seines Weinglases zwischen Daumen und Zeigefinger hin und her und beobachtete Alain, der müde aber offenbar zufrieden ein Stück Fleisch auf dem Teller vor ihm bearbeitete. Die dunklen, vom Duschen noch feuchten Haare hingen ihm strähnig ins Gesicht; die lange Mähne, mit denen sich seine Mutter nie richtig hatte anfreunden wollen. Ständig hatte sie ihn aufgezogen, er sähe aus wie ein räudiger Beatle, der die Telefonnummer seines Friseurs verlegt hätte. Eric hingegen hatte das nie gestört. Im Gegensatz zu Yvonne verstand er nie, warum man kleinen Jungs immer die Haare kurz scherte, nur weil sie eben Jungs waren.

Aus der Küche drangen Geräusche, die nach Zuhause klangen. Ein Scheppern von Töpfen, ein Klappern von Schüsseln, zwischendrin Vincents Pfeifen, punktiert mit dem ein oder anderen Kraftausdruck. Auch wenn das Essen vortrefflich geschmeckt hatte, merkte man doch, dass Vincent in Küchen sonst eher als Gast unterwegs war.

Alain schob sein Besteck auf dem mittlerweile geleerten Teller zurecht und lehnte sich seufzend auf dem Stuhl zurück. »Ich platze gleich«, murmelte er und warf einen Blick hinter sich zur Küchentür. »Kommt da noch was? Ich kann echt nichts mehr essen.«

»Na komm, Nachtisch passt doch immer«, erwiderte Eric und nahm einen Schluck von seinem Wein. Er kaute einen Moment darauf herum, bevor er ihn herunterschluckte. »Wie ist sie denn so, deine Freundin?«, fragte er und beobachtete Alains Reaktion. Die kam prompt in Form eines erschrockenen Blinzelns und einem beunruhigten Herumrutschen auf dem Stuhl. Es erinnerte Eric an einen Poker-Spieler, dessen entspannte Pose der Tarnung und Ablenkung diente, obgleich jede Faser des Körpers zum Zerreißen angespannt war. Warum nur betrachtete er seinen Vater als Feind?

»Sie ist nett.«

Eric hob die Augenbrauen, teils aus Erstaunen über die etwas einsilbige Beschreibung, teils in Erwartung weiterer Details, die allerdings ausblieben.

»Sie ist nett«, wiederholte er trocken. Als Antwort erhielt er ein stummes Nicken.

Vorsichtig tastete er sich voran. »Wie heißt sie denn?«

Weiteres nervöses Herumrutschen. Ein erneuter hilfesuchender Blick in Richtung Küche, offenbar auf Erlösung in Form eines Desserts hoffend. Als diese nicht kam, pustete Alain sich ein paar Haarsträhnen aus dem Gesicht.

»Julie«, antwortete er und streckte seine Hand nach der Kerze aus, die in der Tischmitte vor sich hin brannte.

»Okay«, sagte Eric und beobachtete die Finger seines Sohnes, die direkt unterhalb des Dochtes das schmelzende Wachs bearbeiteten. Er unterdrückte den Drang, Alains Hand wegzuschieben – er hasste die Eigenart, an brennenden Kerzen herumzufingern. Doch hier und jetzt sah er darüber hinweg. Zu dünn war das Eis, auf dem er wandelte, zu fragil die feine Bindung, die er versuchte aufzubauen.

»Du hast sie nie erwähnt.«

Ein Schulterzucken. Ein erneutes Zusammendrücken des feinen Kerzenrandes. Filigrane Rotznasen aus heißem Wachs krochen an der Kerze herunter. Eric spürte, wie die Frustration in ihm hochkochte, wie schon so oft am heutigen Tag. Er kannte das Gefühl von zu Hause, es war ihm nicht fremd, doch seit ihrer Abfahrt aus Paris hatte es sich zum ständigen Begleiter etabliert. Daheim war es leichter, sich gegenseitig aus dem Weg zu gehen, es war unkomplizierter, die Gespräche auf einem seichten Level zu halten – was gibt's Neues in der Schule? Was möchtest du am Wochenende essen? Klar darfst du mit deinen Kumpels ins Kino.

Ob es an seiner eigenen, womöglich zu hohen Erwartungshaltung lag oder an der Tatsache, dass sie seit Ewigkeiten nicht so viel Zeit miteinander auf engstem Raum verbracht hatten, darüber war sich Eric nicht im Klaren. Er wusste nur, dass er keine Lust mehr auf Dauerstunk hatte. Und er war es leid, in Gegenwart seines Sohnes immer auf rohen Eiern balancieren zu müssen.

»Möchtest du mir von Julie erzählen oder ist sie eine Geheimagentin, über die du nicht sprechen darfst?«, forderte er Alain weiter heraus.

»Warum interessiert sie dich denn so brennend?«, gab der Junge patzig zurück.

»Warum denn nicht? Darf ich nicht mal nachfragen, wenn mein Sohn verliebt ist?«

»Über meine vorherigen Freundinnen wolltest du doch auch nichts wissen.«

»Möglicherweise weil du mir von den anderen Damen ebenso wenig erzählt hast und ich schlichtweg keine Ahnung von deren Existenz hatte. Trifft ja für Julie ebenfalls zu.«

»Vielleicht habe ich meine Gründe dafür.«

Eric setzte nochmal an und bemerkte, dass die Lautstärke ihres Gesprächs längst außerhalb der Plauder-Skala lag. Die Kerze vor ihm bewegte sich fast unmerklich zwischen Alains Fingern, der nach wie vor an ihr herumdrückte und das Wachs unter dem Docht heraus melkte.

»Lass doch bitte mal die Kerze zufrieden, ja?«, knirschte Eric sich um einen geduldigen Ton bemühend hervor.

»Das ist aber entspannend, solltest du auch mal versuchen.«

»Alain …«

Weiter kam er nicht. Eine Kettenreaktion beherrschte die nächsten Sekunden, als der gusseiserne Kerzenhalter plötzlich wie in Zeitlupe zu kippen begann. Vater und Sohn zogen scharf Luft ein und sahen der Kerze dabei zu, wie sie auf dem weißen Damast aufschlug und in zwei Hälften brach. Heißes Wachs spritzte in alle Richtungen, und beide schreckten vom Tisch zurück.

Die Stille im menschenleeren Restaurant wog Tonnen. Ein neues Chanson vom Band löste das vorherige ab und wirkte wie ein Fremdkörper. Alain, dessen Augen groß wie Untertassen waren, starrte seinen Vater erschrocken an.

»Prima«, fuhr Eric ihn an und rieb sich eine verbrannte Stelle an seiner Hand. Das Wachs hatte erstaunlich weite Strecken zurückgelegt. Kleine, erkaltende Tropfen bildeten ein Muster auf der Tischdecke und auf seinem Hemd.

»Tut mir leid«, presste Alain hervor, »Brauchst du … soll ich neue Servietten holen?«

»Vergiss die Servietten.« Eric stieß wütend seinen Stuhl zurück und stand auf. Zornig griff er nach den Tellern und fluchte, als eine Gabel herunterrutschte und sich polternd zu den Wachsflecken und der zweigeteilten Kerze auf das ehemals weiße Tischtuch gesellte. »Du warst fertig, oder? Dann kannst du jetzt gehen.«

Damit begab er sich auf den Weg in die Küche. Er musste rechtzeitig genügend Abstand zu seinem Sohn bekommen, bevor er die Chance bekam, Dinge zu sagen, die ihm später leid tun würden.

Zu Alains Glück war die Eingangstür schwer genug, um den größten Teil seiner Wut abzufedern. Er stürmte hinaus in die klare, warme Abendluft und überquerte wutschnaubend den Innenhof.

Er hätte daheimbleiben sollen. Sich stärker wehren und diesen Ausflug von Beginn an als das erkennen müssen, was es zweifelsohne war: ein erneutes albernes Experiment. Ein weiterer Versuch zur Wiederherstellung von Erics Seelenheil. Abgesehen davon, dass Urlaub mit dem Vater in seinem Alter nicht mehr hoch im Kurs stand, ging ihm die Nähe des Mannes extrem auf die Nerven.

Auf einmal wollte er teilhaben. Plötzlich war er interessiert an Alains Leben. Diesen offenbar unbändigen Drang seines Erzeugers, alles wieder aufzuholen, was er jahrelang verpasst hatte, es machte ihn krank.

Alain beschleunigte seinen ohnehin schon eiligen Gang, bis er fast rannte, und erreichte zügig die Ausfahrt mit seinem Torbogen. Er ließ die Gebäude des Hofes hinter sich und folgte dem Schotterweg, der sie vor einigen Stunden hierher geführt hatte. Am Wegesrand fand er einen langen Stock, der ihm gerade recht kam.

Voller Zorn und Ärger schlug er damit auf die hohen Gräser ein, fräste durch Brennnesseln und vertrocknete Halme, dass ihm das knochige Holz in den Händen brannte.

Er könnte zu Fuß zurück in das kleine Dreckskaff laufen. Dann musste er nur den Bahnhof erreichen und mit dem Zug nach Paris zurückfahren. Sein Vater würde durchdrehen vor Sorge. Und höchstwahrscheinlich auch vor Wut. Aber damit kam Alain klar. Es hatte ihn schließlich die letzten Jahre auch nicht gekümmert, wo sein Sohn wann und mit wem die Zeit verbrachte. Scheiß doch auf den Quatsch hier.

Alains Kehle schnürte sich zusammen, das Atmen fiel ihm schwer. Aus dem wütenden Schnauben wurde ein nicht weniger wütendes Schluchzen. Tränen nahmen ihm die Sicht, was den Groll nur noch mehr anfeuerte. Alain schleuderte den Stock mit einem kehligen Knurren von sich.

Er klopfte die Hosentaschen nach seinem Smartphone und dem Geldbeutel ab, ohne dabei langsamer zu werden. Immer schneller trugen ihn seine Beine über den knirschenden Untergrund. Er behielt das Waldstück im Auge, während seine Lungen brannten und ihm der Schweiß an den Schläfen herunterlief. Nur kurz blickte er zurück, bevor er erneut japsend sein Ziel anpeilte.

Er war ein sperriges Gepäckstück, das Platz wegnimmt und einem die Reise erschwert. Nicht mehr und nicht weniger.

Nur ein paar hunderte Meter, dann hatte er den Forst erreicht. Ein Stück weiter bis zur Hauptstraße. Von dort konnte er per Anhalter weiterfahren. Er wollte nur hier weg, nach Hause.

Ja, welches Zuhause?

Die stumpfe und doch so simple Frage seiner inneren Stimme katapultierte jegliche Kraft aus Alains Gliedern. Er wurde langsamer und kam mitten auf dem Weg zum Stehen. Vornübergebeugt und nach Luft ringend hämmerte er sich mit den Händen auf die Oberschenkel.

Wo war sein Zuhause? Gab es so etwas in seinem Leben überhaupt noch? Hatte er es nicht über Monate zerbrechen sehen? Hatte er nicht als Gast in der ersten Reihe am besten verfolgen können, wie seine Familie und damit sein Gefühl von Heimat unter den ständigen Spannungen und immer größer werdendem Druck zersprungen war wie eine gefüllte Glasflasche im Gefrierschrank?

Er stand inmitten der Scherben, unfähig eine Entscheidung für eine der beiden Seiten zu treffen.

Falsch.

Er hatte sich entschieden. Er war ein Papakind, egal, wie wenig Zeit sein alter Herr für ihn übrig hatte.

Kraftlos richtete Alain sich auf und rieb sich die Arme, bevor er zum Hof zurücksah. Ein Gefühl der Unsicherheit überkam ihn. Sein Bargeld reichte nie und nimmer für eine Zugfahrt bis Paris. Es wurde langsam dunkel. Die Idee, zu einem Fremden in ein Auto einzusteigen, und wenn auch nur bis zum Bahnhof von Amblie, erschien ihm mit einem Mal völlig irre.

Nicht mal zum Abhauen war er fähig. Schöner Mist.

Wütend kickte Alain einen Stein von sich weg, und fast hätte er sie übersehen, die flinke, sich schnell auf ihn zu bewegende Gestalt, die aus dem Wald herangefahren kam: ein Radfahrer, unterwegs mit hohem Tempo und den Satteltaschen nach zu urteilen ausgestattet für lange Touren.

Alain trat, trotz der ausreichenden Breite des Weges, einen Schritt zur Seite, um Platz zu schaffen. Ihm wurde schlagartig bewusst, dass der heranbrausende Mann abgesehen von Vincent und Eric die einzige Menschenseele war, die er seit ihrer Ankunft hier antraf.

Der Radler hatte ihn fast erreicht und unterbrach den regelmäßigen emsigen Tritt in seine Pedale. Alain konnte im Schatten des Fahrradhelms ein Gesicht ausmachen, dessen hagere, sonnengegerbte Züge von angestrengter Konzentration zu überraschter Freude wechselten. Trotz seiner sportlichen Bekleidung und der augenscheinlich im Übermaß vorhandenen Fitness, schätzte Alain ihn auf über 70. Der alte Mann bremste sein Rad sanft ab, um ein Wegrutschen auf dem steinigen Weg abzuwenden, und kam knapp einen Meter vor Alain zum Stehen.

»Einen recht schönen guten Abend«, grüßte er atemlos und richtete sich auf. »Sieht aus, als müsste ich jetzt meinen Frühstücksraum teilen.« Er zog seine Handschuhe aus und wischte sich den Schweiß von der Nase.

Alain nickte zum Gruß und vergrub seine Hände in den Hosentaschen. Ihm fiel auf, dass der Mann ihn eindringlich betrachtete, und erinnerte sich an sein verheultes Gesicht. Peinlich berührt rieb er sich mit den Schultern die Wangen trocken und senkte den Blick auf das Rennrad vor ihm.

»Ein Schmuckstück, nicht wahr?«, fragte der Mann und riss Alain aus seinen Gedanken, »Quasi von Hand zusammengebaut. Jedes Teil habe ich separat besorgt und später zusammengefügt.« Er tätschelte den Lenker, bevor er mit einem theatralischen Stöhnen vom Sattel stieg. Unter seinen Fahrradschuhen knackten ein paar Steine. »Fährst du auch Fahrrad?«

Alain zuckte mit den Achseln und dachte an sein Mountainbike, das derzeit in einem Pariser Keller mit einem platten Reifen und einer rostigen Kette sein Dasein fristete. Im Vergleich zu diesem hier war es ein bulliges, schwerfälliges Ungetüm.

»Selten«, gab er zurück, »ich bevorzuge Skateboards.«

Sein Gegenüber riss die Augen auf.

»Oh, na gut, das ist auf jeden Fall etwas für euch junge Leute. Meine alten Knochen würden beim ersten Sturz zerbröseln wie eine marode Lehmhütte.«

»Na ja, aber man hat vier Räder statt zwei«, konterte Alain, »Und breiter sind sie auch.«

Ein kehliges, ehrliches Lachen brach aus dem Alten heraus, so ansteckend, dass der junge du Bellay schmunzelte.

»Vielleicht sollte ich es dann mal versuchen, oder? Mein Name ist im übrigen Jérome.«

»Alain.«

»Freut mich, Alain. Und noch mehr freut mich, dass nun noch jemand hier ist. Ich bin praktisch den ganzen Tag für mich auf diesem Schmuckstück hier, da ist es erfreulich, wenn man abends nicht auch noch in ein leeres Hotel kommt, sondern jemanden zum Plappern hat.« Er zog seine Handschuhe wieder an. »Die letzten Tage waren etwas trist hier. Du bist doch ein Hotelgast, oder?«

Alain nickte nur. Leider.

»Prima«, redete Jérome weiter, »ich wollte deinen Spaziergang aber nicht stören. Wir sehen uns oben, ja?«

Damit stieg er auf, grüßte noch einmal und stob davon.

Alain sah dem alten, drahtigen Mann nach, bis er durch den steinernen Torbogen geradelt und aus seinem Sichtfeld verschwunden war.

Alain sah ihm nach und fühlte sich mit einem Mal zerrissen. Sehnsüchtig richtete er seine Aufmerksamkeit wieder auf das Waldstück, das verheißungsvoll am Fuß des Hügels lag, und biss sich auf die Unterlippe. Die Dämmerung hatte bereits eingesetzt, in knapp zwei Stunden würde es dunkel sein. Wenn er sich jetzt nicht auf den Weg machte, käme er nicht mehr bei Helligkeit in Amblie an.

Kein fahrbarer Untersatz. Keine Kohle. Eine Schnapsidee, Alter.

Alain drehte sich wieder zum Hof um und fluchte leise in sich hinein. Dann trat er zähneknirschend den Rückweg an, stapfte den Kiesweg hinauf und jonglierte Möglichkeiten und Abläufe in seinem Kopf, bis er wieder im Innenhof jenes Ortes stand, von dem er so sehnlichst verschwinden wollte.

Er war allein. Aus dem Eingangsbereich drang warmes, goldenes Licht, leise Musik und entferntes Gelächter. Alain versuchte, etwas durch die Lobby hindurch im Restaurant zu erkennen. Vermutlich hatten sich Vincent und sein Vater auf die Terrasse zurückgezogen, die auf der anderen Seite des Gebäudes den Wiesen und Feldern zugewandt lag.

Alain seufzte und sah hinüber zur Scheune, wo er Jéromes Rennrad an die Hausmauer gelehnt entdeckte. Die Satteltaschen fehlten, es war nicht abgeschlossen.

Er schluckte. Sein Herz klopfte so laut, dass er fürchtete, es könne ihn verraten. Eine Gelegenheit, die ihm förmlich in den großen Zeh biss.

Fiebrig schaute er sich um.

Er stahl es ja nicht. Es wäre eine Leihgabe. Er würde einen Zettel hinterlassen, wo der Alte es einsammeln könnte.

Alain näherte sich dem Rennrad, das ihm nicht gehörte und das ihn nichts anging. Jedes Knacken unter seinen Schuhen klang wie ein Kanonenschuss. Er griff nach dem Lenker und war sich sicher, sein Herz würde ihm augenblicklich aus der Brust springen.

Das Rad war erstaunlich leicht. Alain brauchte fast gar keine Kraft, um es aufzustellen. Er bewunderte den filigranen Rahmen, den hohen Sattel, die Pedale, die ganz andere waren als die an seinem Mountainbike. Es würde schwierig werden, sie mit seinen Sneakern zu treten, aber daran durfte es jetzt nicht scheitern.

Er holte tief Luft und schob das Gefährt vorwärts, langsam und vorsichtig, als könne es bei der nächstbesten ruckartigen Bewegung auseinanderfallen. Alain spürte förmlich, wie sich sein Gewissen aufbäumte.

Blöde Idee. Und so gar nicht seine Art.

Dieses Fahrrad war ein mit einem Fluch belegter Schatz. Es glänzte, es war die Lösung eines seiner unzählbaren Probleme, aber es würde Alain unglücklich machen. Mit aller Wahrscheinlichkeit würde er damit stürzen oder auf der Straße von einem unaufmerksamen Autofahrer niedergemäht werden – alles nur, weil er einem alten Mann sein Rad geklaut hatte.

Dies war falsch, Alain wusste es und jeder Schritt Richtung Torbogen wurde schwerfälliger und zögerlicher.

»Fährt sich gut, oder?«

Alain erstarrte wie vom Donner gerührt. Er schloss kurz die Augen, dann wandte er sich der Stimme zu. Vor dem Hoteleingang, sich die Hände mit einem Handtuch abtrocknend, stand Jérome. Der Fahrradhelm fehlte und gab den Blick auf schütteres, weißes Haar preis, das wirr in alle Richtungen emporragte. Ein Paar stahlblauer Augen bildeten einen starken Kontrast zu der dunkel gebräunten Haut und sahen ihn amüsiert an.

Alain erwiderte nichts. Er starrte den alten Mann mit großen Augen an, während seine Finger das Corpus Delicti umkrallten, als hinge sein Leben davon ab.

Jérome nickte zur Scheune. »Wenn du soweit bist, schieb es doch da rüber. Ich muss es reinigen.« Damit warf er sich das Handtuch über die Schulter, überquerte den Hof und machte sich dran, eine Seite des Flügeltores der Garage zu öffnen.

Mit einer Kehle so staubtrocken, dass das Schlucken schmerzte, konnte Alain nur dastehen und zusehen. Zu groß war der Schreck und zu massiv die Angst, sich erklären zu müssen.

Er saß sowas von tief in der Klemme.

Endlich, nach einer gefühlten Ewigkeit, erinnerten sich seine Beine an den Vorgang des Gehens, und Alain trottete wie ein geprügelter Hund zur Scheune. Dort angekommen blieb er im Eingang stehen und ließ den Blick durch das Innere des betagten Gebäudes wandern. Klapprige, überfüllte Regale, zwei Autos, diverser Krempel, den man eben in Schuppen und Garagen erwartete – und dazwischen der Alte im grellen Fahrradtrikot, eifrig Werkzeug und Putzmaterial auf einer Werkbank ausbreitend.

»Wo soll ich das Rad abstellen?«, fragte Alain so leise, dass er sich nicht sicher war, ob Jérome ihn überhaupt gehört hatte.

»Bring es hier rein zu mir, ich kümmere mich um den Rest«, erwiderte Jérome und rollte einen Gartenschlauch von einer in der dunkelsten Ecke angebrachten Haspel herunter. Er hielt kurz inne und schaute Alain fragend an. »Du kannst mir gern helfen, wenn es dich interessiert.« Er lächelte aufmunternd.

Erneut war Alain zu nichts anderem in der Lage, als schweigend dazustehen. Aus welchem Grund auch immer Jérome ihn nicht sofort wegscheuchte oder sich bei seinem Vater beschwerte, ignorieren konnte Alain den großen Elefanten im Raum nicht. Es tat ihm leid, er hatte um ein Haar einen Riesenfehler begangen, und das musste er loswerden.

»Ich ... es ist nicht so, wie es aussieht ...«, begann er und verstummte wieder. Er schaute an sich herunter und schüttelte den Kopf, wütend über sich selbst. Hier stand er wie ein Verbrecher, hielt das Diebesgut noch immer an den Lenkern fest und wusste nicht, was er sagen sollte.

Was schwafelte er da bloß? Natürlich war es so, wie es ausgesehen hatte.

Nach einer kurzen, aber dennoch endlos scheinenden Pause, sagte er das Einzige, was es unter diesen Umständen noch zu sagen gab.

»Tut mir leid.«

Jérome betrachtete ihn wortlos. Seine Bewegungen waren eingefroren, den Gartenschlauch hielt er fest in den großen Händen.

»Du wirst deine Gründe haben, warum du auf solch eine unüberlegte Idee gekommen bist«, sagte er schließlich. In seiner Stimme schwang Verständnis und Gelassenheit mit. »Du bist schon ein recht großer Junge ... Alain, richtig? Zu alt, um wegen Nichtigkeiten in Tränen auszubrechen. Wenn du also zu später Stunde derart dringend von hier weg möchtest, dass du ein Fahrrad stehlen würdest, weinend und allein, dann hast du einen Grund.« Er nahm seine Arbeit wieder auf, zog einmal kräftig am Schlauch und warf ihn vor sich auf den Boden. »Ich hinterfrage diesen Grund nicht, weil es mich nichts angeht«, sprach er weiter, »aber ich kann zumindest versuchen, dich ein wenig aufzuheitern und ein Weilchen länger zum Bleiben zu bewegen.« Er hielt erneut inne und lächelte. »Und hoffen, dass du mir auf irgendeinem Wege mitteilst, wo ich mein Rad wieder abholen kann, wenn du es nicht mehr benötigst. Nur falls meine Versuche, dich zum Bleiben zu überzeugen, scheitern.«

Alain starrte ihn an. Dankbarkeit und Erleichterung übermannten ihn wie eine große, warme Welle und manifestierten sich in einem breiten Lächeln.

»Dankeschön«, flüsterte er.

»Alles gut. Nun lass uns das alte Ding hier mal ein bisschen auf Vordermann bringen.« Jérome nahm das Rad entgegen, hob es an und drehte es so, dass es mit den Rädern in der Luft auf Lenker und Sattel ruhte. Dann griff er nach einem Lappen und nickte zum Schlauch. »Ich schrubbe, du sorgst für Wasser. Einverstanden?«

Alain holte noch einmal tief Luft, um den letzten Schrecken abzuschütteln, und sprintete zum Wasseranschluss. »Einverstanden.«

04

Mit geschlossenen Augen sog Eric die Abendluft ein. Die letzten Sonnenstrahlen wärmten sein Gesicht, das Zirpen der Grillen bildete einen dem Sommer würdigen Klangteppich und für einen Moment fühlte er sich eins mit der Ruhe und Natur, die ihn hier umgaben.

Den Nachtisch hatten Vincent und er auf der Terrasse hinter dem Haupthaus eingenommen. Ihre Gespräche über einer wahrhaft unschlagbaren Crème brûlée waren leicht und unverfänglich gewesen. Eric war dankbar darüber, dass Vincent Alains vorzeitigen Aufbruch vom Tisch nicht weiter thematisiert hatte. Kommentarlos hatte er die Dessert-Portion seines Sohnes auf dem Tresen abgestellt, eine Flasche ohne Etikett aus einem Weinregal gezogen und Eric gebeten, ihm nach draußen zu folgen. Hier saßen sie jetzt und genossen den schwindenden Tag, mit vollen Mägen und – dank des undefinierbaren Tropfens – leicht benebelten Gemütern.

»Überwältigend, nicht wahr?«

Eric blinzelte und rutschte auf seinem Stuhl wieder nach oben.

Fast hatte er vergessen, dass er nicht alleine war.

»Absolut. Zugegeben, ich hätte dich nicht für den Typ gehalten.«

Vincent runzelte die Stirn. »Für welchen Typ?«

»Na, hierfür«, Eric gestikulierte in der Luft, »du warst immer schon ein Stadtkind, durch und durch.«

»Ehrlich gesagt, hättest du mir vor fünf Jahren erzählt, dass ich mal hier ende, ich hätte dich einweisen lassen.«

»Weiß ich. Was hat deine Meinung geändert?«

»Sieh dich um. Würdest du das hier eintauschen? Gegen die Stadt? Diesen großen, lauten, engen, stinkigen Moloch? Wo sich jeder selbst der Nächste ist, man nie einen Parkplatz findet und eigentlich fliegen müsste, um nicht alle paar Meter in einen Hundehaufen zu treten?«

Eric zuckte mit den Achseln und setzte sein Glas an. »Dieser große, laute, enge, stinkige Moloch ist bis vor kurzem noch dein Lebenselixier gewesen.«

»Dieser Hof, kleines Brüderchen, ist ein Geschenk. Und er hat mich gerufen.«

Der brennende Schnaps blieb Eric um ein Haar im Hals stecken. Das Glas noch immer an seine Lippen gepresst, hob er fragend die Augenbrauen.

»Was?«, fragte Vincent fast ein wenig trotzig, »Ich habe diesen Hof nicht gesucht. Dass ich ihn gefunden habe, war reiner Zufall.«

Nachdem Eric das Glas samt Inhalt auf dem Tisch in Sicherheit gebracht hatte, verschränkte er die Arme und musterte sein Gegenüber skeptisch.

»Na ja, wir sprechen hier nicht von einem Hexenhäuschen im tiefen Wald«, erwiderte er mit spöttischem Unterton, »es führt immerhin eine Straße hierher.«

»Ein Schotterweg.«

»Meinetwegen, ein Schotterweg.« Eric beugte sich nach vorne und senkte seine Stimme. »Muss ich mir Sorgen machen, Vincent? Drogen? Medikamente? Zuviel Alkohol? Zu wenig?«

Sein Bruder lächelte gequält und schüttelte den Kopf. »Erinnerst du dich an unser Gespräch vorhin? In der Garage hattest du mich gefragt, warum ich nach meiner Autopanne nicht der Straße gefolgt bin, um Hilfe zu holen.«

»Richtig. Und ich warte noch immer auf eine zufriedenstellende Antwort.«

»Nun, ich war auf dem Weg an die Küste zu einem Kundentermin. Warum das Auto mich im Stich gelassen hat, weiß ich bis heute nicht. Das hat es vorher nie getan und nach diesem Tag nie mehr. Jedenfalls wollte ich den Pannendienst rufen und hatte – wie sollte es anders sein – kein Netz. Und während ich da an mein Auto gelehnt darüber nachgedacht habe, ob ich auf eines der drei vorbeifahrenden Fahrzeuge pro Tag warten oder mich auf den langen Marsch zurück zur Stadt machen sollte, habe ich den Weg gefunden.«

Vincent machte eine Pause und griff nach der Flasche, um nachzuschenken, während Eric abermals an ihre Ankunft hier zurückdachte und mental dem Feldweg folgte.

»Aber der Abzweig ist doch breit und einladend, wie kann man den denn *finden*?«, fragte er irritiert.

»Ja, das ist er jetzt. Vor ein paar Jahren war das alles komplett zugewuchert. Da hätte niemand eine Straße vermutet.«

Eric musterte seinen Bruder. »Umso mehr treibt mich dann die Frage um, warum in aller Welt du ihr gefolgt bist?« Er setzte sich kerzengerade auf, streckte die Brust raus und brummte mit einer theatralisch tiefen Stimme: »Nein, ein Vincent du Bellay läuft nicht entlang der asphaltierten Landstraße zurück ins Dorf, er kämpft sich im Designer-Anzug und Lackschuhen mit seinen bloßen Händen durch das Unterholz.«

Die Männer lachten laut auf in einer Albernheit, die teils dem Alkohol, teils der angenehmen Atmosphäre geschuldet war. Eric spürte, wie gut ihm die Nähe zu seinem Bruder tat. Auch, wenn er unsicher war, wie viele Schrauben bei diesem derzeit locker saßen. Solch eine fast schon esoterische Ader war etwas völlig Neues.

»Frag nicht nach dem Warum, ich kann es dir nicht erklären«, fuhr Vincent fort und rieb sich das Gesicht, »ich musste da einfach durch. Ich hätte es fast übersehen. Irgendwas an dieser Stelle im Dickicht hat mich angezogen.«

»Kindliche Entdeckerfreude?«

»Nenn es, wie du willst. Ja, vielleicht war es das. Ein himmlisches Gefühl übrigens, das solltest du mal wieder ausprobieren, du alter Spießer.«

Eric schmunzelte. Wann genau war diese Abenteuerlust verloren gegangen, die einen durch die Kindheit trieb? Offenbar hatte sein großer Bruder sie sich zurückerobert.

»Das war eine schmerzhafte und mühsame Aktion, aber ich wurde mit diesem Hof belohnt«, erzählte Vincent weiter, »er war da, wie selbstverständlich, halb verrottet und in Trümmern, aber ... Eric, es war so herrlich und friedlich. Dieses schon fast vergessene Gefühl von Behaglichkeit, des Nach-Hause-Kommens ... ich habe das noch nie so ausgeprägt gespürt wie zwischen diesen eingestürzten Mauern.«

Vincents Worte regneten auf die Ausgelassenheit hinab wie ein Gewitterschauer auf ein Sommerfest und versetzten Eric einen scharfen Stich. Die Vergangenheit bäumte sich auf und erinnerte ihn einmal mehr daran, dass die du Bellays nie dem Abbild einer Bilderbuchfamilie entsprochen hatten und Vincents gelernte Unfähigkeit zu lieben nie ganz verschwunden war. Egal, wie viel Familie Eric für ihn immer versucht hatte zu sein, zu ihm durchdringen wie in ihren frühen Kindertagen hatte er nie mehr geschafft. Und so hatte Eric irgendwann aufgegeben und akzeptiert, dass Bindung, Freundschaft und Heimat für Vincent nicht von sonderlicher Bedeutung waren.

Und nun saß eben dieser Mann hier, mitten im Nirgendwo, mit glasigen Augen und einem verklärten Blick, den Eric niemals für möglich gehalten hätte. Vincent, der ehrgeizige Erfolgsmensch, immer beschäftigt, selten Zeit für Freizeit, noch seltener Zeit für etwas banales wie Familie oder sich selbst. War er wirklich so einsam gewesen? Und was konnte ihm dieser Ort geben, was all die Jahre kein Mensch aus Fleisch und Blut hatte geben können?

»Vincent ...«

»Es ist okay, du musst das jetzt nicht verstehen. Ich habe es anfangs auch nicht verstanden. Herrgott, ich glaube, keiner kann das. Du solltest die Dorfbewohner sehen, die halten mich für völlig durchgeknallt. Aber ich musste diesen Hof haben.«

»Also hast du ihn gekauft«, murmelte Eric leise.

»Ich habe ihn gekauft, ja. Der Makler hat ihn mir fast nachgeworfen, der Preis war ein Witz.«

»Aber alles aufzugeben, das war vollkommen verrückt. Selbst für deine Verhältnisse.«

Eric erinnerte sich gut an den Anruf. Vor sechs Jahren hatte das Telefon mitten in der Nacht zu einer Uhrzeit geklingelt, zu der kein Telefon zu klingeln hatte. Und erst recht wollte man am anderen Ende der Leitung nicht seinem völlig aufgelösten Bruder hören, der einem euphorisch wie nie erklärte, dass er seine Zelte in Paris abbrechen würde, um auf die Baustelle eines alten, maroden Gutshofes zu ziehen. Tatsächlich konnte Eric sich an keinen Zeitpunkt in der Vergangenheit erinnern, an dem er seinen Bruder so aufgeregt erlebt hatte. Fast schon kopflos. Und das alles wegen eines Trümmerhaufens in der Einöde.

»Aber es hat sich gelohnt«, erwiderte Vincent mit einem fast schon verliebt wirkenden Lächeln.

Die Brüder verfielen in Schweigen und Eric nahm sich die Zeit, sein vermeintlich vertrautes Gegenüber genauer zu betrachten. Vincent hatte sich äußerlich verändert – und das nicht zum Negativen. Die beiden hatten sich zu Paris-Zeiten unregelmäßig und eher selten getroffen, mit dem Nebeneffekt, dass Eric der langsame, aber stete Zerfall seines Bruders mit jeder Verabredung stärker auffiel. Doch verglichen mit dem einst blassen, an der Grenze zum Burn-out balancierenden Menschen von früher sah er heute deutlich gesünder aus. Aber so sehr Eric sich daran erfreuen wollte und Vincent das Aufblühen von Herzen gönnte, er schaffte es nicht, sein Unbehagen ob des plötzlichen Lebenswandels seines Bruders abschütteln. Die Abenteuergeschichte über die Entdeckung der Hof-Ruine hatte ihn ein weiteres Stück mehr beunruhigt. Wie konnte ein solch rationaler Mensch derart irrational handeln?

Vincent wedelte mit der Weinflasche, in der nur mehr ein kümmerlicher Rest schwappte. »Hat er dir geschmeckt?«, erkundigte er sich, »Das Geschenk eines Paares aus Südfrankreich, die oft hier gewesen sind. Manchmal sogar dreimal im Jahr.«

Eric nickte und schob das Glas über den Tisch, um sich den letzten Schluck einschenken zu lassen. »Was ist aus ihnen geworden?«

Vincent betrachtete die geleerte Flasche nachdenklich und zuckte mit den Schultern. »Waren nicht mehr die Jüngsten, die zwei. Ich denke, sie reisen seltener, wenn überhaupt. Sie sind nie geflogen oder Zug gefahren, immer mit dem eigenen Auto angereist. Irgendwann kommt wohl der Punkt, dass einem das zu viel wird.«

Eric nickte und trank den letzten Schluck, nicht ohne einen mentalen Dankesgruß an das Ehepaar zu senden. Die Herrschaften hatten Geschmack.

Am Rand des Tischtuchs fiel ihm eine feine, dezente Stickerei auf, über die er sachte mit den Fingern strich. Es handelte sich um den Namen des Hotels.

»Wie bist du eigentlich darauf gekommen?«, fragte er, »*La Sainte Charonne* – was bedeutet das?«

Vincents Zögern entging ihm nicht. Eric beobachtete ihn dabei, wie er sein leeres Glas nachdenklich auf dem Tisch um dessen eigene Achse drehte.

»Gefällt er dir?«, fragte sein großer Bruder schließlich.

»Absolut. Erzähl, was steckt dahinter?«

Eine erneute Pause entstand und das Zucken in Vincents Unterkiefer verriet Eric, dass er offenbar dünnes Eis betrat, warum auch immer.

»Stimmt was nicht?«, fragte er vorsichtig, »Schwieriges Thema?«

Vincent schüttelte den Kopf. »Nicht direkt. Ich spreche nicht gern drüber ... es hat mit einem Fund zu tun, den ich hier in den Ruinen gemacht habe. Ein Tagebuch, das in einer halb verrotteten Kiste lag. Wahrscheinlich hätte ich es der Stadt übergeben müssen, damit es dem Besitzer oder dessen Angehörigen zurückgebracht werden kann.«

Eric legte die Stirn in Falten. »Hast du aber nicht.«

»Nein. Und ich bin mir sicher, dass es nichts mit den ursprünglichen Eigentümern des Hofs zu tun hat.«

»Sondern?«

»Dies hier war kurz vor Ende des Zweiten Weltkriegs Kampfgebiet. Es stammt wohl von einem Soldaten, der es hier verloren oder vergessen hat. Nicht gut erhalten und nur zu einem kleinen Teil lesbar ... wie auch immer, auf einer Seite habe ich ein Gedicht gefunden. Es hat mich inspiriert.«

Eric wartete. Als ihm klar wurde, dass Vincent nicht weiter sprechen würde, machte er eine rollende Bewegung mit der Hand. »Lass hören.«

Doch sein Gegenüber winkte ab. »Ich kann es gerade nicht wiedergeben. Du weißt, wie miserabel ich Gedichte aufsage.« Er setzte an, einen weiteren Schluck aus seinem Glas nehmen, wurde aber jäh daran erinnert, dass es bereits leer war. Irritiert stellte er es auf den Tisch.

Wieder konnte Eric nur erstaunt dreinblicken. Ja, sein Bruder war allerdings miserabel, was die Wiedergabe von Gedichten anbelangte. Als die Jungs noch in einem Alter waren, in dem man die Großeltern mit einem Reim zu Weihnachten erfreute, drückte man Vincent freiwillig die Blockflöte in die Hand. Das Rezitieren jeglicher Lyrik aus seinem Munde glich der Durchsage zur Fahrplanänderung in öffentlichen Verkehrsmitteln. Sein Gedächtnis hingegen war immer beachtlich gewesen. Mühelos konnte er längere Textpassagen nach einmaligem Durchlesen fehlerfrei zitieren. Dass ihm die Wiedergabe eines offenbar extrem inspirierenden Gedichts nicht gelang, verwunderte Eric.

»Darf ich es wenigstens mal sehen?«, versuchte er es weiter, und war nicht überrascht, als Vincent den Kopf schüttelte.

»Nimm es mir nicht übel, aber ich behalte das gerne für mich. Es ist in einem derart mitgenommenen Zustand, da ist jede Berührung zu viel.« Dann schlug er sich mit beiden Händen auf die Oberschenkel und sprang auf. »Keine Ahnung, wie es dir geht, aber ich bin reif fürs Bett.«

Eric schaute zu Vincent auf und beobachtete sein fast schon hektisches Zusammenräumen der geleerten Gläser, ohne sich selbst in Bewegung zu setzen. Die plötzliche Eile irritierte ihn, ebenso wie die für seinen Bruder ungewohnte Heimlichtuerei. Doch heute war nicht der Tag, um ihn darauf anzusprechen. Es war noch Zeit.

Eric richtete sich auf und streckte sich, während er durch die großen Scheiben des Restaurants spähte. Zwischenzeitlich war es dunkel geworden und die beleuchteten Innenräume somit perfekt einsehbar. Von Alain keine Spur.

Das war eine Glanzleistung vorhin. Material zum Vater des Jahres, Eric du Bellay.

»Er ist sicher schon auf seinem Zimmer«, hörte er Vincent sagen. Offensichtlich las dieser mal wieder Gedanken.

Eric nickte und schälte sich mit einem Seufzer vom Stuhl. Die abrupte aufrechte Haltung vertrug sich schlecht mit dem Alkohol und der Müdigkeit, und so kam er kurz ins Wanken, bevor er die Lehne zu fassen bekam.

Der Schwindel wich einem Gefühl der Seligkeit.

»Ich danke dir, dass du uns hier aufnimmst«, sagte Eric leise, doch sein älterer Bruder winkte ab.

»Rede keinen Blödsinn, das ist das Mindeste, was ich tun kann. Es ist schön, euch hier zu haben. Und ich hoffe, es wird euch beiden gut tun.«

Die Kanten der Schlüsselkarte, die Eric fester umschloss als nötig, gruben sich in seine Handfläche. Der schmale Korridor und seine gedämpften Schritte auf dem Teppich weckten ein Gefühl der Beklemmung in dem sehr stillen Haus. So angenehm und erholsam die Ruhe am Tag erschien, so unheimlich war sie in der Nacht. Wieder einmal wurde Eric bewusst, wie sehr ihm die Gewohnheit des Stadtlebens dazu verhalf, eben dieses Leben gänzlich auszublenden. Straßenverkehr, laut johlende Menschen, Musik in den Gassen – der Klang der Großstadt, immer präsent. Hier fehlte er komplett, und die Phantomschmerzen waren heftig.

Alains Zimmer erreichte er zuerst und hielt davor inne, die schnörkellose Zimmernummer betrachtend. Sollte er klopfen, nach dem Rechten sehen? Das Gespräch nach dem heutigen Vorfall suchen? Er warf einen Blick auf seine Uhr. War der Junge überhaupt da? Was, wenn Alain noch allein draußen herumstreunte? Vielleicht bereits schlief? Eric trat einen Schritt auf die Tür zu, so dicht, dass er fast mit der Nase dagegen stieß, und lauschte.

Vincent hatte sicher eine Universal-Schlüsselkarte. Und was würde Eric sich bei seinem Sprössling beliebt machen, würde er die irre Idee durchziehen und einfach in Alains Zimmer stehen. Der Vorwurf, sein Vater behandle ihn wie ein Baby, war ihm sicher.

Mit einem Lächeln auf den Lippen wankte Eric eine Tür weiter, wo er seine Schlüsselkarte ins Lesegerät schob. Der schnarrende Lesevorgang und das darauffolgende Fiepen durchschnitten die Totenstille des Korridors, dass er unfreiwillig zusammenzuckte.

Erst als er sein Zimmer betreten und die Tür sanft hinter sich ins Schloss hatte fallen lassen, überkam ihn ein Gefühl von Sicherheit. Für einen Moment stand er reglos da und ließ die vertrauten Umrisse auf sich wirken, die das Mondlicht illuminierte: das riesige Bett, den Stuhl in der Ecke, die Geometrie des Raumes.

Die Geborgenheit wich der Trauer. Sie überkam ihn wie immer heftig, so wie jeden Abend und in jeder Nacht. Dann realisierte er, wie sehr ihm Yvonnes Lachen fehlte, ihre Wärme, ihre Nähe. Und dass er, was ihre Trennung anging, noch weit entfernt von etwas Ähnlichem wie Akzeptanz war.

Eric fuhr sich durch die Haare und stieß geräuschvoll den Atem aus. Der Wein trug seinen Teil bei. Also waren die besten Mittel gegen diese Art von Blues: Schlaf, Ausnüchterung und die Hoffnung auf den nächsten Tag.

Morgen würden Alain und er sich zu einer kleinen Wanderung aufmachen, die Gegend erkunden, sogar mal zum Reden kommen. Und möglicherweise würde Eric das undurchlässige Dickicht aus Trotz, Enttäuschung und angestautem Frust durchdringen können, das sein Sohn so fest um sich herum gesponnen hatte.

Aus Rücksicht auf seinen leichten Schwips und den daraus resultierenden Schwindel ließ Eric das Raumlicht ausgeschaltet und griff sich seine Pyjamahose, die er vor einigen Stunden auf dem Kissen bereitgelegt hatte. Dann trottete er ins Badezimmer. Eine Dusche und das Mindestmaß an abendlicher Hygiene-Routine waren von Nöten, zu mehr war er definitiv nicht fähig. Behutsam stieß er die Tür auf und tastete nach dem Lichtschalter.

Wenigstens hier sollte er etwas mehr erkennen als bloße Umrisse. Der kleine Raum wurde mit warmem Licht geflutet und Eric rümpfte angewidert die Nase. Auf der anderen Seite des Bades, unfrisiert und verwirrt, blinzelte ein Mann zurück. Er trat näher an den für sein Empfinden viel zu großen Spiegel und betrachtete sich mit Skepsis.

»Na, Glückwunsch«, murmelte er und legte den Kopf schief, »du siehst offiziell zum Davonlaufen aus.«

Er machte eine abwertende Bewegung und wandte sich ab, um die Dusche zu inspizieren. Eine feine, kleine Kabine erwartete ihn, die gläserne Duschabtrennung einladend geöffnet.

Das Prasseln des Wasserstrahls durchbrach auf Knopfdruck die Ruhe. Eric streifte zügig seine Kleidung ab und tauchte unter die kräftige, heiße Brause, die ihm sofort jegliche Anspannung aus den Muskeln spülte. Mit geschlossenen Augen ließ er seine Stirn gegen die portugiesischen Wandfliesen sinken und genoss den Moment länger, als der Vorgang des Duschens für gewöhnlich andauerte.

Die Müdigkeit und das schlechte Gewissen angesichts des hohen Wasserverbrauchs brachten Eric dann doch dazu, sich wieder aufzurichten und sich aus dem hoteleigenen Duschgelspender zu bedienen. Die Sorte »Wacholder und Gurke« irritierte ihn zunächst, stellte sich jedoch wohlig duftender heraus als angenommen.

Mittlerweile hatte sich der kleine Raum in ein Dampfbad verwandelt. Dichte Schwaden waberten umher und umwölkten jegliche Sicht jenseits der Duschkabine. Eric stellte das Wasser ab und hielt inne. Das Gefühl, beobachtet zu werden, stieg in ihm auf und setzte sich hartnäckig fest.

Triefnass näherte er sich der Scheibe und sah nach draußen, wo dich der dichte und undurchdringliche Brodem zu einer trägen Formation zusammenbraute.

»Alain?«, rief er und zuckte beim Klang seiner eigenen, in dem kleinen Raum blechern klingenden Stimme zusammen.

Er musste sich entspannen. Wer sollte denn hier schon reinkommen? Alain würde sich lieber in einem Ameisenhaufen wälzen, als ihm beim Duschen zuzusehen.

Unbeeindruckt zog der Dampf weiter. Schatten und Lichter vereinten sich, nur um sich Sekunden später wieder zu entzweien. Etwas schien auf Eric zuzukommen, und er wich instinktiv zurück.

»Alain? Bist du das?«, wiederholte er panisch.

Die Lüftung des kleinen Badezimmers sprang mit einem Klick an. Das schier ohrenbetäubende Rauschen des anlaufenden Gebläses holte Eric aus seiner Starre und er schüttelte sich. Den Blick noch immer auf die gegenüberliegende Wand gerichtet, riss er die Kabinentür auf und reckte sich hektisch nach einem Handtuch. Kaum hatte er eines zu fassen bekommen, griff er zu und zog sich wieder in die Sicherheit der Duschkabine zurück, den Rücken an die Wand gepresst.

Langsam löste sich der Dampf und gab den Blick auf den Raum frei. Es war niemand hier.

Eric sog scharf Luft ein und vergrub sein tropfnasses Gesicht im weichen Frottee, in das ihm ein gedämpftes, nervöses Kichern entfuhr. Jetzt sah er auch noch Gespenster, was für ein armseliger Zustand. Vielleicht war ein kompletter Alkoholverzicht doch nicht so verkehrt.

Nachdem er mit weichen Knien aus der Duschkabine geflüchtet war und sich vollständig abgetrocknet hatte, schlüpfte Eric zügig in seine Pyjamahose, putzte sich die Zähne und trat hinaus in das Schlafzimmer.

Empfangen wurde er von Kälte und Dunkelheit. Er beschloss, sich den Weg zum Hauptlichtschalter zu sparen und kontrollierte den Weg vom Bad zum Fenster und ans Bett auf etwaige Stolperfallen, bevor er das Badezimmerlicht hinter sich ausschaltete. Für einen Augenblick war es stockfinster, selbst das eben noch den Weg leitende Mondlicht schien vollends erloschen. Nur langsam lösten sich die vertrauten Konturen wieder aus der Dunkelheit.

Eric marschierte die wenigen Schritte zum Fenster, zog die Vorhänge zu und drehte sich zum Bett. Die Kälte und die in den Raum zurückgekehrte Schwärze ließen ihm einen Schauer über seinen Rücken laufen. Wie ein Kind, das sich an das Monster unter dem

Bett erinnert, verspürte er den irrationalen Drang, sofort zwischen die Laken zu kriechen. Und das möglichst schnell. Er machte ein paar hastige Schritte dorthin, wo er sich die Position seines Schlafplatzes eingeprägt hatte.

Der Schmerz, der ihn durchfuhr, als er mit dem kleinen Zeh das Fußende des Bettes rammte, verschlug ihm augenblicklich den Atem.

Wie ein nasser Sack ließ Eric sich auf die Matratze fallen. Er presste sein Gesicht in das voluminöse Kissen, um den Aufschrei, der folgte, zuverlässig zu dämpfen. Mit Tränen in den Augen rollte er sich auf den Rücken und zog seinen pochenden Fuß an sich heran, nicht ohne dabei ein paar Flüche auszustoßen. Er fragte sich, ob er sich selbst bemitleiden oder zusätzlich ohrfeigen sollte. Bei Dunkelheit mit einer völlig unbegründeten Hektik ins Bett hechten zu müssen wie ein aufgescheuchter Irrer war immer eine bescheuerte Idee. Was hatte er sich dabei eigentlich gedacht?

Unbeholfen tastete er nach der Nachttischbeleuchtung und schaltete sie ein, bevor er sich aufsetzte und den lädierten Zeh inspizierte. Die betroffene Extremität zeigte sich puterrot und geschwollen. Eric konnte nur hoffen, dass nichts gebrochen war. Er ließ sich zurück auf das Kissen fallen und legte sich entnervt einen Arm über die Augen.

»Du bist doch so ein Depp«, knurrte er zu sich selbst, unsicher ob es die Sache wert war, sich zu ärgern oder ob er besser herzhaft über die heldenhafte Verletzung lachen sollte.

Es dauerte einige Zeit, bis der durchdringende Schmerz zu einem halbwegs erträglichen Brennen abebbte und Eric sein ursprüngliches Vorhaben, sich schlafen zu legen, wieder aufnehmen konnte. Wenn sein Zeh morgen früh Ärger machte, würde er Vincent nach dem Weg zum Arzt fragen. Mit einem Seufzen löschte er zum zweiten Mal an diesem Abend das Licht.

Der Alkohol und die Müdigkeit waren stärker als der Ärger über das kleine Missgeschick, und so dauerte es nicht lange, bis Eric in einen unruhigen Dämmerzustand fiel. Er jonglierte seine Gedanken, verwendete die letzten luziden Momente an die Konflikte mit Alain und ob er sie anders hätte lösen können. Sein Zeh begann auf eigentümliche Weise zu pulsieren, doch er ignorierte es. Er dachte an das Badehaus und ob er es dem Gestank zum Trotz morgen vor dem Frühstück aufsuchen sollte. An die Richtung, die sie für ihre Wanderung einschlagen könnten. An Yvonne, die er gerade stärker vermisste, als er sich eingestehen wollte.

Er konnte sie riechen. Ihr Parfum, ihr Haar. Ihre Hände spüren, die über die Bettdecke strichen, den ganzen Weg bis zu seinen nackten Füßen, die am unteren Ende hervorlugten. Ihre kühlen Finger taten unwahrscheinlich gut auf seiner Haut und als sie den nach wie vor pochenden Zeh umschlossen, verspürte er unmittelbar Linderung.

Die liebliche Süße des Parfüms wich einem würzigen, fast modrigen Geruch, der Eric jäh aus seinem Halbschlaf katapultierte. Er riss die Augen auf und zog seine Füße mit einem Ruck zurück unter die Bettdecke, bevor er sich panisch aufrichtete. Für einen Augenblick wagte er nicht zu atmen, und starrte in die Dunkelheit des Raumes. Welche Streiche sein Gehirn ihm auch immer spielte, er hatte langsam genug davon. Sich zur Ruhe zwingend sah er sich um, ließ seinen Blick länger auf den stummen Umrissen im Zimmer verweilen, bevor er das Licht ein weiteres Mal einschaltete.

Alles befand sich an seinem Platz. Und es war nach wie vor niemand außer ihm hier.

Er senkte den Blick langsam auf seine Bettdecke und betrachtete sie wie ein unwillkommenes Geschenk. Das Gefühl kalter Finger auf seiner Haut war verschwunden. Die Erinnerung an die feinen Berührungen verblassten, und obwohl Eric sich im Klaren darüber war, dass sie bloße Einbildung gewesen sein mussten, schaffte er es nicht, sich dazu zu überwinden das Laken anzuheben, um nachzusehen.

»Komm schon«, flüsterte Eric, »mach dich nicht lächerlich. Was soll da sein?« Er holte tief Luft und streckte vorsichtig ein Bein aus, so dass sein Fuß unter der Decke zum Vorschein kam.

Außer der bereits bekannten Schwellung am kleinen Zeh war nichts Außergewöhnliches zu sehen.

Eric sank in sich zusammen und fuhr sich mit zitternden Händen über das Gesicht. Was immer Vincent ihm zu Trinken vorgesetzt hatte, er würde es nie wieder anrühren. Hier nicht, und auch sonst nie mehr in seinem gesamten Leben.

Er schüttelte die Decke auf und war gerade dabei, sie sich zurechtzulegen, da fiel sein Blick auf das Ende des Bettes. Die Matratze dort schien dunkler zu sein. War das vorhin schon so gewesen?

Mit gerunzelter Stirn arbeitete Eric sich zum Fußende vor und fuhr mit der flachen Hand über den vermeintlichen Fleck. Er erstarrte mitten in der Bewegung.

Das Laken an der Stelle, an der sein Fuß gelegen hatte, war komplett durchnässt.

05

Vom auffrischenden Küstenwind durchgeschüttelt und von schweren Trekking-Schuhen gestört, rauschte und raschelte das viel zu trockene Gras.

Alain und Eric waren mit ihrer Wanderung nach einem späten Frühstück von der Terrasse des Restaurants aus querfeldein gestartet. Die Schritte durch die meterhohen Gräser waren mühsam. Die Sonne stand tief und hatte ihre volle Kraft längst noch nicht erlangt, ließ aber erahnen, was man um die Mittagszeit von ihr zu erwarten hatte. Eric blieb stehen, drückte seinen Rücken durch und kniff die Augen zusammen, um die vor ihnen liegende Strecke bis zum Waldstück einzuschätzen. In einer Dreiviertelstunde konnten sie den Schutz der Bäume erreichen, gerade rechtzeitig, um ihre erste Pause im Schatten einzulegen.

Er schaute zurück in die Richtung, aus der er gekommen war. Alain hatte sich einige Meter zurückfallen lassen und watete mit gesenktem Blick durch die von seinem Vater gebahnte Schneise auf ihn zu. Eric beschloss zu warten und musterte die Schnürsenkel seiner Schuhe. Die Schmerzen im kleinen Zeh waren kaum noch der Rede wert. Wäre es nur darum gegangen, hätte er den gestrigen Zusammenstoß mit seinem Bett schon vergessen. Es war das Rahmenprogramm, das ihn nicht zur Ruhe kommen ließ.

Er hatte lange nicht in den Schlaf gefunden. Hatte sich das Hirn zermartert, um die Vorkommnisse erklärbar zu machen.

Die Anwesenheit einer Person außer ihm im Badezimmer? Ausgeschlossen.

Hier hatten ihm der Dampf und sein angetrunkener Zustand definitiv einen Streich gespielt. Die Empfindungsstörungen an seinem Zeh? Verbuchte er als Nervensache – gut möglich, dass er durch den Aufprall ein paar sensible Stellen durchgeschüttelt hatte, die derartige Erscheinungen in den Extremitäten hervorriefen.

Keine große Sache.

Der Parfüm-Duft stammte möglicherweise aus dem Koffer. Er hatte sich dort festgesetzt, nachdem Yvonne ihn auf einer ihrer letzten Reisen mitgenommen hatte. Der zweite Geruch war schon schwieriger einzuordnen. Er tippte auf eine Pflanze, die ihre besten Tage bereits hinter sich hatte. Eine Blume oder ein Kraut. Der Duft kam ihm nicht einmal fremd vor, er hatte es zuvor schon gerochen, konnte sich jedoch nicht erinnern, wo und in welchem Zusammenhang. Aber selbst dieser Geruch war nicht sonderlich schockierend, waren sie doch umgeben von blühenden Sommerwiesen.

Blieb die feuchte Stelle auf der Matratze.

Hier mochte Erics Gehirn einfach keine zufriedenstellende Lösung ausspucken. Wasser schloss er aus, da er nach dem Duschen gewohnheitsmäßig immer für trockene Füße samt Zehen sorgte. Außerdem war der Fleck nicht geruchlos gewesen, sondern hatte die gleiche modrig-blumige Note verströmt, die ihn aus dem Dämmerschlaf gerissen hatte.

Umso beunruhigender war die Tatsache, dass sowohl der Geruch als auch besagter Fleck heute früh komplett verschwunden waren. Es gab keinerlei sichtbare Spuren in Form eines Trocknungsrands auf dem Laken, und selbst mit der Nase derart tief in den Textilien wie ein übereifriges Trüffelschwein im Waldboden, konnte er nichts anderes wahrnehmen als Waschmittel und Weichspüler.

Somit schien die einzige Erklärung auch die Naheliegendste: Er hatte sich die gesamte Szene eingebildet. Es war nicht auszuschließen, dass er kurz vor einem Burn-out stand. Oder aber das Gegenteil war der Fall, und sein stets auf Hochtouren arbeitendes Hirn kämpfte mit Langeweile und dem Mangel an Stimuli, jetzt, da er endlich Urlaub hatte.

»Eric?«

Er zuckte überrascht zusammen und schaute von seinen Schuhen auf in Alains große, dunkle Augen. Der Junge musterte ihn mit einer solch überraschend sorgenvoller Miene, dass Erics Missmut angesichts der Verwendung seines Vornamens als Synonym für *Papa* in den Hintergrund rückte.

»Da bist du ja. Alles klar bei dir?«, fragte Eric und rieb sich die Nase

Alain nickte und streckte sein Kinn in Richtung Waldstück vor ihnen. »Da könnten wir eine Pause einlegen, oder?«

»Das ist mein Plan, ja«, gab Eric zurück, »Schatten und Sitzgelegenheiten, so viel wir tragen können.«

Der Teenager setzte sich zielstrebig in Bewegung. »Ich könnte schon wieder was essen.«

Eric schnaubte nur und sah ihm nach. »Ja, klar kannst du das«, murmelte er lächelnd und folgte seinem Sohn, der nun an seiner Stelle den Weg vorgab.

Die beiden liefen schweigend hintereinander her. Eric freute sich, wenn Alain stehenblieb, um mit seinem Smartphone ein Foto von einer Pflanze oder einem Insekt zu machen, und hielt seinerseits inne, um es ihm mit seiner eigenen Kamera gleichzutun. Ab und an konnte er sich sogar einen kleinen Vortrag über ein Kraut anhören, wenn Alain einfiel, dass er mal etwas darüber in der Schule gelernt hatte. Insgesamt war die Stimmung nach den gestrigen Spannungen unerwartet heiter und Eric hoffte, dass dies eine Weile anhielt.

Sie erreichten den Wald, marschierten jedoch ein ordentliches Stück weiter, bevor sie ihre Rast an einem Bachlauf einlegten. Sonnenstrahlen kämpften sich ihren Weg durch das Geäst und verwandelten den Wald an dieser Stelle in ein beschauliches Fleckchen Erde.

Auf einem Baumstamm sitzend zog Eric mit einem Messer routiniert die Haut einer luftgetrockneten Salami ab und schnitt sie in

Scheiben, bevor er die Inhalte ihres kleinen Care-Pakets weiter durchforstete. Vincent hatte ihnen heute früh eine Tasche gepackt, die es kulinarisch durchaus in sich hatte und Eric machte sich eine gedankliche Notiz, die Vorräte seines Bruders wieder aufzufüllen, indem er am Nachmittag in die Stadt zum Einkaufen fuhr.

Er zog ein Baguette aus der Tasche und brach ein großes Stück davon ab. Alain hatte sich zwischenzeitlich seiner Schuhe entledigt und stand knietief im Bach.

»Das ist saukalt!«, kommentierte er lautstark, während er durch das gemächlich vor sich hin plätschernde Wasser watete.

»Nett von dir, mir ein paar Blutegel einzufangen«, rief Eric und lachte laut auf, als Alain ihn völlig entgeistert ansah, bevor er mit einem Satz aus dem Gewässer sprang.

»Das war jetzt echt fies«, grummelte er beleidigt und ließ sich neben seinem Vater auf den Baumstamm fallen.

»Du bist ganz schön feige, altes Stadtkind. Guten Appetit.« Eric reichte ihm einen Stapel Salami und Baguette, dessen Empfang mit leuchtenden Augen quittiert wurde.

Die beiden saßen eine Weile kauend nebeneinander und beobachteten das Wasser, jeder seinen Gedanken nachhängend. Es war Eric, der das Schweigen brach.

»Wo bist du eigentlich gestern Abend gewesen? Warst du auf deinem Zimmer?«

Alains Kaubewegungen stockten kurz, dann schüttelte er den Kopf. »Ich war spazieren«, antwortete er zwischen zwei Bissen, »wusstest du, dass es außer uns nur noch einen Hotelgast gibt? Einen Einzigen!«

Eric nickte. »Vincent hat es erwähnt, ja.«

»Das ist nicht gesund, oder? Sollte ein Hotel nicht mehr Gäste haben? Das rechnet sich doch gar nicht so.«

Eric nahm einen Käse aus der Tasche und musterte ihn kurz, bevor er den Brie vorsichtig aus dem Papier auswickelte. »Das sollte es, ja. Aber ich fürchte, da haben wir keinen Einfluss drauf. Hast du diesen einzigen anderen Gast getroffen? Wie ist er so?«

»Nett. Er ist mit dem Fahrrad die ganze Strecke aus Bayeux gekommen. Gib dir das mal, aus Bayeux! Verrückt.« Alain schüttelte den Kopf und stopfte sich ein Stück Käse in den Mund, nachdem Eric es ihm gereicht hatte.

»So sportlich war ich auch mal, mit 20 oder so.«

Alain grinste. »Tja, und mittlerweile renne ich schneller als du.«

»Halte ich für ein Gerücht.«

»Isso. Ich beweis es dir. Bei der nächsten Gelegenheit.«

Die beiden verfielen erneut in Schweigen und widmeten sich wieder ihrem Mittagessen. Dabei beobachtete Eric seinen Sohn so unauffällig wie möglich mit einer Mischung aus Stolz und Wehmut. In knapp zwei Jahren würde Alain volljährig sein. Und doch konnte Eric unzählige Erinnerungen aufrufen, die eine gefühlte Ewigkeit zurücklagen, sich aber gleichwohl anfühlten, als stammten sie aus der Gegenwart. Alains schnelle und unkomplizierte Geburt, die nächtlichen Spaziergänge durch die Wohnung, wenn Koliken den familiären Schlaf zunichtemachten, die ersten Schritte ohne fremde Hilfe, seine Einschulung. Nachmittage im Park, an denen Yvonne sie von einer Decke aus anfeuerte, wenn sie um die Wette liefen oder Fußball spielten.

»Erinnerst du dich an unseren Drachen?«, fragte Alain unvermittelt. Fast so, als hätte er exakt dieselben Erinnerungen abgerufen.

»Du meinst den, den wir stundenlang gebaut haben und der dann bei seinem Jungfernflug in tausend Teile zerschellt ist?«

Es war ein beeindruckender Drachen gewesen; klassisch, aus feinen Holzleisten und buntem Transparentpapier. Er hatte ein Gesicht aus Tonkarton und sogar Schleifen an einer Schnur – schwarz, damit sein Fluggerät bloß nicht nach Mädchenspielzeug aussah …

Alain nickte. »Wir haben einen Plan gezeichnet und waren ewig im Baumarkt und in zwei Bastelläden, bis wir alles hatten. Und dann ist er gleich kaputtgegangen. Ein Hoch auf die Pläne des Herrn Ingenieur.«

Eric hielt unschuldig die Hände in die Höhe. »Hey, du hast die Pläne gekrakelt und wolltest meine Ratschläge zur Verbesserung nicht hören. Außerdem kann ich die Schwerkraft nicht beeinflussen.«

Alain kicherte, doch dann konnte Eric verfolgen, wie die unbeschwerte Erinnerung augenblicklich zu verkümmern schien wie eine im Zeitraffer faulende Frucht. Das Lächeln des Jungen verblasste und er senkte den Blick zu Boden.

»Warum haben wir damit aufgehört?«, fragte er leise.

Eric spürte einen Schmerz aufflammen, der ihm in den letzten Monaten und Jahren ein ständiger Begleiter war.

»Wir haben nie damit aufgehört«, versuchte er, »Reduziert, ja, aber ich war immer da.«

»Falsch«, konterte Alain trotzig, »für die Arbeit warst du immer da, aber ich musste mir deine Aufmerksamkeit erkämpfen. Deswegen ist Mama ja auch gegangen.«

Eric legte behutsam sein Baguette und den Käse zur Seite. Sein Appetit hatte sich soeben verflüchtigt. Hier war es also, das Gespräch, das er sich erhofft hatte, und doch so fürchtete.

»Ich habe einen neuen Job angefangen und musste dafür hart arbeiten, das ist richtig«, antwortete er ruhig und beherrscht, »Aber wir hatten einen hohen Lebensstandard und den wollten wir uns erhalten, deine Mutter genauso wie ich.«

»Was bringt ein hoher Lebensstandard, wenn der eigene Vater nicht auf Turniere kommt oder bei Schulaufführungen nicht im Publikum sitzt?«

»Der hohe Lebensstandard hat dir ermöglicht, überhaupt an Turnieren teilzunehmen. Deine Mutter war immer bei den ganzen Veranstaltungen zugegen, ich bin davon ausgegangen, dass das okay und ausreichend für dich ist.«

Alain schnaubte verächtlich. »Ja, Mama war ja da und damit reicht's dann auch, nicht wahr?«

»Keine Ahnung, was du willst. Du warst doch zu dem Zeitpunkt eh schon in einem Alter, in dem man keinen Rockzipfel mehr braucht. Bloß keine Eltern in der näheren Umgebung, die sind doch voll peinlich.«

»Man will ebenso wenig Eltern um sich, die ständig ihre miese

Laune an einem auslassen.«

Eric riss den Kopf hoch. »Was soll denn das jetzt bitte heißen?«

»Du weißt genau, was ich meine! Mit dem neuen Job wurdest du zu so einem Mega-Kotzbrocken ...«

»Alain!«

»Ist doch wahr! Ich habe dich oft nur stundenweise gesehen, und dann warst du müde oder muffig oder beides. Bloß nicht ansprechen, den schwer arbeitenden Mann.«

Eric starrte seinen Sohn an. Er erinnerte sich an diese Phase. Im Büro war es hektisch und nervenaufreibend zugegangen, unbequeme Kunden lieferten diffizile Aufträge, die es in einer unverschämt kurzer Zeitspanne abzuwickeln galt. Er hatte Unmengen an Überstunden angehäuft, hatte Wochenenden und Nächte im Geschäft verbracht. Trauriger Höhepunkt war ein Urlaub, den er aufgrund der Auftragslage nicht hatte antreten können. Yvonne war allein mit Alain losgefahren. Es war praktisch der Anfang vom Ende gewesen. Er holte tief Luft und schloss die Augen. Er war nicht stolz auf diese Episode in seinem Dasein als Familienvater. Und sie war ein weiterer Beweis dafür, wie sehr er versagt hatte.

»Mir ist bewusst, dass ich mir in den letzten Jahren nicht den Ruf eines Spitzenvaters verdient habe«, sagte er, noch immer beherrscht, obwohl sich in seinem Innersten ein Sturm zusammenbraute. »Die Liebe meines Lebens hat mich verlassen und mein Sohn ist enttäuscht von mir. Ich habe für meine Fehler bezahlt, das kannst du mir glauben.«

»Das haben wir wohl alle.«

Alain hatte ihm den Rücken zugekehrt, seine Stimme bebte vor Zorn. Energisch wischte er sich Tannennadeln und Äste von den nackten Füßen und legte sich seine Schuhe zurecht. Eric fühlte etwas in ihm zerbrechen, was er seit einer gefühlten Ewigkeit immer wieder aufs Neue zusammengeklebt und fixiert hatte, fortwährend in der Hoffnung, es würde halten und sogar nochmal zusammenwachsen, kräftiger und stabiler als jemals zuvor.

Diverse Emotionen drängten an die Oberfläche und stritten sich um das Vorrecht.

»Ich weiß, dass meine Entschuldigungen nichts bringen«, begann er, »aber beantworte mir eine Frage, Alain. Warum bist du nicht mit Mama gegangen?«

Der Junge wirbelte herum, Socken und Schuhwerk vergessen. Er stierte Eric an und öffnete den Mund, ohne etwas zu sagen.

»Du wurdest vor die Wahl gestellt, und du hast dich für mich entschieden. Wenn du mich so hasst, warum bist du bei mir geblieben? Wieso, Alain? Damit wir uns den lieben langen Tag auf den Keks gehen? Kein halbwegs geordnetes Familienleben mehr möglich ist?«

Ein kurzes, humorloses Lachen entglitt Alain. »Oh, ich gehe dir auf den Keks …«

»Hör auf, mir die Worte im Mund herumzudrehen, wie es dir in den Kram passt. Du kannst mir doch nicht erzählen, dass das Harmonie ist, was wir beide da veranstalten! Und nein, dieses Mal nehme ich die Schuld nicht auf mich. Du verhältst dich wie ein Idiot, ich kann machen, was ich will, es ist immer falsch. Ich bin da, du bist davon genervt. Ich nehme mir die Zeit für dich, nach der du dich so sehr sehnst, und du gehst mir aus dem Weg. Wenn ich dich in Ruhe lasse, beschwerst du dich über meine Abwesenheit. Warum, Alain? Weshalb wohnen wir noch unter einem Dach, obwohl du ganz offensichtlich ein Problem mit mir hast?«

»Du machst es dir verdammt leicht! Glaubst du, du kannst das alles einfach so ungeschehen machen? Das geht nicht mal eben so …«

»Dann gib mir wenigstens die Chance! Kämpfe nicht ständig gegen mich!« Eric streckte die Arme zur Seite, als wolle er den Wald präsentieren. »Wir sind hier, du und ich, Vater und Sohn, ich habe alle Zeit der Welt, nur für dich! Nicht nur hier, sondern auch daheim. Ich habe dafür gekämpft. Ich versuche wiedergutzumachen, was ich angerichtet habe. Warum nimmst du es nicht an?«

Eric registrierte, dass er völlig außer Atem war und sein Hals aufgrund der Belastung schmerzte. Er hatte nicht laut werden wollen, aber auch er hatte seine Belastungsgrenze mittlerweile erreicht. Resigniert ließ er die Arme sinken und hielt dem hitzigen Blick des Teenagers stand.

Sein Kinn bebte und Eric sah dabei zu, wie Alains vor Wut funkelnde Augen glasig wurden. Der Vater in ihm wollte aufspringen, ihn packen und festhalten und sagen, dass alles wieder gut werde. Doch die belastenden letzten Wochen und Monate hatten ihn in lähmende Ketten gelegt.

»Ich glaube, dafür ist es zu spät«, flüsterte Alain. Eine Träne löste sich und rollte seine Wange hinunter. Er wischte sie forsch mit dem Handrücken weg.

Eric nickte mechanisch. Sein Blick wanderte zum Wasser des Baches, das unbeeindruckt an ihnen vorbei plätscherte. Es war erstaunlich, wie schnell solch eine bildschöne Kulisse zur Bühne eines dramatischen Schauspiels hatte werden können.

»Okay«, sagte Eric kraftlos, klopfte sich auf die Oberschenkel und stand auf. Er hielt einen Moment inne und inspizierte den Waldboden, um sich zu sammeln.

Er hatte sich einen anderen Ausgang dieses Gesprächs gewünscht. Doch gedanklich hatte er beide Richtungen durchgespielt, hatte mit sich gehadert und widerwillig aber konsequent einen Fluchtplan erstellt, falls Alain und er keinen Konsens fanden. Den Fluchtwagen selbst anschieben zu müssen, war sein persönliches Worst-Case-Szenario.

»Ich halte dich nicht fest«, setzte er an, überrascht darüber, wie stabil und warm seine Stimme klang. »Das kann ich nicht, und möchte ich auch nicht. Du sollst es gut haben. Bei mir ist dem offensichtlich nicht so …«

Er schaute auf. Sein Blick traf auf Augen so groß wie Untertassen. Unvermittelt fuhr Eric fort. »Ich werde heute Abend mit deiner Mutter telefonieren und sie davon in Kenntnis setzen, dass du zu ihr ziehst. Dann sollten wir ihr ein paar Tage zum Organisieren und Einrichten geben, deshalb schlage ich vor, dass wir diesen Urlaub hier wie geplant zu Ende bringen. Ich zwinge dich nicht dazu, etwas mit mir zu unternehmen, du kannst gerne auf deinem Zimmer mit dem Smartphone spielen oder dich draußen herumtreiben, ganz wie du möchtest. Ich werde nicht mehr streiten. Ich will, dass wir uns altersentsprechend verhalten. Meinst du, wir bekommen das für die nächsten Tage noch hin?«

Außer dem Rauschen des Baches und der Bäume und dem Gesang der Vögel war kein Ton zu hören. Vater und Sohn sahen sich an, und die paar Meter Laub und Moos zwischen ihnen bildeten mit einem Mal eine tiefe Schlucht.

Es war ausgesprochen, und diese Tatsache allein zerriss Eric einmal mehr. Er versuchte, Alain zu lesen, seinen Ausdruck zu deuten. Der Junge wirkte bestürzt und erschrocken, erwiderte jedoch nichts. Eric wünschte sich eine einlenkende Reaktion, flehte geradezu um eine beschwichtigende Antwort. Er wollte diesen Schritt nicht gehen und hätte alles darum gegeben, dass Alain ebenso dachte. Ein 'Wir bekommen das schon hin' oder 'So schlimm ist es auch nicht' und sie könnten weiter Salami und Käse und Baguette essen, bis sie sich wieder zum Hotel aufmachten – gemeinsam, zufrieden, mit einem Problem weniger im Gepäck.

Doch Alain schwieg.

Der Drang, diese vergiftete Idylle fluchtartig zu verlassen, übermannte Eric schlagartig. Das Atmen fiel ihm schwer, seine Kehle schnürte sich zusammen wie ein Jutesack. Er brauchte Zeit für sich, musste sich darüber im Klaren werden, was er gerade ausgesprochen hatte und wie er diese neuen Gegebenheiten verarbeiten würde.

»Du findest den Weg zurück, oder?«, fragte er knapp und griff nach seinem Rucksack. Er zog zwei der zahlreichen Wasserflaschen aus der Kühltasche, die ihr Essen enthielt und legte im Tausch sein Messer hinein. Dann schwang er ihn auf den Rücken und suchte noch einmal den Blick seines Sohnes. Die Verlorenheit in Alains Gesicht brach ihm fast das Herz.

»Iss noch was, es ist genug da. Wir treffen uns im Hotel.«

Dann lief er schnellen Schrittes an Alain vorbei, nutzte eine Engstelle im Bachlauf, um diesen mit einem Satz zu überspringen, und zog tiefer ins Gehölz, ohne sich noch einmal umzudrehen.

Eric spurtete zügig über umgestürzte Bäume, Wurzeln und Sträucher. Er ignorierte die protestierenden Muskeln in seinen Beinen und trieb sich weiter an, wandelte all die Wut und Trauer in Energie um. Brombeerhecken zerfurchten seine Haut, aus Totholz emporragende Zweige versuchten, ihn festzuhalten. Erst als sein sicherer Tritt mehr und mehr zu einem Stolpern wurde, verlangsamte er notgedrungen seinen Sprint und stakste zur nächstbesten Tanne. Keuchend sank er dagegen und lehnte den Kopf zurück an den rauen Stamm. Seine Lungen brannten und sein Herz machte Anstalten, ihm aus der Brust zu springen. Er musste aufhören, ständig durch die Weltgeschichte zu hetzen, sonst würde er eines Tages an einem Herzinfarkt sterben. Und es wäre nicht einmal jemand da, der ihn finden würde. Hier nicht und daheim ebenso wenig.

Die Erkenntnis durchfuhr ihn wie ein Stromschlag. Er war allein. Seine Frau war weg und sein Sohn würde ihr folgen. Das hatte er wohl verdient. Allem Anschein nach war er ein furchtbarer Mensch. Einer, der zu viele Fehler beging. Zu sehr auf sich fixiert, zu wenig auf andere. Somit hatte er doch heute alles richtig gemacht, oder? Er hatte es ausgesprochen. Sie würden nach ihrer Rückkehr nicht mehr zusammenwohnen und es konnte endlich Frieden einkehren. Doch warum fühlte es sich dennoch so falsch an? Hatte er überreagiert?

Eric kniff die Augen zusammen und presste die Hände auf sein Gesicht. Am liebsten hätte er laut aufgeheult und all die Ungerechtigkeit in den lichtdurchfluteten Wald gebrüllt. Bringen würde es ihm nichts.

»Reiß dich zusammen, Mann«, knurrte er zu sich selbst und ließ die Hände sinken. Er schaute sich um, lauschte in die Stille hinein und versuchte, sich zu erden, indem er bewusst atmete. Der würzige Geruch von Harz stieg ihm in die Nase und er verzog das Gesicht, als er den Kopf nach vorne neigte und sein Haar an der Rinde kleben blieb.

Die Natur scherte sich nicht um ihn. Überall bewegte sich etwas im Unterholz, es knisterte und knackte. Eine aufgeschreckte Maus oder ein anderes kleines Tier raschelte ein paar Schritte von Eric entfernt durch das verdorrte Gestrüpp. An einem benachbarten Baum eilte ein Kleiber Richtung Baumkrone.

Langsamer als zuvor, aber ebenso ziellos führte Eric seinen Marsch fort. Er lief ohne auch nur den Hauch einer Ahnung, wie tief er in den Wald vordrang. Ob er im Kreis ging und dem Hotel näher war als angenommen. Oder ob er schon bald das andere Ende des Waldstücks erreichte und in Kürze auf die Hauptstraße stieß? Machte es einen Unterschied, wie lange er umherirrte? Außer Vincent wartete niemand auf ihn, und sein Bruder würde wohl kaum vor Einbruch der Dunkelheit einen Suchtrupp losschicken. Bis dahin war genug Zeit und kein Grund zur Umkehr.

Sein Blick fiel auf eine riesige Brombeerhecke, die endlos zwischen den Bäumen hindurchzufließen schien. Wie ein verwunschener Garten verdichtete sich das Geäst aus Dornen, Blättern und Zweigen zu einem düsteren Gebilde, ohne einen Einblick in sein Innerstes preiszugeben. Eric blieb stehen und betrachtete das natürliche Konstrukt. Vincents Geschichte über die Entdeckung des überwucherten Waldweges kam ihm in den Sinn. Die Hecken in der Gegend schienen alle mit demselben Modus Operandi zu agieren.

Doch je länger er die Brombeere studierte, desto stärker irritierte sie ihn. Im Gegensatz zur Umgebung, die vor Leben und Vielfalt strotzte, wirkte dieser wild gewucherte Moloch tot und leblos. Die dunkelgrüne Farbe der Blätter und Äste waren stumpf und alles andere als satt wie bei den übrigen Brombeersträuchern, an denen Eric vorübergegangen war. Möglicherweise hing dies mit der immensen Größe des Strauches zusammen, die dazu führte, dass die Pflanzenteile an den äußeren Rändern nicht mehr genug Wasser und Nährstoffe abbekamen. Trotzdem erklärte es nicht Erics Unbehagen, das sich steigerte, je länger er auf die Hecke starrte.

Er wollte sich gerade wegdrehen, um seinen Weg fortzusetzen, und stutzte.

Die Natur brachte zweifelsohne wundervolle Dinge zustande. Doch geometrisch perfekte Rundungen waren eher die Ausnahme.

Und trotzdem schien genau solch ein perfekter, runder Gegenstand unter der Hecke zu liegen - zugewachsen und leicht zu übersehen.

Eric ging vor der sich über ihm auftürmenden Brombeere in die Hocke und musterte das weit außerhalb seiner Reichweite liegende Ding. Auf keinen Fall würde er dort hineinkriechen, so viel stand fest. Die bloße Nähe zu dieser unheimlichen Hecke bereitete ihm Gänsehaut. Ein modriger Gestank stieg ihm in die Nase, eine Mischung aus Schimmel und etwas anderem, Undefinierbarem.

»Was ist das hier mit diesem Landstrich und seltsamen Gerüchen?«, murmelte Eric in das Rauschen des Waldes hinein. Er richtete sich auf und suchte den Waldboden nach einem geeigneten Werkzeug ab. Er fand einen wuchtigen Ast, lang und gekrümmt, und schleifte ihn zurück zur Hecke. Er ließ den Rucksack von seinem Rücken gleiten, bevor er sich beherzt auf den Bauch legte.

Erneut schlug ihm eine faulige Wolke entgegen und er hielt kurz inne, um den Brechreiz zurückzudrängen.

»Das ist vielleicht eine ganz blöde Idee, die du hier hast«, grunzte er und schob den Ast langsam in das Dickicht. Das mysteriöse Objekt lag weiter hinten als erwartet und für einen kurzen Moment zweifelte Eric an der Reichweite des Astes.

Bei seinem Glück war es nur ein Ball, den Kinder verloren hatten. Allerdings gab es hier nirgends Platz zum Ballspielen. Geschweige denn Kinder. Ein Luftballon vielleicht. Dazu war der Gegenstand nicht farbenfroh genug. Außerdem wäre ein Ballon beim ersten Versuch, ihn durch die Hecke zu schieben, geplatzt.

Was immer da lag, es harrte bereits seit langer Zeit dort aus. Möglicherweise lange bevor die Brombeere begonnen hatte zu wachsen.

Zentimeter für Zentimeter bugsierte Eric den Ast weiter durch die dunklen Eingeweide der Hecke. Dabei schob er den unangenehmsten Gedanken daran, auf was er hier gestoßen sein könnte, möglichst weit von sich.

Menschliche Schädel hatten eine solche Rundung. Was, wenn er hier im Begriff war, eine Leiche auszugraben?

Bevor Eric Zeit hatte, es sich anders überlegen, erklang ein dumpfer, blecherner Schlag, als der Ast gegen den Gegenstand stieß.

Für einen Moment hörte er auf zu atmen.

»Metall«, hauchte er erleichtert.

Kein Schädel. Keine Leiche.

Eric bewegte den Ast über das Objekt und zog. Sein Plan, den geschwungenen Teil seines Werkzeugs wie einen Haken zu benutzten, funktionierte. Die Theorie, dass das Etwas schon lange dort lag, wurde durch die Beharrlichkeit der eingewachsenen Gräser und Brombeerzweige bestätigt. Sie weigerten sich, es herauszugeben, doch Eric spürte mit jedem Stochern und Ziehen, wie die Flora nachgab und zerriss wie feine Bindfäden.

Mit einem Ruck löste sich seine Trophäe so plötzlich, dass Eric nur Zeit für einen kurzen Aufschrei blieb, bevor sie ihm auf groteske Weise entgegen kullerte.

06

Das Knirschen unter den Sohlen begrüßte Alain wie einen alten Freund. Obwohl er knapp 24 Stunden zuvor um nichts sehnlicher in der Welt von hier verschwinden wollte, war er jetzt froh, sich wieder auf vertrautem Gelände zu befinden. Zwar hatte nie die Gefahr bestanden, dass er sich im Wald verirrte, doch die Vorkommnisse des Tages hatten ihn vollkommen aus der Bahn geworfen.

Er kam in der Mitte des Innenhofs zum Stehen und schaute sich um. Die Einsamkeit überraschte ihn nicht, und zum ersten Mal seit ihrer Ankunft war er sogar froh darüber.

Keine blöden Fragen oder lästiger Smalltalk.

Eigentlich perfekt.

Rinnsale aus Schweiß krochen ihm träge an den Schläfen herunter und er zupfte an seinem T-Shirt in der Hoffnung, etwas durchzulüften. Der Rucksack klebte ihm unangenehm am Rücken. Es war nicht schlau gewesen, in der prallen Mittagssonne durch das fast mannshohe Gras zurück zum Hotel zu waten, aber nach dem Streitgespräch hatte sich Alains Lust auf Abenteuer in Wald und Wildnis schlagartig verflüchtigt.

Was für ein Arsch, sein alter Herr.

Mit der Spitze seines Turnschuhs schob Alain nachdenklich einen mittelgroßen Stein vor sich umher.

Er hatte ihn noch nie so erlebt.

Sein Vater konnte wütend werden. Gerne auch mal laut und aufbrausend als Reaktion auf pubertäre Dummheiten oder Verfehlungen im Ton. Doch diese völlig ungewohnte Verhaltensweise, sich aus einem Konflikt derart resigniert zurückzuziehen, verstörte Alain zutiefst.

Er seufzte und kickte den Stein weit von sich. Der Schock angesichts dieses untypischen Gebarens hatte sich mit jedem Schritt zurück zum Hof tief in Alains Seele gefressen. In seinem Innersten stritten Entrüstung und Trotz mit Traurigkeit und Scham um den ersten Platz.

»Wie kommt der da eigentlich drauf?«, knurrte der Junge zu sich selbst, »Warum glaubt der, ich würde ihn hassen? Das ist doch affig.«

Widersprochen hast du ihm ja nicht. Dafür müsstest du dir selbst in den Hintern treten.

Alain schüttelte die ungebetene Antwort seiner inneren Stimme ab und vergrub die Hände tief in den Hosentaschen seiner Shorts. Natürlich hatte sein alter Herr recht – ihr Zusammenleben glich oftmals eher einem Bürgerkrieg als einer Familien-WG. Die Harmonie und der Respekt voreinander waren schon lange verschüttet worden, leise aber stetig, wie der Boden einer Sanduhr.

Und doch fühlte sich die Entscheidung seines Vaters an wie ein Schlag ins Gesicht. Schlimmer noch, er hatte sie zweifellos nicht spontan getroffen. Wie lange trug er diese Option schon mit sich herum? Hatte er nur auf den passenden Moment gewartet, ihn rauszuwerfen?

Ein weiterer Stein erregte Alains Aufmerksamkeit und folgte seinem Vorgänger im hohen Bogen. Der Junge verfolgte dessen Flugbahn, bis ein Tränenschleier ihm die Sicht nahm.

Wollte der Mann ihn denn nicht verstehen? Ja, Mama hatte immer ein offenes Ohr und einen Platz im Zuschauerraum des Schultheaters und auf Tribünen auf dem Hockeyplatz gehabt. Hatte ihn bei Hausaufgaben unterstützt und Zeit mit ihm verbracht. Aber nicht sie war es gewesen, die Alain sich dort gewünscht hatte.

Er hatte seinen Vater gebraucht. So oft hatte Alain sich das *Früher* zurückgewünscht, die Zeit, in der Eric und er unzertrennlich gewesen waren. Ihre Fußballspiele im Park, ihre Ausflüge in Museen, er wollte seinen coolen, witzigen Papa wieder zurück.

Ja, er bemühte sich. Es war Alain nicht entgangen, dass sein Vater versuchte, aufzuholen, was er verpasst hatte. Und doch konnte er dessen Anstrengungen nur schwer akzeptieren. Sei es aus Stolz, Schmerz oder der Tatsache geschuldet, dass es schlichtweg zu spät war.

Alain wischte sich über die Augen und rüttelte den Rucksack zurecht, bevor er seinen Weg in Richtung Hoteleingang fortsetzte. Er brauchte etwas Zeit zum Nachdenken. Vielleicht konnte er die Stille, die der Hof bot, jetzt gut gebrauchen.

Die Lobby empfing ihn mit kühlen Armen. Der Wechsel vom grellen Sonnenlicht zum dunklen Innenraum machte es Alain zunächst schwer, sich zu orientieren, und er pausierte kurz an der Rezeption, um seinen Augen die Zeit zur Umgewöhnung zu geben.

Im Haus war es gespenstisch still. Das Zwitschern der Vögel drang gedämpft von draußen ins Gebäude und verstärkte den Eindruck der Isolation weiter. Das Restaurant schien geschlossen zu sein, die Rezeption unbesetzt.

Alain rechnete nicht mit der zierlichen Person, die plötzlich hinter dem Tresen auftauchte, und schrak zurück.

»Guten Tag«, begrüßte ihn die junge Frau freundlich und schaute Alain erwartungsvoll an.

Er hatte Magalie völlig vergessen. Die Studentin, die aushilfsweise die Rezeption besetzte, verschränkte ihre Hände ineinander und lächelte.

»Ähm ... hallo ...«, gab Alain zurück und trat von einem Bein auf das andere. Er betete inständig, dass sie ihn nicht ausfragte. Er hatte keine Lust, jemandem zu erklären, warum er alleine unterwegs war, weshalb er so ein langes Gesicht zog oder wieso er viel lieber weit weg wäre. Und aus welchem Grund sein Leben so verdammt kompliziert war.

»Tut mir leid«, Magalie hob entschuldigend die Hände, »ich wollte dich nicht erschrecken, Alain.«

Er schüttelte den Kopf, überrascht darüber, dass er ihr offenbar im Gedächtnis geblieben war. Andererseits gab es ja derzeit nicht viele Gäste, deren Gesichter und Namen sie sich einzuprägen hatte.

»Schon okay.«

»Kann ich dir denn weiterhelfen?«

Alain atmete erleichtert aus. »Meinen Zimmerschlüssel bräuchte ich, bitte. Nummer 6.«

Sie nickte und drehte ihm den Rücken zu, was er zum Anlass nahm, die junge Frau zu mustern. Erneut fiel ihm auf, wie zwergenhaft und zierlich sie war. Tatsächlich konnte sie fast als seine kleine Schwester durchgehen. Und doch war ihm bereits bei ihrer erster Begegnung aufgefallen, wie müde sie wirkte. Es schien so, als schauten aus ihrem kindlichen Gesicht ein paar uralte Augen.

Es erzeugte bei ihm eine Gänsehaut.

Während sie die Schlüsselkarte aus Fach Nummer 6 zog, erspähte Alain daneben die unangetastete Karte des Nachbarzimmers. Sein Vater schien noch unterwegs zu sein.

Mit einer Mischung aus Enttäuschung und Erleichterung ergriff Alain die weiße Plastikkarte, die Magalie ihm entgegenhielt. Er würde nicht Gefahr laufen, ihm zu begegnen, hätte aber ebenso bis heute Abend keine Gelegenheit, ihn nochmals anzusprechen.

Wollte er das überhaupt? Wollte sein Vater das?

Was, wenn er nicht zuhören würde? Wenn dessen Entschluss schon derart in Stein gemeißelt war, dass es kein Zurück mehr gab?

»Gefällt es dir denn hier bei uns?«

Die Frage riss Alain aus seinen düsteren Gedanken und er blinzelte irritiert. Ihm war nicht aufgefallen, dass Magalie ihn interessiert ansah.

»Ja, schon«, antwortete er und erwiderte ihr Lächeln verschämt.

»Es gibt hier auf den ersten Blick nicht viel zu erleben für einen jungen Mann in deinem Alter«, führte sie aus, ohne ihn aus den Augen zu lassen. »Früher gab es mal einen See hinter dem Wald, leider hat man ihn schon vor Jahrzehnten trocken gelegt. Aber du kannst bei Gelegenheit mal in die Stadt fahren.«

Alain wusste, dass es der Anstand gebot, die Konversation zumindest ein wenig aufrecht zu erhalten. Etwas Smalltalk würde nicht schaden, schon allein, um ihn abzulenken. Doch weder war er in der Stimmung, noch hatte er Interesse an einer Plauderei mit Magalie. Er konnte es nicht recht deuten, aber ihre Gegenwart, der alte Blick, der auf ihm ruhte wie ein schweres Gewicht, behagten ihm nicht.

Er drückte die Codekarte in seiner Hand fester zusammen als nötig.

»Danke, ich denk drüber nach.«

Damit hob er zum Abschied kurz die Hand und steuerte hastig auf die Treppe zu. Als er einen Fuß auf die erste Stufe setzte und sich nochmal umdrehte, war Magalie verschwunden.

Alain fuhr sich nervös durchs Haar und stieg ein paar weitere Stufen hoch. Dann hielt er abermals inne.

Die Atmung flach, lauschte er in die sich erneut ausbreitende Stille des Hauses hinein. Offenbar war außer ihm und Magalie doch noch jemand hier und hantierte in der Küche.

Alain spielte mit dem Gedanken, kurz nachzusehen, entschied sich aber dagegen. Er musste ohnehin gleich nochmal in die Küche, um die Reste des gründlich in die Hose gegangenen Picknicks zu versorgen. Doch just als er zwei weitere Schritte treppauf sprang, mischte es sich erneut unter das Knarzen der Stufen.

Es war nicht nur ein Geräusch. Kein unschuldiges Klappern von Geschirr oder das Schaben eines Gegenstands auf einem rauen Untergrund. Es war der grausamste Laut, den Alain je in seinem Leben gehört hatte.

Langsam drehte er sich um und starrte angestrengt durch die großen Glasscheiben in das abgedunkelte Restaurant. Sein Blick glitt über liebevoll gedeckte Tische und verwaiste Stühle. Auf Hochglanz polierte Weingläser fingen die einzelnen Sonnenstrahlen ein, die es durch die wenigen offenen Spalten zwischen den schweren, zugezogenen Vorhängen ins Innere schafften. Der Raum wirkte friedlich und unheimlich zugleich.

»Magalie?«, rief er in Richtung Rezeption.

Er erhielt keine Antwort.

Sämtliche Fasern in Alains Körper sträubten sich dagegen, der Quelle dieser furchtbaren Geräusche auf den Grund zu gehen, und doch schob er seine Zimmerkarte in die Gesäßtasche und stieg vorsichtig die Stufen wieder hinunter. Dabei behielt er den Innenraum des Restaurants im Auge, während der furchterregende Laut, den er zuvor vernommen hatte, in seinen Ohren wie ein Echo widerhallte.

Wer oder was auch immer ihn von sich gegeben hatte, musste Schmerzen haben. Große Schmerzen und noch weitaus mehr Angst.

»Magalie?«

Alain spähte zum Empfangstresen, doch die Rezeption war unbesetzt. Unentschlossen, mit einem Fuß auf der untersten Stufe, die Rückengurte seines Rucksacks fester umklammernd haderte Alain mit den Möglichkeiten.

Ignorieren und verschwinden.

Magalie suchen und mit ihr gemeinsam nachschauen.

Oder alleine nach dem rechten sehen.

Alain trat einen Schritt auf die Restauranttür zu. Was sollte dort drin schon sein? Denkbar, dass sich ein Tier in die Küche verirrt hatte und schrie. Oder war es möglich, dass Vincent sich bei den Vorbereitungen zum Abendessen verletzt hatte?

Vor der Glastür angekommen formte Alain mit den Händen einen Kreis an der Scheibe und drückte sein Gesicht dagegen, um etwas in dem abgedunkelten Raum erkennen zu können. Der absurde Gedanke anzuklopfen kam ihm in den Sinn, doch er verwarf ihn schnell wieder.

»Ach«, murrte er genervt und ließ die Hände sinken. Dann gab er sich mental einen Ruck und zog entschlossen die Tür auf.

Wenn ihn schon in der Lobby das Gefühl beschlichen hatte, in einer Art Vakuum zu stecken, so verstärkte sich dieses Empfinden nach Übertreten der Schwelle nochmal um ein Vielfaches. Die Luft im Raum roch unerwarteterweise abgestanden und modrig. Hatte es während des gestrigen Abendessens schon so seltsam gerochen? Warum war ihm das nicht aufgefallen?

Alain sah sehnsüchtig rüber zur Fensterfront mit ihren zugezogenen Vorhängen. Die bloße Kenntnis, dass sich dahinter Sonnenschein und eine endlose, grüne Landschaft ausweitete, verstärkte seinen Drang, den dunklen, schweren Stoff zur Seite zu reißen und Tageslicht hereinzulassen. Obwohl der Raum riesig war, überkam Alain eine Form der Beklemmung, die er nie zuvor erlebt hatte.

Er zuckte kurz zusammen, als die Restauranttür hinter ihm sanft ins Schloss fiel. Das Vakuum war perfekt.

»Magalie? Onkel Vincent?«, rief er und zog ob der Lautstärke seiner eigenen Stimme die Schultern hoch. Der Raum verschluckte den Ruf schnell, eine Reaktion blieb aus.

Alain atmete tief durch.

Was war er doch für ein Hosenscheißer.

In diesem Moment ertönte das Geräusch, das ihn hergeführt hatte, erneut. Es war lauter, näher und übertraf das, was er vor einigen Minuten gehört hatte, bei Weitem.

Es war ein Wimmern. Wie ein glühender Bohrkopf schraubte es sich durch die dumpfe Stille des Restaurants und durch Alains Seele, so dass dieser kurz aufschrie und zurückwich. Es klang verzweifelter als alles, was er jemals in seinem Leben gehört hatte. Panisch riss der junge du Bellay die Hände nach oben und hielt sich die Ohren zu, ohne dass sich an der Lautstärke etwas ändern würde. Statt das markerschütternde Jammern auszublenden, schien es durch sämtliche Poren in ihn einzudringen und zum Schwingen zu bringen.

Dann hörte es schlagartig auf. Die Stille kehrte abrupt zurück, und sie wog schwerer als zuvor.

Mit weit aufgerissenen Augen starrte Alain auf das leuchtende Rechteck neben der Theke. Was wirkte wie das Tor zu einer anderen Welt, waren in Wirklichkeit die Umrisse der Küchenschwingtür, hinter der ein hell erleuchteter Raum wartete.

Das, und was auch immer dieses Wimmern von sich gegeben hatte.

Die Hände weiterhin auf die Ohren gepresst, stand Alain reglos da, die Kehle staubtrocken. Nur langsam ließ er die Arme sinken.

»Scheiße«, hauchte er, »Scheiße ... was war das denn?«

Er kannte eine Menge Ausdrucksformen menschlichen Leids. Die kleine Schwester seiner Freundin jammerte herzzerreißend, wenn sie Angst oder sich wehgetan hatte. Das Heulen und Kreischen eines Kleinkinds war furchtbar anzuhören und noch schwerer auszuhalten. Noch belastender waren die Reaktionen seiner Hockey-Teamkollegen nach einem bösen Foul. Während die einen im Stillen litten und dabei ungläubig auf ihre verformten Gliedmaßen glotzten, kreischten andere frei und ungeniert.

Und schließlich war er selbst Zeuge gewesen, wie seine eigenen Eltern in unterschiedlichsten Facetten ihren Schmerz angesichts der Trennung zu verarbeiten versuchten. Von Schweigen über Weinen bis hin zu Schreien hatte er alles gesehen. Selbst ein paar Teller hatten ihre Existenz eingebüßt.

Doch nichts von alldem war auch nur im Ansatz mit den verstörenden Lauten gleichzusetzen, die er gerade hatte hören müssen.

Alain wich noch weiter zurück, bis er unsanft gegen einen eingedeckten Tisch stieß. Die Gläser darauf klirrten gedämpft.

Er sah sich hektisch um und versuchte, Ruhe zu bewahren. Mit jedem tiefen Atemzug drang ein Schwall stickiger Luft in seine Lungen.

Alles in ihm forderte ihn zur Flucht auf. Seine innere Stimme keifte ihn förmlich an, sich aus dem Staub zu machen. Die Muskeln in seinem Körper waren zum Zerreißen gespannt und fluchtbereit.

Alain zögerte und starrte auf die Schwingtür, als könne er hindurchsehen, wenn er sie nur lang genug fixierte.

Auf der anderen Seite dieser Tür litt jemand oder etwas Höllenqualen. War sein Vater doch schon zurück und hatte sich verletzt? Magalie hätte das ihm gegenüber sicher erwähnt. Im besten Fall war es tatsächlich nur ein Tier, das sich in die Küche verirrt hatte und den Weg nach draußen suchte.

»Okay«, hauchte Alain und ließ seinen Rucksack von seinen Schultern auf den Boden rutschen. Er griff sich den Kerzenständer vom Tisch, zog die jungfräuliche Kerze herunter und legte sie ab.

Dann umklammerte er den schweren, silbernen Halter mit beiden Händen und hielt ihn vor sich, bereit, auf alles einzuschlagen, was ihm entgegenspringen würde. Er stierte erneut auf die Umrisse der sich in der Dunkelheit deutlich abzeichnenden Tür.

Wie durch zähflüssige Melasse arbeitete Alain sich mit seiner provisorischen Schlagwaffe zwischen den Tischen hindurch vorwärts. Dabei hielt er seinen Blick starr auf sein Ziel gerichtet und lauschte. Dass die flache Atmung nicht zum Rhythmus seines im Galopp schlagenden Herzens passte, bemerkte er erst, als seine Lunge anfing zu brennen und ihn um mehr Sauerstoff anflehte.

Mit dem Erreichen der Schwingtür kehrte sein Zögern zurück. Sein Blick wechselte hektisch vom Türblatt vor ihm zum Kerzenhalter in seinem schwitzigen Griff hin und her. Hoffentlich würde er das Ding keinem Unschuldigen über den Kopf hauen. Dann beugte er sich nach vorn und legte ein Ohr an das Holz, um zu lauschen.

Auf der anderen Seite atmete jemand. Zu schnell und besorgniserregend schwer. Dazu mischte sich erneut ein Wimmern, leiser und schwächer diesmal, eine unverständliche Aneinanderreihung von Worten, die sich nicht entscheiden konnte, ob sie Sinn oder Unsinn ergab.

Vorsichtig schob Alain die Tür auf.

Der Wechsel vom abgedunkelten Restaurant in die gleißend helle Küche irritierte ihn und er kniff die Augen zusammen. Für seine Umgebung vorübergehend blind, war es der Geruch, den er zuerst wahrnahm und der ihn schlagartig stoppen ließ. Eine unerträgliche Note aus Urin, Metall und Erbrochenem lag in der Luft - ein Gemisch, das man beim Betreten einer Küche weder erwartete, noch begrüßte.

Instinktiv riss Alain einen Arm nach oben und vergrub den unteren Teil seines Gesichts in der Ellenbeuge. Er hatte alle Mühe, den reflexartig aufgetretenen Würgereiz zu unterdrücken. Alarmiert sah er sich nach dem Ursprung des Gestanks und der Person um, die er gehört hatte, doch die Küche schien verlassen. Auf dem wuchtigen Küchenblock in der Mitte ruhte ein sorgfältig zusammengefalteter

Stapel Geschirrtücher, die Arbeitsflächen waren sauber und aufgeräumt. Die einfallende Nachmittagssonne tauchte den großen Raum in eine zum Gestank unpassend romantische Stimmung.

Wäre Alain taub und ohne Geruchssinn, gäbe es keinen Grund zur Verunsicherung. Jedoch wusste er, was er gehört hatte. Und auch wenn er sich gerade angesichts der Gerüche wünschte, seinem Fluchtimpuls gefolgt zu sein, fasste er sich ein Herz und wagte einen weiteren Schritt in den Raum hinein.

»Hallo?«, fragte er laut. Sein halbes Gesicht war noch immer in der Armbeuge vergraben, so beschränkte er sich darauf, nur seinen Blick durch die Küche wandern zu lassen und den Kopf möglichst nicht zu drehen. Eine Bewegung in seinem Augenwinkel ließ ihn innehalten.

Zunächst waren es nur ein paar Fingerspitzen, die langsam auf der anderen Seite der Kücheninsel auftauchten. Wie ein morbides Puppentheater arbeiteten sie sich nach oben, gefolgt von zittrigen, blutverkrusteten Knöcheln, bis eine ganze Hand zum Vorschein kam. Sie verharrte für einen kurzen Moment in einer angestrengten Starre als Antwort auf Alains Frage, eine gehorsame Anwesenheitsmeldung auf einen befohlenen Aufruf, bevor sie kraftlos nach unten sank und wieder verschwand.

Alain spürte, wie seine Ohren heiß und rot wurden.

Was zum …?

In Zeitlupe nahm er seinen Arm vom Gesicht und umklammerte den Kerzenhalter wieder mit beiden Händen, ignorierte den fauligen Gestank, der immer intensiver zu werden schien, und näherte sich langsam dem Küchenblock.

»Ich bin's«, teilte er vorsichtig mit, »Alain. Ist alles in Ordnung?«

Das schwere Atmen, das kurzzeitig nicht mehr zu hören gewesen war, setzte wieder ein. Auf eine Antwort wartete Alain vergebens. Ohne den Küchenblock aus den Augen zu lassen, ging er gedanklich alle Szenarien durch, die sich abgespielt haben konnten. War sein Vater unterwegs in eine Bärenfalle getreten? In eine dornige Hecke gestürzt? War Onkel Vincent ein Missgeschick mit einer Maschine oder einem Küchengerät passiert? Während er all die Möglichkeiten in seinem Kopf jonglierte und den Block umrundete, kam ein bebendes Paar Beine zum Vorschein und Alain stoppte unvermittelt.

Er mochte sich von seinem Vater emotional entfernt haben und auch Onkel Vincent war streng genommen ein Fremder für ihn. Doch er war sich sicher, dass keiner der beiden Soldatenstiefel trug.

»Wer sind Sie?«, fragte er in einem lauten Flüsterton, und gerade, als er weitergehen und der zweifellos unbekannten Person ins Gesicht sehen wollte, unterbrach ein heftiger, dumpfer Schlag jäh seinen Gedankenstrom. Er sog scharf Luft ein und ließ vor Schreck den Kerzenhalter fallen. Er riss den Kopf hoch und sah zum Fenster, aus dessen Richtung der Knall gekommen war.

Ein großer, schmieriger Fleck zierte das obere Drittel der Scheibe, garniert mit einer feuchten Feder. Außen, in einem Geflecht aus Wein und Efeu, zappelte eine dicke, graue Taube, sichtlich perplex und angeschlagen. Ihr rechter Flügel stand in einem unnatürlichen Winkel von ihrem Körper ab, während sie verzweifelt versuchte, auf ihrem unfreiwilligen Landeplatz Halt zu finden.

Alain stöhnte und fuhr sich mit zittrigen Händen durchs Haar.

»Blödes Vieh«, knurrte er laut. Er brauchte einen Moment, um den Puls wieder etwas herunterzufahren, bevor er sich erneut dem eigentlichen Grund seines Küchenbesuchs widmete.

Doch die Gestalt, die gerade noch nur ein paar Schritte entfernt von ihm auf dem Boden gesessen hatte, war verschwunden.

Die frische Luft und die Sonnenstrahlen wirkten nach seinem überstürzten Rückzug wie Baldrian auf Alain. Keine zehn Pferde hätten ihn auch nur eine Sekunde länger dort drin halten können.

Wie vom Teufel Höchstselbst gejagt war er aus der Küche gestolpert, hatte ihm Vorbeihasten seinen Rucksack geschnappt und war aus dem Restaurant geflohen, vorbei an einer nach wie vor unbesetzten Rezeption bis hinaus in den Hof. Hier stand er nun, vornübergebeugt, die Hände auf wackligen Knien abgestützt, und völlig außer Atem.

Was zur Hölle war das gewesen? Und vor allem: Wer? Und noch viel Wichtiger: Wo war er abgeblieben? Alain hatte sich den am Boden liegenden Menschen keinesfalls eingebildet. Er hatte das Stöhnen und das Weinen deutlich gehört, das Wimmern praktisch körperlich gespürt. Die Gerüche, der Gestank von Blut und Verwesung, sie waren real gewesen. Die Hand, feingliedrig, aber gezeichnet von Kampf und Arbeit, hatte er ebenso deutlich mit seinen eigenen Augen gesehen wie die Beine, die in zerrissenen Uniformhosen und schmutzigen Kampfstiefeln steckten.

Alain richtete sich auf und verschränkte die Arme vor der Brust wie ein Schutzschild. Die Kälte, die ihn dort drin überkommen hatte, zog sich nur langsam aus seinen Gliedern zurück. Er warf einen abschätzigen Blick auf das Haupthaus und dachte an die Taube. Unter normalen Umständen wäre er jetzt um das Gebäude gesprintet und hätte nach ihr gesehen.

Doch sein Verstand protestierte auf das Heftigste.

Auf gar keinen Fall. Weder würde er die Küche jemals wieder betreten noch sich den Fenstern nähern.

»Eine verdammte Freakshow ist das hier«, zischte er und warf verärgert den Kopf zurück, um eine widerspenstige Haarsträhne aus seinem Gesicht zu befördern.

In der Küche hatte ein verwundeter Soldat gelegen, er hatte ihn gehört, gesehen und vor allen Dingen gerochen. Wie der Mann es allerdings geschafft hatte, einfach so zu verschwinden, war Alain ein Rätsel.

Sollte er seinen Fund ansprechen? Onkel Vincent dazu befragen? Wer glaubte ihm denn diese absurde Geschichte überhaupt? Mit aller Wahrscheinlichkeit würde man ihn für gaga erklären …

Das Geräusch eines herannahenden Fahrzeugs brachte Alains Gedankenkarussell zum Stillstand und er wirbelte herum. Ein großer schwarzer Wagen durchfuhr den Torbogen und er erkannte einen lächelnden Vincent am Steuer, der ihm zuwinkte. Neben ihm auf dem Beifahrersitz saß der alte Mann, Jérome, der ebenfalls sehr erfreut schien, ihn zu sehen. Im dunklen Innenraum des Fahrzeugs waren es seine durch ein breites Grinsen freigelegten strahlend weißen Zähne, die Alain auffielen. Vincent lenkte die Limousine im Schritttempo an dem Teenager vorbei, bis sie direkt vor dem Haupteingang zum Stehen kam. Er war noch nicht ganz ausgestiegen, als er bereits überschwänglich grüßte.

»Alain, mein Freund!«, rief er, und in all der Fröhlichkeit schwang ein Hauch von Sorge in seiner Stimme mit, »Ist alles in Ordnung bei dir?«

Alain dämmerte, dass sich der Schreck, der ihm noch immer in den Knochen steckte, klar und deutlich auf seinem Gesicht widerspiegelte und setzte ein Lächeln auf.

»Äh, ja, ja, mir geht's bestens.«

Dass er in der Küche gewesen war, in der er nichts zu suchen hatte, nur um dort auf einen Halbtoten zu stoßen, der sich dann sang- und klanglos in Luft aufgelöst hatte, beschloss er für sich zu behalten. »Ich ... da ist eine Taube gegen ein Fenster geflogen und hat mir einen Mordsschrecken eingejagt.«

Vincent stemmte die Hände in die Hüfte und nickte. »Ja, das passiert leider ab und an. Das ist der Fluch großer Fenster. Einige erholen sich recht schnell wieder, wenn sie Zeit dazu haben. Ansonsten freuen sich die Katzen.«

Alain kaute auf seiner Lippe und spähte an Vincent vorbei. Er beobachtete, wie Jérome sich mühsam aus dem Wagen schälte.

»Ihr seid schon zurück von eurer Wanderung?«, fragte Vincent und wischte sich den Schweiß von der Stirn.

Alains Lächeln verlor an Halt.

»Nur ich«, gab er zurück, »mein Vater ist noch unterwegs.«

Vincents Augenbrauen schossen nach oben. »Tatsächlich?«

Skepsis. Nicht genug, um anklagend zu klingen, aber ausreichend, um auf Jérome wie ein Wink mit dem Zaunpfahl zu wirken.

»Wenn die Herren nichts dagegen haben, ziehe mich dann mal in die Garage zurück«, erklärte er, »Drahteselpflege. Vincent, ich bedanke mich nochmals für die Mitfahrgelegenheit.«

Der Angesprochene fuhr herum.

»Darf ich Sie zum Abendessen einladen, Jérome? Der Inhalt des Kofferraums schreit geradezu nach vielen hungrigen Mägen.«

Der Alte nickte. »Ich höre mich nicht Nein sagen.«

»Wunderbar, ist sieben Uhr in Ordnung? Vielleicht essen wir auf der Terrasse.«

Alain hatte sich den Dialog still angehört, aber nur halbherzig aufgenommen. Erst als er sich der Aussicht auf ein Abendessen bewusst wurde – ein in der Küche zubereitetes Abendessen – schauderte er. Angespannt sah er Jérome nach, der ihm zuzwinkerte und in die Lobby verschwand. Vincents Räuspern holte ihn wieder zurück an die Stelle, die er gern übersprungen hätte.

»Also?«, fragte er, »Hattet ihr eine Auseinandersetzung, dein alter Herr und du?«

Alain hielt dem Blick seines Onkels, der ungeahnt einfühlsam und besorgt wirkte, stand. Was sollte er jetzt sagen? Wusste der Mann von den Problemen zwischen Eric und ihm? Und wenn ja, welcher Seite gehörte er an? War er Verbündeter oder Feind? Stand es seinem Onkel überhaupt zu, all das zu wissen und zu erfahren, wo er doch praktisch immer nur ein Name für Alain gewesen war? Eine Erwähnung in Vaters Jugendgeschichten. Der Grund für das sofortige Abflauen jeglicher Heiterkeit bei Oma und Opa, sobald sein Name fiel.

Als könne er Gedanken lesen, legte Vincent seine Hände auf Alains Oberarme und schaute ihn eindringlich an.

»Ich weiß, dass es mich nichts angeht. Was ihr beiden zu klären habt, müsst ihr unter euch ausmachen. Aber ich möchte dich wissen lassen, dass dein Papa dich liebt, mehr als alles andere. Wir hatten in den letzten Jahren nur wenig Kontakt, er und ich, aber du warst immer wenigstens zu einem kleinen Teil das Thema unserer Gespräche. Und auch wenn ich ein Fremder für dich bin, so kenne ich dich doch, seit du existierst, alles aufgrund der liebenswerten Vernarrtheit deines alten Herrn. Und wenn ich auch keinen Einfluss darauf habe, wie sich das in eurer Zeit hier entwickelt mit euch beiden, so möchte ich zumindest außer meinem Haus und meiner Gastfreundschaft zusätzlich eine Schulter und ein offenes Ohr anbieten. Ich würde mir wünschen, euch beide in zwei Wochen gemeinsam von hier wegfahren zu sehen.«

Alain spürte den festen, ermutigenden Druck von Vincents Händen, bevor er sie wieder zurückzog. Dann schluckte er schwer und ärgerte sich über den Kloß in seinem Hals.

Wie sollte sein Onkel auch wissen, dass es längst zu spät war? Dass ihn sein Vater, trotz aller Vernarrtheit, bereits vor die Tür gesetzt hatte?

»Ich komme just vom Markt und muss die Einkäufe versorgen«, wechselte Vincent das Thema, als hätten sie sich über das Wetter unterhalten, »begleitest du mich? Du könntest mir in der Küche zur Hand gehen, wenn du magst.«

Alains Schwermütigkeit verflog im Bruchteil einer Sekunde. Augenblicklich breitete sich das Echo des widerwärtigen Gestanks in seiner Nase aus und ließ ihn erschauern.

Er blinzelte. »Äh ...«

»Kein Muss«, sprach Vincent weiter. Offenbar hatte Alain sich zu viel Zeit für die Antwort gelassen. »Falls du etwas brauchst oder es dir anders überlegst, weißt du ja, wo du mich findest.«

Damit ging er zügigen Schrittes zum Kofferraum, der sich selbstständig wie von Zauberhand öffnete und hievte eine Kiste voller Köstlichkeiten heraus. Alain blieb regungslos im Hof zurück und sah dem Mann nach, bis dieser ebenfalls im Haupthaus verschwunden war.

Seufzend und ratlos zog er sein Smartphone aus der Tasche, mehr aus Gewohnheit als aus Not, studierte kurz das Display und verstaute es wieder in seiner Hosentasche.

Dann machte er sich auf den Weg in die Garage.

07

Die Intervalle, in denen Eric auf sein Telefon schaute, verkürzten sich mit jedem Schritt. Der Wald lichtete sich und würde bald den Blick auf saftige Wiesen freigeben. Abermals hob er das Smartphone in die Höhe und inspizierte das Display.

»Komm schon.«

Sein Fuß verfing sich in einem quer gewachsenen Brombeerzweig und brachte ihn um ein Haar zu Fall. Eric stieß einen saftigen Fluch hervor und starrte das Gewächs mit einer Todesverachtung an. Für heute hatte er genug von dem Zeug.

Schweißgebadet, hungrig und aufgeregt wie ein kleines Kind vor Heiligabend hatte er sich auf den Rückweg ins Hotel begeben, während seine Gedanken wild rotierten. Zunächst war er nur zügig gelaufen, hatte sich zu sammeln versucht und über sein nächstes Vorgehen nachgedacht. Nun, da er den schier endlosen Wald jeden Moment hinter sich ließ, rannte er fast.

Was war das nur für ein verfluchter Tag?

Wieder prüfte er das Display. Zwei Balken von fünf. Das musste reichen.

Stolpernd verlangsamte er seine Schritte und durchforstete seine Kontakte, bis er den Waldrand passierte und einen Moment später in der unnachgiebigen Nachmittagssonne stand. Tatsächlich kannte er die Nummer, die er suchte, auswendig, doch wählen traute er sich gegenwärtig nicht zu. Seine Hände zitterten vor Nervosität oder Hunger, vermutlich beidem. Er fand den Namen, nach dem er gesucht hatte und klebte sich das Telefon an das verschwitzte Ohr.

Optional hätte er ins Hotel zurückkehren und von dort aus das Internet bemühen können. Dann wäre er mit größter Wahrscheinlichkeit kopfüber in den Kaninchenbau Google gestürzt, ohne jemals die richtigen Antworten auf seine Fragen zu finden.

Er lauschte dem Klingeln und wartete ungeduldig, den Blick auf die Anhöhe gerichtet, auf der das *La Sainte Charonne* wie eine Festung thronte.

Ob Alain bereits zurückgegangen war? Hatte er den Weg gefunden? Hoffentlich hatte er bei der Hitze ausreichend getrunken.

Du lieber Himmel, er klang schon wie Alains Mutter. Der Junge war alt genug, er kam zurecht. Und sein Einfluss? Der war, auf seinen eigenen Wunsch, dahin.

Ein Knacken in der Leitung durchbrach Erics selbstzerstörerische Geistestätigkeit.

»Du hast Urlaub«, begrüßte ihn eine emotionslose Stimme, die bei Eric ein Schmunzeln hervorrief. Der vertraute Klang war wie Balsam für seine aufgewühlte Seele.

»Ich habe Sehnsucht«, antwortete er. Vor seinem inneren Auge sah er Philipe am Schreibtisch in La Defense sitzen, neben ihm eine Fensterfront mit Aussicht auf die Dächer von Paris. Kerzengerade, den Blick starr auf den Monitor gerichtet, eine Hand auf der Maus, die andere auf der Tastatur. Den Telefonhörer hatte er zweifelsfrei zwischen Schulter und Ohr geklemmt, eine Haltung, für die er fast täglich einen Vortrag von Eric zu hören bekam und die ihn in ein paar Jahren in die Praxis eines Chiropraktikers führen würde.

»Ich meine das ernst, Eric. Du hast Urlaub und trotzdem nichts Besseres zu tun, als hier in deinem Büro anzurufen und die Kollegen zu nerven? Hier wird schwer geschuftet, wir machen hier Kunst, weißt du?«

Philipe konnte herrlich trocken sein. Menschen, die ihn nicht kannten, waren mit dem Humor und seiner Art oft überfordert. Doch nach fast vier Jahren im selben Zimmer überraschte Eric nichts mehr.

Ein Anflug von Heimweh keimte in ihm auf, den er aber umgehend zur Seite wischte.

»Ich brauche deine Hilfe, Philipe«, fiel Eric mit der Tür ins Haus, »hast du dein Handy bei dir und ein paar Minuten Zeit für mich?«

»Ja und ja. In welchem Schlamassel steckst du?«

»In keinem, nur etwas, bei dem ich jemanden mit viel Hintergrundwissen zum Thema Militaria brauche.«

»Schön, dass du dabei an mich denkst.« Und mit einem Mal klang Philipe fast euphorisch. »Was darf's denn sein?«

Eric war mittlerweile stehen geblieben, um keinen Verbindungsabbruch zu riskieren.

»Ich schicke dir jetzt ein Bild und möchte gerne hören, was du darauf siehst.«

»Ich hoffe, ich werde gutaussehende Frauen sehen. Ah, Militaria sagtest du. Gutaussehende Frauen mit Gewehren. Auf Panzern sitzend. In Eva-Kostümen.«

Eric lächelte. »Nicht ganz. Bleib dran, ich nehme dich vom Ohr.«

Er nahm sein Telefon vor sich und wischte auf dem Display herum, achtete dabei darauf, seine Aufregung im Zaum zu halten. Er hatte mehrere Bilder aufgenommen, von denen er die Besten auswählte und in einer Nachricht zusammenfasste.

Philipes Großvater war Soldat mit Leib und Seele gewesen, hatte gleichwohl aufgrund einer Kriegsverletzung ausscheiden müssen, bevor der Krieg zu Ende war. Dieser Umstand und die Tatsache, dass er keine Chance mehr hatte, »den deutschen Säcken ordentlich den Marsch blasen zu dürfen«, wie er einmal hatte verlautbaren lassen, hatte in ihm eine ungeheure Sammelwut ausgelöst. Nach dem Umzug in ein Pflegeheim und der Auflösung des Hausrats hatte seine Familie im für sie stets verbotenen Keller eine Militaria-Sammlung beispiellosen Ausmaßes entdeckt. Für Philipe und seinen Hang zu Geschichte ein derart bemerkenswerter Fund, dass sich die Leidenschaft ohne Umweg direkt auf ihn übertragen hatte.

Sein schwer an Demenz erkrankter Großvater war bei vielen Gegenständen keine Hilfe. Einige Sachen erkannte er nicht mehr, bei anderen genügte ein kurzer Blick und er brach sofort in Tränen aus. Es hatte Philipe viel Zeit gekostet, alles zu identifizieren, zu katalogisieren und schätzen zu lassen. Heute hatte er sich selbst ein enormes Expertenwissen angeeignet.

Dieser Umstand kam Eric nun gelegen.

Er hob sein Telefon wieder ans Ohr. »Ist auf dem Weg.«

Ein bestätigendes Grunzen kam aus der Leitung. »Sonst alles gut?«, fragte Philipe, um die Wartezeit mit Worten zu füllen.

»Ja, ist schön hier. Und gar nicht so viel los.« *Eigentlich sind wir fast alleine hier, was an sich ja nett, aber doch gewöhnungsbedürftig ist. Trotzdem danke der Nachfrage.*

»Wie läuft es denn zwischen euch beiden?«

Eric verzog das Gesicht. Er hatte gehofft, Philipe würde nicht fragen. Doch als engster Kollege und Zimmergenosse war er selbstredend im Bilde darüber, was Erics familiäre Situation anging.

»Nicht ganz so gut. Sind die Dateien durch?«

Philipe verstand den Hinweis und bohrte nicht weiter. »Kommt gerade an, ich schaue dem Gerät bei der Arbeit zu. 47% ... 68% ... okay, hier haben wir sie. Eine Sekunde, bitte.«

Die Sekunde dauerte eine gefühlte Ewigkeit. Eric ließ eine flache Hand über eine hochgewachsene Distel neben sich gleiten, während er mit der anderen das Telefon umkrallte. In der Leitung hörte er ein Murmeln, das Klicken der Maus und ein feines Knirschen des Telefonhörers, der unter der Drucklast von Philipes Kopf und Schulter ächzte.

»Und?«

Eric lauschte, wie sein Kollege Luft ausstieß. »Es ist ein Helm.«

Scherzkeks.

»Das weiß ich, danke dir«, grummelte Eric, »erzähl mir etwas darüber.«

»Es müsste eine Herstellermarkierung am Helmrand innen geben, sieh mal nach, ob du sowas findest.«

Eric schüttelte den Kopf, bis ihm einfiel, das Philipe ihn nicht sehen konnte. »Nein, gar nichts.« Im Nachhinein ärgerte er sich jetzt darüber, den Helm zurückgelassen zu haben. Möglicherweise hatte er solch eine Nummer schlicht übersehen?

»Spontan tippe ich auf einen MK III, einen sogenannten Turtle«, sprach Philipe weiter, »die wurden während des Zweiten Weltkriegs von den britischen und kanadischen Truppen getragen.«

Eric kramte in seinen Gehirnwindungen nach dem verstaubten Archiv *Geschichtsunterricht* und wurde fündig.

»Insbesondere D-Day?«, fragte er vorsichtig, »Die Landung der Alliierten in der Normandie?«

»Das kommt hin, ja. Wie heißt das Örtchen, wo ihr seid?«

»Wir sind eher außerhalb, aber die nächste Stadt hier ist Amblie.«

»Okay, warte kurz.«

Erneuter knisternder Protest von Philipes Telefonhörer, dann das Klackern einer Tastatur, untermalt von heiterem, geschäftigem Summen.

»Was bist du doch für eine lausige Warteschleife«, murmelte Eric, der sich zu Geduld zwang. »Philipe ...«

»Hm?«

»Meinst du, er ist echt?«

Das Klackern verstummte. »Na ja, ist er schwer? Er sollte so ein ungefähres Kilo wiegen. Wenn nicht, ist er ein Accessoire aus dem Kostümverleih.«

»Das kommt hin.« Eric fuhr sich mit der freien Hand durchs verschwitzte Haar. Wenn sein Freund Recht hatte, war sein Fund ein Fall für das Museum. Oder die Polizei.

»Yep«, tönte Philipe triumphierend, »Amblie sagtest du? Also, wenn der Besitzer deines Helms ihn dort verloren hat, wo du bist, dann ist er höchstwahrscheinlich am 06. Juni 1944 mit der 3. Kanadischen Infanteriedivision im Abschnitt Juno Beach gelandet. Er hat es weit ins Landesinnere geschafft, alle Achtung. Wo genau hast du den Helm gefunden?«

Eric hätte sich jetzt gerne gesetzt. Gerade wurde ihm etwas übel.

»Mitten im Wald, komplett zugewuchert«, hauchte er und inspizierte erneut die Distel, die ihm geduldig Gesellschaft leistete.

»Er sieht ganz anständig aus«, plapperte Philipe weiter, »zwar durch die jahrzehntelang einwirkende Witterung etwas mitgenommen, aber in seinem Versteck war er wohl ausreichend geschützt. Allerdings, viel wert sein wird er nicht. So etwas bekommt man heute schon bei Ebay.«

Eric schluckte. »Was, wenn es nicht nur einer ist?«

Kurze Pause. »Da liegen mehrere? Hast du ein Foto für mich?«

»Das ging nicht, sie liegen noch immer versteckt in einer Brombeerhecke, da komme ich nicht dran und die Handy-Kamera stößt da an ihre Grenzen. Aber ja, es ... es gibt noch mehr.«

»Und von wie vielen sprechen wir?«, fragte Philipe langsam.

Eric stockte und rief sich das beunruhigende Bild nochmal vor Augen.

»Viel zu viele, Philipe«, krächzte er, »Unzählige. Ein einziger großer Berg aus Helmen.«

Ein beherzter Sprung und er war auf dem Kiesweg, der zur Hofeinfahrt führte. Sein Magen wies ihn erneut lautstark darauf hin, dass er schwer vernachlässigt worden war. Und doch lagen Erics Prioritäten derzeit woanders.

Kein Wunder, dass ihm die bloße Nähe zur Brombeerhecke eine Gänsehaut beschert hatte. Allerdings wusste er als rational denkender Mensch, dass gewisse Vorkommnisse nicht möglich sein konnten. Die Hecke war nichts weiter als ein widerspenstiges Strauchwerk, das sich einen ungemütlichen Platz zum Wuchern ausgesucht hatte. Wenn Philipes Theorie stimmte, hatte sie schlicht und ergreifend den fruchtbarsten Boden gewählt.

»Es muss sich um ein Massengrab handeln. Vermutlich hatten die Kameraden keine Zeit mehr gehabt, die Leichen zu vergraben, und haben sie gestapelt.«

Als Philipes Erklärungsversuch erneut durch Erics Gedanken hallten, stellten sich seine Nackenhaare auf.

Gestapelt. Handtücher wurden gestapelt. Bücher wurden gestapelt. Menschen stapelte man nicht, man begrub sie, Herrgott nochmal.

Er schüttelte sich angesichts der unsensiblen Wortwahl seines Freundes und versuchte, die sich in sein Gehirn eingebrannte Vorstellung zu löschen. Ebenso wie den Gestank, der ihn seit seiner Begegnung mit der kannibalistischen Brombeerhecke zu umgeben schien.

Jetzt konnte er die Duftnoten zuordnen. Verwesendes Fleisch, Urin, Erbrochenes – Gerüche, die er durchaus mit Sterbenden in Verbindung brachte – nicht nur mit einem, sondern mit vielen.

Es waren zwei Umstände, die ihn beunruhigten. Zum einen hoffte er, dass, wenn man schon Menschen in ein Grab *stapelte*, diese doch bitte zu dem Zeitpunkt bereits tot waren. Und zwar so tot, das Erbrechen oder die finale Entleerung von Darm und Blase schon weit zurücklagen.

Was Eric weitaus nervöser machte, war die vergangene Zeit. Es sollte an diesem Ort nicht mehr stinken, egal ob dort eine, fünf oder hundert Leichen lagen.

Hoffentlich hatte Alain einen anderen Weg genommen und war nicht zufällig über die albtraumhafte Ansammlung gestolpert. Zurück im Hotel würde Eric gleich nach ihm sehen, selbst wenn er dann schon wieder wie eine verängstigte Glucke wirkte.

Abermals wischte Eric sich die Handflächen an seiner Hose ab. Wenn er nicht achtgab, würde er mit bald eine Zwangsneurose entwickeln, soviel stand fest. Dabei war der eine Helm, den er aus dem Dickicht gefischt hatte, sauber gewesen. Rau und schuppig, gleichwohl ohne Rückstände ekelerregender Art. Er hatte sich sogar warm angefühlt. Doch nachdem Eric sich weiter ins Buschwerk hineingewagt und mit seiner Handy-Taschenlampe durch ein Wirrwarr aus Ranken und Laub geleuchtet hatte, war der anfängliche Enthusiasmus in blankes Entsetzen umgeschlagen.

Es mussten Hunderte sein. Helme über Helme. Und obwohl es sich streng genommen um nichts anderes als einen Haufen rundgeformter Stahlstücke handelte, hatte es in Eric eine Panik ungeahnten Ausmaßes ausgelöst. Das Gefühl von klebrigem, dunklem Blut an seinen Händen wurde er einfach nicht los.

Vielleicht war es ein Fehler gewesen, den einen Helm wieder zurückzulegen, nachdem er ihn abfotografiert hatte.

Wobei 'zurückgelegt' nicht der treffendste Ausdruck war. Eigentlich hatte er ihn ins Gestrüpp zurück geschleudert, als hätte er ihn in die Hand gebissen.

Er hätte ihn mitnehmen und den Behörden übergeben sollen, mitsamt den Koordinaten des Fundortes, damit die restlichen Fundstücke ihren Platz an einer Gedenkstätte oder im Museum fanden. Doch dazu blieb später noch Zeit. Die paar Fotos, die er als Beweisstück geschossen hatte, mussten erstmal genügen.

Der ungewohnte Anblick eines fremden Autos neben Vincents Limousine unmittelbar vor dem Hoteleingang ließ Erics Rausch dahinschwinden. Der schwarze Lack des Peugeots glänzte in der Nachmittagssonne, als wäre er über den Staub sämtlicher Kieswege und Innenhöfe erhaben.

Eric umrundete das Fahrzeug und versuchte, jemanden durch die getönten Scheiben im Inneren zu erkennen, konnte aber keine Bewegung oder Silhouette ausmachen.

Ein Blick auf das Kennzeichen verriet ihm, dass der Wagen aus der Gegend stammte. Vielleicht hatte Vincent Besuch von Freunden? Ein Lieferant womöglich, der neue Konsumgüter anpries oder Preisverhandlungen führen wollte?

Erics Spekulationen verpufften nur einen Moment später. Ein adrett gekleideter Mann mit dunkler Hautfarbe trat aus der Tür – zu warm angezogen für die Temperaturen, was darauf schließen ließ, dass es sich um einen offiziellen Besuch handelte.

Über einem hellblauen Hemd trug er ein perfekt sitzendes dunkelblaues Sakko, und falls er schwitzte, tat er das unauffällig. Keine einzige Schweißperle glänzte auf seinem kahlen Kopf und die letzte Rasur schien nicht lange zurückzuliegen. Überhaupt wirkte er wie aus dem Ei gepellt, was Eric dazu veranlasste, an sich herunterzuschauen, um sich in seiner erdverschmierten und durchgeschwitzten Funktionskleidung spontan wie der letzte Penner vorzukommen.

Unbewusst verlangsamte Eric die Schritte, als sich in seinem Magen ein Gefühl der Kälte auffaltete, ruckartig wie ein Airbag. Ein uniformierter Polizeibeamter trat hinter dem gepellten Ei ins Freie.

Oh Gott. Etwas war vorgefallen.

Die Männer blinzelten synchron gegen die Sonne, bevor sie Eric bemerkten. Der Herr im Sakko rückte seine schwarze Hornbrille zurecht und murmelte etwas zu dem Polizisten, der gehorsam nickte und in Richtung Scheunenanbau trabte. Ohne auch nur eine Miene zu verziehen, kam er auf Eric zu. Mit zusammengekniffenen Augen kramte er in der Innentasche]seines Sakkos.

»Monsieur, haben Sie einen Moment für mich?«, fragte er freundlich und zog ein schwarzes Ledermäppchen hervor.

Eric blieb stehen und musterte sein Gegenüber wie das Kaninchen die Schlange. Gewissermaßen hatte er keinen Moment. Er wollte nach seinem Kind schauen und nachsehen, ob mit ihm alles in Ordnung war.

»Ist etwas passiert?«, stellte er die Gegenfrage.

Der Mann hielt Eric das Mäppchen mit einer routinierten Handbewegung vor die Nase. »Inspektor Noah Manzin, Gendarmerie Nationale in Caen.«

Eric starrte auf den Dienstausweis. Das Foto stammte entweder von heute früh oder Monsieur Manzin war kein Freund von äußerlichen Veränderungen. Dieselbe Brille, derselbe hellblaue Hemdkragen unter einem dunkelblauen Sakko.

Er war in einem Krimi gelandet. Der Tag wurde immer besser.

»Eric du Bellay.«

Das geschulte Pokerface des Inspektors flackerte für eine Sekunde. »Dann sind Sie ...« Er zog die Augenbrauen hoch und wartete darauf, dass Eric den Satz vervollständigte.

»Der Herr des Hauses ist mein Bruder«, tat er ihm den Gefallen, »Was ist denn eigentlich los?«

»Es liegen uns einige Vermisstenmeldungen vor, denen wir auf den Grund gehen.« Manzin steckte seinen Ausweis wieder weg, und obwohl oder gerade, weil ihm die ganze Situation unangenehm war, hätte Eric fast laut aufgelacht. Vermisst wurden hier viele, zum Beispiel Gäste. Aber ob die Polizei da der richtige Ansprechpartner war?

Gleichzeitig fiel ihm ein großer Stein vom Herzen. Die Gendarmerie schien nichts von Alain zu wissen, was bedeutete, das mit seinem Jungen alles in Ordnung war.

Inspektor Manzins Stimme hatte den scharfen Ton verloren und klang fast schon freundschaftlich. Es schien sogar ein wenig der ursprünglichen Härte aus seinem Gesicht gewichen zu sein. »Verbringen Sie hier Ihren Urlaub?«

Eric sah kurz hinüber zur Scheune, wo der uniformierte Polizist das Vorhängeschloss am Tor inspizierte. Irgendetwas an der Szenerie machte Eric stutzig, doch er konnte nicht deuten, was.

»Ja«, antwortete er etwas abwesend, »mein Sohn und ich sind gestern hier angekommen.«

»Ein schönes Fleckchen Erde, nicht wahr? Woher kommen Sie, wenn ich fragen darf?«

»Aus Paris.«

Der Polizist hatte inzwischen vom Schloss abgelassen und schritt zum Wagen, allerdings nicht ohne seinen Blick dabei prüfend über den Hof schweifen zu lassen.

»Sagen Sie, was sind das für Vermisstenmeldungen?«, fragte Eric und suchte nun den direkten Augenkontakt mit Manzin. »Wen genau suchen Sie denn?«

Und wieso ist man bereits über das örtliche Polizeirevier hinaus und schickt die Gendarmerie Nationale?

Das feine, fast unmerkliche Lächeln auf Manzins Lippen verkümmerte wieder und machte Platz für eine besorgte Miene. Es wirkte so, als hätte er es vorgezogen, etwas länger über die schöne Gegend zu sprechen.

»Ein junges Ehepaar aus Metz. Von beiden fehlt seit knapp zwei Monaten jede Spur. Eine Studentin aus England, vermisst seit einem halben Jahr. Ein älteres Paar aus Montpellier, von dem wir wissen, dass sie sogar mehrfach hier ihren Urlaub verbracht haben. Deren Tochter hat sie vor vier Wochen als vermisst gemeldet. Fakt ist, dass alle Personen hier gewesen sind, bevor sie verschwanden. Alle waren zu Gast hier, mehrere Tage lang. Und bei allen verliert sich die Spur hier, in diesem Hotel.«

»Das weiß man so genau?«

Manzin nickte. »Die Studentin hat ihren letzten Anruf von einem Telefon in diesem Hotel getätigt. Das haben wir, dank der Telefongesellschaft, schwarz auf weiß. Die Eheleute Nicolas haben sich eine Woche Urlaub zu zweit hier gegönnt und haben sich am Tag ihrer Abreise nochmal bei den Großeltern in Metz gemeldet, die in dieser Zeit auf deren Zwillinge aufgepasst haben. Wir konnten zurückverfolgen, dass der Anruf von Catherine Nicolas' Mobiltelefon abging, und zwar aus einem Zimmer in diesem Hotel. Die Nicolas' sind nie daheim angekommen. Und die Durands waren Stammgäste. Dass sie vor ihrem Verschwinden hier ihren Urlaub verbracht haben, hat uns die Tochter mit Buchungsunterlagen bestätigt.«

Eric schluckte schwer. Großer Gott. Das klang alles nicht besonders gut. Vincent hatte zahlreiche Konkurrenz und hohe Preise als Grund für das Ausbleiben von Gästen genannt. Wenn aber durchsickerte, dass von hier regelmäßig Menschen verschwanden, war das alles andere als positive Werbung.

»Was sagt denn mein Bruder zu all dem?«, fragte er.

Manzin seufzte schwer und steckte die Hände in seine Hosentaschen. »Ich drücke es mal so aus: Die Grenzen zwischen Monsieur du Bellays Kooperation und seiner Missbilligung unserer Arbeit sind fließend.«

Eric zog die Augenbrauen hoch. Das klang haargenau nach Vincent. Seine Abneigung gegenüber Obrigkeiten war immer schon ein Problem gewesen. Es gab keinen Unterschied, ob sein Bruder sich etwas zu Schulden hatte kommen lassen oder nicht, die pure Anwesenheit von Uniformierten reichte aus, um Opposition zu betreiben.

»Sie wissen nicht zufällig etwas, was uns weiterhelfen könnte?«, fragte Manzin und sah ihn erwartungsvoll an.

»Wie gesagt, wir sind erst seit gestern hier.«

»Als einzige Gäste?«

»Ja ... das heißt, nein, es ist noch jemand hier.«

Eric rief sich sein Gespräch mit Alain ins Gedächtnis. »Ein Gast aus Bayeux. Soviel ich weiß, ist er mit dem Fahrrad hier.«

»Wissen Sie, wo wir diesen Gast finden?«

Eric schüttelte den Kopf. Er wusste nicht einmal dessen Namen. Warum erfragte der Inspektor das von ihm und nicht von Vincent? Stellte der sich wirklich so stur? Immerhin handelte es sich um den Verbleib von Menschen. »Nein, tut mir leid.«

Der Inspektor winkte ab. Dann schaute er sich um, als wolle er sichergehen, dass sich niemand in unmittelbarer Nähe befand.

»Monsieur du Bellay«, begann er, die Stimme etwas gedämpfter, »wenn Sie nichts dagegen haben, würde ich Sie gerne bei Gelegenheit mal unter vier Augen auf dem Revier sprechen. Nicht jetzt sofort, aber falls Sie es in den nächsten Tagen mal einrichten könnten, wäre ich Ihnen sehr dankbar.«

In Eric schrillten alle Alarmglocken auf einmal auf. Instinktiv wollte er einen Schritt zurückweichen, nahm stattdessen die Schultern zurück und hob fast schon trotzig das Kinn.

»Ich wüsste nicht, was ich auf dem Revier sollte«, erwiderte er, »liegt irgendetwas gegen mich vor?«

Manzin hob beschwichtigend die Hand. »Es liegt nichts gegen Sie vor, Monsieur du Bellay ... Eric. Sie dürfen sich beruhigen. Ich möchte mich gerne mit Ihnen über Ihren Bruder unterhalten. Und ich ziehe es vor, das nicht an diesem Ort hier zu tun.«

Eric war sich nicht sicher, was ihn mehr in Rage versetzte. Die fast freundschaftliche Verwendung seines Vornamens oder die offenherzige Aufforderung, Vincent in den Rücken zu fallen.

»Ich wüsste nicht, was ich Ihnen über ihn erzählen sollte. Oder müsste.«

Wieder verschwand eine Hand im Sakko des Inspektors, doch diesmal zog er eine Visitenkarte hervor, die er Eric entgegenstreckte.

»Nochmal: Sie müssen gar nichts, Eric. Aber falls Sie es sich anders überlegen, rufen Sie mich an. Auch wenn Ihnen etwas auffallen sollte, und sei es in Ihren Augen noch so unwichtig. Wie Sie vielleicht feststellen, habe ich ihnen bereits eine ganze Menge mehr über unsere Anwesenheit und die Vermissten erzählt, als ich müsste. Da draußen gibt es Familien, die verzweifelt ihre Angehörigen suchen. Und da Vincent uns keine große Hilfe ist, baue ich ein wenig auf Sie.«

Die kleine weiße Karte zwischen Manzins Fingern schien Eric anzubetteln. Sie unterstrich das Gesagte auf groteske Weise. Lehnte er sie ab, könnte er ebenso gut zu all den Angehörigen fahren und ihnen mit den Worten 'Ich habe nichts mit der Sache zu tun!' in die Gesichter schlagen.

Er war Vincents Bruder. Solange er sich hier aufhielt, konnte er zumindest Einfluss nehmen und ihn dazu bewegen, mit der Polizei zu sprechen. Das war das Einzige, aber auch das Mindeste, was er tun konnte.

Er griff nach der Visitenkarte und hoffte inständig, dass Vincent ihn nicht vom Fenster aus zusah. Er fühlte sich wie ein Verräter.

»Danke. Ich freue mich, von Ihnen zu hören.« Damit drehte Inspektor Manzin sich um und schritt zum Wagen, neben dem der uniformierte Beamte geduldig mit verschränkten Armen wartete. Während er auf dessen Zeichen hin die Fahrertür öffnete und hinter das Steuer glitt, blieb der Inspektor an der Beifahrerseite stehen und zögerte, bevor er einstieg.

»Noch etwas«, rief er und schaute sich erneut um, als fühlte er sich beobachtet, »Passen Sie ein bisschen auf sich auf, Eric. Auf sich und Ihren Sohn.«

Damit verschwand er in dem dunklen Peugeot, dessen Motor augenblicklich zum Leben erwachte. Eric blieb konsterniert zurück und blinzelte gegen die aufwirbelnde Staubwolke an, in die der Wagen ihn bei seiner Abfahrt hüllte. Es wurde langsam Zeit, dass dieser Tag sich dem Ende neigte. Für heute hatte er definitiv genug um die Ohren gehabt, um ein ganzes Reisetagebuch zu füllen.

Er verstaute die Visitenkarte in seiner Gesäßtasche und sah zur Scheune, die der uniformierte Beamte vorhin so interessiert untersucht hatte. Vermutlich war die Polizei ohne Durchsuchungsbefehl hier gewesen, sonst hätten sie sicher einen genaueren Blick riskiert. Und plötzlich fiel es ihm auf. Eric ging ein paar Schritte auf das Tor zu, um sicherzugehen, dass er sich nicht irrte. Doch seine Augen spielten ihm keinen Streich.

Das Vorhängeschloss.

Es war am Tag zuvor noch nicht da gewesen.

08

Eric fand seinen Bruder in der Küche und stellte sich bei dessen Anblick unweigerlich die Frage, ob Vincent jemals schlecht gekleidet an irgendeinem Ort dieser Erde erschien. Zumal er vermutlich der einzige Mensch war, der in einer Schürze erstklassig aussah.

In Stoffhosen und Slippern stand er am Küchenblock in der Mitte des Raumes und schnitt etwas in feine Ringe, was aussah wie eine übergroße Frühlingszwiebel. Die graue Kochschürze schützte dabei sein Hemd und den größten Teil der Hose. Erics zaghaftes Klopfen hatte er offenbar überhört, denn er ließ sich bei seinem geschäftigen Treiben nicht stören und summte dabei munter vor sich hin.

Eric blieb im Türrahmen stehen und lehnte sich dagegen. Mit vor der Brust verschränkten Armen betrachtete er die friedliche Szene. Sein Bruder hantierte mit Begeisterung in der Küche, stellte sich ein Arrangement aus kleingeschnittenem Allerlei zusammen und zog Pfannen und Töpfe aus Schränken, als hätte er nie etwas anderes in seinem Leben gemacht. Eric konnte sich an keine Zeit erinnern, in der er Vincent so ausgeglichen erlebt hatte. Dabei hatte dieser gerade das Kochen immer als eine der lästigen Notwendigkeiten des Lebens angesehen.

Mit einem Mal unwillig, ausgerechnet jetzt den mit Verrücktheiten gespickten Tag mit seinem zufrieden wirkenden Bruder durchzusprechen, zog Eric einen stillen Rückzug in Erwägung. Dass es dafür schon zu spät war, erkannte er am Grinsen, das sich, ohne dass Vincent von seiner Tätigkeit aufschaute, auf dessen Gesicht ausbreitete. »Endlich, die Aushilfe ist da«, witzelte er und unterbrach sein Treiben, um sich die Hände an einem Geschirrtuch abzuwischen, das ihm über der Schulter lag. Er sah auf und durchquerte strahlend den imposanten Raum, um Eric in seine Arme zu schließen.

So viel zum heimlichen Abgang.

»Solange ich keine Fische filetieren muss«, wand der jüngere du Bellay ein und erwiderte die herzliche Begrüßung mit betont übertriebener Heiterkeit. Zum zweiten Mal an diesem Tag fühlte er sich wie ein Verräter.

»Dein Timing stimmt, damit bin ich schon längst durch.« Vincent nickte mit dem Kinn in Richtung Kühlschrank. »Ein Gläschen Wein für dich? Ich habe einen fantastischen Weißen für heute Abend besorgt. Und der erste Satz in meinem Rezept lautet: man kippe ein Glas Wein in den Koch.«

Eric winkte ab. »Nein, danke. Sag mir lieber, wie ich dir zur Hand gehen kann. Findet heute etwas Besonderes statt? Für wen betreibst du denn den Aufwand?«

Es war ihm gar nicht so recht, dass Vincent jeden Tag in stundenlanger Arbeit das Essen für sie zubereitete. Andererseits konnte er auch nicht anbieten, im Ort ein Restaurant aufzusuchen, ohne sich dabei schäbig vorzukommen.

»Ich habe Jérome zum Dinner eingeladen, vielleicht seid ihr euch schon begegnet. Der arme Kerl ernährt sich den ganzen Tag von isotonischen Getränken und Rohkost, da sehe ich es als meine Pflicht, ihm zur Abwechslung mal eine fettige warme Mahlzeit anzubieten. Könntest du die hier übernehmen?« Vincent wuchtete einen Sack Kartoffeln auf den Küchenblock.

Eric rang sich ein müdes Lächeln ab. Kartoffelschälen stand auf seiner persönlichen Liste der unbeliebtesten Küchenarbeiten auf Platz zwei. Direkt nach Fisch filetieren. Er nahm den Sparschäler entgegen, den Vincent ihm entgegenstreckte, und zog ein paar mit Erde gepuderte Kartoffeln aus dem Sack, wohlwollend zur Kenntnis nehmend, dass diese Sorte fast nur aus großen Exemplaren bestand, was ihm seine Arbeit entschieden erleichtern würde.

Und während er darüber nachdachte, ob und welches brisante Thema er zuerst anschneiden sollte, kam Vincent ihm zuvor.

»Alain ist mir heute Mittag über den Weg gelaufen«, eröffnete er und wischte beiläufig die Arbeitsplatte sauber. »Ihr seid nicht lang unterwegs gewesen.«

Eric seufzte. »Ich schon.«

Er betrachtete die Kartoffel in seiner Hand, ohne sie wirklich wahrzunehmen. Er spürte ihr Gewicht, ohne sich darüber Gedanken zu machen.

»Es lief nicht besonders, oder?«, fragte Vincent mit sanfter Stimme. Er hatte inzwischen aufgehört, seinen Arbeitsplatz zu säubern, und schaute seinen kleinen Bruder erwartungsvoll an.

Eric lachte auf. Ein freudloser, verbitterter Laut. »Natürlich nicht.«

Die Wut und die Trauer, die er in den letzten Stunden erfolgreich zurückgedrängt hatte, krochen wieder hervor. Wie kleine, hässliche Insekten, die nur darauf warteten, dass sich das Sonnenlicht verzog.

»Wie immer schwelgen wir in einer Minute in einer glücklichen Erinnerung, nur um in der Nächsten darüber zu diskutieren, warum heute alles so Scheiße ist.«

Eric räusperte sich und begann, die erste Kartoffel zu schälen. Dass er sie dabei energischer als nötig behandelte, ignorierte er. Die zurückbleibende Erde zeichnete kunstvolle braune Muster auf dem gelben Fleisch der Knolle.

»Er wird zu seiner Mutter ziehen.«

Das rhythmische Schaben der Klinge blieb für einen Moment lang das einzige Geräusch im Raum.

»Hat er sich das gewünscht?«, fragte Vincent vorsichtig, obwohl er, dem Tonfall nach zu urteilen, die Antwort bereits kannte.

»Nicht direkt, nein. Ich habe das beschlossen.«

Eric hörte, wie Vincent scharf die Luft einsog. Er hielt inne und sah auf. Ein kurzer Anflug von Amüsiertheit keimte in ihm auf. Mit den ineinanderverschränkten Händen, die er wie eine Mütze auf dem Kopf trug, sah sein Bruder aus wie Vater, wenn er versuchte, eine begangene Dummheit seiner Söhne mental zu verarbeiten.

»Eric …«

»Ich weiß, was du sagen willst. Ja, ich habe mir das gut überlegt. Und ja, es wird mir den Boden unter den Füßen wegreißen. Wieder einmal, nachdem ich mich von meiner Scheidung zu erholen versuche. Wenn wir den Heimweg antreten und mir richtig bewusst wird, dass die letzte gemeinsame Zeit hinter uns liegt und ich in Zukunft mutterseelenallein in einer viel zu großen Stadtwohnung hausen muss, werde ich in ein tiefes, schwarzes Loch fallen. Schon wieder. Und wahrscheinlich werde ich mich, wenn ich Alains letzte Habseligkeiten zu Yvonne gefahren habe, in eben dieser kalten, leeren Wohnung einschließen und mich sinnlos betrinken. Aber ich muss die Reißleine ziehen, Vincent. Wir tun uns nicht gut. Ich habe Mist gebaut, mein Sohn kann mir das nicht verzeihen, also wäre es verantwortungslos, ihn auf Teufel komm raus weiter bei mir zu behalten.«

Die Kartoffel war mittlerweile nur noch halb so groß, und Eric legte Schäler und Geschälte auf der Arbeitsplatte ab. Seine favorisierte Übersprunghandlung, ein genervtes durch-die-Haare-fahren, sparte er sich angesichts der mit Stärke benetzten Hände und erwiderte Vincents kritischen Blick.

»Ich kann nicht ganz nachvollziehen, warum du dir die alleinige Schuld gibst«, hielt Vincent nach einer Pause dagegen.

»Ich gebe mir die Schuld nicht, ich habe sie. Ich trage sie mit mir herum wie Betonklötze an den Knöcheln.« Eric zuckte mit den Schultern. »Sei mir nicht böse, aber das ist Terrain, auf dem du dich nicht auskennst. Du bist notorischer Einzelgänger. Du warst nie verheiratet, du hast keine Kinder.«

Insgeheim hasste er sich für diese Aussage. Es war das Argument, das alle Eltern einsetzten, wenn das kinderlose Gegenüber sie nicht verstand. Und er hoffte, dass Vincent ihm das nicht übel nahm.

»Aber ich kenne dich, und um dich mache ich mir nun mal Sorgen.«

»Das weiß ich zu schätzen, wirklich. Aber da muss ich jetzt durch.« Eric fischte eine weitere Kartoffel aus dem Sack und versuchte, sich auf seine Arbeit zu konzentrieren. Der Schäler war glitschig und trug wenig zur Entkrampfung der angespannten Stimmung bei. Er spürte noch immer Vincents Blick. Und es machte ihn nur wütender.

Lass es sein, Vince. Misch dich da nicht ein. Dies ist mein Schlammloch, und darin will ich mich alleine suhlen.

»Ohne dir oder deiner Familie zu nahe treten zu wollen, aber ich finde das alles reichlich übertrieben und arrogant.«

Eric stoppte in der Bewegung. Er sah auf. »Bitte?«

»Ich mag das alles nicht verstehen, aber ich bilde mir ein, genug Abstand zu haben, um den Undank herausdeuten zu können, der da nur so aus allen Poren trieft.«

»Undank«, wiederholte Eric tonlos.

»Richtig.« Vincent zog sich das allgegenwärtige Geschirrtuch von der Schulter und warf es mit Nachdruck auf die freie Arbeitsplatte. »Es ist ja nicht so, dass du die ganze Arbeit auf dich genommen hast, um dir eine Segeljacht zu kaufen oder dir ein paar schicke Autos in die Garage zu stellen. Ohne eure Wohnung oder euren Alltag zu kennen, habe ich aus deinen Erzählungen genug rausgehört, um zu wissen, dass ihr den höheren Standard leben konntet, mit allem, was dazugehört. Und davon haben alle profitiert, deine Frau genauso wie Alain. Dich jetzt als den alleinigen Buhmann hinzustellen, finde ich, und ich wiederhole mich gerne, undankbar.«

Eric schüttelte den Kopf. »Und was bringt der ganze Reichtum? Ich habe meine Familie dafür vernachlässigt, das dürfen sie mir durchaus unter die Nase reiben.«

»Mag sein, aber sie sollten auch honorieren, wie gut es ihnen dadurch ergangen ist. Und jetzt, wo du dich so sehr um deinen Sohn bemühst, sollte auch er irgendwann einmal von dem Ross steigen und dir verzeihen, meinst du nicht?«

Eric holte Luft, hatte jedoch keine Antwort für sein Gegenüber. Er konnte sich nicht eingestehen, dass Vincent mit seinen Äußerungen richtig lag.

Wie oft hatte er sich über seine eigene devote Haltung geärgert? Für die erbärmliche Art und Weise, wie ein geprügelter Hund mit eingeklemmtem Schwanz hinter dem Frauchen herzulaufen, als hätte er ein Stück Fleisch vom Tisch geklaut und müsse sich ihre Liebe wieder erwinseln.

Doch so schnell derlei Gedanken aufkeimten, so rasch wurden sie von Schuldgefühlen verschüttet. Hier, in diesem Moment, von außen darauf hingewiesen zu werden, war wie ein Schlag ins Gesicht. Und dass der Hinweis ausgerechnet von Vincent stammte, dem ewigen Single, dem Eigenbrötler, kam einem Messer im Rücken gleich. Frustration bäumte sich in Eric auf, dieselbe unbändige Desillusionierung, welche die ganze Situation in ihm kultivierte wie ein niederträchtiger Gärtner seine dornigen Rosen. Ihm war klar, dass sein Zorn sich in die falsche Richtung entladen und die einzige Person treffen würde, die auf seiner Seite war, doch er kam nicht dagegen an.

»Wo du gerade dabei bist, dich um andere Leute zu sorgen«, zischte Eric und schaffte es nicht, den aggressiven Unterton in seiner Stimme zu verbergen, »erklär mir doch mal kurz, warum du nicht mit der Polizei zusammenarbeiten willst.«

Vincents Augen verengten sich. »Wovon sprichst du?«

»Vorhin im Hof bin ich zwei Herren begegnet, einem mir nicht näher vorgestellten Beamten in Uniform sowie einem Inspektor der Gendarmerie Nationale in Caen.«

»Und?«

»Gendarmerie Nationale, Vincent. Kein kleiner Streifenpolizist aus dem nächsten Ort, nein, ein hohes Tier. Und der kommt nicht hier raus, wenn es nicht um Leben und Tod geht.«

»Und du willst jetzt worauf hinaus?«

Der Impuls, Vincent am Kragen zu packen, war fast zu übermächtig, um nicht nachzugeben. Eric holte tief Luft und bemühte sich um eine gemäßigtere Stimmlage. »Nun, wie ich hörte, warst du nicht sehr gesprächsbereit. Es sind Menschen verschwunden. Menschen, die hier waren und nun wie vom Erdboden verschluckt sind.«

Vincent zuckte mit den Schultern. »Warum sollte ich da besonders gesprächig sein? Diese Gäste haben das Hotel verlassen, was danach passiert, kann unmöglich in meiner Verantwortung liegen. Und genau das habe ich den Herren auch so mitgeteilt.«

»Du hättest der Polizei den Namen des andere Gastes vermitteln können ... Jérome? Vielleicht hat er etwas gesehen oder kann einen Teil zur Klärung beitragen.«

»Hast du schon mal was von Datenschutz gehört, Eric? Wie fühlt sich mein Gast, wenn ich ihm die Polizei auf den Hals hetze? Die Menschen, die hier herkommen, suchen Ruhe und Abstand, und es ist meine Aufgabe, dafür zu sorgen, dass sie das auch erhalten.«

»Mein Gott, diese vermissten Leute sind womöglich tot! Da könnte man die Ruhe und den Abstand mal kurz aufgeben, um der Polizei Hinweise zu geben, oder eben auch nicht, sehe ich das so falsch?«

Vincents Lächeln ermattete. »Um es mit deinen Worten zu sagen: sei mir nicht böse, aber das ist Terrain, auf dem du dich nicht auskennst.«

Eric starrte ihn an, bevor er sich kopfschüttelnd wegdrehte und ein paar Schritte durch den Raum ging, die Hände schließlich doch in den Haaren vergraben in einer Geste der Verzweiflung.

»Hast du was ausgefressen?«, fragte er bemüht gelassen, ohne Vincent dabei anzusehen. Als Antwort erhielt er ein verächtliches Schnauben.

»Wie bitte? Was ist denn das für eine Frage?«

»Die wollen mit mir sprechen«, entgegnete Eric und blickte auf.

»Über dich.«

»Über mich? Mit dir? Aha.«

Falls diese Neuigkeit Vincent in irgendeiner Form beunruhigte, ließ er es sich nicht anmerken. Stattdessen lachte er kurz auf und rieb sich die Nase.

»Hast du eine Idee, worum es gehen könnte?«, bohrte Eric weiter.

»Warum ist die Garage abgeschlossen?«

»Das ist sie meistens.«

»Als du uns herumgeführt hast, war sie es nicht.«

»Weil ich wusste, dass ihr kommt! Was soll denn das jetzt, Eric?«

»Was wollen die von dir?«

Sein Bruder kippte den Kopf nach hinten und schien die Decke zu mustern. Tatsächlich erkannte Eric an der Art, wie Vincents Augen sich hin- und herbewegten, dass er ernsthaft über eine Antwort grübelte. Eine Antwort, die er, im Nachhinein betrachtet, lieber nicht hatte hören wollen.

»Was soll ich dir sagen?«, gab er müde und resigniert zurück, »Dass mich die Bewohner von Amblie meiden wie der Teufel das Weihwasser? Dass es mehrere Bürgerversammlungen gegeben hat, in denen darüber abzustimmen versucht wurde, wie man mich hier am besten vertreiben kann? Der Polizei liegen ein halbes Dutzend Anzeigen gegen mich vor, lauter fiktive Anschuldigungen, eine absurder als die andere. Also ja, ich habe nicht nur eine Idee, worum es gehen könnte, ich habe sogar ziemlich viele. Und ich kann nur sagen: Nur zu, geh die Herren Beamten besuchen und hör dir an, mit welchem abstrusen Blödsinn sie versuchen werden, mich an den Pranger zu stellen.«

Eric spürte, wie sich sein Magen zu einem Knoten zusammenzog. Fassungslos starrte er seinen Bruder an, suchte dessen Blick, der noch immer zur Decke gerichtet war. Er kramte im Kopf nach einer geeigneten Erwiderung, irgendetwas, was die ganze Sachlage weniger desolat anmuten ließ. Heraus kam das einzige, aber zeitgleich wertloseste Wort, das ihm auf der Zunge brannte. »Warum?«

Vincent zuckte mit den Schultern. »Fahr doch mal in die Stadt, frag die Leute. Mit etwas Glück geben sie dir eine zufriedenstellende Antwort. Ich für meinen Teil habe es aufgegeben, nach dem 'Warum' zu fragen.«

»Es muss doch einen Grund geben, einen Vorfall ... was weiß ich ... hast du den Pfarrer beleidigt, ohne es zu merken?«

»Mit dem guten Mann habe ich noch nie ein Wort gesprochen.«

»Warum nicht? Es lässt sich möglicherweise alles klären, man müsste nur ab und zu auf die Menschen zugehen.«

Das milde Lächeln auf Vincents Gesicht ließ Erics Missmut erneut aufkeimen.

Natürlich. Die ganze Stadt machte gegen ihn mobil, doch der stets entspannte Herr tat das alles mit einem süffisanten Lächeln ab. Sensationell.

»Ach Eric, du bist zu gut für diese Welt, das bist du immer schon gewesen.«

»Was hat denn das damit zu tun?«

Vincent hob einen Zeigefinger und signalisierte Eric, kurz auf ihn zu warten. Fünf Minuten später kam er mit einem lederbezogenen Buch zurück, schlug eine der ersten Seiten auf und reichte es Eric. Dessen Blick fiel auf einen eingeklebten Zeitungsartikel.

»Das ist mein Gästebuch«, erklärte Vincent, »Der Artikel stammt von der Eröffnungsfeier des Hotels im August 2017.«

Eric überflog den Text, der unter einer großen Farbfotografie eine Zusammenfassung des damaligen Tages wiedergab. Die Worte waren freundlich und voll des Lobes, und Eric ertappte sich dabei, dass er gerne da gewesen wäre. Dann erinnerte er sich daran, dass er durchaus eine Einladung erhalten hatte, die er jedoch aufgrund einer Dienstreise ausschlagen hatte müssen.

Er schluckte schwer und ignorierte sein schlechtes Gewissen, indem er das Foto genauer studierte.

Es zeigte den Innenhof des Hotels, festlich mit Blumen und Luftballons geschmückt. Im Hintergrund sah man weiß behusste Biertischgarnituren, auf denen diverse Köstlichkeiten zum Verzehr bereitstanden. Im Vordergrund strahlte Vincent in die Kamera, frisch und entspannt, ohne auch nur den Hauch einer Spur des strapaziösen Wiederaufbaus und der hinter ihm liegenden Festvorbereitungen auf dem Gesicht. Neben ihm stand Magalie – offensichtlich war sie Mitarbeiterin der ersten Stunde.

»Und wer ist das?«, fragte Eric und tippte auf die Person, die links von Vincent zu sehen war. Ein großer, hagerer Mann in einem für seine Statur überraschend gut sitzenden Anzug schüttelte seinem Bruder die Hand.

»Der Bürgermeister«, antwortete Vincent überspitzt, »die dazugehörige Entourage steht hinter der Kamera. Für ihn war es ein offizieller Termin, ein neues Hotel in seinem Ort, da ist man quasi gezwungen, vorbeizuschauen und ein paar feuchte Händedrücke zu verteilen.«

Eric betrachtete das Foto genauer. Etwas an der Szene verwirrte ihn und er konzentrierte sich auf das Gesicht des Bürgermeisters. Davon ausgehend, dass ein Event dieser Art einem Mann in solch einem Amt ein breites Lächeln entlocken müsste, irritierte Eric, was er sah.

Das Stadtoberhaupt blickte, ebenso wie Vincent und Magalie, direkt in die Kamera. Seine Züge waren ernst, fast schon panisch. Es schien, als wünschte sich der Bürgermeister von Amblie zum Zeitpunkt der Aufnahme ganz weit weg.

»Wow«, staunte Eric, »welchem Geist ist der denn begegnet?«

»Demselben, dem alle anderen auch begegnet sind«, antwortete Vincent trocken und zog die Augenbrauen hoch. Irritiert sah Eric zu ihm auf, bevor er erneut das Bild inspizierte.

Und dann fiel es ihm auf.

Es waren kaum Gäste in der Szenerie zu sehen. Die edel hergerichteten Sitzgelegenheiten waren verwaist. Ein junges Paar, gerade noch am Rand des Fotos sichtbar, verweilte dicht aneinandergedrängt an einem Stehtisch. Während der korpulente Mann eher unscheinbar wirkte, fiel seine Begleiterin durch ihre voluminöse Haarpracht auf. Eine medusen-gleiche Mähne aus roten Locken verlieh ihrem Gesicht einen dramatischen Rahmen. Eric konnte die Mimik der beiden nicht ausmachen, ihre Körperhaltung jedoch spiegelte das pure Unbehagen wider.

Eric sah ungläubig auf, doch Vincent zuckte nur mit den Schultern. »Du siehst, ich hatte gar keine Zeit, etwas falsch zu machen. Ich bin hier von Anfang an unerwünscht.«

»Warte, du willst mir sagen, es ist niemand zur Eröffnung gekommen? Außer dem Bürgermeister und diesen zwei Leuten hier?«

»Die Fourniers sind damals neu in den Ort gezogen. Wonach immer die Gerüchteküche hier stinkt, die waren offenbar ganz und gar unwissend.«

»Sehen aber auch nicht aus, als hätten sie Spaß.«

Vincent ignorierte den Einwand. »Der Herr Bürgermeister hat die Feier im Übrigen gleich nach dem Fototermin verlassen. Kein Gläschen Champagner, keine Häppchen. Er war ganze acht Minuten da.«

Eric klappte das Gästebuch zu und musterte grübelnd das dunkelbraune Leder des Einbands. Es schien das Motto des Hauses zu sein, so wenig Gäste wie möglich zu beherbergen. Egal ob über Nacht oder zum Sektempfang. Die Frage nach dem Warum stand noch immer im Raum wie ein dicker, fetter Elefant.

»Magalie scheint hier ja nichts zu stören. Wie lange arbeitet sie schon für dich?«

Vincent lächelte. »Sie ist ein Fixstern. Wie du siehst der einzige Eröffnungsgast, der heute noch Teil dieses Ganzen ist. Sie kam quasi aus dem Nichts, als ich die Vorbereitungen getroffen habe, und fragte nach einem Job. Ich habe sie eingeladen, mir beim Aufbau zu helfen.«

»Und sie ist bis heute geblieben.«

»Ja, das ist sie.«

Eric ließ das Album erneut auffallen und sah sich das Foto nochmal an. Magalie schien um keinen Tag gealtert zu sein, obwohl zwischen der Aufnahme und dem Heute fünf Jahre vergangen waren. Er blätterte sich weiter durch eine imposant große Anzahl von Gästebucheinträgen. Seit seiner Eröffnung war das Haus stets gut besucht gewesen, allerdings nur von Auswärtigen: Überwiegend Franzosen aus dem Süden, Briten, einige Deutsche, sogar einen amerikanischen Eintrag fand er. Und wenn man davon ausging, dass sich nicht alle Gäste in solch einem Buch verewigten, konnte man durchaus von regem Betrieb sprechen, zumindest zu Anfangszeiten. Doch mit den Monaten und Jahren wurden die Widmungen spärlicher, die Abstände zwischen den warmen Worten größer.

Eine Konstante war der immer wiederkehrende Eintrag der Eheleute Durand:

Mein lieber Vincent,

wie immer hatten wir eine wundervolle Zeit bei dir! Und wie jedes Mal aufs Neue danken wir für deine Gastfreundschaft und freuen uns schon auf das nächste Mal!

À bientôt, Jules & Adaliz Durand

Die kunstvolle Handschrift, in alter Tradition erlernt und über viele Jahrzehnte gegen das Vergessen gepflegt, sprang Eric beim Durchblättern mehrmals ins Auge. So inhaltslos die einzelnen Einträge schienen, so deutlich las man die Begeisterung und Liebe für diesen Ort in jeder Widmung heraus.

Der letzte Gruß der Durands war gleichzeitig der abschließende Eintrag im Buch, niedergeschrieben vor knapp einem Monat. Nach seinem Kennenlernen mit Inspektor Manzin wusste Eric, dass zwischen dem Datum darunter und dem Tag der Vermisstenmeldung nicht mal eine halbe Woche lag.

Er strich über die schwarze Tusche und fühlte, wie ihn eine unendliche Traurigkeit überkam.

»Weißt du etwas über den Verbleib der beiden?«, fragte er leise. »Oder der ganzen anderen Leute? Stehen die Abneigung der Dorfbewohner und das Verschwinden dieser Menschen in irgendeinem Zusammenhang? Die Anzeigen? Fiktiv, abwegig, egal wie hirnrissig, hat das alles etwas miteinander zu tun?«

Vincent schüttelte energisch den Kopf. »Ich habe mir dieselben Fragen schon so oft gestellt, Eric. Ich habe keine Ahnung. Weder weiß ich, wo diese Menschen sind, noch warum ein jeder hier einen solchen Groll gegen mich hegt.«

Die beiden Brüder schwiegen und Eric gestand sich ein, dass weiteres Stochern keinen Sinn ergab - Vincents Fassade aus Selbstkontrolle und Sturheit war undurchdringlich wie eh und je.

Dank der vielen Konflikte in seinem Leben hatte Vincent schon in jungen Jahren gelernt, sich abzuschotten und nur wenige Menschen

Zeuge seiner Verletzlichkeit werden zu lassen. Eric gehörte dazu. Wie oft war er aus der Schule gekommen, um dort seinen großen, starken Bruder nach einer Auseinandersetzung mit ihren Eltern in Tränen aufgelöst vorzufinden. Wie viele Telefonate hatten sie geführt, in denen der Lebemann Vincent ihm sein Herz ausgeschüttet, sich einsam gefühlt und still um Hilfe gerufen hatte, ohne diese konkret einzufordern. Eric war immer da gewesen, hatte stets versucht, zu helfen, bis an die Grenzen seiner eigenen Kräfte. Bis Vincent dies eines Tages nicht mehr zuließ. Und um den kleinen Bruder zu schützen, hatte er gelernt, es nicht soweit kommen zu lassen und einen kompletten Zusammenbruch eben dieser Mauer zu verhindern.

Doch eines musste Eric geklärt wissen. Er zog sein Smartphone aus der Gesäßtasche.

»Darf ich dir abschließend etwas zeigen?«, fragte er, rief das Foto des Stahlhelms auf und hielt es seinem Bruder hin. »Kannst du dir das hier erklären?«

Vincent nahm das Telefon und betrachtete das Bild auf dem Display, zoomte näher heran und runzelte die Stirn. Als er nichts erwiderte, fuhr Eric fort. »Den habe ich hier im Wald gefunden, zusammen mit vielen Weiteren. Es müssen an die Hundert Stück sein. Und sie sind echt. Keine Kostüm-Accessoires, kein Spielzeug.«

Er nahm das Smartphone wieder an sich, als Vincent es ihm reichte. »Kann ich mir nicht erklären«, sagte sein Bruder tonlos. »Ich meine, das Gebiet hier war in Zeiten des Krieges eine heiße Zone, vielleicht bist du tatsächlich im übertragenen Sinne auf eine Goldgrube gestoßen.« Er lächelte. »Oder es ist die Vorbereitung für eine weitere Gemeinheit der Ortsansässigen und ich bekomme demnächst eine Anzeige wegen Massenmords angehängt.«

Er seufzte unvermittelt und klatschte in die Hände. »Ich muss weitermachen – bist du mir böse, wenn ich dich rauswerfe? Ich brauche ein bisschen Ruhe, ist das okay?«

Eric nickte stumm. Sein Kopf war voller Fragen. Wenn er der Polizei gegenüber etwas in der Hand haben wollte, um für Vincent Stellung zu beziehen, brauchte er mehr. Doch zum jetzigen Zeitpunkt hatte seine verlässlichste Informationsquelle dicht gemacht und würde so schnell nicht weiter kooperieren.

»Okay, kein Problem. Ich werde mal nach Alain schauen, mich zurückmelden.« Sein Blick fiel auf die zwei geschälten Kartoffeln.

»Lass nur«, sagte Vincent, der offenbar wieder Gedanken las, »Ich mach das schon. Geh dich versöhnen. Zumindest ansatzweise.«

Eric lächelte gequält und begab sich zur Tür. Er fragte sich, wer von beiden gerade wen stützte.

Seine Knie wurden weich und er sank langsam zu Boden. Dass er dabei mit dem Rücken schmerzhaft an den Schubladengriffen entlang streifte, blendete er aus.

Vincent ließ seinen Kopf nach hinten fallen und schloss die Augen. Er musste nicht lange warten. Ihre warmen, weichen Hände strichen über seine Wangen und spendeten ihm den Trost, nach dem er sich förmlich verzehrte. Als er die schweren Lider anhob und ihr wunderschönes, mädchenhaftes Gesicht vor sich sah, fühlte er sich zerrissen. Ohne es zu bemerken, wurde er zum Echo des kleinen Bruders.

»Warum?«, fragte er und ekelte sich vor seiner eigenen Stimme. Sie war nicht länger tief und kraftvoll, sondern hatte jedwede Energie verloren, war brüchig und heiser. Er hasste es, so zu klingen. »Das alles ist nicht nötig.«

Eine Antwort erhielt er nicht. Stattdessen betrachtete sie ihn gütig lächelnd und setzte sich zu ihm auf den Boden. Vincent spürte ihre Hände in seinem Nacken, fühlte ihren sanften Druck und gab nach. Kraftlos legte er seinen Kopf in ihren Schoß, sah zu, wie die vertrauten Umrisse des Raumes verschwammen. Während ihre Finger behutsam durch sein Haar glitten, begann sie zu singen. Und obwohl sich der rationale Teil in ihm innerlich aufbäumte, sie von sich stoßen und dem Drang zu Flüchten nachgeben wollte, so gab sich sein ewig hungernder Teil der Geborgenheit hin. Wo die Mauern dieses Hofes ihm eine Decke war, bildeten ihre Wärme und ihre Stimme die Daunen.

Wie ein Junkie unmittelbar nach dem lange überfälligen Schuss rollte er sich zusammen und fixierte die gegenüberliegende Wand. Er bewegte die Lippen zu ihrem Gesang, folgte den Worten von *La Route Enchantée* und weinte.

09

Nachdem Eric den staubigen Feldweg hinter sich gelassen hatte, regelte er das Radio auf ein gerade noch tolerierbares Level zwischen zu laut und Tinnitus. Die Musik half ihm dabei, den gestrigen Abend gedanklich Revue passieren zu lassen.

Sie alle hatten fantastisch gegessen. In fünf Gängen hatte Vincent ein weiteres Mal bewiesen, dass er in den letzten Monaten und Jahren gelernt hatte, seine Kreativität nicht nur in der Kunst und Architektur, sondern ebenso in der Küche auszuleben. Mit korrespondierenden Weinen, die Eric zum Bedauern angesichts seiner heutigen Pläne nur in Maßen hatte genießen können, und einer, zumindest teilweise überaus amüsanten Gesellschaft, war der Abend wie im Flug vergangen.

Jéromes Präsenz hatte allen Anwesenden gut getan. Der schlaksige alte Mann mit der sonnengegerbten Haut hatte bereitwillig über sein Leben berichtet – wie er nach dem frühen Tod seiner Frau an einem Scheideweg angelangt war und sich gegen Aufgeben und für ein Weiterleben entscheiden musste. Wie er daraufhin sein Leben völlig umgekrempelt und sich dem Sport und insbesondere dem Radfahren verschrieben hatte. Auf unzähligen Reisen hatte er die halbe Welt erkundet – alles auf dem Sattel seines treuen Drahtesels. Jéromes Aufenthalt hier im Norden lief unter der Rubrik Kurztrip, war doch die Strecke von Bayeux nach Amblie für den alten Herrn ein Spaziergang. Im Sommer des kommenden Jahres würde sein Ziel die Tundra sein. Jérome, ein warmherziger, sympathischer Mann, fast ein wenig wie der Großvater, den man sich immer wünschte, in der sportlichen Variante mit Rennrad statt Schaukelstuhl.

Alain war zum Dinner erschienen, was Eric positiv überrascht hatte. Einen kompletten Boykott des Abendessens hätte ihn nicht gewundert. Auch die fast erleichtert wirkende Begrüßung seines Sohnes hatte ihn stutzig, ja sogar etwas wehmütig gemacht.

Doch das war dann schon alles gewesen. Demonstrativ hatte Alain zwischen Jérome und Vincent Platz genommen, und hatte seinen Vater für den Rest des Abends weder eines Blickes gewürdigt noch angesprochen. Die Kluft, die sich an jenem Nachmittag aufgetan hatte und sie weiter voneinander trennte als jemals zuvor, spie ihren kalten, muffigen Atem in Erics Gesicht.

Er hatte es so gewollt. Nun musste er damit leben.

Die neu entstandene, aber offensichtlich weit fortgeschrittene Freundschaft zwischen Jérome und Alain trug ihren Teil zu Erics Irritation und Verbitterung bei. Und so hatte er sich recht früh verabschiedet, hatte Vincents Proteste entschuldigend weggelächelt und sich auf sein Zimmer zurückgezogen.

Heimisch fühlte er sich dort nicht. Noch immer nagten die Ereignisse der letzten Nacht und der Mangel an plausiblen Erklärungen an ihm. Das Gefühl, unter ständiger Beobachtung zu stehen, schien dort oben in seinen vier Wänden auf Zeit stärker zu sein als irgendwo sonst auf dem Hof.

Es war die Erschöpfung, die ihm schlussendlich doch in den Schlaf verhalf. Sie und das stets in den Abendstunden aufflackernde Heimweh nach seiner Ex-Frau.

Mit einem Mal genervt von der Musik schaltete Eric das Radio aus und seufzte. Ein weiterer Punkt auf seiner Liste der unliebsamen Dinge, den er vor sich herschob: Yvonne anrufen. Ihr eröffnen, dass sie in Kürze einen Mitbewohner haben würde. Ein Telefonat, das er in so vielerlei Hinsicht scheute.

Es war das offizielle Eingeständnis seines Scheiterns als Vater. Und es war der erste Schritt, der die im hitzigen Streit in den Raum geworfenen Worte zu etwas Realem machte.

Der Drohung mussten Taten folgen. Aber noch war Zeit. Heute Abend würde er sie anrufen. Keine Ausflüchte, kein Aufschieben.

Die ersten Schilder, die Neuankömmlingen Aufschluss über die wichtigsten Sehenswürdigkeiten der Stadt Caen gaben, tauchten auf. Ungerührt rauschte Eric an Zeichnungen der romanischen Kirchen Saint-Étienne und Sainte-Trinité vorbei, das Lenkrad unnötig fest umklammert. Mit jedem Kilometer, den er sich der Stadt näherte, wuchsen seine Zweifel. Was hatte er sich dabei gedacht, hierher zu kommen? Waren seine eigenen Probleme nicht ausreichend?

Zu allem Überfluss war er unvorbereitet. Das gestrige Gespräch mit Vincent hatte wenig Licht ins Dunkel gebracht. Wieso glaubte er, hier etwas ausrichten zu können? Er war ein Gefangener zwischen zwei Stühlen, mit dem Bestreben, einerseits dazu beizutragen, dass die Leute gefunden wurden, die man anderswo schmerzlich vermisste. Andererseits musste er herausfinden, wieso sich die Menschen in Amblie so eigenartig benahmen, Lügen verbreiteten und seinem Bruder die Polizei auf den Hals hetzten.

Auf der Fahrt hatte Eric seinen Fokus auf die Höfe in der Umgebung gelegt. Sie waren allesamt ähnlich gebaut wie das *La Sainte Charonne*, allein die Metamorphose zum schicken Landhotel hatten sie nicht vollzogen.

Hegten die Bauern in Amblie einen Groll gegen Vincent, weil er das Gebäude verändert hatte? Lag es am Hof selbst? Hatte sein Bruder nicht erzählt, dass man ihm die Ruine praktisch nachgeworfen hatte. Das Interesse der Gemeinde an dem Bau schien nie überaus groß gewesen zu sein. Warum sonst hatte man es nach dem Krieg sich selbst überlassen, statt es wieder aufzubauen? Wer waren die Vorbesitzer? Gab es eine geprellte Erbengemeinschaft? War es möglich, dass diese hinter der Hexenjagd steckte?

Die vereinzelt in der Landschaft verstreuten Industriebauten wurden zahlreicher und vermischten sich bald mit großen, farblosen Wohnblöcken. Eric verließ die Bundesstraße und folgte dem Ring durch den immer dichter werdenden Verkehr, bis ihn das Navigationssystem an sein Ziel führte.

Die Gendarmerie Nationale bestand aus einer Ansammlung von Klötzen, die architektonisch eine moderne Variante des bewährten

Kasernenbaus darstellten. Mehrere identische Gebäude mit hellen Fassaden und Tonnendächern standen in gebührendem Abstand zueinander. Weniger verspielt, dafür umso respekteinflößender wurde man einige Meter weiter von den beiden Hauptgebäuden empfangen. Zwei helle Würfel mit dunklen, schwarz umrandeten Fenstern bildeten den Durchgang auf das Gelände, der mit einer Schranke, jeder Menge Überwachungskameras und Beflaggung aufwartete.

Eric bog in das Areal ein und überfuhr im Schneckentempo eine Temposchwelle, bevor er seinen Wagen auf dem kleinen Parkplatz vor dem Pförtnerhaus zum Stehen brachte. Mit dem Abstellen des Motors wich jegliche Courage aus seinem Körper. Er knetete kurz das weiche Leder des Lenkrads. Seine Nervosität war unberechtigt. Weder bestand Anklage gegen ihn, noch war er gezwungen, eine Aussage machen. Trotzdem kam keine Entspannung auf.

Einen kurzen Moment verweilte er noch hinter dem Steuer, bevor er nach seinem Leinen-Sakko vom Beifahrersitz griff. Im Nachhinein war er froh, es überhaupt eingepackt zu haben. Ursprünglich für Dinner-Abende im Hotel eingeplant, würde es ihm jetzt die dem Termin angemessene Seriosität verleihen.

Mit dem Öffnen der Wagentür schlug Eric die Sommerhitze entgegen und er schälte sich mit einem schwerfälligen Seufzer aus dem Fahrzeug. Die kurze Distanz zum Haupteingang legte er so lässig und unauffällig wie möglich zurück, während er dabei sein Sakko überstreifte. Er war sich der Blicke bewusst, die ihn hinter den abgedunkelten Scheiben der Pforte zweifelsohne beobachteten. Und tatsächlich hatte sich bereits einer der drei uniformierten Beamten von seinem Schreibtisch erhoben, ehe Eric den klimatisierten Vorraum betreten hatte.

»Guten Morgen. Wie kann ich helfen?«

»Guten Morgen, mein Name ist Eric du Bellay, ich habe einen Termin bei Inspektor Noah Manzin. Um 11 Uhr.«

Der Beamte nickte knapp und lenkte seine Aufmerksamkeit auf einen Computermonitor, der außerhalb von Erics Blickfeld unter dem Tresen stand.

»In Ordnung, Monsieur. Bitte nehmen Sie kurz Platz.« Er zeigte auf eine Reihe unbequem aussehender Stühle an der Wand.

Dankend drehte Eric sich weg und nahm angespannt Platz. Er beobachtete den Beamten, der sich zurück an seinen Schreibtisch bewegte und den Telefonhörer abnahm.

Die Lage war dermaßen absurd: die lächerlichen Anschuldigungen gegen Vincent, er hier auf einem Polizeirevier. In was waren sie hineingeraten? Und warum ließ sich dieses mulmige Gefühl, dass hier etwas überhaupt nicht stimmte, einfach nicht abstreifen?

Er sah sich um.

Drei der vier Seiten des quaderförmigen Wächterhäuschens waren voll verglast, wobei die getönten Scheiben ganze Arbeit leisteten, indem sie einen perfekten Blick nach draußen, jedoch kaum Einblicke ins Innere zuließen. Außer der Glastür, durch die Eric hereingekommen war, gab es eine weitere Tür auf der anderen Seite, die vermutlich in eines der beiden Hauptgebäude führte.

Der Polizist hatte mittlerweile aufgelegt, hielt es aber nicht für nötig, Eric über die geschätzte Dauer der Wartezeit oder den weiteren Fortgang des Aufenthalts aufzuklären. Stattdessen vertiefte er sich wieder in die Inhalte seines Bildschirms und schien den Besucher schon vergessen zu haben.

Mit einem Seufzer verschränkte Eric die Finger ineinander und betrachtete gedankenverloren seine Schuhe. Er dachte an Alain, der mit ziemlicher Sicherheit gerade auf dem Bett lag und mit seiner Freundin über WhatsApp kommunizierte. Vorausgesetzt, es war noch Datenvolumen vorhanden.

Wie war nochmal ihr Name?

Frustriert schüttelte er den Kopf und zog sein eigenes Telefon aus der Innentasche seines Sakkos. Die Startseite des Browsers zeigte noch immer die Internetpräsenz des Cimetière militaire Canadien de Bény-sur-Mer Reviers, die er gestern Abend schon einmal aufgerufen hatte. Den Soldatenfriedhof hatte Eric als Ausflugsziel für den morgigen Tag ausgewählt. Nicht die erbaulichste Sehenswürdigkeit, aber in einer geschichtsträchtigen Gegend wie dieser hielt er es für notwendig, sich zumindest in homöopathischen Dosen mit der Vergangenheit des eigenen Landes zu befassen.

Darüber hinaus war das Ziel nicht ohne Eigennutz gewählt. Der irre Fund im Waldstück ließ Eric nicht los. Und auch wenn er nach seiner Unterredung mit Vincent nicht mehr sicher war, ob es sich dabei um echte Helme oder doch nur um einen Streich der Dorfbewohner handelte, so wollte er sich ein wenig intensiver mit der Thematik beschäftigen.

Alain würde höchstwahrscheinlich mit dem Augenrollen gar nicht mehr aufhören – besonders angesagt waren Friedhofsbesuche in dem Alter ja nie. Doch sie hatten die Übereinkunft getroffen, den Urlaub gemeinsam zu Ende zu bringen, und Eric würde sein Versprechen halten.

Er überflog die Anfahrtsbeschreibung, prüfte die Öffnungszeiten und schloss das Browserfenster wieder, als sich die Tür zum Hauptgebäude öffnete. Inspektor Manzin hechtete aus der Tür und begrüßte Eric mit einem breiten Lächeln.

»Monsieur du Bellay«, rief er und streckte seine Hand aus, »Eric, es freut mich, dass Sie es sich so schnell eingerichtet haben.«

Eric stand auf und erwiderte das Lächeln. Die herzliche Begrüßung reichte jedoch nicht aus, den tiefen Graben aus Argwohn und Vorbehalt gänzlich zu überbrücken. Insgeheim suchte er in Manzins Gesicht die Antwort auf die Frage, mit welchem Bullen er es zu tun hatte: dem Guten oder dem Bösen? Ging es dem Kriminalbeamten primär um die neutrale und zielgerichtete Aufklärung der Vermisstenfälle, oder wollte er seinen Bruder unter allen Umständen als Schuldigen präsentieren?

»Ich möchte helfen«, entgegnete Eric und ergriff die Rechte seines Gegenübers beherzt, »Beiden Seiten, wenn möglich.«

Manzin nickte und zeigte zur Tür, durch die er gekommen war. »Folgen Sie mir bitte.«

Eric tat wie ihm geheißen und trat hinter dem Beamten durch die Tür in einen schmalen, kurzen Gang, auf dessen Seite sich zwei Aufzugtüren befanden. Eine davon öffnete sich nach Manzins Betätigung des Rufschalters auf Anhieb und gab den Zugang zu einer unangenehm grell ausgeleuchteten Kabine frei.

»Sind Sie gut durchgekommen?«, fragte Manzin, nachdem er die oberste Taste gedrückt und den Aufzug in Bewegung gesetzt hatte. »Ich habe die Uhrzeit bewusst so gewählt, dass Sie sich die Bundesstraße nicht mehr mit den Landwirten teilen müssen und die morgendliche Rush Hour vorbei ist. Nach wöchentlichen Fahrten hoch nach Amblie entwickelt man so seine Techniken.«

»Alles wunderbar«, antwortete Eric. Er fand die fürsorgliche Umsicht des Beamten fast schon erheiternd. Mit dem Hauptwohnsitz und Arbeitsplatz mitten in Paris waren ein paar Traktoren und eine überfüllte Ringstraße keine Gegner für ihn.

Der Aufzug kam kaum merklich zum Stillstand und die Tür schob sich mit einem weichen Surren auf. Eric folgte dem Inspektor durch einen langen, lichterfüllten Korridor, dessen Decke mit großzügigen Oberlichtern gespickt war. Rechts und links reihten sich Türen zu Bürozimmern aneinander, einige waren geschlossen, andere standen weit offen. Ein Wirrwarr aus lauten und leisen Stimmen, Telefonklingeln und Schubladenknallen waberte durch den Gang.

Manzin blieb vor der geöffneten Glastür zu einem verwaisten Besprechungsraum stehen. »Darf ich Ihnen einen Kaffee anbieten? Unsere Maschine macht recht passable Heißgetränke.«

Eric nickte, worauf Manzin einem jungen Mann im gegenüberliegenden Büro ein Zeichen gab. Dann betraten sie das kleine Besprechungszimmer.

Der ovale Tisch in der Mitte bot Platz für maximal acht Personen und war mit Ausnahme eines aus allen Nähten platzenden Aktenordners sowie einer Flasche Wasser und zwei Gläsern in der Tischmitte völlig leergefegt. Obwohl es keine Fenster gab, sorgte auch hier ein Oberlicht für genug Tageslicht. Ein Flatscreen zierte die Stirnseite des Raumes, flankiert von einem jungfräulichen Flipchart und einem Ficus aus Plastik.

Ohne eine Aufforderung abzuwarten, zog Eric den erstbesten Stuhl zurück und ließ sich darauf nieder, während der Inspektor gegenüber Platz nahm und den prall-gefüllten Ordner zu sich heranzog. Im selben Moment brachte der junge Beamte, den Manzin vorher angesprochen hatte, zwei dampfende Tassen Kaffee herein und stellte sie auf dem Tisch ab. So schnell, wie er gekommen war, verschwand er wieder und schloss die Tür hinter sich, was für den Bruchteil einer Sekunde eine seltsame Art von Vakuum erzeugte. Die schwere Stille, nur durchbrochen vom Rascheln des Anzugstoffs und dem Gleiten der Stuhlbeine auf dem Teppich, als Manzin an den Tisch heranrückte, erinnerte Eric wieder an den Grund seines Aufenthalts. Es war kein Gespräch, auf das er sich freute, egal, wie passabel der Kaffee schmeckte.

10

»Gut«, begann Manzin und legte die ineinander verschränkten Finger auf dem Ordner ab. Er sprach nicht weiter und betrachtete ihn stattdessen mit einer Mischung aus Neugier und Vorfreude, was Eric über alle Maßen Unbehagen bereitete. Der Drang, nervös auf seinem Stuhl herumzurutschen, war übermächtig.

»Zunächst einmal bedanke ich mich für Ihre Kooperation, Eric«, fuhr der Inspektor endlich fort, »Sie sind aus freien Stücken hier, das heißt, Sie müssen keine Frage beantworten oder Aussagen treffen, wenn Sie es nicht möchten. Allerdings muss das, was Sie sagen, der Wahrheit entsprechen.«

Eric räusperte sich und setzte sich etwas aufrechter auf seinen Stuhl. Dann nickte er wortlos und beobachtete, wie Manzin einen kleinen Block und einen Kugelschreiber aus seinem Sakko zog und vor sich bereitlegte.

»Sprechen wir über Ihren Bruder Vincent. Ganz allgemein ... gibt es weitere Geschwister? Ist er ihr älterer oder jüngerer Bruder?«

»Älter. Wir liegen zwei Jahre auseinander und es gibt nur uns beide.«

»Erzählen Sie mir von ihm. Was ist er für ein Mensch?«

Eric legte den Kopf schief und sah sein Gegenüber herausfordernd an. »Warum sprechen wir über meinen Bruder? Sollten wir nicht über die Details der Vermisstenfälle sprechen? Die hanebüchenen Anschuldigungen der Bewohner Amblies?«

Manzin lächelte. »Sie sehen mich als Feind, ich verstehe das. Und ich kann Ihren Vorbehalt gegen die Tatsache, mit der Polizei über Vincent zu sprechen, absolut nachvollziehen. Aber ich versuche, meine Arbeit zu machen, diese Menschen zu finden und hoffentlich den Namen Ihres Bruders reinzuwaschen. Dafür muss ich ihn besser kennenlernen. Alles, was Sie mir hier und heute sagen, kann ich auch per Haftbefehl und Verhör aus Vincent herausbekommen. Helfen sie mir dabei, dass es nicht so weit kommen muss.«

Eric rührte sich nicht, doch Manzins Worte trafen ihn. Er hielt dem Blick des Beamten stand, suchte Anzeichen von Böswilligkeit und Hinterlist in den dunklen Augen des Mannes. Die Aufrichtigkeit, die er stattdessen fand, ließ ihn hadern.

Vincent würde es soweit kommen lassen – er würde stur weiterschweigen, bis man ihn in Handschellen vom Hof führen würde. Es wäre der Todesstoß für das *La Sainte Charonne* und das Ende seiner Karriere. Und deswegen musste Eric ihn vor sich selbst schützen. Den kühlen Kopf bewahren, während sein Bruder meilenweit davon entfernt war.

Er schüttele sich mental und sah an Manzin vorbei zur Tür. Wo fing er an? Was konnte er sagen, ohne dass es gleich ein schlechtes Licht auf seinen Bruder warf? Was sollte er verschweigen?

»Vincent ist immer für mich da«, begann er, »auch wenn unser Kontakt in den letzten Jahren nicht mehr so eng gewesen ist, weiß ich, dass ich jederzeit auf ihn zählen kann.«

Manzin nickte und zog den kleinen Notizblock zu sich heran, auf dem er einige Notizen niederschrieb. »Was ist mit Ihren Eltern? Waren sie jemals im *La Sainte Charonne*?«

»Nein. Das Verhältnis zwischen ihnen und Vincent ist nicht gerade herzlich. Er ist aufgrund von Spannungen früh von daheim ausgezogen.«

»Welche Art von Spannungen?« Manzin schaute auf.

Eric fuhr sich über das Gesicht. Er hatte befürchtet, dass er die mehr als unharmonische Familiengeschichte ausrollen musste.

»Mein Bruder war das, was man im Allgemeinen als Unfall bezeichnet. Als meine Mutter von ihrer ungeplanten Schwangerschaft erfuhr, blieb ihr nichts anderes übrig, als ihre Karriere als Tänzerin zu beenden. Das hat sie ihm unbewusst nie verziehen.«

Manzin hob ungläubig die Augenbrauen, sagte aber nichts.

»Noch dazu war er ein schwieriges Kind«, fuhr Eric fort, »er hat als Baby sehr viel geschrien, war später trotzig, als Teenager rebellisch. Er wollte sich nicht gerne in die Familien-Maschinerie einordnen, Sie wissen schon ... die Pflichten und Aufgaben, die man ab einem bestimmten Alter zu übernehmen hat. Verantwortung tragen, sei es für sich selbst oder andere. Er verweigerte sich praktisch allem, was zu ständigem Streit mit unseren Eltern führte. Nicht zu vergessen der immer mitschwingende Vorwurf meiner Mutter.«

»Und trotzdem entschied sie sich für ein weiteres Kind«, stellte der Inspektor fest und zeigte mit der Spitze des Kugelschreibers auf Eric, der mit den Schultern zuckte.

»Eine Rückkehr zum Ballett gab es für meine Mutter nicht. Also kam ich.«

»Hatten Sie mit ähnlichen Problemen zu kämpfen?«

Eric schüttelte den Kopf. »Nein. Ich war gewollt. Und ich war – auch wenn sich das jetzt blöd anhört – anders.«

Die Erkenntnis, dass er das gewünschte und geplante Lieblingskind war, hatte Eric schleichend gewonnen. Gut angefühlt hatte es sich nie. Wie oft hatte er nachts im Bett an die Decke gestarrt und seiner im Wohnzimmer versammelten Familie bei ihren Wortgefechten zugehört. Anschuldigungen. Vorwürfe. Knallende Türen. Meistens kam Vincent daraufhin in ihr gemeinsames Zimmer, zog sich die Decke über den Kopf und versuchte, sein Schluchzen zu dämpfen, um den kleinen Bruder nicht zu wecken. Oder um ihn nicht zu verstören. Manchmal kam er nach einem solchen Streit gar nicht, sondern verließ das Haus für Stunden, sogar Tage. Doch nicht selten war Eric zu Vincent unter die Decke gekrochen, hatte sich fest an ihn gedrückt und versprochen, für ihn da zu sein. Hatte seinem Weinen zugehört und voll kindlicher Naivität gehofft, die innige, brüderliche Nähe würde ausreichen, um alles wieder gut zu machen.

»Woher wissen Sie von den Umständen, die zu diesem schwierigen Verhältnis zwischen Ihrer Mutter und Vincent geführt haben?«, fragte Manzin, »So was erzählt man seinen Kindern ja nicht.«

»Seinen Kindern nicht, nein«, antwortete Eric, »aber wenn aus den lieben Kleinen langsam Erwachsene werden, kann man sich nicht mehr hinter Schönmalereien verstecken. Insbesondere als Eltern nicht.«

Der Inspektor schwieg für einen Moment, bevor er zögernd weitere Notizen auf seinen Block kritzelte.

»Vincent lebt alleine?«, fragte er, ohne aufzuschauen.

»Ja, schon immer. Keine Wohngemeinschaft während des Studiums. Es gab nie eine feste Frau in seinem Leben. Er ist wohl das, was man als typischen Einzelgänger bezeichnet.«

Manzin nickte erneut. Die Augen starr auf seine Notizen gerichtet, fragte er dann: »Würden Sie sagen, er ist einsam?«

Eric runzelte die Stirn. »Warum? Weil einsame Menschen sonderbar sind und sonderbare Dinge tun?«

Der Inspektor zuckte mit den Schultern. »Das haben Sie gesagt.«

Die Stirn weiter in Falten gelegt, ließ Eric den Blick durch den Besprechungsraum gleiten. Er war nicht sicher, warum ihn der Gedanke so aufwühlte. Zu den einsamen Menschen gehörten für ihn jene Leute, die sich daheim vierzehn Katzen hielten oder mit Puppen zu Abend aßen. Die Möglichkeit, Vincent zu dieser bemitleidenswerten Gruppe zu zählen, stimmte ihn traurig und nervös.

»Er ist nicht einsam. Nicht alle Leute, die gerne für sich sind, müssen gleichzeitig vereinsamt und beklagenswert sein. Er hat sich das selbst ausgesucht.«

»Würden Sie ihn denn als Menschenfreund bezeichnen?«

»Er führt ein Hotel. Soweit ich weiß, eine service-orientierte Tätigkeit, für die es hilfreich ist, mit Menschen auszukommen.«

Eric war klar, dass er die Frage damit nur abgefälscht, aber nicht beantwortet hatte. Ihm gefiel die Richtung nicht, in die der Inspektor das Gespräch lenkte. Er lehnte sich nach vorn.

»Darf ich Ihnen jetzt eine Frage stellen?«, fragte er, »Wird mein Bruder konkret verdächtigt, irgendetwas mit den vermissten Personen zu tun zu haben?«

Manzin hielt seinem Blick ohne jegliche Regung stand, doch Eric erkannte etwas wie Bedauern in den Augen des Beamten. Ihm wurde klar, dass er die Antwort auf seine Frage bereits kannte.

»Es tut mir leid, Eric«, antwortete Manzin fast etwas bedrückt, »derzeit ist Vincent unser Hauptverdächtiger. Wir haben nur noch nicht genug in der Hand, um gegen ihn vorgehen zu können.«

Da war er, der rosa Elefant im Raum, den zwar alle wahrnahmen, auf den jedoch niemand aufmerksam machen wollte. Eric kaute nervös auf der Unterlippe herum und starrte auf seine Finger.

Verdammt Vincent. In was bist du da hinein geraten?

»Hören Sie«, eröffnete er, um Fassung bemüht, »mein Bruder ist kein einfacher Mensch, aber er hatte auch kein einfaches Leben. Ich habe ihn kämpfen sehen, jeden Tag, seit ich denken kann. Aber seit er dieses Hotel besitzt, ist er wie ausgewechselt. Er ist ausgeglichen, glücklich. Der Hof ist das Beste, was ihm seit Langem passiert ist. Vielleicht sogar das Beste, was ihm überhaupt jemals passiert ist. Warum sollte er das aufs Spiel setzen, indem er seine Gäste entführt?«

Oder tötet? Gott im Himmel, das würde er nie tun.

Der Inspektor schob wortlos seine Brille weiter nach oben, und Eric nutzte den Moment.

»Welches Problem haben die Dorfbewohner mit ihm?«

»Sie meinen die Anzeigen?«

»Die Anzeigen, die Anfeindungen ... er und der Hof scheinen den Einwohnern von Amblie aufzustoßen, schon von Anfang an. Sie kennen den Grund dafür, oder nicht?«

Manzin antwortete nicht gleich, und Eric bohrte weiter. »Ich gehe davon aus, dass Sie im Zuge der Ermittlungen einige Bewohner befragt haben, möglicherweise auch den Bürgermeister?«

Das ernste Gesicht des Mannes auf der Fotografie tauchte vor Erics innerem Auge auf. Er wäre nicht verwundert, wenn das Stadt-oberhaupt selbst hinter allem steckte.

»Darüber kann ich nicht sprechen, Eric, das ist Ihnen sicher klar. Aber um Sie zu beruhigen, mir sind die Anzeigen bekannt und ich halte sie selbst für ... bitte verzeihen Sie die Wortwahl ... erstunken und erlogen.«

Manzin begann, den Ordner vor sich zu durchforsten, und zog ein rosa-farbenes Blatt hervor, welches er mit gekräuselter Stirn überflog. Mit einem Mal spürte Eric den Hauch von Dankbarkeit in sich aufkeimen. Die Möglichkeit, mit dem Inspektor doch einen Verbündeten vor sich zu haben, war nicht mehr völlig abwegig.

»Es gab diverse Anzeigen beim Gesundheitsamt, angeblich war das im Restaurant des *La Sainte Charonne* servierte Essen verdorben. Stichproben wiesen aber keinerlei Auffälligkeiten auf. Es gibt eine Anzeige wegen Lärmbelästigung – auch hier konnte bis heute nicht geklärt werden, welche Art Lärm das gewesen sein soll, der eine Reichweite bis in den Ort hinein hat. Eigenartig ist zwar, dass die Anzeigen von unterschiedlichen Personen erstattet wurden, was die Möglichkeit ausschließt, dass sich ein Bürger allein auf einem persönlichen Feldzug befindet. Aber für mich, und im Übrigen auch für die Kollegen in Amblie, sieht das alles nach Verleumdung und Rufschädigung aus.«

»Aber ... warum das alles?«

Manzin legte langsam das Papier zur Seite. Dann nahm er seine Brille ab und schaute Eric eindringlich an.

»Man hatte in Amblie Gründe, das Roche-Anwesen nach dessen Zerstörung nicht mehr aufzubauen. Ihr Bruder hat es getan und das ist nicht gut angekommen.«

»Das Roche-Anwesen? Sie meinen den Hof, oder vielmehr das, was davon übrig war, als Vincent es gefunden hat?«

Manzin nickte. »Es war ein Gutshof, hauptsächlich für Schweinezucht. Er gehörte bis zu seiner vollständigen Zerstörung im Juni 1944 der Familie Roche. Die Tochter des Hauses war die letzte Überlebende und hatte den Hof in den Wochen und Monaten vor ihrem Tod zu einer Art Lazarett umfunktioniert. Sie starb bei der Explosion, die damals auch den Hof in Schutt und Asche gelegt hat. Da es keine Erben gibt, überließ man die Überreste der Natur.«

Schweinezucht. Das erklärte einiges.

»Aber warum diese Hexenjagd auf Vincent? Er hat die Ruine rechtmäßig erworben, man hat sie ihm verkauft.«

»Es sind dort Menschen gestorben. Möglicherweise sind die Dorfbewohner abergläubisch.«

Eric musste fast lachen. »Viele Menschen sind 1944 gestorben, deswegen hat man Frankreich und auch sonst kein anderes Land komplett zerfallen lassen. Totenruhe hin oder her, aber das ist doch lächerlich.«

»Sie verstehen mich falsch. Ich spreche nicht von den Toten während des Zweiten Weltkrieges. Es sind Menschen im *La Sainte Charonne* gestorben. Gäste, die nur ihren Urlaub verbringen wollten und nie mehr heimgekehrt sind.«

Das plötzliche Rauschen in Erics Ohren kam zeitgleich mit dem mulmigen Gefühl in seiner Magengegend auf.

»Wie bitte?«, krächzte er und starrte sein Gegenüber entgeistert an, »Wann?«

In einer Seelenruhe zog Manzin erneut ein Schriftstück aus dem Ordner. »Im September 2014 war Louis Jaunecourt Gast im Hotel Ihres Bruders. Allein reisend, 46 Jahre alt. Das Zimmermädchen fand ihn eines Morgens tot im Badezimmer. Es gab keine Spuren von Fremdeinwirkung, er ist einfach umgefallen. Der Finne Veeti Likmakki wachte im Januar 2015 neben seiner toten Frau Marit auf. Sie war im Schlaf verstorben. Keinerlei Fremdeinwirkung.«

Er legte das Papier weg. »Wollen Sie wissen, was die beiden gemeinsam hatten?« Eine Antwort wartete er nicht ab. »Sie waren krank«, beantwortete Manzin seine eigene Frage. »Louis litt an einer unentdeckten Herzinsuffizienz. Marit Likmakki starb an einer bakteriellen Meningitis. Ebenfalls unerkannt und unbehandelt. Ihr Ehemann hat uns erzählt, dass es ihr die Tage zuvor sehr schlecht ging. Das ist aber nicht alles.«

Eric räusperte sich und setzte sich etwas aufrechter auf seinen Stuhl. »Ich höre Ihnen zu.«

»Das vermisste Paar aus Metz, Catherine und René Nicolas. René hatte vor seinem Urlaubsantritt die Diagnose Krebs erhalten. Die

Lunge voller Metastasen. Nicht therapierbar und höchstwahrscheinlich tödlich. Wir haben diese Information von seinen Eltern.«

Die daheim bei den kleinen Kindern geblieben waren, um dem jungen Paar einen letzten Kurzurlaub zu ermöglichen, bevor René unweigerlich sterben sollte.

Eric kippte kraftlos nach vorne und stützte sich mit den Ellenbogen auf dem Tisch ab. Er vergrub das Gesicht in seinen Händen.

»Du meine Güte«, murmelte er fassungslos in schweißnasse Handflächen. Die Informationen wirbelten in seinem Kopf umher wie ein Schneegestöber. Als er wieder aufschaute und bemerkte, dass der Inspektor ihn ansah, hoffte er inständig, nicht noch weitere Details zu erfahren.

»Sie verstehen nun vielleicht, warum wir das Hotel und insbesondere Vincent genauer beobachten«, sagte Manzin fast entschuldigend, »es gibt bisher keine konkreten Hinweise, und solange dies der Fall ist, bleibt uns nichts anderes übrig, als ihm und seinem Umfeld auf die Nerven zu gehen.«

Manzins Versuch, die Stimmung zu heben, prallte an Eric ab. Er stellte die Hände vor sich auf, als müsste er gleich einen Ball fangen. »Moment ... langsam ... mir ist klar, dass diese Anhäufung von Todesfällen seltsam ist. Aber wir sprechen hier vom natürlichen Tod schwer erkrankter Menschen, richtig? Warum bitte wird das meinem Bruder zur Last gelegt?«

»Wir versuchen, dem Ganzen auf den Grund zu gehen, Eric. Wir legen Vincent gar nichts zur Last, sonst wäre er schon jetzt nicht mehr auf freiem Fuß und das Hotel geschlossen.«

Er beugte sich ebenfalls nach vorne und setzte seine Brille wieder auf. »Ich stelle jetzt nochmal die Frage, die ich bereits gestern gestellt habe: Ist Ihnen etwas aufgefallen, was es wert ist, mir davon zu erzählen? Ganz egal, wie unwichtig es Ihnen erscheint, für uns mag es von Bedeutung sein.«

Das Rauschen in Erics Ohren kehrte zurück. Er warf einen gierigen Blick zur Wasserflasche, griff aber erst zu, nachdem Manzin ihm mit einer Handbewegung dazu ermutigte. Er drehte die zwei Gläser herum und füllte beide. Das Plätschern und Knistern des Mineralwassers durchdrang die vakuum-gleiche Stille des Raumes auf unangenehme Weise. Eric setzte an, registrierte den säuerlichen Spülmaschinen-Geschmack des Glases, spürte das Beißen der Kohlensäure an seinem Gaumen. Ihm war heiß und kalt zugleich.

Ja, er hatte Informationen, und ob er die hatte. Er war nicht einmal sicher, wo er anfangen sollte. War sein Helmfund erwähnenswert? Die Tatsache, dass er sich auf dem Grundstück beobachtet fühlte, tagein, tagaus? Das aus dem Nichts aufgetauchte Vorhängeschloss am Garagentor?

Was, wenn er sich irrte? Wenn es für alles eine logische und vor allem legale Erklärung gab? Die falschen Worte zu diesem Zeitpunkt an den falschen Adressaten – sie wären Vincents Ruin. Erics wirre Überreaktion würde höchstwahrscheinlich eine Razzia auslösen, die niemandem verborgen blieb. Ein gefundenes Fressen für die Presse, ein Schlachtfest für die Einwohner von Amblie.

Eric stellte das Glas auf den Tisch, überrascht darüber, welche Ruhe ihn mit dem Treffen seiner Entscheidung überkam. Dann schüttelte er den Kopf.

»Nein«, sagte er gefasst, »mir ist nichts aufgefallen. Aber ich werde die Augen offen halten und Sie informieren, falls es etwas gibt.«

Inspektor Manzin sah ihn lange an, sagte jedoch nichts. Eric hielt dem Blick stand und blieb weiterhin äußerlich gelassen. Doch in seinem Inneren tobte ein Sturm.

Er konnte sein Wissen jetzt nicht offenlegen. Noch nicht. Er brauchte Zeit, das zu klären.

Manzin nickte. »In Ordnung. Dann bedanke ich mich an dieser Stelle für Ihre Hilfe, Eric. Rufen Sie an. Jederzeit. Und geben Sie auf sich acht.«

Derselbe Ratschlag, den er bereits gestern erhalten hatte, und von dem Eric nicht klar war, was er davon zu halten hatte. Taktik? Der Versuch, ihn einzuschüchtern? Oder machte Inspektor Noah Manzin sich im Ernst Sorgen um ihn?

Gedanklich befand sich Eric längst wieder auf den Weg zurück nach Amblie. Er hatte ein Schloss zu knacken. Und wenn er das geschafft hatte, würde er seinen Bruder fragen, wem die beiden Fahrzeuge gehörten, die in der seit neuestem abgeschlossenen Garage standen.

11

Fast hätte er schallend aufgelacht.

Vielleicht wäre es ratsam, mal auszusteigen, das Hirn zu lüften. Dann hielt ihn auch keiner für irre, weil er bei der Bruthitze im Auto schmorte. Könnte auch gegen die Halluzinationen helfen, die ihn gerade heimsuchten.

Eric hatte direkt vor der ehemaligen Scheune geparkt, die dem *La Sainte Charonne* als Garage und Rumpelkammer diente. Schwitzend, weil er den Motor seines Wagens vor einer gefühlten Ewigkeit ausgeschaltet hatte und die hereinkriechenden Außentemperaturen die von der Klimaanlage hart erarbeitete angenehme Kälte längst verdrängte. Und einem Lachanfall gefährlich nahe – zum einen aus purer Überforderung mit der Situation. Zum anderen, weil er sich während der Rückfahrt von Caen nach Amblie den Kopf darüber zerbrochen hatte, wie er ein Vorhängeschloss ohne Brachialgewalt und Aufsehen öffnen könnte.

Nur, um hier angekommen festzustellen, dass es kein Vorhängeschloss mehr gab. Es war verschwunden, das Scheunentor unverschlossen.

Eric legte den Kopf zurück und wischte sich die Schweißperlen von der Stirn. Die Informationen, die er von Inspektor Manzin ungefiltert und schonungslos erhalten hatte, beschäftigten ihn. Allein die Tatsache, dass selbst die Polizei die Anzeigen gegen Vincent nicht sonderlich ernst nahm, bot einen kleinen Lichtblick. Die Gäste, die während des Aufenthalts im *La Sainte Charonne* ihren letzten Atemzug genommen hatten, nicht. Er zog sein Smartphone aus der Freisprecheinrichtung, stieg aus und lehnte sich an seinen Wagen. Mit verschränkten Armen ließ er seinen Blick vom Garagentor durch den Innenhof schweifen. Die Sorge, jemand könnte seines Verhaltens bezüglich misstrauisch werden, erwiesen sich als unbegründet. Nach wie vor war keine Menschenseele auf dem Grundstück zu sehen.

Noch immer hatte Eric sich nicht an die Abgeschiedenheit gewöhnt. Und als ob der Wechsel vom brodelnden Paris in diese Einöde nicht schon genug zur allgemein depressiven Stimmung beitrug, setzte die Abwesenheit von Mitmenschen dem ganzen die Krone auf. Jéromes Fahrrad war nirgends zu sehen, und auch Vincents Renault stand nicht auf seinem Parkplatz.

Sein Blick blieb erneut am Garagentor hängen und Eric legte den Kopf schief, als wartete er darauf, dass ihm das monströse alte Ding Antworten lieferte. Ohne die Augen vom derben, wettergegerbten Holz zu lassen rief er Alains Kontakt auf seinem Mobiltelefon auf und legte es an sein Ohr. Langsam schlenderte er dabei darauf zu. Eine erneute Inspektion der Scheunentür brachte dieselbe Erkenntnis: von einem Vorhängeschloss keine Spur.

Das war als gutes Zeichen zu werten, oder? Vincent hatte offenbar doch nichts hinter verschlossenen Türen zu verbergen.

Abrupt unterbrach die Mailbox den Freiton und informierte darüber, dass der Angerufene derzeit nicht angerufen werden wollte. Einen kleinen Fluch ausstoßend nahm Eric das Telefon vom Ohr und tippte frustriert eine Nachricht ein.

Bin wieder zurück. Wo bist du?

Er schob das Telefon in seine Gesäßtasche und ließ den Blick erneut durch den Innenhof schweifen, bevor er mit den Fingerspitzen über den großen, rostigen Riegel glitt. Ihm war klar, dass er das Detail mit den beiden herrenlosen Autos der Polizei gegenüber nicht hätte verschweigen dürfen. Verdammt, er hatte ja bis zu seinem Termin bei dem Inspektor selbst nicht mehr daran gedacht. Er musste an weitere Informationen herankommen, Erkenntnisse gewinnen, wissen, was auch immer hier vor sich ging. Und dann würde er Vincent damit konfrontieren, ob dieser Lust darauf hatte oder nicht. Und wenn Eric dafür kiloweise Kartoffeln schälen musste.

Er rüttelte an dem großen Querriegel, erst zögerlich, dann mit Nachdruck und brachte damit das gesamte Flügeltor in Bewegung. Zu seiner Überraschung schwang es ihm quietschend und knarrend entgegen und er wich erschrocken zurück.

Die angenehm kühle, gleichwohl muffige Luft aus dem Inneren der Scheune floh wie ein Tier aus langer Gefangenschaft. Der Geruch von feuchtem Stein und Schimmel umwehte Eric, eines der wenigen Überbleibsel, die an das tatsächliche Alter des modernisierten Areals erinnerten.

Mit einem kraftvollen Ausstoß seines Atems, den er unbewusst angehalten hatte, und einem weiteren kurzen Blick über seine Schulter schlüpfte Eric durch den offenen Spalt des Tores.

Die Nachmittagssonne schaffte es nur schwer durch die kleinen fast blinden Fensterscheiben hindurch. Staub und Pollen tanzten durch den Raum und schienen sich in den einfallenden Sonnenstrahlen zu bündeln. Zu den bekannten Gerüchen gesellten sich der Moder des alten Mauerwerks, warmes Holz, Metall.

Und Benzin.

Eric blinzelte, sah sich hektisch um. Von den beiden Autos, die er zwei Tage zuvor hier hatte stehen sehen, fehlte jede Spur.

»Was zum ...«

Er eilte in die verwaiste Raummitte. Die chaotisch bestückten Regale, die ihm am ersten Tag aufgefallen waren, standen nach wie vor unbeeindruckt da. Die ineinander verkeilten Fahrräder, die Tischtennisplatte, diverse leere Weinkisten und unzählige Geräte zur Instandhaltung von Hof und Garten schienen unverändert.

Bruderherz, wir müssen dringend reden.

Ratlos begutachtete Eric den staubigen Boden. Zahlreiche Flecken in verschiedenen Farbnuancen säumten den hellen Beton. Einige Meter von ihm entfernt in das Fundament eingelassen fiel ihm eine runde Steinplatte auf, vermutlich ein Gullydeckel oder die Abdeckung einer Sickergrube. Ein altes, zerfleddertes Vogelnest lag einige Schritte weiter. Graue Kratzspuren bildeten ellipsenförmige Muster um die Standfüße der Regale.

Mit kritischem Blick trat Eric näher an eines der fragil wirkenden Stahlgerippe heran. Ein kurzer, beherzter Ruck bestätigte seine Vermutung, dass sie exakt so instabil waren, wie sie aussahen. Ein Stapel Werkzeug verselbstständigte sich und drohte herunterzufallen, doch Eric hielt die Gerätschaften auf und drapierte sie zurück zu ihrem ursprünglichen Chaos. Er sank in die Hocke und berührte den zerschrammten Beton. Die abgeschabte Oberfläche lieferte den Beweis, nach dem er gesucht hatte.

Die Regale waren verschoben worden, um Platz zu schaffen. Mit hoher Wahrscheinlichkeit, um Fahrzeuge aus der Garage zu manövrieren.

Eric hielt inne, bevor seine Knöchel das Holz der Zimmertür berührten. Wieder ertappte er sich beim Lauschen und biss die Zähne zusammen, als ihm die gedämpfte Melodie eines Handy-Spiels durch die Tür entgegen dudelte. Wut wallte in ihm auf. Das kräftige Klopfen durchbrach die watte-gleiche Stille des Hotelflurs, gefolgt von seinem angesäuerten Bariton.

»Alain?«

Die Melodie aus dem Inneren des Zimmers verstummte. Ein paar Schritte später öffnete sich die Tür zu einem Spalt, aus dem Eric eine Wolke aus Schweiß und verbrauchter Luft entgegenschlug. Alains Gesicht tauchte kurz auf und verschwand ebenso schnell wieder. Die Tür schwang minimal weiter auf und gewährte Eric Einlass.

»Wenn ich dir eine Nachricht schicke und frage, wo du steckst, erwarte ich eigentlich eine Antwort«, knurrte er, noch bevor er richtig im Raum stand, »Insbesondere, wenn du eh die ganze Zeit an dem Teil da klebst.«

Alain zuckte mit den Schultern. »Sorry.«

Sein müder Blick und der Sofa-Chic bestätigten Erics Vermutung: Der junge Mann hatte das Zimmer höchstwahrscheinlich heute gar nicht verlassen. Das übergroße T-Shirt hing von seinen schmalen

Schultern wie ein Sack, die Haare standen in alle Richtungen ab wie Antennen.

»Wie war dein Termin?«, fragte er und kletterte auf sein Bett, die Augen wieder auf das Handy-Display geheftet. Den säuerlichen Unterton in der beiläufig gestellten Frage hörte Eric deutlich heraus.

Und konnte ihn durchaus nachvollziehen.

Ihm war klar, dass die Ausrede, er habe einen spontanen Geschäftstermin in Caen, in ihrer derzeitigen Situation nur mehr Öl in einem ohnehin lodernden Feuer bedeutete. Doch mit der Wahrheit wollte und konnte er seinen Sohn nicht belasten.

»Gut«, antwortete Eric knapp. Je weniger er sagte, desto eher vermied er unglückliche Verstrickungen in Details. Außerdem missfiel es ihm, Alain anzulügen. Er schritt durch das Zimmer und öffnete eines der Fenster. »Was hast du so getrieben?«

»Nix.«

Ebenso knapp. Der Pubertierenden-Code für *Geht dich nichts an, lass mich in Ruhe.* Eric versuchte es ein letztes Mal.

»Ich teste jetzt mal den Pool. Wie sieht's aus, machst du mit?«

Er erhielt seine Antwort in Form eines kaum merklichen Kopfschüttelns. Kein Blickkontakt. Keine weiteren Worte.

Eric presste die Lippen aufeinander und nickte. Also schön. Er hatte es zumindest versucht.

»Okay«, sagte er resigniert und bewegte sich zur Tür, »falls du es dir anders überlegst, weißt du, wo du mich findest.« Er verließ zügig das Zimmer, ohne eine Antwort abzuwarten, die höchstwahrscheinlich ohnehin ausblieb.

Vom Mittelbau, der die Rezeption, das Restaurant sowie die Zimmer beherbergte, gelangte man durch einige verschachtelte, aber gut ausgeschilderte Korridore ins Badehaus. Die kleine Umkleidekabine ignorierte Eric, er hatte sich bereits auf seinem Zimmer in einen Hotel-eigenen Bademantel geworfen und schlurfte mit den dazu passenden Frottee-Latschen an einer noch kleineren Dusche vorbei. Mit kindlicher Vorfreude öffnete er die Glastür zum Badehaus. Die Hitze, die ihm entgegenschlug, stellte die hochsommerlichen Temperaturen von draußen bei weitem in den Schatten. Schwüle, stickige Luft legte sich um ihn wie eine schwere Decke, der schwimmbad-typische Chlorgeruch, angereichert mit einer feinen Lavendelnote, stieg ihm in die Nase. Dazwischen machte sich ein weiteres, eher unpassendes, aber wohlbekanntes Aroma breit.

Eric rollte mit den Augen. Es gab unmöglich genug Lavendel in ganz Frankreich, um den allgegenwärtigen Schweinestall-Gestank zu übertünchen.

»Okay, ich hab's mir nicht eingebildet«, murmelte er und steuerte eine kleine Sitzgruppe mit dunklen Rattan-Liegestühlen an. Er löste den Gürtel und streifte den überaus flauschigen Bademantel ab, warf ihn auf eine der creme-farbenen Polster und ließ den Blick über die unangetastete, spiegelglatte Wasseroberfläche gleiten. Trotz des ohrenbetäubenden Ansauggeräuschs des Wasserablaufs hatte die Szene etwas ungemein Beruhigendes. Die Entscheidung, das Duschen ausfallen zu lassen, hatte Eric ebenso schnell getroffen wie die, nicht über die Edelstahltreppe, sondern durch einen beherzten Kopfsprung ins Becken zu gelangen.

Der Moment, in dem er in das angenehm temperierte Wasser eintauchte, kam einer mentalen Zurücksetzung auf Werkseinstellungen gleich. Für den Bruchteil eines Augenblicks kamen seine Gedanken zum Stillstand, alle Sorgen schienen sich von seiner Seele zu waschen wie Staub und verkrusteter Sand von geschundener Haut. Eric streckte den Körper durch und presste Atemluft durch Mund und Nase, fühlte die Blasen an seinem Gesicht aufwärts zur Wasseroberfläche rollen. Wie ein Torpedo schoss er am Grund entlang zur anderen Seite. Dort angekommen nutzte er, was vom Sauerstoff in seinen Lungen übrig war und blieb Unterwasser. Er stieß sich erneut kräftig ab, um ein weiteres Mal die Länge des Pools zu durchtauchen. Er hatte sich die Abmessungen des Beckens eingeprägt und verließ sich auf sein Gefühl und seine ausgestreckten Arme, um eine Kollision mit der Wand zu vermeiden, während er mit geschlossenen Augen seine Bahnen zog. Meter für Meter legte er in langen Bewegungen zurück und durchbrach die Wasseroberfläche nur zum Luft-holen. Er schaffte es, sich völlig frei zu machen: von den Scherben seiner Ehe, vom nahenden Verlust seines Sohnes, von dem auf-schlussreichen, aber beunruhigenden Termin mit Inspektor Manzin. In diesem einen Augenblick war er ohne Sorgen, sein Geist kam zur Ruhe und er fühlte sich so gut wie lange nicht mehr.

Seine Unbekümmertheit endete abrupt, als Erics Fingerspitzen völlig unvermittelt etwas Weiches streiften.

Erschrocken riss er die Augen auf und zog reflexartig seine Hän-de zurück. Er gab einen erstickten Schrei von sich, den das Wasser in einen undefinierbaren Laut verwandelte, bevor er mit den Füßen den Boden ertastete und sich nach oben stemmte. Die Klangfarbe seines Schreis wechselte von dumpf zu klar, als er prustend die Wasser-oberfläche durchbrach.

Bebend und keuchend stand er in der Mitte des Beckens und starrte ins Wasser. Die schemenhaften Umrisse seiner Füße hoben sich dunkel von den türkisfarbenen Fliesen ab und Eric bewegte sie kurz, um sicher zu sein, dass sie zu ihm gehörten. Dann drehte er sich langsam einmal um seine eigene Achse und sah sich dabei im Becken und im Badehaus um.

»Hier ist niemand außer dir«, krächzte er und fuhr sich über das tropfnasse Gesicht, »Niemand sonst ist im Wasser.«

Sein Versuch, sich mit den eigenen Worten zu beruhigen, schlug kläglich fehl. Er hatte definitiv etwas berührt, wo nicht sein durfte. Weich, nachgebend. Ein Wasserzulauf oder eine Massagedüse.

In einem Anfall aufkommender Hysterie lachte er auf. Eine Mas-sagedüse. In der Beckenmitte. Ein Wasserzulauf so weit oben. Wem versuchte er hier etwas vorzumachen?

Nein. Es hatte sich definitiv nicht nach einer Strömung angefühlt, eher wie …

Ein Körperteil.

Energisch schüttelte Eric den Kopf. Er schniefte, und der Gestank von Schweinen stieg ihm abermals in die Nase – stärker als zuvor, und seine Verwirrung wechselte zu Zorn.

»Ach komm schon«, fauchte er entnervt, »Jetzt reicht es aber.«

Er drehte sich zur Edelstahltreppe und watete mühsam durch das Becken. Schlaf. Er benötigte dringend Schlaf. Und ein ausgiebiges Abendessen. Nicht unbedingt in dieser Reihenfolge, und trotzdem ... Erics linker Fuß versank in einer gallertigen Masse. Er spürte, wie sie sich zäh zwischen seinen Zehen hindurch drückte wie Schlick.

Er erstarrte, unterdrückte jedoch den Drang, sofort zurückzuweichen. Stattdessen senkte er langsam den Blick.

Auf dem Grund des Pools, gefangen unter seiner nackten Fußsohle, bewegte sich etwas im aufgewühlten Wasser träge hin und her. Es war länglich, mit fünf kleineren Fortsätzen an einem Ende und einer hervorquellenden roten Masse am anderen, wo es durch den Druck von Erics Ballen herausgepresst wurde. Sie bahnte sich den Weg an die Oberfläche wie rote Tinte.

Erics Augen weiteten sich.

»Verdammte Scheiße!«, brüllte er und zog seinen Fuß so schnell weg, wie es der Widerstand des Wassers erlaubte. Von Panik übermannt, ruderte und strampelte er, was aber nur dazu führte, dass er an Halt verlor und drohte, auszurutschen. In seinen kopflosen Versuchen, das Becken zu verlassen, registrierte er wage den anschwellenden Gestank von Schweinen und Schlamm, in den sich weitere Noten mischten: Kloake. Verwesung.

Eric gab es auf, die Treppe zu erreichen. Sie schien sich zu entfernen, je verzweifelter er darum kämpfte, in ihre Nähe zu gelangen. Er riss den Kopf herum und visierte den nächstgelegenen Beckenrand an. Doch je energischer er sich bewegte und um sich trat, desto dickflüssiger schien das Wasser zu werden.

Er nahm Berührungen wahr, überall. Haut, die da nicht sein konnte, auf seiner. Etwas griff nach ihm, umschlang seine Knöchel und Handgelenke. Eric schwamm nicht mehr, er pflügte. Seine vor Anstrengung brennenden Arme tauchten in ein Gewühl von Körpern, Gliedmaßen und Blut. Mit blankem Entsetzen erkannte er, dass das Becken nicht länger mit gechlortem, klarem Wasser gefüllt, sondern zu einem Auffangbecken menschlicher Überreste geworden war.

Eric schrie und schlug um sich. Halb verrottete Hände hielten ihn fest, tote Fratzen mit leeren Augenhöhlen schwammen wie Korken auf und lugten anklagend zwischen Stümpfen und verwesendem Fleisch hervor. In Panik schob er alles beiseite, was ihn einzukesseln versuchte, und kämpfte gegen den Brechreiz an, als sich seine Finger in ausgehöhlten Löchern verfingen, in denen einst Augen gesteckt hatten.

Endlich bekam Eric die Fliesen des Beckenrands zu fassen. Er krallte sich in den Stein und zog sich heran. Mit aller Kraft hievte er sich nach oben, während ihn die Klauen und Fänge im Becken zurückzogen. Seine Lungen brannten, er bemerkte, wie er zu hyperventilieren begann.

Von Angst und Überlebenswillen getrieben, mobilisierte er all seine Reserven. Mit maximalem Schwung und einem fast unmenschlich anmutenden Aufheulen warf er sich vorwärts, raus aus dem Becken, weg von allem, was da nach ihm gierte. Das Momentum katapultierte ihn quer über den Fliesenboden, bis er schließlich unsanft in die Rattanmöbel einschlug. Der augenblicklich einsetzende Schmerz an jeder Stelle seines Körpers war ihm egal. Stattdessen kämpfte er sich in eine halbwegs aufrechte Position und schob sich sitzend so weit zurück, bis sich die scharfen Kanten eines Liegestuhls in seinen Rücken bohrten. Ungläubig und nach Luft ringend heftete er seinen Blick auf den zurückgelegten Weg, auf die Pfützen, die er hinterlassen hatte, und auf den Pool.

Vor ihm lag ein spiegelglattes Becken. Glasklar und türkis.

12

Diese Form der Entspannung war neu für Alain. Tief sog er die warme Abendluft ein, straffte seinen Rücken und betrachtete die Schatten, die sich mit der gemächlich untergehenden Sonne veränderten und das Mauerwerk des Gebäudes einhüllten. Die im Wein wohnenden Spatzen zeigten sich äußerst umtriebig und schienen von der bevorstehenden Nacht unbeeindruckt. Zu ihrem ungehemmten Gezwitscher gesellte sich ein mechanisches Schnarren.

Alain legte die Arme locker auf seinen Oberschenkeln ab und beobachtete einen hochkonzentrierten Jérome bei seiner Arbeit. Mit stoischer Ruhe trieb der Alte das Hinterrad seines Drahtesels von Hand an, nur um es dann wieder abrupt zum Stillstand zu bringen. 'Zentrieren' hatte er dieses Vorgehen genannt. Es ermöglichte ihm, Seiten- oder Höhenschläge im Rad zu erkennen und durch Korrektur der Speichen wieder auszubessern.

Ein Lächeln umspielte Alains Mundwinkel. Bevor er hier ankam, war ihm nie klar gewesen, was man an so einem Fahrrad alles einstellen konnte. Sein eigenes Gefährt fristete ein eher trauriges Dasein als reiner Nutzgegenstand in den dunklen Ecken des hauseigenen Fahrradkellers. Dort stand es immer kostenfrei zur Verfügung und benötigte nur ab und zu ein bisschen Luft in den Reifen oder ein geringfügiges Nachstellen der Bremsen.

Doch Jérome hatte sein Rad nicht von der Stange gekauft, und allein das versetzte den jungen du Bellay bereits in Erstaunen. Von der Gangschaltung über die Gabel bis hin zu den Pedalen hatte er jedes Bauteil sorgfältig ausgewählt und dem Gesamtkunstwerk hinzugefügt. So ergab sich ein maßgeschneidertes Sportgerät, perfekt zugeschnitten auf seinen Nutzer, der jedes Element kannte.

Fasziniert beobachtete Alain die routinierten Handgriffe, abermals froh über die Entscheidung, sein Hotelzimmer schlussendlich doch noch verlassen zu haben. Den inneren Schweinehund überwindend, hatte Alain sich zu einem Spaziergang durchgerungen in der Hoffnung, den Kopf frei zu bekommen. Er hatte feststellen müssen, dass das Alleinsein in der Natur das Gegenteil bewirkte und sich alsbald in einem schmerzvollen Gedankenkarussell wiedergefunden. Erinnerungen an Wanderungen und Ausflüge mit seinen Eltern - seltene, aber wertvolle Kleinode, verankert in den Untiefen seines Gedächtnisses – hatten sich aufgetürmt, Ängste ob des bevorstehenden Umzugs und den radikalen Änderungen seiner Lebensumstände die Luft zum Atmen genommen.

Schnell war er in den Schutz seiner vier Hotelzimmerwände zurückgehastet, hatte belanglose Whatsapp-Nachrichten mit Julie ausgetauscht, sich in Handy-Spielen verloren und fern gesehen, ohne überhaupt das Programm wahrzunehmen. Die zaghafte Freude ob der Rückkehr seines Vaters wehrte nur kurz, bevor der Frust über die Tatsache, dass der Mann hier Geschäftstermine wahrnahm, die Oberhand gewann. Ausgerechnet hier und jetzt. Sollte dies nicht ihr Urlaub sein? Hatte sein alter Herr nur darauf gewartet, dass eines ihrer Gespräche mal wieder in Streit ausartete und er mit wenig bis gar keinem schlechten Gewissen zur Arbeit übergehen konnte? Natürlich nicht, ohne seinen Sohn vorher aus seinem so streng durchgetakteten Alltag zu werfen?

Noch immer würde Alain auf dem Bett hockend Trübsal blasen, wäre ihm nicht Jérome aufgefallen, den er vom Fenster aus auf das Grundstück hatte einfahren sehen, verschwitzt und japsend von einer Tagestour zurückkehrend.

So saß Alain nun schweigend und träumerisch auf einer umgedrehten Weinkiste neben dem auf Sattel und Lenker ruhenden Rennrad und beobachtete den Alten derart in Gedanken versunken, dass er zusammenzuckte, als Jérome ihn ansprach.

»Schweigsam bist du heute«, stellte der Mann fest, »nicht, dass du sonst gesprächiger wärst, aber gerade fällt es mir besonders auf.«

Alain lächelte matt. Er richtete sich auf und setzte zu einer Entgegnung an, doch als er nicht die richtigen Worte fand, beschränkte er sich auf ein schwerfälliges Achselzucken.

»Wie läuft es denn mit deinem Vater und dir?«, fragte Jérome, ohne von seiner Tätigkeit aufzusehen.

Mit einem schweren Seufzer stand Alain auf und ging ein paar Schritte umher. Er war dankbar dafür, in dem alten Mann einen Zuhörer gefunden zu haben, der ihn nie drängte, aber stets die richtigen Worte und Fragen parat hatte. Ihre letzten Treffen waren immer ähnlich verlaufen: Jérome bastelte, reparierte, optimierte. Alain sah und hörte ihm zu, durfte hin und wieder sogar selbst zum Werkzeug greifen. Es war ihm leicht gefallen, sich zu öffnen und über seine Situation und das angespannte Verhältnis zwischen seinem Vater und ihm zu sprechen. Dabei hatte Jérome unfreiwillig den Part von Alains innerer Stimme übernommen, der für vernünftige Argumente einstand, gleichwohl ohne konkret Partei für Vater oder Sohn zu ergreifen.

»Er war auf einem Termin in der Stadt«, antwortete Alain, nicht ohne ein verächtliches 'geschäftlich' hinterher zu schieben.

»Und du hast ihn begleitet?«

Alain schüttelte den Kopf. Jérome trieb das Rad erneut an und das Schnattern setzte wieder ein.

»Es hätte euch eine gute Gelegenheit geboten, nochmal zu sprechen.«

»Damit es dann wieder eskaliert? Lass mal.«

»Ohne überhitzte Gemüter streitet es sich aber wesentlich besser. Meine Frau und ich haben auch gestritten, weißt du. Das ist wichtig, es zeigt, dass beide trotz jahrelanger Ehe zwei Individuen geblieben sind, mit eigenem Denken und Meinungen. Wir sind laut geworden, haben aber immer ein Päuschen eingelegt, wenn wir gemerkt haben, dass es hässlich wird.« Ein Lächeln formte sich auf seinen Lippen. »Sie ist dann raus, hat ihre Rosen im Garten gepflegt. Sogar spät abends, mit Stirnlampe, wenn es nötig war. Danach waren wir beide wieder runtergekühlt und in der Lage, nochmal in Ruhe zu reden.«

»Das hätte aber nicht gut funktioniert auf der Landstraße«, sagte Alain und grinste breit.

»Auch wieder wahr.« Jérome lachte auf, bevor er zu seinem Ernst zurückfand. »Ich glaube, dein Vater tut sein Bestes, Alain. Ihr müsst mehr Geduld miteinander ...«

Ein gedämpfter Schrei durchschnitt die Nachmittagsruhe des Hofs und ließ das Gespräch der beiden abrupt verstummen. Alains Magen zog sich zusammen und er fuhr herum.

»Klingt, als hätte sich jemand den kleinen Zeh an der Bettkante angeschlagen«, kommentierte Jérome leicht amüsiert und suchte nach der Quelle des ausgestoßenen Fluchs. Niemand war zu sehen. Der Schrei brach ab und der Innenhof gehörte erneut dem unaufgeregten Schnarren der Speichen.

Alains Augen verengten sich und er richtete seine Aufmerksamkeit auf das Badehaus. »Klang irgendwie nach meinem Vater.«

»Er ist im Pool?«, fragte der Alte, und in seiner Stimme schwang etwas derart Beunruhigendes mit, dass Alain ihn ansah und verunsichert nickte. Das Schmunzeln war komplett aus Jéromes Zügen verschwunden. Mit einem beherzten Griff brachte er das sich unbeeindruckt drehende Vorderrad zum Stillstand und erhob sich, begleitet vom Knacken und Ächzen seiner Gelenke. Irritiert sah Alain seinen Freund an, der von der einen auf die andere Minute aussah, als hätte er einen Geist gesehen.

»Lass uns ...«, begann der alte Mann, bevor er sich unvermittelt an die Brust fasste. Er stöhnte auf und sank auf den Boden zurück.

»Jérome?«, stieß Alain in Panik hervor. Er hastete um das Rad herum und warf sich, bei seinem Freund angekommen auf die Knie, die Kiesel ignorierend, die sich in sein Fleisch gruben. »Jérome? Was ist denn? Was ist los?«

Im selben Moment drangen erneut Schreie aus dem Badehaus: verzweifelte Ausrufe voller Angst und Entsetzen. Alain riss den Kopf herum.

»Papa«, flüsterte er. Erinnerungen an die Begegnung in der Küche drängten sich in seine aufgewirbelten Gedanken. Dieselbe kalte

Furcht, die er dort gefühlt hatte, überkam ihn abermals. Und er hörte sie deutlich in der Stimme, die in diesen Minuten aus dem ehemaligen Schweinestall zu ihm drang. Der Stimme seines Vaters, die er so, angefüllt mit blankem Horror, nie zuvor gehört hatte und sicher kein zweites Mal mehr hören wollte.

Er sah wieder nach Jérome, der gekrümmt vor ihm auf dem steinigen Boden saß, die eine Hand zu einer Klaue verkrampft an die Brust gepresst. Der Mann atmete schwer, aber gleichmäßig. Die Zerrissenheit lähmte Alain. Keinesfalls konnte er ihn jetzt alleine lassen, gleichzeitig war der Drang, ins Pool-Haus zu gelangen, übermächtig.

Alain sprang auf und klopfte hektisch alle Taschen nach seinem Mobiltelefon ab. Vergebens.

»Es ist nicht da«, knurrte er zu sich selbst, »Nein, nein, es ist oben, es steckt am Ladegerät. So ein Mist!« Den letzten Teil des Satzes brüllte er, bevor er sich wieder vor seinen beängstigend still gewordenen Freund kniete.

Zusammenreißen und Ruhe bewahren lautete das Gebot der Stunde. Sein Vater war in der Lage, allein auf sich aufzupassen. Zumindest für ein paar weitere Minuten.

»Jérome«, rief Alain lauter als beabsichtigt, »ich hole Hilfe, ja? Ich bin gleich wieder da.«

Zu seiner Verwunderung schüttelte der alte Mann energisch den Kopf. Die zitternde Klaue schien sich zu entspannen, Jéromes freie Hand tastete suchend nach Alain.

»Ist ... ist schon gut ...«, beschwichtigte er kaum hörbar, »... das habe ... ich öfters.«

Alain zog ungläubig die Augenbrauen hoch. »Wie bitte?«

Jérome schaffte ein müdes Lächeln. »Die Pumpe ... läuft nicht mehr ganz rund.« Er tätschelte unbeholfen die Taschen seines Trikots, bis es an einer Stelle knisterte und sichtbare Erleichterung seine verzerrten Gesichtszüge augenblicklich entspannte. Alain verstand und schob hektisch Jéromes zitternden Hände beiseite, um die Blister-Packung Tabletten aus der Tasche zu ziehen. Bevor er die kleinen gelben Kapseln aus der Folie drücken konnte, ergriff der Alte sein Handgelenk. Beim Blick in die glasigen Augen seines Freundes wurde Alain eiskalt.

»Geh' nach deinem Vater sehen«, röchelte der Mann, »schnell.«

Alain zögerte. Es missfiel ihm gewaltig, Jérome so zurückzulassen. Doch ein erneuter Blick zum Pool-Haus wandelte die sonst allgegenwärtige und friedliche Stille in Bedrohung. Durch den Innenhof wurde nur noch das unschuldige Zwitschern der Vögel getragen – die Schreie waren verstummt.

13

Ins Innere des Pool-Hauses führten zwei Eingänge: der für die Gäste komfortablere über das Haupthaus durch den Dusch- und Umkleidebereich. Der Zweite bot den direkten Zugang vom Hof, nach dessen Eintreten man sogleich per Hinweisschild höflich darum gebeten wurde, sich seiner Straßenschuhe zu entledigen und die Duschen auf der gegenüberliegenden Seite zu benutzen. Natürlich ignorierte Alain die Bitte, betrat die Schwüle des Nassbereichs und sah sich um. Die Sitzgarnitur wirkte etwas derangiert, doch das große Becken lag in völliger Unberührtheit vor ihm, die spiegelglatte Wasseroberfläche friedlich und eben. Alains Puls raste und erinnerte ihn daran, dass er eigentlich lieber woanders sein wollte. Sein Magen hatte sich zu einem einzigen großen Knoten verkrampft. Sein Versuch, sich selbst einzureden, dass es keinen Grund zur Beunruhigung gab, schlug hoffnungslos fehl.

Nein, es war sicher alles in bester Ordnung. Völlig normal, dass sein alter Herr wie ein Verrückter herumschrie. Und dass Jérome bei der Erwähnung des Pools von einem Moment auf den nächsten einen Gesichtsausdruck angenommen hatte, als stolzierte jemand über sein Grab, nur um im Anschluss daran einen halben Herzinfarkt zu erleiden, war völliger Standard.

Er schnaubte. Wo steckte sein Vater überhaupt?

»Eric?« Alains Stimme hallte heiser und kratzig im hohen Raum. Er räusperte sich. »Bist du hier?«

Krachend fiel die schwere Holztür hinter ihm ins Schloss. Alain jaulte auf und wirbelte herum. Er starrte die Tür wütend an und schlug entnervt mit der flachen Hand dagegen, als könne er sie damit bestrafen.

»Scheiße, Mann!«, presste er hervor und schüttelte den Kopf. Dann schritt er mit größter Vorsicht zum Beckenrand.

Das Wasser war einladend, genauso wie am Tag ihrer Ankunft, und doch traute er sich dieses Mal nicht, auch nur den kleinen Finger hineinzuhalten. Sein Blick folgte dem um den Pool laufenden Ablaufgitter, bis er auf der gegenüberliegenden Seite an den nassen Fliesen hängenblieb. Wässrige Spuren führten von den chaotisch arrangierten Liegen weg direkt zu den Duschräumen.

Sein Vater war also hier gewesen, hatte seine Bahnen gezogen, um dann nach bewältigtem Schwimmtraining aus dem Becken zu klettern und in die Duschen zu verschwinden.

Alain fuhr sich ratlos durchs Haar. Was gab es denn da bitte zu schreien? Hatte der Mann sich allen Ernstes wie von Jérome vermutet den kleinen Zeh angeschlagen? An den Sitzgelegenheiten beispielsweise?

Alain umrundete das Becken, sank vor den Möbeln in die Hocke und nahm sie genauer unter die Lupe. Es handelte sich um dasselbe Korbzeugs, das seine Mutter so liebte, allerdings besaß dieses hier eine deutlich hochwertigere Qualität. Stabil und schwer – aber keinesfalls so massig, dass ein Zusammenstoß der Extremitäten mit dem Stuhlbein die markerschütternden Schreie rechtfertigte, die er vernommen hatte. Den ein oder anderen gepfefferten Kraftausdruck mit Sicherheit, aber mehr auch nicht.

Unentschlossen sah Alain in Richtung der Duschräume. Wenn sein Vater dort nicht zu finden war, konnte er nur auf seinem Zimmer sein. Und dann war sicher auch alles in Ordnung. Die Sorge um Jérome und das Bedürfnis, nach dem alten Mann zu sehen, gewann die Oberhand. Wenn sich der Sturkopf schon gegen Hilfe in Form eines Arztes sträubte, dann hatte er zumindest mit Alains Anwesenheit klarzukommen.

Er richtete sich auf und bemerkte zum ersten Mal, wie eine unerträglich klebrige Wärme an seinem Körper emporkroch. Der

Schweiß drückte sich aus allen Poren und brachte seine Haut zum Kribbeln.

War es hier drin schon die ganze Zeit so stickig gewesen? Alain hatte keine Antwort auf die Frage und mit einem Mal war sie sogar egal. Er betrachtete die ihm zu Füßen liegende Wasseroberfläche, wusste, dass es falsch war hier herumzustehen und das Wasser zu beglotzen. Sein Unterbewusstsein schrie ihn förmlich an, sich zu bewegen, und doch war es ihm unmöglich, den Blick von dem türkisfarbenen Spiegel abzuwenden.

Er wagte einen Schritt vorwärts, so dass er mit seinen Schuhen auf dem Ablaufgitter zum Stehen kam und beobachtete fasziniert, wie sich kleine Wellen kreisförmig von ihm wegbewegten und die Oberfläche störten.

Ein hypnotisches Schauspiel.

Der jäh aufkommende Gestank nach Schwein riss ihn zeitgleich mit einer Stimme aus seiner Trance.

»Wunderschön, nicht wahr?«

Alain fuhr zusammen und taumelte. Bevor er rückwärts in die Rattanmöblierung stolpern konnte, fing er sich und sah auf.

Auf der in den Pool führenden Edelstahltreppe saß ein Mann und lächelte. Er schien einem etwas älteren Baujahr anzugehören als sein Vater, die sorgfältig geschnittenen Haare zum größten Teil ergraut. Was Alain am stärksten irritierte war die Tatsache, dass der Mann mit Hose und Stiefeln bekleidet im Wasser saß und sich kaum daran störte: mit dem Gesäß auf dem obersten Treppenabsatz, welcher sich bereits auf Höhe des Wasserspiegels befand, während alles unterhalb der Knie im Becken versenkt auf einer der unteren Stufen ruhte.

Und wie war es möglich, dass der Schweine-Gestank noch stärker zugenommen hatte? Alain zwang sich zur Ruhe.

»Haben Sie mich erschreckt ...«, hörte er sich sagen, und musterte die unvermittelt aufgetauchte Gesellschaft so unauffällig wie möglich. Der Oberkörper des Mannes war unbekleidet, an der üppig behaarten Brust baumelten Hundemarken, die an einer Kette um seinen Hals hingen.

Soldat. Trugen Soldaten nicht so etwas?

Die Erkenntnis jagte einen Ruck durch Alains Körper. Die letzte Begegnung mit dieser Art von Stiefeln hatte nicht in einem Swimmingpool, sondern auf einem Küchenboden stattgefunden. Die Erinnerung an die gestrige Szene in der Hotelküche, die er krampfhaft versucht hatte, in einer der hintersten, dunkelsten Schubladen des Denkens zu verschließen, verschaffte sich gewaltsam Zugang zurück in sein Bewusstsein. Die Stiefel schienen dieselben. Und zu allem Überfluss multiplizierte sich der bestialische Gestank ein weiteres Mal, auch wenn er es nicht für möglich gehalten hatte.

Doch waren es nicht mehr Schweine, nach denen es roch.

Alain unterdrückte den aufkommenden Brechreiz und vergrub Mund und Nase in seiner Armbeuge. Mit einem Mal war er wieder sieben Jahre alt und trauerte um sein erstes und einziges Haustier. Der Tod seines sehr großen, sehr dicken Hamsters mit dem klangvollen Namen Grenouille hatte ihn damals schwer getroffen. Gebettet in eine mit Geschenkpapier ausgelegte Käseschachtel und in einer kindlichen Zeremonie liebevoll in einer verwaisten Ecke des nahegelegenen Parks bestattet fand das Tier seine letzte Ruhe.

Von naiver Neugier gepackt war der kleine Alain einige Wochen später erneut zum provisorischen Grab gepilgert, um nachzusehen, wie es um den leblosen, weichen Kadaver wohl stand.

Näher als wenige Meter war er der Begräbnisstätte nie gekommen. Der Gestank des Todes, der ihm entgegengeschlagen war, hatte ausgereicht, um ihn in die Flucht zu schlagen. Ohne zu wissen, was Verwesung überhaupt bedeutete, hatte er damals schlagartig gelernt, wie sie roch.

Dieselbe Fäulnis, derselbe stinkende Belag, der sich über alles zu legen pflegte wie ein feiner Film, Poren und Schleimhäute umhüllte, egal ob lebendig oder verendet, er war hier, in diesem Raum. Er alterte nicht, er veränderte sich nicht, er gehörte zum Ende wie ein zuverlässiger, aber unliebsamer Begleiter.

Alain würgte. Er hatte Fragen, die er nicht zu formulieren wusste. In seinem Hinterkopf nagte eine Aufgabe, die er zu erledigen hatte, doch er erinnerte sich nicht, was es war. Dieser seltsame Mensch da im Wasser. Dieser fürchterliche Gestank!

Unvermittelt schallte ein aufgewecktes, hohes Quieken durch das Badehaus. Wie aus dem Nichts kroch ein winziges, rosa-farbenes Ferkel hinter dem Rücken des Soldaten hervor und schlüpfte auf dessen Arm, wo es sich niederließ und friedlich zu Schmatzen und leise zu Grunzen begann. Einzig die kleinen, dunklen Augen des Tieres strahlten eine unterschwellige Unruhe aus, offenbar auf der Suche nach etwas im Raum, dass sich zu fixieren lohnte.

Die auf Alain fast schon harmonisch wirkende Szene verpuffte jäh, als der Unbekannte sich räkelte. Den freien Arm in die Höhe gestreckt, drehte er seinen Oberkörper wie ein sich dehnender Sportler. In der Bewegung zerriss die entblößte linke Flanke wie ein zäher Hefeteig. Alain sog scharf Luft ein und schrak zurück. Entsetzt starrte er auf ein Gebilde aus zerfetzter Haut und zerfasertem Fleisch, aus dem unmittelbar ein steter Fluss aus Blut hervorquoll. Das Wasser färbte sich in roten Wolken.

Bevor sein Hirn das Grauen zu verarbeiten bereit war, rannte Alain los. Er schlitterte über den klatschnassen Boden, hielt sich jedoch auf den Beinen und umrundete in panischen Schritten das Becken. Seine Augen verließen den rettenden Ausgang nur für den Bruchteil einer Sekunde, um sicherzustellen, dass weder der ominöse Fremde noch das Ferkel ihm folgten, nur um sich sofort wieder an die Holzmaserung der Tür zu heften. Die Ausdünstungen von Tod und Zersetzung vermischten sich mit dem metallischen Geruch von Blut. Über sein eigenes Prusten schwor Alain, das Zerreißen von Haut förmlich zu hören.

Der Ausgang war in greifbarer Nähe. Mit einem beherzten Aufschrei hechtete er die letzten Meter und warf sich gegen das Türblatt, während er sich mit seinem gesamten Gewicht auf die Klinke fallen ließ.

Nichts rührte sich.

Wieder und wieder riss Alain den Griff nach unten, rammte seine Schulter gegen die Tür, die keinerlei Anstalten machte, sich zu rühren. Außer sich vor Panik und Frustration brüllte er das Holz an, bevor ihm gewahr wurde, dass er der potentiellen Gefahr im Raum gerade den Rücken zukehrte.

Alain fuhr herum und wich so weit zurück, bis die nutzlose Klinke sich in sein Kreuz bohrte. Der unbekannte Soldat schien unbeeindruckt vom Tumult, registrierte jedoch den entsetzten Blick des Jungen und sah beiläufig an sich herunter. Als er wieder aufschaute, zuckte er entschuldigend mit den Achseln.

»Das?«, merkte er an, »Ja, sieht übel aus. Ich wünschte, es hätte mich umgebracht.«

Alain schluckte gegen die Trockenheit in seiner Kehle an.

Das ist nicht real. Du bildest dir das ein.

Unbeholfen tastete er hinter seinem Rücken nach dem verdammten Türgriff, ohne dabei das skurrile Duo aus den Augen zu lassen. Er versuchte, sich auf das Gesicht des Mannes zu konzentrieren, was ihm nicht schwerfiel. Alles war besser als freigelegte Knochen und Eingeweide zu beschauen.

Der Fremde hob die Augenbrauen. »Verrätst du mir deinen Namen?«

Ungläubig runzelte Alain die Stirn. Nach Small Talk war ihm gerade nicht. Seine Finger umschlangen die Klinke. Das Herz schlug ihm bis zum Hals.

»Ich ... ähm ... ich bin Alain.«

Der Soldat schob gütig den Kopf nach vorne und verneigte sich knapp. Das Ferkel zappelte, gestört durch die unerwartete Bewegung seines Liegeplatzes.

»Paul d'Argies, Sergeant des Régiment de la Chaudière, 3. Kanadische Infanterie-Division«, salutierte er dann, »Freut mich, dich kennenzulernen, Freund Alain.«

Der junge du Bellay gönnte sich nur einen kurzen Augenblick, um Namen und Titel seiner Halluzination sacken zu lassen. Dann wandte er sich erneut der Tür in seinem Rücken zu und riss an der Klinke.

Das Drecksding bewegte sich kein Stück.

»Spar dir die Mühe«, ertönte die Stimme hinter ihm, so sanft und verständnisvoll, dass sie sämtliche Energie und Kampfeslust aus Alain zu saugen schien. Resigniert fiel er in sich zusammen, ließ seine Stirn kraftlos gegen die Tür fallen, einmal, zweimal, bevor er sich ermattet umdrehte und den Blick des Fremden, Paul, trotzig erwiderte.

»Sie lässt dich nicht gehen«, erklärte dieser, »Sie lässt niemanden gehen. Die Zeit hat sie zu sehr verändert.«

»Was wollen Sie?«, blaffte Alain, die Angst in Wut gewandelt, »Was soll das alles? Von wem sprechen Sie?«

»Wie gut kennst du dich in der griechischen Mythologie aus, mein Junge?«, stellte Paul die Gegenfrage und begann, den Rücken des Ferkels zu streicheln. Die zarte Haut des Tieres war mittlerweile mit Blutschlieren überzogen.

Von der Frage verwirrt legte Alain die Stirn in Falten.

»Nicht sonderlich«, gab er zur Antwort. Dabei sah er sich fieberhaft um, auf der Suche nach einem alternativen Weg hier raus.

Die Duschräume. Natürlich. Diese Fluchtmöglichkeit hatte er noch gar nicht in Betracht gezogen.

D'Argies' Stimme ertönte erneut und Alain wollte nichts lieber als den Mann anschreien, er möge seine Klappe halten.

»Sie ist der Fährmann«, erklärte er und breitete die Arme aus, »Und das hier ... ist ihr Tor. Du wirst nicht gefragt, ob du hindurchgehen willst. Es genügt, wenn du davor stehst.«

Alain machte einen vorsichtigen Schritt in Richtung Duschen. Keine hektischen Bewegungen. Ein weiterer Schritt. Dann noch einer.

»Hören Sie, das ist ...«, erwiderte er, um Konversation zur Ablenkung bemüht, als das Ferkel in d'Argies Arm nervös wurde. Gedämpftes Grunzen wuchs zu einem Quieken, dann zu einem ohrenbetäubenden Kreischen an. Es zappelte und warf seinen kleinen Körper hin und her, bevor es den Schnuffel grob in Pauls Armbeuge vergrub. Das schrille Geschrei des Tieres fachte Alains Angst erneut an und er riss die Hände hoch, um sich die Ohren zuzuhalten. Er fixierte die Tür auf der anderen Seite des Raumes und wägte seine Chancen ab.

Er konnte sie erreichen. Er musste schnell sein, für den Fall, dass d'Argies aus dem Wasser stieg, um ihm zu folgen oder ihn gar anzugreifen.

Aber es war machbar.

Alle Muskeln zum Zerreißen gespannt, bereit, einen Sprint quer durch das Badehaus hinzulegen, beging Alain den Fehler, ein weiteres Mal zu dem aufgebrachten Tier zu sehen.

Und erstarrte.

Ungeachtet der offenen, klaffenden Wunde in Pauls Flanke hatte das Ferkel damit begonnen, eine neue Baustelle zu eröffnen und ganze Teile aus dem bisher unverletzten Arm des Soldaten zu reißen. Stück für Stück zog es große, triefende Fetzen aus d'Argies Armbeuge, um sie gierig zu verschlingen. Binnen Sekunden hatte sich das rosa-farbene Gesicht des kleinen Ferkels in eine rot-verschmierte Fratze verwandelt.

Jeglichem Stolz und gespieltem Mut zum Trotz schrie Alain. Die kühne Idee, den Raum in einem schnellen Spurt zu durchqueren, verpuffte in durch Horror indizierter Lähmung.

D'Argies Arm hatte sich in eine blutige Patchwork-Arbeit aus Haut, Fleisch und Sehnen verwandelt. In Kontrast zu diesem Massaker und dem in Raserei tobenden Schwein stand der Ausdruck auf Pauls Gesicht. Von den Umständen gänzlich unbeeindruckt sah er Alain an, seine Augen Seen grenzenloser Traurigkeit. Seinen Zügen war keine Regung zu entnehmen, nicht das geringste Zucken, eine Miene aus Stein. Verzweiflung, Mitleid, Bedauern – der körperliche Schmerz, den er in diesem Moment zweifelsohne erduldete, schien sich in Form von seelischen Qualen in seinem Blick widerzuspiegeln.

Alain gönnte sich nicht die Zeit, Antworten auf die Fragen zu erörtern, was der zur Schau gestellte Kummer bedeutete, wer wen nicht gehen ließ oder warum d'Argies das tollwütige Mini-Schwein nicht von sich pfefferte. Stattdessen sprang er zurück zur Hoftür, warf sich ein weiteres Mal dagegen und zerrte verzweifelt an der Klinke.

Das unvermittelt aufschwingende Türblatt brachte Alain beinahe zu Fall.

Bevor er unsanft im Schotter des Innenhofs landete, wurde er beherzt gepackt und aufgefangen und während er hastig aus dem Gebäude gezogen wurde, sog er gierig die frische, warme Sommerluft ein. Erkannte die Rückstände von Aftershave und Schweiß. Hörte die vertraute Stimme, und umkrallte seinen Retter, ohne zu zögern. Zum ersten Mal seit langer Zeit war er da, um ihn aufzufangen.

14

Wie von den Meteorologen angekündigt war das sommerliche Wetter umgeschlagen und ein Tief hatte die Hitze der letzten Tage verdrängt. Aus einem grauen, wolkenverhangenen Himmel nieselte ein feiner Sprühregen.

Eric hatte den Motor abgestellt und beobachtete den Film aus Wasser, der sich über die Windschutzscheibe legte und zu dicken Tropfen zusammenwuchs, bis diese der Schwerkraft nachgaben und zuckend an der Scheibe herunterkrochen.

»Wir können immer noch etwas anderes unternehmen«, schlug er vor, ohne den Blick zur Seite zu richten, wo sein Sohn auf dem Beifahrersitz kauerte. Die Stimmung war praktisch auf dem Nullpunkt, wobei das widrige Wetter dabei eine geringere Rolle spielte als die Geschehnisse des gestrigen Nachmittags.

Oder vielmehr das, was unausgesprochen zwischen ihnen hing.

Noch immer gelang es Eric nicht, seinen Weg aus dem Pool-Haus zurück aufs Zimmer gedanklich sauber zu rekonstruieren. Die Erinnerungen lagen verstreut in einem Dunst aus Verdrängung und Vergessen: Rauputz an den Fingern vom Entlangstreifen an Wänden langer Korridore, irritierend weicher Teppichboden, der unter seinen stolpernden Schritten nachgab, das unartige Aufbäumen seines Magens.

Die Suche nach der Schlüsselkarte und den zweifelsohne zittrigen Vorgang des Aufschließens schien er auf Autopilot hinter sich gebracht zu haben. Ebenso erinnerte er sich nicht daran, wie lange er auf dem Bett gehockt und den Fußboden angestarrt hatte, den Geschmack von seinem eigenen Erbrochenen am Gaumen klebend.

Wann war das denn passiert?

Rotierende Gedanken, von denen Eric nicht sicher war, ob er sie stoppen oder weiter kreisen lassen sollte. Vergessen, ausblenden, pathologisch zerpflücken? Wo fing man an, Ereignisse zu erklären, für die es keine Erklärung gab?

Und dann hatte er ihn schreien gehört. Markerschütternd, panisch, voller Angst. Für Eric der Weckruf aus der Starre, der kraftvolle, verbale Tritt in den Allerwertesten, der ihn binnen Sekunden auf den Weg zurück an den Ort trieb, dem er noch Minuten (oder waren es Stunden?) zuvor entflohen war.

Wie ein Berserker hatte Eric den vermeintlich kürzeren Weg durch den Wohntrakt zurückgelegt, vorbei an der Rezeption, quer über den Hof bis zur Außentür des Badehauses. Dabei hatte er einen leichenblassen und mit kaltem Schweiß überströmten Jérome überholt, der sich seinerseits – offenbar ebenfalls alarmiert von Alains Schreien – zum Wellnessbereich schleppte.

»Alain!«

Eric hatte die Außentür im selben Augenblick erreicht, in dem das Gebäude seinen Sohn zusammen mit einer klebrigen Wolke aus Verwesungsgestank in seine Arme spie. Das Glücksgefühl, gepaart mit der Erkenntnis, dass die Gefahr möglicherweise noch nicht gebannt war, spornte Eric nochmal zu Höchstleistungen an. Den Jungen fest umschlungen, gab er der Tür einen Tritt, bevor er rückwärts taumelte und für ausreichend Abstand sorgte.

Erst mit der krachend ins Schloss fallenden Tür kam Eric zum Stillstand, schwitzend und keuchend, und widmete sich dem bebenden Menschen in seinen Armen.

Lange hatte Eric keine derart nackte Angst mehr in seinem Sohn wahrgenommen. Er erinnerte sich an Nächte, in denen ein völlig verstörter, am ganzen Körper zitternder 6-Jähriger in ihr Bett gekrochen kam, von den Nachwehen eines Albtraums geschüttelt. Alain zehn Jahre später im Arm zu halten, Zeuge zu werden, wie dieselben Wogen der Furcht durch ihn hindurch jagten, war beunruhigend.

Nicht direkt abgelehnt zu werden war Beweis genug für Eric, als Vater noch nicht komplett abgeschrieben zu sein.

»Ich bin okay ... du kannst mich jetzt loslassen.«

Oder vielleicht doch.

»Was ist da drin passiert? Warum hast du geschrien, Alain?«

»Die Tür ist zugefallen und ich kam nicht mehr raus, das ist alles. Entspann dich.«

Von einer Sekunde auf die andere mutierte sein kleiner, verängstigter Junge wieder zu dem distanzierten, unnahbaren Pubertierenden, nach einem kurzen Augenblick des Sammelns wand Alain sich aus seinen Armen. Eric hatte Fragen, suchte Antworten, doch sein Sohn wich ihm aus wie ein Tier einer lodernden Fackel. Eric schluckte schwer. Gott bewahre, wenn er dasselbe gesehen hat.

Warum log Alain ihn an?

Warum log *er* ihn an?

Es wäre der geeignete Moment gewesen, seinen Sohn in seine eigenen Erlebnisse einzuweihen. Die Visionen im Pool. Sein Fund im Wald. Und die Erfahrung, in der Nacht von wem oder was auch immer mit einer seltsamen Tinktur behandelt zu werden, nachdem er sich den Zeh angeschlagen hatte.

Und doch hatte er geschwiegen. Hatte auf Alains Gegenfrage, weshalb er denn eigentlich mit dem Geschrei und Gefluche angefangen habe, eine ebenso fade Ausrede benutzt. Weil er keine Angst verbreiten und Alain nichts von Spuk und Grusel erzählen wollte. Seine heile Welt aufrecht zu erhalten versuchte. Doch war es nicht an der Zeit, aufzuwachen? Die heile Welt nicht schon Geschichte, bevor sie hier angekommen waren?

»Ist okay. Lass uns das jetzt einfach durchziehen.«

Eric blinzelte und kurz befürchtete er beim Anblick des Lenkrads, er wäre dem Sekundenschlaf zum Opfer gefallen. Die Windschutzscheibe war mittlerweile von innen beschlagen, während der Regen weiterhin unaufhörlich das Glas benetzte. Wie lange saßen sie hier schon?

Schwerfällig richtete er sich auf. Dann warf er einen Blick zu Alain. Der Junge sah blass und nervös aus. Erneut zweifelte Eric an seiner Idee, ausgerechnet heute den kanadischen Militärfriedhof zu besuchen. Himmel, er selbst haderte damit, ob sein gestriges Bad in Leichenteilen nicht schon genug Tod und Verderben für einen Tag gewesen war.

»Also dann.« Eric zog den Schlüssel aus dem Zündschloss und stieg aus.

Der Wechsel vom stickigen Innenraum des Wagens in die feuchte Kühle des Morgens war eine Wohltat. Eric entschied sich, seine Kapuze vorerst nicht aufzuziehen, und ließ den Regen gewähren, als könne er etwas von dem Schrecken abwaschen, der weiterhin wie Pech an ihm klebte.

Von dem kleinen Parkplatz aus war der Friedhof nicht einsehbar, hohe Bäume bildeten einen Schutzwall um das Gelände. Das Zufallen der Autotüren durchschnitt die gespenstische Stille wie eine Guillotine. Ein Schwarm kleiner Vögel schreckte aus einem Gebüsch und stob auseinander.

Nachdem Eric den Wagen abgeschlossen hatte, setzte er sich in Bewegung. Alain folgte ihm, fast vollständig in Hoodie und Regenjacke versunken. Je näher sie dem Denkmal am Tor kamen, desto langsamer schien er zu werden.

Eric räusperte sich. »Ich wollte dir im Übrigen noch ein Lob aussprechen. Wie du dich gestern um Jérome gekümmert hast, das war ganz große Klasse.«

Überrascht sah Alain auf. Der feine Schimmer Stolz, der über sein Gesicht flackerte, entging Eric nicht. Der Junge rieb sich die Nase und zuckte mit den Schultern.

»Er hat mir einen ordentlichen Schrecken eingejagt«, murmelte er, »aber er hat das wohl öfters.«

»Ist auch nicht mehr der Jüngste, oder? Trotzdem, meinen Respekt. Wenn ich jeden Tag nur die Hälfte der Strecke auf einem Rad zurücklegen müsste, ich wäre reif für ein Sanatorium.«

Alain lächelte. »Hab ich dich eigentlich jemals auf einem Fahrrad gesehen?«

»Nein, und das bleibt auch so. Mit dem Rad durch Paris? Es gibt einfachere Wege, sich umzubringen. Und Gemütlichere.«

Mit dem Passieren des steinernen Eingangstores endete die ungezwungene Unterhaltung abrupt. Vater und Sohn verlangsamten ihre Schritte und ließen ihre Blicke über ein Meer identischer weißer Grabsteine gleiten. Perfekte Kopien in Reih und Glied. Zu Lebzeiten wie im Tod.

Eric spürte, wie Alain dichter an ihn heranrückte und ließ es dankbar zu. Die vor ihnen liegende Szenerie rief unangenehme Bruchstücke aus dem gestrigen Erlebnis in sein Bewusstsein, die Nähe zu seinem Sohn erdete ihn.

»Man ist sich der vielen Opfer gar nicht bewusst, bis man das hier zu Gesicht bekommt«, raunte Eric und zuckte beim Klang seiner Stimme leicht zusammen. Selbst ein Flüstern schien fehl am Platz. Und doch musste er einfach reden, schon allein, um sein eigenes wachsendes Unbehagen im Zaum zu halten. Die absolute Stille, das Fehlen von Vogelgezwitscher, Straßenlärm, Stimmen, trugen ihren Teil bei.

Alain wandte sich ab und ging weiter, nicht ohne dabei ein kurzes Aufzucken von Enttäuschung bei Eric zu hinterlassen. Er schüttelte es ab und sein Blick folgte dem Sohn zu einer wuchtigen, weißen Gedenktafel, auf deren glänzender Oberfläche die Namen Hunderter Soldaten zu lesen waren. Der Junge blieb davor stehen. Er schien sie sich allesamt einprägen zu wollen.

Eric betrachtete Alains zusammengesunkene Statur, den hängenden Kopf, die tief in den Jackentaschen vergrabenen Hände und entschied, ihm ein wenig Zeit für sich zu lassen. Entgegen seiner immer stärker anwachsenden Beklommenheit zwang er sich, weiter zu gehen und zwischen die Grabsteine zu treten.

Es waren nur Tafeln. Namen und Daten, verewigt in weißem Marmor. Keine sichtbaren Gräber, kein Sumpf aus Gebeinen unter seinen Füßen, und trotzdem fühlte sich jeder Schritt falsch an.

Was taten sie hier? Er sollte Alain einpacken, ins Auto schleifen und mit ihm in ein Einkaufszentrum fahren. Ins Kino gehen. Ein Eis essen. Oder wenigstens eine Sehenswürdigkeit besuchen, die für positivere Stimmung sorgte.

Jeden Meter, den Eric vorwärtsging, wartete er darauf, dass etwas seine Knöchel umschloss. Der weiche Rasen gab unter seinen Sohlen nach, das schmatzende Geräusch der Erde beschwor in ihm ein Gefühl der Übelkeit herauf.

Sie sollten verschwinden. Jetzt.

Eric blieb abrupt stehen und riss seine Augen vom Boden hoch. Er nahm einen gierigen Atemzug, dann einen weiteren. Vor lauter Anspannung hatte er völlig vergessen zu atmen. Sein Herz schlug ihm bis zum Hals und seine Hände hatten zu zittern begonnen.

»Eric?«

Erschrocken fuhr er herum, spürte die Röte praktisch in sein Gesicht aufsteigen. Prima, er hatte eine Panikattacke vor dem Kind, genau das brauchte Alain zu allem Überfluss. Er setzte dazu an, sein merkwürdiges Verhalten plausibel zu erklären, herunterzuspielen und mit einem Scherz aufzulösen – und erstarrte.

Alain sah ihn gar nicht an. Ihm den Rücken zugewandt, stand er vor der Gedenktafel, am ganzen Leib bebend. Es war nicht erkennbar, ob er weinte, jedoch wirkte seine Körpersprache allein verstörend genug. Erics eigener Schreck verpuffte, und er spurtete die wenigen Schritte zurück. Bei Alain angekommen, ergriff er behutsam dessen Oberarme, suchte seinen Blick und sah in große, glasige Augen.

»Hey, was ist denn los mit dir?«, fragte Eric mit ruhiger Stimme,

»Schschsch ... es ist alles okay. Was hast du?«

»Die Namen ...«

Eric schwenkte seine Aufmerksamkeit kurz auf die Tafel. »Ja, es sind viele, ich weiß. Aber wir kennen sie nicht, es ist niemand dabei, den wir vermissen. Dein Opa Jacques ist vor ein paar Jahren erst gestorben und Opa Louis sitzt mit Sicherheit gerade an seinem Küchentisch und sortiert Kronkorken. Keiner dieser Namen hier ist uns bekannt.«

Die Vehemenz, mit der Alain den Kopf schüttelte, verunsicherte Eric. Seit wann hatte der Junge so eine sensible Ader? Warum war es ihm möglich, ohne mit der Wimper zu zucken Krieg auf seiner Spielekonsole spielen, nur um dann beim Anblick eines Militärfriedhofs einen mittleren Nervenzusammenbruch zu erleiden?

»Was, Alain? Was ist los?«, versuchte er es erneut.

Sein Sohn wischte sich das Gesicht ab und schien sich zu sammeln.

»Ich kenne einen dieser Namen«, antwortete er krächzend.

Erics Blick hetzte erneut von Alain zur Tafel und zurück.

»Okay.« Er richtete sich auf und suchte die schier endlose Aneinanderreihung nach ihrem eigenen Nachnamen ab. Dann nach dem Mädchennamen seiner Frau. Doch er wurde nicht fündig. »Wen kennst du von dieser Liste? Und woher?«

Alain zögerte kurz, dann deutete ein zitternder Zeigefinger auf in Stein gemeißelte Lettern, die für Eric ebenso nichtssagend waren wie all die anderen. Er las den Namen, einmal, zweimal, doch die Erkenntnis blieb aus.

»Wer soll das sein, Alain?«

»Ein Sergeant des Régiment de la Chaudière der 3. Kanadischen Infanterie-Division«, antwortete der Junge fast unhörbar, aber wie auswendig gelernt. »Ich habe ihn gestern im Pool-Haus kennengelernt.«

15

Die Erleichterung, auf die Alain so sehr gehofft hatte, trat schlagartig ein. Wie nach der Umverteilung einer schweren Last löste sich seine Anspannung, und mit ihr ein paar Tränen, die ihm über die ohnehin schon regennassen Wangen rollten und ihm dieses eine Mal nicht peinlich waren.

Den gesamten gestrigen Nachmittag und Abend, die ganze Nacht, jeden Kilometer auf der Fahrt hierher hatte er mit sich gehadert, ob er seinem Vater reinen Wein einschenken sollte. Ob es ratsam war, sich ihm anzuvertrauen und offen über die Ereignisse zu sprechen, die ihm in den letzten Tagen auf dem Gut widerfahren waren. Die Angst, Eric hielte ihn für völlig übergeschnappt, war größer gewesen als das Bedürfnis nach Schutz.

Bis jetzt.

Nun sprudelte es aus ihm heraus. Er schilderte seine Erlebnisse, so detailgetreu wie möglich, ohne etwas auszulassen. Beginnend bei der gestrigen Bekanntschaft mit Paul d'Argies bis hin zur Situation in der Küche zwei Tage zuvor, in der ihn eine blutverkrustete Hand zum Gruße einen Mordsschrecken eingejagt hatte.

Die hässliche Stimme in seinem Kopf, die ihm klarzumachen versuchte, dass er völlig den Verstand verloren haben musste und besser den Mund hielt, wenn er nicht demnächst von seinem Altvorderen in die Psychiatrie abgeschoben werden wollte, ignorierte Alain.

Während er redete, spürte er die sanften, aufmerksamen Augen seines Vaters auf ihm ruhen, was er zwar als gutes Zeichen wertete, aber unmöglich zu deuten vermochte. Sah er dort Verständnis? Mitleid? Unglaube oder gar Enttäuschung?

Alains Ausführungen endeten und zogen eine unerträgliche Stille nach sich. Das leise Rauschen des Regens klang in seinen Ohren mit einem Mal so laut wie das Grölen in einem vollbesetzten Fußballstadion. Er zog die Nase hoch und betrachtete seinen Vater mit einer Mischung aus Ratlosigkeit und Erwartung, doch dieser stand ihm ohne jede Regung gegenüber.

Sehnsüchtig wartete Alain auf eine Reaktion. Ein lautes Lachen, ein ungläubiges Kopfschütteln, seinetwegen die wütende Aufforderung, mit den Märchengeschichten aufzuhören. Alain würde damit umgehen, wenn nur irgendeine Art der Rückmeldung käme. Doch es passierte nichts. Stattdessen sah er zu, wie sein Vater tief Luft holte, sich wegdrehte und langsam umhergehend den schlammigen Boden nach Antworten abzusuchen schien.

Wut wallte in Alain auf. Das neu zusammengesetzte, empfindlich fragile Vertrauen begann erneut zu bröckeln. Offensichtlich hielt sein Vater ihn tatsächlich für geistesgestört. Krank. Diagnose: schwer traumatisiertes Scheidungskind. Wieder einmal versagte der Mann in seiner Rolle als Vater, war abwesend, obwohl er so dringend gebraucht wurde.

Alain schnaubte und setzte an, bereit, seiner Enttäuschung Luft zu machen. Doch die sanft gesprochenen Worte, die ihren Weg durch das Rauschen zu ihm fanden, nahmen ihm augenblicklich den Wind aus den Segeln.

»Ich hatte so darauf gehofft, mir das alles nur einzubilden.«

Alain blinzelte und schob den Kopf nach vorne, als könne er die gemurmelten Worte so besser verstehen.

»Wie meinst du das?«, fragte er verhalten.

Eric wandte sich ihm zu. Er sah so verloren aus, wie Alain sich fühlte.

»Du hast mich gefragt, warum ich so gebrüllt habe. Im Pool-Haus. Die Flüche, mein Geschrei«, sagte er.

Alain nickte, ließ das schauerliche Hörspiel des gestrigen Nachmittags noch einmal ablaufen. Dann riss er die Augen auf. »Du hast ihn auch gesehen«, flüsterte er, doch sein Vater schüttelte den Kopf.

»Ich habe weitaus Grausameres gesehen. Und ich bin froh, dass es dir offenbar erspart geblieben ist.«

»Was war es bei dir?«

»Alain, ich …«

»Du musst mich nicht schonen. Ich glaube, ich darf sehr wohl erfahren, was hier abgeht. Was war da mit dir im Pool? Was hast du gesehen?«

Alain bemerkte den Kampf, der in seinem Vater tobte und es dauerte einen Augenblick, bis dieser zögernd zu erzählen begann. Doch die Dankbarkeit, die er bezüglich Erics Offenheit verspürte, währte nicht lange. Mit dem Fortschreiten der Schilderungen wandelte sie sich in blankes Entsetzen. Er wusste, dass er hier eine abgemilderte Version zu hören bekam, doch schon diese offenbar jugendfreie Fassung war kaum zu ertragen.

»Ich hatte mich auf meinem Zimmer gerade einigermaßen gesammelt, als ich dich schreien gehört habe«, beendete Eric seine Schilderungen. »Im Pool-Haus.«

»Und du bist gerannt gekommen.«

»Und ich bin gerannt, ganz recht.«

Alain stieß einen zittrigen Seufzer aus und betrachtete seine Schuhe, die der Feuchtigkeit schon lange nicht mehr standhielten. Trotzdem schien der Regen zwischen all den surrealen Ereignissen wie ein erdendes Element.

»Glaubst du denn an sowas?« Er lachte kurz auf - ein freudloses, halbherzig Kichern, mehr Ventil als ehrlicher Humor. »Habe ich echt Gespenster getroffen? Hast du … waren da … du weißt schon … da sind nicht wirklich Leichenteile im Wasser herumgeschwommen, oder? Ich meine, vielleicht lacht sich Onkel Vincent gerade komplett kaputt, weil er uns mit irgendwelchen Spezialeffekten verarscht?«

Sein Vater zuckte mit den Schultern. »Ich bin ein rationaler Mensch, wie du weißt. Hättest du mir diese Fragen vor einer Woche gestellt, wäre ich in schallendes Gelächter ausgebrochen.«

Mit schmatzenden Schritten trottete er vorbei und blieb unmittelbar vor der Gedenktafel stehen. Seine Augen wanderten über die eingravierten Zeichen.

»Ich hatte seit unserer Ankunft kein gutes Gefühl in dem Laden«, murmelte er, »Ich könnte schwören, in der ersten Nacht war jemand in meinem Zimmer.«

Alain runzelte die Stirn. »Warum hast du nichts gesagt?«

»Ich hab's auf den Alkohol geschoben. Na ja, und vielleicht wollte ich einfach an meinem grandiosen Plan festhalten, einen harmonischen Urlaub mit dir zu verbringen, so ganz ohne Wiedergänger und Spukgestalten. Außerdem ... ich könnte dir dieselbe Frage stellen, oder?«

Alain schwieg. Ein Schauer lief ihm über den Rücken, was nicht damit zusammenhing, dass die Kälte nun vollends ihren Weg durch seine Kleidung gefunden hatte. Er zuckte zusammen, als sein Vater die Hände zusammenschlug.

»Gehen wir zum Auto zurück. Ich weiß nicht, wie's dir geht, aber ich will hier weg.«

Er legte einen Arm um Alains Schultern und zog ihn mit sich, weg von der weißen Marmortafel, auf der unzählige Namen leise zu wimmern begannen.

16

Die Standheizung tat ihren Dienst und füllte den kühlen, feuchten Innenraum schnell und zuverlässig mit Wärme. Yvonne hatte immer gespottet, welch unnötiges Luxus-Accessoire dies doch sei, und verärgert den Aufpreis dafür zur Kenntnis genommen. Ironischerweise hatte sie nie davon profitieren und ihre Meinung ändern können, da das Auto erst gegen Ende ihrer zerrütteten Ehe geliefert worden war. Für einen kurzen Moment fragte sich Eric, welchen unnötigen Luxus sie sich denn nach ihrer Vermögensaufteilung geleistet hatte. Und wie sie wohl angesichts der derzeitigen Umstände reagieren würde?

Er war aufgewühlt, versuchte aber, sich nichts anmerken zu lassen. Dies alles warf ihn erneut aus der Bahn und er hatte keine Ahnung, an welcher Schraube er drehen sollte, um das wankende Konstrukt wieder zur Ruhe zu bringen. Er war mit dem Bestreben gekommen, die Bande zu Alain neu zu knüpfen, seine Scheidung in eine abschließbare Schublade zu stecken und sein Leben insgesamt zu überdenken. Als Bonus hätte er sogar geplant, den lose gewordenen Kontakt zu Vincent wieder zu festigen. Doch all diese Hoffnungen und Pläne schwangen jetzt nicht nur gefährlich hin und her wie ein zu hoch gestapelter Turm aus Kartons, sie traten noch dazu in den Hintergrund wie Statisten. Etwas ging hier vor, und Vincent wusste davon. Noch war Eric nicht sicher, ob Gefahr für Leib und Leben bestand, doch eines schien klar: Das *La Sainte Charonne* war nicht koscher und es galt herauszufinden, an was genau das lag.

»Was machen wir denn jetzt?«

Alain saß auf dem Beifahrersitz, und Eric stellte erleichtert fest, dass die Phase der inneren Einkehr und Abschottung beendet schien.

Sie waren Komplizen. Verbündete gegen einen gemeinsamen Feind. Detektive auf der Suche nach des Rätsels Lösung.

Das konnte er nicht zulassen, so sehr er es sich auch wünschte.

»Wir«, betonte Eric mit hochgezogenen Augenbrauen, »fahren jetzt zurück zum Bates Motel. Dort wirst du im Auto sitzen bleiben, bis ich deine Siebensachen aus dem Zimmer geholt habe, und dann bringe ich dich zum Bahnhof.«

Der Kopf des Jungen fuhr so schnell herum, das Eric kurz den Blick von der Straße nahm und seinen aufgebrachten Sohn ansah.

»Was? Wieso?«

»Weil ich dich nicht eine Minute länger hier haben will, deswegen.«

»Aber …«

»Kein aber. Ich möchte, dass du in Sicherheit bist.«

Eric sah seinen Sohn aus dem Augenwinkel förmlich beben.

»Und du machst bitte was?«, hielt Alain dagegen.

»Ich werde mir Vincent vornehmen. Er hat ein paar Erklärungen zu liefern.«

Eric wappnete sich gegen weiteren Protest, der überraschenderweise ausblieb. Stattdessen machte sich Schweigen breit, während der Wagen Kilometer für Kilometer auffraß. In Stille passierten sie graue Landschaften, die am Tag zuvor noch grün gewesen waren, bis Alain sie schließlich unterbrach.

»Du glaubst nicht an Special Effects, oder? Meinst du, Vincent weiß von den Dingen, die da in seinem Hotel passieren?«

»Genau das werde ich herausfinden.«

»Ich helfe dir …«

»Nein, das wirst du nicht.« Eric klopfte seine Taschen auf der Suche nach seinem Telefon ab. »Du wirst nach Paris zurückfahren, heute noch. Ich muss deine Mutter sowieso anrufen …«

»Du hast nicht mit ihr gesprochen? Warum nicht? Wolltest du das nicht gestern schon erledigen?«

Ertappt fror Eric in seinen Bewegungen ein.

»Ich kam noch nicht dazu.«, war seine verbale Entgegnung.

Die Antwort seines Herzens lautete: Ich wollte nicht.

Und ich will immer noch nicht.

Er starrte stur geradeaus. Alains Blick brannte kurz auf ihm. Dann ließ der Junge von dem Thema ab.

»Was hast du denn jetzt vor?«

Dankbar über den neuen Fokus, richtete Eric sich auf. »Wir fahren zum Hof, wie besprochen. Schicken dich nach Hause, wie besprochen. Dann suche ich Vincent und rede mit ihm«.

Im Anschluss daran stünde ein Telefonat mit seinem neuen Verbündeten an, dem freundlichen Inspektor in Caen. Aber zumindest eine Chance der Erklärung sollte sein Bruderherz bekommen.

»Ich könnte versuchen, etwas über den Hof herauszufinden«, bot Alain an, »du weißt ja, Google ist dein Freund.«

»Über das Smartphone? Dein Datenvolumen wird aufgebraucht sein, noch bevor du im Zug sitzt.«

»Aber bis dahin kann ich recherchieren. Wenn ich schon sonst nichts ausrichten darf.«

»Du machst genug, indem du in Sicherheit bist.«

»Du weißt, was ich meine. Ich kann dich hier unterstützen.«

»Nein, Alain«, erwiderte Eric etwas schroffer als beabsichtigt. Er seufzte und lockerte seinen Griff, bevor er Gefahr lief, einen Achter in das Lenkrad zu biegen. »Hör zu, ich danke dir. Aber ich kläre das. Und du solltest hier weg sein, damit ich nicht auch noch Angst um dich haben muss.«

Er biss sich auf die Unterlippe, kaum dass die Worte seine Lippen verlassen hatten.

»Was meinst du damit?«, fragte Alain entsetzt und richtete sich in seinem Sitz auf. Eric spürte förmlich, wie der Blick des Jungen Löcher in seine Schläfe fräste. »Was, glaubst du, wird passieren?«

»Ich weiß es nicht, wahrscheinlich gar nichts, aber ich fühle mich besser, wenn du in einem Zug nach Paris sitzt, okay? Können wir es dabei belassen?«

Eric rechnete mit weiteren Einwänden, die jedoch ausblieben. Stattdessen sank sein Sohn mit einem genervten Stoßseufzer zurück in das Polster und stierte aus dem Fenster. »Was ist mit Jérome? Kann ich mich von ihm verabschieden?«

Eric biss die Zähne zusammen. Am liebsten hätte er die Diskussion mit einem inbrünstigen 'Schluss jetzt!' beendet. Wenn es nach ihm ginge, würde er das Gaspedal durchdrücken und am *La Sainte Charonne* vorbeirasen, weiter, immer weiter, weg von all dem hier. Doch das war keine Option. Er musste diesen letzten Versuch wagen und seinen Bruder zur Vernunft bringen. Herausfinden, was er wusste, wie viel er zu schaffen hatte mit all den Vermissten, fundierten Toten und lebenden Toten. Und natürlich musste er Alain die Chance geben, sich von Jerome zu verabschieden. Herrje, sollten sie den alten Mann nicht genaugenommen einweihen? Ihn zur augenblicklichen Abreise auffordern?

»Okay. Aber du hast dein Telefon griffbereit. Und du beeilst dich. Wenn dir etwas Ungewöhnliches auffällt, verlässt du sofort das Hotel und rufst mich an, verstanden?«

»Hab ich verstanden, ja.«

Der Wagen setzte seine Fahrt über die regennasse Landstraße in zögerlichem Tempo fort. Mental war Eric bereits am Ziel angekommen und durchspielte seine Möglichkeiten. Wie leitete man die Konfrontation ein, die vor ihm lag? Gleich mit der Tür ins Haus fallen oder versuchen, behutsam an Informationen zu gelangen? Seinen Bruder in ein Gespräch verwickeln, sofern er ihn überhaupt anträfe? Das letzte Abendessen und das heutige Frühstück hatte Magalie zubereitet und darauf verwiesen, dass sich Vincent geschäftlich auf einer Messe in Brest befand.

Gesetzt den Fall, dass das stimmte. Vielleicht gab es keine Messe und er ging Eric auch schlichtweg aus dem Weg?

Man hatte in Amblie Gründe, das Roche-Anwesen nach dessen Zerstörung nicht mehr aufzubauen. Ihr Bruder hat es getan und das ist nicht gut angekommen.

»Ob Jérome solche Begegnungen hatte?«

Eric blinzelte. Fast hatte er vergessen, dass er nicht alleine war. Er sog geräuschvoll Sauerstoff ein.

»Ich weiß es nicht. Gut möglich.«

»Sein Blick ... als er dich Brüllen gehört hat ... als wäre jemand über sein Grab gelaufen.« Alain verzog das Gesicht. Ihm schien der makabere Vergleich in ihrer derzeitigen Situation im selben Moment bewusst geworden zu sein, in der er ihn ausgesprochen hatte.

»Er sah nicht allzu gesund aus gestern, ich hatte nur nicht die Zeit, darauf einzugehen.«

»Er hatte irgendeine Art Anfall. Sein Herz oder so. Jedenfalls war ihm wichtiger, dass ich nach dir sehe, als das ich mich um ihn kümmere.«

Eric hob die Augenbrauen. »Okay«, erwiderte er und zog das Wort dabei in die Länge. Es musste ja einen Preis haben, in solch einem hohen Alter noch derart fanatisch Sport zu treiben. »Konntest du zwischenzeitlich mit ihm sprechen?«

Der Junge rollte mit den Schultern. »Nicht wirklich. Er war ziemlich kurz angebunden gestern, wollte sich ausruhen. Aber er wirkte irgendwie ... keine Ahnung ... ich glaube, er hatte Angst.«

Eric nahm den Fuß vom Gas, als ein Traktor in einiger Entfernung vor ihnen auf die Straße einbog. Er setzte Jéromes Namen auf seine im Kopf angelegte Gesprächsliste.

»Dein Geist war Soldat, sagst du?«, fragte er, dann korrigierte er sich: »Beide Geister?«

Alain fuhr sich durchs Haar. »Einer mit Sicherheit. Bei dem in der Küche kann ich es nicht bestimmt sagen. Aber er hatte diese typischen Stiefel an. Warum fragst du?«

Eric zögerte und entschied sich für die Flucht nach vorn. Er wünschte sich Ehrlichkeit, dann musste er mit gutem Beispiel vorangehen. »Es gibt da noch ein paar Dinge, von denen du wissen solltest«, begann er, während er den Traktor zügig überholte. »Nach dem Streit am Tag unserer Wanderung habe ich etwas im Wald gefunden. Zugewuchert, kaum zu sehen. Da waren Helme, unzählige Soldatenhelme, versteckt unter einer toten Brombeerhecke. Ich habe einen Arbeitskollegen angerufen, der sich damit auskennt, und er hat sie dem Zweiten Weltkrieg zugeordnet, und zwar der ...«

»... 3. Kanadischen Infanterie-Division.«, fiel Alain in seine Erläuterung ein. Helle Aufregung füllte den Innenraum des Wagens. »Dann hängt alles zusammen. Das kann kein Zufall sein. Vielleicht wollen die uns etwas sagen?«

»Ach komm, so ein Schwachsinn ...«

»Warum nicht? Keiner wollte uns was tun, vielleicht wollen sie uns warnen oder nur vertreiben?«

»Ich bin nach meinem Bad in sterblichen Überresten um zwanzig Jahre gealtert, ich verbuche das sehr wohl unter Körperverletzung.«

»Es muss doch eine Verbindung zwischen den Helmen und diesen Erscheinungen ...«

»Da ist noch mehr, Alain.«

Der Mund des Jungen schloss sich hörbar. Wieder brannte sein Blick Löcher in Erics Haut. Offensichtlich hatte er Feuer gefangen, die Furcht in Eifer und Neugierde verwandelt, und nun gab es kein Zurück mehr. Nervös knetete Eric das Lenkrad.

»Du denkst, ich war gestern auf einem Geschäftstermin«, begann er.

»Das waren deine Worte.«

»Eine Notlüge meinerseits. Ich war in Caen auf einem Polizeirevier, nachdem mich ein Inspektor vor dem Hotel abgepasst und um ein Gespräch gebeten hatte.«

Die Standpredigt, die Eric erwartete, blieb aus. Stattdessen: ein Nicken.

»Weshalb?«, fragte Alain.

Es sind dort Menschen gestorben. Vielleicht sind die Dorfbewohner abergläubisch?

»Du hast nicht unrecht, es gibt einen Zusammenhang. Mit der Landung der Kanadier und Amerikaner zum Ende des Zweiten Weltkriegs gab es hier viele Tote und Verletzte.«

»D-Day«, erinnerte sich sein Sohn. Eric nickte.

»Vom Inspektor weiß ich, dass der Gutshof vor seiner Zerstörung zu einem Lazarett umfunktioniert worden war«, fuhr er fort. »Natürlich haben es die meisten trotz der Pflege, die sie dort sicher nur notdürftig erhalten haben, nicht geschafft und starben. Das ist eine mögliche Erklärung für die Helme in unmittelbarer Nähe des Hofs. Das ... Zeug ... muss ja irgendwo hin und verrottet ja so schnell nicht, wenn überhaupt. Vermutlich liegen dort weiterhin Unmengen an Waffen, Besitztümer, Uniformen. Und es erklärt unter Umständen diese ... Erscheinungen. Aber das war nicht der Grund meines Besuchs auf dem Revier. Es gibt Geschehnisse in der Gegenwart. Hotelgäste sind spurlos verschwunden. Einige starben sogar hier.«

Eric konnte die Straße nur Sekundenbruchteile aus den Augen lassen, doch es reichte aus, um die Farbe aus Alains Gesicht fließen zu sehen.

»Im Hotel?«, stammelte er. »Du meinst, in ihren Zimmern?«

»Ganz genau.«

»Ach du Scheiße.«

Eric zuckte mit den Schultern. »Richtig. Das ist auch das, worin dein Onkel steckt, und zwar tief.«

»Die Gäste, die hier gestorben sind ... woran ... ich meine, sie wurden doch nicht ...«

»Nein, sie wurden nicht umgebracht. Es handelt sich um unglückliche Zufälle, sie waren krank. Das interessiert aber weder die Einwohner noch die Polizei auf Dauer. In Amblie hegt man einen Groll gegen Vincent, ob das an den Todes- und Vermisstenfällen liegt oder daran, dass man den Wiederaufbau des Gutshofes bis heute missbilligt, weiß ich nicht.«

Alain schwieg und Eric fragte sich, ob er dem Jungen womöglich zu viel zugemutet hatte. All dies entpuppte sich als Horrorfilmmaterial erster Güte mit ihnen mittendrin. Er beschleunigte den Wagen etwas mehr. Es war Zeit, sein Kind von hier wegzubringen.

Als Alain seine Stimme wiederfand, klang sie herausfordernd. »Was denkst du? Wem glaubst du?«, fragte er.

Eric seufzte schwer. Eine weitere Frage, die er sich seit seinem Besuch beim Inspektor mehr als einmal gestellt hatte.

»Ich bin überfragt, Alain. Vincent ist mein Bruder, aber ... er lügt mich an, so viel steht fest. Dafür kenne ich ihn zu gut, als dass er mit

Unwahrheiten an mir vorbeikommt.« Er dachte kurz nach. »Bist du seit unserer Ankunft mal in der Garage gewesen?«

Alain schwieg für einen Moment. Dann nickte er. »Ja, am ersten Abend. Ich habe mit Jérome an seinem Rennrad gearbeitet, relativ spät, nach dem Essen.«

»Was war drin?«

»In der Garage? Das übliche Gerümpel. Alte Räder, Regale, Werkstatt-Krimskrams eben.«

»Die Fahrräder ... bist du sicher, dass die alt waren?«

»Nein, sicher bin ich nicht. Ich hab sie mir nicht genau angesehen.«

»Okay, was noch?« Eric machte eine rotierende Handbewegung.

»Es standen zwei Autos drin.«

Mit einem Jubelschrei schlug Eric auf das Lenkrad. »Ja! Ich hab sie mir nicht eingebildet!«, rief er aus, »Ich habe sie auch gesehen, als Vincent mich über das Grundstück geführt hat. Zwei Autos, eines mit Staub überzogen, das andere wie neu, beide ohne Nummernschilder, richtig? Als die Polizei dort gewesen ist, war die Scheune abgeschlossen. Und gestern Mittag war sie wieder offen, die beiden Autos weg. Ich bin auf Vincents Erklärung gespannt.«

Schweigen machte sich breit, die Euphorie der letzten Minuten war verpufft. Aus dem Augenwinkel registrierte Eric, wie sein Sohn tiefer in den Beifahrersitz rutschte und sich in seine Jacke zurückzuziehen schien, als wäre das dünne Polyester in der Lage, ihn vor allem Übel zu beschützen.

Eric griff nach drüben und drückte die Schulter seines großen Kindes in einer wortlosen, mutmachenden Geste.

»Kennst du dich mit Mythologie aus?«, fragte Alain unvermittelt, und Eric legte verwundert die Stirn in Falten ob des abrupten Themenwechsels.

»Ich kann mit amtlichem Kreuzworträtsel-Wissen aufwarten«, bot er an, »Wieso fragst du?«

Der Junge machte eine bedeutungsschwangere Pause, bevor er antwortete.

»Der ... mein Geist ... er sprach davon, dass sie uns nicht gehen lässt.«

Ein Schauer lief Erics Rücken hinab. Der Wagen wurde langsamer, als er unbewusst den Fuß vom Gaspedal nahm. Alain hatte bei seinen Ausführungen erwähnt, dass die Gespenster kommunikativ gewesen waren, zumindest eines. Die Information, was genau sie zu sagen gehabt hatten, hatte der Junge ihm vorenthalten.

»Wer ist gemeint mit *sie*?«

Alain schüttelte zaghaft den Kopf. »Er sprach davon, dass sie der Fährmann ist und das Badehaus ihr Tor.«

»Das Badehaus?«

»Na ja, er hat die Arme ausgebreitet und davon gesprochen, dass dies hier ihr Tor sei. Was kann er sonst gemeint haben?«

Die ohrwurmträchtige Melodie von Chris de Burghs *Don't Pay the Ferryman* drängelte sich unaufgefordert in Erics Gedanken. Was für einen Sinn sollte das alles ergeben?

»Okay, also ... der Fährmann ist grundsätzlich keine bösartige Gestalt«, versuchte er sein mageres Wissen auf dem Gebiet zu teilen, »er bringt die Lebenden in das Reich der Toten. In manchen Kulturen legt man den Verstorbenen daher eine Münze auf jedes Auge, damit sie den Fährmann für die Überfahrt bezahlen können ...«

Noch während er sprach, fügte sein auf Hochtouren laufendes Gehirn alle Puzzleteile in Windeseile zusammen.

Der Fährmann.

Das Badehaus als Tor.

Die verstorbenen Hotelgäste.

Das Badehaus als Tor?

Eric stoppte seine Ausführungen abrupt.

Nicht das Badehaus.

Der Hof. Der Hof war das Tor.

Eine leise Verwünschung entglitt ihm, und er rieb sich angestrengt die Stirn. Alain schien dieselben Verknüpfungen hergestellt zu haben und sank – wenn es überhaupt möglich war – erneut tiefer in seinem Sitz zusammen.

Vor ihnen tauchten die ersten Ausläufer von Amblie auf. Sie bogen von der Landstraße auf den Waldweg ein und folgten dem Wegweiser an einen Ort, an den sie lieber nicht zurückkehren wollten.

Beim Anblick von Vincents Wagen im Innenhof rutschte Erics Herz ein Stockwerk tiefer. Ein winziger Teil von ihm hatte gehofft, diese Aussprache womöglich hinauszögern zu können. Doch wie viel mehr Zeit und Beweise brauchte er, um seinen Bruder zur Rede zu stellen? Die Antwort lautete: keine. Wenn Vincent ihm heute nicht reinen Wein einschenkte, hatte Eric zwei Möglichkeiten. Eine davon war, seine Sachen zu packen und mit Alain sofort nach Paris zurückzukehren. Die andere: hierbleiben und auf eigene Faust weitergraben, um Antworten zu finden. Nur dieses Mal würde er die Polizei mit ins Boot holen.

Er liebte seinen Bruder. Es war der letzte Schritt, den er gehen wollte. Doch um sich selbst treu zu bleiben, stand Handeln auf dem Plan. Es ging um Menschenleben.

Eric parkte seinen Wagen neben dem wuchtigen Renault und sah zu Alain. Dieser war still geworden und fixierte das Hauptgebäude des *La Sainte Charonne* mit einer Mischung aus Beklommenheit und Argwohn.

»Wie besprochen«, befahl Eric knapp und lenkte die Aufmerksamkeit seines Sohnes auf sich, »du suchst Jérome und verabschiedest dich. Wir treffen uns hier am Wagen in einer Viertelstunde. Ich gehe los und packe deine Sachen zusammen.«

Alain nickte und tastete nach dem Türgriff. Die letzten Reste seines ohnehin bereits verkümmerten Eifers waren verflogen.

17

Jéromes Rennrad war nirgends zu sehen.

Sein angestammter Platz im Hof war verwaist. Dies konnte drei Dinge bedeuten: Der alte Mann saß zusammengekauert in der Garage und arbeitete fieberhaft an der Instandhaltung seines treuen Sportgerätes. Oder er hatte es statt an der Hauswand zur Abwechslung drinnen geparkt und ruhte sich auf seinem Zimmer aus. Als Drittes bestand die Option, dass er gegenwärtig damit durch das Umland fuhr – was Alain als die denkbar unglücklichste Variante erschien. Nicht nur, weil es ihn um die geplante Verabschiedung brächte; der Gedanke, Jérome nach seinem gestrigen Anfall ohne Begleitung da draußen zu wissen, rief ein ungutes Gefühl hervor.

Was, wenn es wieder geschah? Wenn niemand bei ihm war, um Hilfe zu holen?

Alain entschied, es zunächst in der Garage zu versuchen. Er kämpfte gegen den Drang an, sich nochmal nach seinem Vater umzusehen, und musterte auf dem Weg zum Scheunentor stattdessen misstrauisch das verwitterte Mauerwerk des alten Gebäudes.

Ein Spukhaus. Mit real existierenden Geistern. Keiner seiner Freunde in Paris würde ihm das abnehmen. Das nächste Mal sollte er sein Smartphone im Anschlag haben, er wäre der König der sozialen Medien. Dann würde er mit seinen Jungs zusammensitzen und lachen und weitere wirre Storys spinnen.

Nur, dass ihm so gar nicht zum Lachen zumute war. Der Mut, der ihn im Auto beflügelt hatte, war verflogen, und hatte ein Schlachtfeld aus Furcht, Unsicherheit und Aberglaube zurückgelassen.

Auch wenn er an seiner Meinung festhielt, dass die hier hausenden Gesellen nicht vorhatten, ihm oder seinem Vater Schaden zuzufügen, so war die gesamte Situation nicht weniger beunruhigend. Die Geister waren das eine. Sie alleine hatten bereits das Potential, jemanden in den kompletten Irrsinn zu treiben. Verdammt, er war sich selbst nicht sicher, warum sein alter Herr und er sich nicht längst verzogen hatten.

Nein, der Gruselfaktor stellte den einen Teil. Es war Onkel Vincents Rolle, die eine zusätzliche Unbekannte darstellte.

Ich bin überfragt, Alain. Vincent ist mein Bruder, aber ... er lügt mich an, so viel steht fest.

Der Onkel war real, so real wie die toten und vermissten Hotelgäste. Um wie viele es sich wohl drehte? Zwei? Drei? Zehn?

Das Garagentor verhöhnte ihn. Schien ihn herauszufordern. Alain hielt den Atem an und rüttelte leicht am Blatt. Es war unverschlossen und schwang ihm widerstandslos entgegen, als wolle es ihn hereinbitten. Mit dem muffigen Schwall feuchter Luft, die ihm ins Gesicht fuhr, sank seine Hoffnung.

Das triste Grau in Grau des regnerischen Tages schaffte es nicht, ausreichend Helligkeit durch die winzigen und dazu verdreckten Fenster der ehemaligen Scheune zu schicken.

»Jérome?«, rief Alain in das verwaiste Dunkel, doch eine Antwort blieb aus. Er lauschte, suchte nach dem kleinsten Geräusch, das auf die Anwesenheit seines Freundes hindeutete. Dann gab er sich einen Ruck, schlüpfte vorsichtig durch den Spalt und tastete sich an der rauen, steinernen Wand entlang auf der Suche nach dem Lichtschalter. Als das schummrige Deckenlicht die Garage flutete, fand Alain weder seinen Freund noch das Rennrad vor.

Somit konnte er die erste Option von seiner Liste streichen. Nicht gut. Gar nicht gut.

Alain seufzte und sah sich um. Die aufgeräumte Werkbank zeigte keinerlei Gebrauchsspuren. Die olle Weinkiste, die ihm als Sitzgelegenheit gedient hatte, stand in der Ecke, neben der bereits bekannten Ansammlung alter Drahtesel.

Bist du sicher, dass die Fahrräder alt waren?

Er stutzte und runzelte die Stirn.

War er sich denn sicher?

Er erlaubte sich ein kurzes Zögern, bevor er zu den Rädern huschte, die dort wie achtlos umgeworfen ineinander verkeilt an der Wand lehnten.

Im Halbdunkel erkannte er nur die oben aufliegenden Exemplare. Sie hatten tatsächlich ihre besten Tage weit hinter sich gelassen und schienen nur von Rost und verflochtenen Speichen zusammengehalten zu werden. Alain sah sich erneut um, bevor er hastig sein Smartphone aus der Tasche zog. Die Nervosität spielte ihm Streiche und er hatte Mühe, mit seinen zitternden Händen die integrierte Taschenlampe zu aktivieren.

»Komm schon, mach jetzt«, knurrte er.

Der im Vergleich zur Deckenbeleuchtung fast gleißende Lichtschein fiel auf tote Scheinwerfer, geborstene Reflektoren und verbogene Felgen. Verwitterte Lenkergriffe, teilweise zerbrochen, ragten aus metallenen Eingeweiden hervor. Steif gewordene schwarze Ketten wanden sich um verrostete Ritzel.

Das Aufblitzen neon-gelber Buchstaben auf einem schneeweißen, makellos lackierten Rahmen wirkte wie eine optische Täuschung. Unerwartet und absolut fehl am Platz. Alains Augen weiteten sich.

»Das gibt's nicht …«

So nah wie möglich kroch er an das verknotete Gebilde heran. wagte nicht, die oben aufliegenden Räder zu bewegen, und schob stattdessen sein Telefon durch das Gestänge des traurigen Knäuels.

Zwischen dem Schrott, eingekeilt und auf den ersten Blick kaum zu erkennen, lagerten zwei Mountainbikes, zweifelsohne neuwertig, zweimal dasselbe Modell in der Damen- und Herrenausführung.

Alain wich zurück. Zum zweiten Mal am heutigen Tag kämpfte er mit der Taschenlampenfunktion seines Telefons und bewegte sich in fahrigen Rückwärtsschritten zum Garagentor. Seine Suche nach Jérome musste warten.

Zum ersten und einzigen Mal dankte Eric seinem Sohn für dessen Faulheit. Da Alain sich bis heute nicht die Mühe gemacht hatte, den

Inhalt seiner Sporttasche in den Kleiderschrank umzuschichten, war das Zusammenpacken seiner Klamotten eine Sache von Minuten. Nachdem Eric Waschbeutel, herumliegende Schmutzwäsche und ein Ladegerät eingesammelt und verpackt hatte, begab er sich mit Tasche in der Hand und Rucksack auf dem Rücken rasch und leise wieder auf den Weg nach unten.

Das Haupthaus war friedlich, die Rezeption unbesetzt. Das Restaurant strahlte in warmem Licht, leise Musik waberte aus dem verwaisten, aber wie immer voll gedeckten Saal, während aus der Küche geschäftiges Klappern nach draußen drang. Vermutlich bereitete Vincent das Abendessen vor.

Eric verlangsamte seine entschlossenen Schritte in Richtung Ausgang, die Gurte der Tasche fest umschlossen. Die Gelegenheit wäre günstig, seinen Bruder jetzt anzusprechen. Magalie schien bereits im Feierabend zu sein, sie wären allein und ungestört. Doch Erics erste Sorge galt Alain. Solange sein Junge hier war, musste er die Füße still halten. Es würde ein langer Abend werden, der entweder mit einem kompletten Zerwürfnis oder einer brauchbaren Lösung endete, soviel stand fest. Doch ein Schritt musste nach dem anderen kommen. Und der erste Schritt bestand darin, Alain hier raus zu schaffen.

Eric beschleunigte seinen Gang, umrundete die Rezeption und kam nicht umhin, einen flüchtigen Blick hinter den Tresen zu werfen. Wo die Tür zu Vincents Büro einen Spalt weit offen stand.

Das, was er vom Innenleben des kleinen Räumchens erkennen konnte, im Blick, verlangsamte Eric seinen Sprint erneut und kam zum Stillstand, die freie Hand nach dem Türgriff des Ausgangs ausgestreckt. Mit dem nervösen Kauen seiner Unterlippe kam ein Denkprozess in Gang, den er lieber gleich im Keim erstickt hätte. Er schaute nach draußen. Fast schon verlangend blickte er durch das Glas in den Hof, zu seinem Wagen, in Richtung Tor und dem Schottersträßchen, das von hier wegführte.

Dann ließ er vom Griff ab und schlich still in sich hineinfluchend zurück zur Theke der Rezeption.

Er wartete. Wie ein vergessener Hotelgast, der auf die Rezeptionistin wartete, die ihm einen Zimmerschlüssel schuldig war. Fixierte die Bürotür und versuchte zu erkennen, ob sich in dem Raum dahinter etwas oder jemand bewegte. Dann spähte er durch die Fenster ins Restaurant. Niemand war zu sehen. Der sanfte Gesang von Jean Sablon waberte leise durch die Luft und gab der Szenerie die romantische Atmosphäre, die so gar nicht zu Erics Stimmung passte.

Langsam ließ er Rucksack und Tasche auf den Boden gleiten und schob beides mit dem Fuß so nah wie möglich an den Tresen. Ohne das Restaurant und die Küchentür aus den Augen zu lassen, schlüpfte er hinter die Rezeption und blieb vor der Bürotür stehen.

Eric wagte nicht, zu atmen. Lauschte.

Nichts.

Er klopfte sachte gegen das Holz und zuckte zusammen, als die Tür sich wie in Zeitlupe leise quietschend nach innen aufschob.

»Magalie? Vincent?«, hauchte er, »Seid ihr hier drin?«

Keine Antwort. Kein Mucks.

Eric reckte vorsichtig den Kopf in den winzigen Raum und sah sich um. Falls die Wände mit einer besonderen Wandfarbe oder Tapete ausgestattet waren, so konnte man dies nur erahnen. Das Zimmer war bis unter die Decke mit Regalen und Schränken zugestellt, auf denen zahlreiche Ordner und Bücher ihren Platz hatten. In den wenigen freien Nischen zwischen Kunstbänden und Katalogen fanden sich fragile, feingliedrige Skulpturen, alle offenkundig vom selben Künstler angefertigt.

Durch ein gigantisches, von wildem Wein umrahmten Fenster zum Innenhof drang Tageslicht. Die Mitte des Raumes markierte ein dunkler, geschmackvoller Schreibtisch, auf dem jedes Teil ausgerichtet zueinander seinen Platz hatte. Selbst der zugeklappte Laptop stand dort im Einklang mit unbeschriebenen Blättern, Briefumschlägen und einem Locher.

Eric zog den Kopf zurück, spähte in Richtung des Restaurants und vergewisserte sich, dass die Geräusche aus der Küche noch immer zu hören waren. Dann huschte er in den Büroraum.

Die Tür hinter sich sachte anlehnend, sah er sich erneut um. Er würde keine Schubladen durchwühlen und nichts anfassen, so es ihn nicht ansprang. Sein Gewissen schüttelte ohnehin schon tadelnd mit dem Kopf.

Ihm war ja selbst nicht klar, was genau er suchte oder zu finden gedachte. Es war nicht davon auszugehen, dass Vincent ein Bekennerschreiben auf seinem Schreibtisch liegen hatte. Auch die verschwundenen Hotelgäste sprangen sicher nicht unmittelbar hinter den Ordnern hervor.

Eric trat dichter an eines der Bücherregale heran. Die zahlreichen, sorgfältig aufgereihten Bände waren thematisch sortiert. Während sich ein Bereich mit Kunst und Architektur befasste, brachte ein anderer Aufschluss zu eher trockenen Themen: Buchhaltung, Steuerwissen, Arbeitsrecht. Einen Buchrücken aus braunem Leder erkannte Eric wieder: Es handelte sich um das Gästebuch des *La Sainte Charonne*, das er vor kurzem erst in den Händen gehalten hatte.

Die Skulpturen, welche die Zwischenräume bevölkerten, waren weniger selbsterklärend, und doch erkannte Eric darin die immer gleiche Form eines Menschen. Jede Figur hatte surreal lange Arme und Beine, selbst das, was er als Gesicht deutete, war unnatürlich gestreckt. Bei einigen schien das Kinn auf dem Boden zu schleifen, bei anderen wiederum versuchten die überlangen Arme, den Kopf oben zu halten. Aus unterschiedlichsten Materialien gefertigt, wirkten die Plastiken aufgrund ihrer Formen im hohen Maße aggressiv.

Eric betrachtete ein mittelgroßes Exemplar auf seiner Schulterhöhe, aus Metall gegossen oder geschmiedet. Auch hier stützten die Arme den kraftlos hängenden Oberkörper, die Figur schien mit letzter Kraft den Kopf anzuheben. Sie starrte ihn aus undefinierbaren Augen an, als suchte sie in ihm die Erlösung für ihre Schwere.

Vorsichtig streckte Eric die Hand aus. Kaum hatten seine Fingerkuppen den Werkstoff berührt, überkam ihn eine ungemeine Traurigkeit. Weit im Hintergrund lauernde Sorgen, die er für klein und vernachlässigbar erachtet hatte, bäumten sich heulend auf. Ängste, die er verdrängt hatte, krochen schmatzend in den Vordergrund.

Dunkelheit schien an ihm emporzuklettern, zu zerren, sich seiner Körperwärme zu bemächtigen und alles, was ihm an Glück geblieben war, zu erdrücken.

Mit einem erstickten Gurgeln riss Eric die Augen auf und schnellte zurück. Das Momentum ließ ihn gegen den Schreibtisch stolpern, dessen Kante sich schmerzhaft in seinen Oberschenkel bohrte. Sein Puls raste, er keuchte wie ein Hürdenläufer nach dem Zieleinlauf. Er brauchte einen Moment, um sich zu fangen, dann richtete er sich langsam auf, ohne die Figur aus den Augen zu lassen. Obwohl sie keinerlei Mimik besaß, wurde Eric das Gefühl nicht los, sie verhöhne ihn.

Hatte sie das gerade getan? War die bloße Berührung dieser Plastik in der Lage, ihn mit derart frostigem, perfiden Schwermut zu belegen?

Eric schluckte schwer. Er musste hier weg. Alain musste hier weg. Er hatte genug von all dem Hokuspokus, der ihn an diesem Ort aus jeder Ecke ansprang.

Den vor Schmerz pochenden Oberschenkel reibend bewegte er sich zur Tür, als sein Blick an einem zwischen den Büchern eingebauten Kasten hängenblieb. In edlem mattschwarz, mit seinem Umfeld verschmolzen, stand dort ein kleiner Safe.

Die Frontklappe nur angelehnt.

Unschlüssig betrachtete Eric die Szenerie. Seit wann handelte sein großer Bruder derart nachlässig?

Er lehnte den Oberkörper leicht zurück und lauschte nochmal in Richtung Lobby. Sich sicher, dass keine Schritte oder Geräusche zu hören waren, fasste er sich ein Herz.

Seine zusammengekniffenen Züge entspannten sich, als das erwartete Quietschen ausblieb und die Klappe des Tresors lautlos und schwerfällig aufschwang.

Der Inhalt war aufgeräumt und überschaubar: ein paar Schlüssel, eine prall gefüllte Geldtasche, einige Bankkarten und Dokumente. Einzig ein kleines, in dunkles Seidenpapier eingewickeltes Päckchen wollte sich nicht so recht in das Gesamtbild einfügen. Eric zog es langsam heraus und wickelte das knisternde Papier behutsam auseinander.

Es war ein Buch. Klein genug, um bequem in Erics Hand zu passen, und so dick wie sein Daumen. Allem Anschein nach hatte es eine Menge mitgemacht, der vormals grüne Leineneinband stark abgewetzt und speckig. Ein ausgefranstes Kapitalbändchen lugte zwischen den Innenseiten hervor, deren abgegriffene Ränder Eric dazu verleiteten, seinen Griff zu lockern, aus Angst, das Büchlein könnte jeden Moment zu Staub zerfallen.

Und plötzlich wurde Eric klar, was er hier in der Hand hielt.

Es hat mit einem Fund zu tun, den ich hier in den Ruinen gemacht habe. Ein Tagebuch, das in einer halb verrotteten Kiste lag.

»Du bist das also«, hauchte Eric und strich sacht über den Einband, »Meines Bruderherzens geheimnisvolles Fundstück, das eigentlich in die Vitrine eines Museums gehört.«

Das Notizbuch eines Soldaten. Soweit Vincents Vermutung. Eric drehte und wendete das Büchlein behutsam auf der Suche nach einer Gravur oder einem Aufdruck, ohne etwas zu finden. Dann hob er mit spitzen Fingern den Buchdeckel an. Sofort stieg ihm der Geruch von modrigem Papier in die Nase. Auf der von Schimmel und Feuchtigkeit verfärbten Schmutztitelseite fand er, wonach er suchte.

Ein Name, mit feiner Feder geschrieben in einer, akkuraten, obgleich schwer zu entziffernden Handschrift.

Es war nicht der Name von der Gedenktafel.

Nicht das Tagebuch von Paul d'Argies.

Was wahrscheinlich ein Zufall zu viel gewesen wäre. Was ihn wiederum nicht gewundert hätte, an Zufälle glaubte Eric längst nicht mehr, nicht an diesem Ort. Allerdings war ihnen der Name der zweiten Person nicht bekannt – die Person in der Küche. Der Mann. Der Soldat. Der Geist.

Eric rieb sich die freie Hand so trocken wie möglich und blätterte vorsichtig weiter. Seine Augen weiteten sich mit jeder Seite.

Die kleinen Bögen waren komplett vollgeschrieben, die Abstände zum Rand minimal, keine Absätze, eine sparsame Verwendung von

Leerzeilen. Buchstabe für Buchstabe, Wort für Wort reihten sich aneinander, jede Seite ein bizarres Muster aus zu viel Schrift und zu wenig Raum. Die in Kriegszeiten gängige, aufgrund ihrer extremen Kursive ohnehin schon schwer lesbare Handschrift war durch die Spuren, die jedes einzelne Blatt auf sich trug, stellenweise kaum mehr erkennbar.

Aus dem Bund hervorlugende Papierfetzen deuteten auf herausgetrennte Seiten hin, andere waren halbiert oder eingerissen. Auf vielen Aufschrieben hatte Flüssigkeit die sorgfältig festgehaltenen Empfindungen für immer weggewaschen. Regen, Tränen, Blut. Schmutz und Fingerabdrücke trugen ihr Übriges bei. Doch sollte dies hier tatsächlich das Tagebuch aus den Ruinen sein, so hatte es die Jahre gut überstanden.

Eric blätterte weiter. Er musste es finden. Wenn es seiner Textgattung entsprechend notiert war, würde er es vom restlichen Text schnell unterscheiden können.

Auf einer Seite habe ich ein Gedicht gefunden. Es hat mich inspiriert.

Er hielt inne. Fror in der Bewegung ein.

Etwas hatte sich verändert, auf Anhieb nicht zu deuten.

Eine Veränderung der Beleuchtung? Ein Luftzug, eine Druckveränderung durch die Öffnung eines Fensters?

Zögernd hob Eric den Kopf und lauschte.

Die Musik.

Das Chanson aus dem Restaurant war lauter und deutlicher zu hören. Was bedeutete ...

»Shit.«

Eric nahm die Schritte zeitgleich mit der Erkenntnis wahr. Er sog scharf Luft ein und klappte fieberhaft das Büchlein zu, kämpfte mit dem Seidenpapier, das an seinen schwitzigen Handflächen klebte.

»Eric?«

In einer fließenden, einer Choreographie gleichenden Bewegung ließ er das verräterische Päckchen hinter seinem Rücken verschwinden, während er mit der Schulter die Tresortür zudrückte. Dann fuhr er in derselben Sekunde herum, in der Vincent im Türspalt erschien. Er konnte nur hoffen, dass er für sein Gegenüber nicht so ertappt aussah, wie es sich anfühlte.

»Wow, Brüderchen, du hast mich erschreckt«, sagte Eric und legte sich theatralisch die freie Hand auf die Brust. Mit der anderen schob er das Tagebuch in seine Gesäßtasche und übertönte das Rascheln des Papiers mit einem lauten Seufzen.

»Kann ich dir helfen?«, fragte Vincent langsam und trat ein. Sein fragender Blick hinterließ unsichtbare Brandflecken auf Erics Haut. Die unterschwellige Frage *Was tust du hier drin?* stand unausgesprochen im Raum wie ein großes rotes Fragezeichen.

»Ich habe dich gesucht und bin auf deine Skulpturen aufmerksam geworden.« Eric reckte das Kinn zu den Plastiken auf den Regalen. »Ich wollte sie mir kurz genauer ansehen. Tut mir leid, wenn ich hier so einfach eingedrungen bin.«

Vincent schwenkte den Blick langsam zwischen ihm und den Skulpturen hin und her. Dann lächelte er. »Die sind von mir. Ich habe sie vor einer Ewigkeit in einer recht schweren Phase modelliert. Gefallen sie dir?«

Eric nickte. »Etwas düster für meinen Geschmack, aber durchaus interessant. Wen oder was stellen sie dar?«

Sein Körper versteifte sich, als Vincent einen Schritt auf ihn zu machte, und er drehte sich leicht, seinen Rücken verbergend. Hitze und Schamesröte stiegen ihm ins Gesicht und brachten seine Haut zum kribbeln. Er musste hier raus. Er war sich nicht sicher, ob Vincent ihm die lahme Geschichte die Plastiken betreffend abnahm oder nicht. Er beobachtete seinen Bruder, der vor einer der Figuren stehenblieb, um sie aufmerksam zu betrachten. Als flüstere sie ihm etwas zu, lehnte er sich ihr entgegen.

»Mich«, antwortete Vincent sanft, fast schon liebevoll, »Sie stellen mich dar. Wie gesagt, sie entstanden in einer meiner dunkleren Phasen.«

Ein Schauer jagte über Erics Rücken. Er schluckte und suchte fieberhaft nach einer angemessenen Reaktion. Er entschied sich für ein neutrales Nicken, das vielleicht eine Spur zu beiläufig wirkte. »Dann bin ich ja froh, dass diese Zeit hinter dir liegt«, antwortete er langsam, und bewegte sich in Richtung Tür. Etwas lag in der Luft. Unsichtbar, ungreifbar, doch es bedeckte alles wie ein dunkler, grauer Film aus Asche.

»Wessen Gepäck steht denn da draußen?«, fragte Vincent unvermittelt und richtete seine Aufmerksamkeit wieder auf Eric. Dieser zögerte. Er hatte nicht beabsichtigt, das Thema jetzt schon anzusprechen. Aber was brachte es, zu leugnen?

»Die Taschen gehören Alain«, gab Eric wahrheitsgemäß zurück, »er wird noch heute nach Paris zurückfahren.«

Sein Bruder schien sichtlich überrascht. »Oh. Tatsächlich? So früh schon?«

»Ja, Yvonne passt es gerade sehr gut.«

Vincents bewusst gespieltes Grinsen gelangte nicht bis zu seinen Augen. »Und weil es Yvonne passt, springst du sofort und schickst ihn heute schon los? Ich dachte, ihr wolltet diesen Urlaub zu Ende bringen? Die Chance nutzen?«

Eric runzelte die Stirn.

»Warum der Zynismus?«

»Weil du dich schon wieder wie ein kleiner Hund auf den Rücken legst.« Vincent zuckte die Achseln. »Es ist deine Sache. Ich finde es schade.« Er nickte zum Computer. »Habt ihr schon eine Zugverbindung? Tickets?«

»Ja, alles erledigt.«

Vincent nickte. Er sah aufrichtig traurig aus.

»Und wann wolltest du mir Bescheid sagen? Wolltest du mir überhaupt Bescheid sagen?«, fragte er, die offensichtliche Kränkung in der Frage mitschwingend.

Die Antwort blieb Eric im Hals stecken. Wie sollte er darauf reagieren? Nein, eigentlich wollten wir uns klammheimlich verdrücken, Bruderherz, womöglich hättest du uns sonst gefesselt und geknebelt und wir wollten doch keinesfalls riskieren, deinen völlig übergeschnappten Gespenstern zum Opfer zu fallen und so zu enden, wie deine letzten Gäste und wer weiß schon so recht, ob bei dir alles so richtig gepolt ist?!

»Natürlich«, log er und fühlte sich augenblicklich wie ein Arschloch, »Ich war ja im Haus unterwegs, um dich zu finden.« Dann setzte er ein Lächeln auf. »Aber deine Skulpturen waren einfach schöner anzusehen als du.«

Der brüderliche Scherz verfehlte sein Ziel nicht. Vincent lachte auf, doch ehe er etwas erwidern konnte, drang gedämpft das Knirschen hektischer Schritte auf Schotter in das kleine Büro, gefolgt vom geräuschvollen Aufspringen der Haupttür. Die Männer wechselten kurz die Blicke, bevor sie das Büro verließen, wobei Eric seinem Bruder signalisierte, voranzugehen. Obwohl er sein Diebesgut in der Gesäßtasche sicher genug wähnte, die absurde Sorge, es könnte just ein Loch in seine Hose brennen und entdeckt werden, trieb ihn um.

Vor dem Empfangstresen stand Alain, keuchend, und beäugte erst irritiert sein Gepäck, bevor er seinen Vater und seinen Onkel bemerkte.

»Hey, ist alles in Ordnung?«, fragte Eric und versuchte, die Emotionen in seinem Sohn zu lesen. War es Angst in dem jungen Gesicht? Sorge? Wut?

Alain öffnete den Mund, um etwas zu sagen, und zögerte. Eric entging der Mimikwechsel nicht, und dieses Mal erkannte er es eindeutig: Misstrauen.

»Ich kann Jérome nicht finden«, informierte sein Sohn kurz und knapp mit tonloser Stimme, »In seinem Zimmer macht niemand auf und das Rad ist weg.«

»Möglicherweise ist er unterwegs«, beruhigte Eric und warf Vincent einen fragenden Blick zu. Der aber schüttelte den Kopf.

»Es tut mir leid, Jérome ist heute Vormittag abgereist. Das wollte ich euch noch mitteilen. Er bat mich aber, ganz liebe Grüße auszurichten.« Er machte einen Schritt zum Computer an der Rezeption und zog einen kleinen Notizzettel hervor. »Er hat seine Adresse in Bayeux aufgeschrieben und würde sich freuen, von euch, und insbesondere von dir, zu hören, Alain.«

Eric musterte ungläubig die kleine gelbe Haftnotiz, die Vincent ihnen entgegenstreckte. Betrachtete die krakelige Handschrift darauf, ohne auch nur ein Wort zu lesen. Er hatte Fragen und davon eine Menge. Er war sich nur nicht sicher, wer sie ihm beantworten würde.

»Okay«, entfuhr es ihm langsam, und er nahm die Notiz entgegen, »Das hätte ich jetzt gar nicht von ihm erwartet, ohne ein Wort des Abschieds abzureisen. Hat er gesagt, warum er so Hals-über-Kopf weg musste?«

Vincent nickte verständnisvoll. »Seiner Frau geht es nicht besonders. Es tut ihm leid, er hätte sich gerne persönlich von euch verabschiedet, aber es blieb keine Zeit.«

Eric sah von der Notiz auf, ohne den Kopf zu bewegen, und starrte seinen Bruder durch dunkle Wimpern hindurch an. Die trockene Ödnis, in die sich sein Mund- und Rachenraum augenblicklich verwandelte, passte zu dem einsetzenden flauen Gefühl im Magen und dem anschwellenden Alarm in seinem Kopf.

»Hoffentlich nichts Ernstes«, erwiderte Eric und wunderte sich über den stabilen, nonchalanten Tonfall, den er zustande brachte, während in seinem Inneren etwas zerbrach. »Dann werden wir uns mal auf den Weg machen. Alain, verabschiedest du dich von deinem Onkel?«

Aus dem Augenwinkel nahm Eric keinerlei Bewegung wahr, also wandte er sich seinem Sohn direkt zu, der wie versteinert und völlig verloren wirkend neben den Gepäckstücken stand. Der Blick, mit dem er Vincent fixierte, steigerte Erics Nervosität um das Hundertfache. Das Herz pochte ihm bis unter den Gaumen.

Jetzt bloß nichts Unüberlegtes sagen, Junge. Keine unreflektierten Handlungen. Als könne er auf diese Weise seine Gedanken übermitteln, stierte Eric seinen Sohn mit leicht hochgezogenen Brauen an und räusperte sich. Die Aktion brachte den gewünschten Effekt: Sie riss Alain augenblicklich aus seinem Stupor. Wie ausgewechselt marschierte der Teenager an die Rezeption und streckte die Hand über den Tresen. Sogar ein Lächeln schaffte es auf sein Gesicht.

»Adieu, Onkel Vincent, danke für alles. Sorry, dass ich jetzt so schnell abhauen muss. Es war superschön hier.«

»Auf bald, Alain du Bellay«, gab der Angesprochene zurück und ergriff die dargebotene Hand in einer feierlichen Geste, »pass auf dich und deine Familie auf.«

»Das werde ich«, erwiderte der Junge und löste den Handschlag zügig wieder. Er schulterte den Rucksack, packte die große Tasche und trug sie zielstrebig durch die Haupttür, als wäre sie mit Luft gefüllt. Eric sah ihm nach, nicht ohne einen leichten Anflug von Stolz auf seinen Zügen. Er war froh, dass Alain sein Temperament hier und jetzt erfolgreich gezügelt hatte.

»Was möchtest du denn zu Abend essen, wenn du nachher zurück bist?«, fragte Vincent und rieb sich theatralisch die Hände im Versuch, die schwermütige Situation aufzuheitern, »Ich habe die perfekten Kräuterseitlinge auf dem Markt bekommen, daraus könnte ich uns ein ganzes Vier-Gänge-Menü zaubern.«

Eric lächelte matt.

Der Eifer. Die Freude. Es schmerzte ihn so sehr.

Warum tat sein Bruder das?

»Danke, das hört sich gut an.«

»Okay. Du kennst ja den Weg in die Küche.« Vincent lächelte. Es war weder ein falsches noch ein aufgesetztes Lächeln. Es war das gewinnende Vince-Grinsen, mit dem er als kleiner Junge viele Dinge hatte entschuldigen können, die er zuvor angerichtet hatte. Es war gleichzeitig das Lächeln, das Erics Herz in Stücke brach.

»Bis später, großer Bruder«, antwortete er nüchtern und ruhig, vorbei an dem Kloß in seinem Hals, obwohl er es am liebsten hinausgeschrien hätte. Dann wandte er sich zum Ausgang und folgte Alain zum Wagen.

18

Als Eric in den stark abgekühlten Nachmittag hinaustrat, wartete Alain ungeduldig von einem Bein auf das andere tretend auf ihn.

»Hast du ...«, zischte der Junge, doch Eric unterbrach ihn mit einer Handbewegung.

»Jetzt nicht. Steig ein, los.«

Alain grummelte etwas Unmissverständliches, zögerte jedoch nicht und verschwand auf der Beifahrerseite. Eric scannte die Peripherie des Wagens, um sicherzugehen, dass sein Sohn vor lauter Erregung nicht das ein oder andere Gepäckstück vergessen hatte, in den Kofferraum zu laden. Dann ließ er sich hinter das Steuer fallen und zog die Fahrertür zu. Den Blick auf den Hoteleingang gerichtet, versuchte er, seine eigene Nervosität im Zaum zu halten. Mühevoll bugsierte Eric den Zündschlüssel ins Schloss und drehte.

Doch das herbeigesehnte Erwachen des Motors blieb aus. Stattdessen leierte der Peugeot jämmerlich auf und erstarb nach wenigen Sekunden.

Was zum ...?

Eric versuchte es erneut, doch wieder folgte auf das Stottern der Maschine nur die Stille des Nachmittags.

»Komm schon, komm schon, tu mir das jetzt nicht an ...«, fluchte er und drehte den Schlüssel ein weiteres Mal, mit demselben Ergebnis.

Eine Bewegung außerhalb des Fahrzeugs lenkte Erics Wahrnehmung auf den Hoteleingang. Vincent war hinausgetreten und beobachtete die Szenerie, die sich ihm bot, mit verschränkten Armen und ohne jeglichem Ausdruck auf dem Gesicht.

»Was ist los? Warum springt er nicht an?« Alains Rastlosigkeit war mittlerweile greifbar. Er saß gerade eben noch so auf der vorderen Kante des Sitzes und stützte sich mit einer Hand auf dem Handschuhfach ab, die andere hatte er in die Rückenlehne gepresst. »Ist das Benzin alle? Dein Ernst? Hast du vergessen zu tanken?«

»Beruhige dich, ich habe keinen Schimmer, warum die Kiste …«

Eric hielt mitten im Satz inne. Die Erkenntnis traf ihn mit voller Wucht. In Zeitlupe umschloss er das Lenkrad mit beiden Händen und stierte mit zusammengebissenen Zähnen auf die reglosen Armaturen, als könne er den Wagen durch bloße Telepathie starten. Alains Ausführungen der vergangenen Stunden bliesen sich in seinem ohnehin schon wild rotierenden Gedankenkarussel zu großen roten Ausrufezeichen auf.

Tote, die auf der Erde wandelten. Nächtliche Besucher auf Zimmern. Ein stets zuverlässiges Auto, das sich weigerte, anzuspringen.

Dies war kein Zufall.

Dies war kein normaler Ort.

Mein Geist sprach davon, dass sie uns nicht gehen lässt.

Erics Stimme war beinahe ein Flüstern. »Mit dem Wagen ist alles in Ordnung«, stellte er sanft klar und drehte langsam den Kopf, bis sein und Vincents Blick sich durch das staubige Glas der Seitenscheibe trafen. Die Brüder starrten sich einen Moment lang wortlos an, bevor Eric den Schlüssel zurück auf die Zündung drehte und die Scheibe herunterließ.

Er erwartete keine Fragen zum Zustand des Wagens. Kein Angebot, ein Abschleppunternehmen anzurufen oder gar Sorge um die ins Stocken geratenen Abreisepläne. Eric war klar, das Vincent genau wusste, was vor sich ging. Und tatsächlich blieb der ältere Bruder stumm und reglos, beinahe desinteressiert, seine Gesichtszüge unlesbar.

»Okay«, rief Eric ihm zu und versuchte dabei, seine wachsende Angst zu unterdrücken. Stattdessen achtete er darauf, laut zu sprechen, damit ihn all diejenigen hören könnten, die es betraf – ob lebend oder bereits verschieden. »Wir werden jetzt losfahren. Ich bringe meinen Jungen zum Bahnhof und komme im Anschluss wieder hierher zurück. Im Kofferraum ist nur Alains Gepäck. Meine Sachen sind noch immer auf Zimmer 7.«

Vincent rührte sich nicht. Wortlos hielt er Erics Blick stand, der erneut zum im Zündschloss ruhenden Autoschlüssel griff, ohne den Älteren aus den Augen zu lassen.

»Ich komme zurück«, versicherte Eric nochmal und drehte den Schlüssel über die Zündung hinaus.

Der Motor startete ohne Zögern.

Eric nahm wahr, wie Alain neben ihm einen pubertären Ausruf der Euphorie ausstieß. Dann legte er mit zitternder Hand einen Gang ein. Er durfte sich von der Erleichterung nicht lähmen lassen.

»Besten Dank«, raunte er zu wem auch immer und zwang sich, das Gaspedal gefühlvoll durchzudrücken, was ihm seine kraftlosen Knie schier unmöglich machten.

Minuten später steuerte er das Fahrzeug etwas schneller als nötig den Schotterweg entlang Richtung Hauptstraße. Es herrschte Stille. Kein Radio, kein Wort übertönte das Knirschen der Reifen auf den Kieselsteinen. Nur Erics Gedanken schienen mit jedem Meter tosender zu werden, den sie sich vom *La Sainte Charonne* entfernten. Das Tagebuch brannte in seiner Gesäßtasche. Das Material litt unter der Last seines Körpers, der Art, wie es eingepfercht zwischen Jeansstoff und seinem Hinterteil verformt wurde. Allerdings quälten ihn derzeit weitaus größere Sorgen als die Divenhaftigkeit eines Ledereinbands. Erst als sie auf die Hauptstraße einbogen und das Malmen der Kiesel zu einem fast schon beruhigenden Schnurren wechselte, fand Alain seine Stimme wieder.

»War sie es?«, fragte er bebend, »Sie hat das Auto manipuliert, oder?«

Eric blinzelte. Er stellte fest, dass seine Finger schmerzten, und lockerte den Griff um das Lenkrad. »Sie?«

»Mein Geist hat sie als Fährmann bezeichnet. Wer auch immer *sie* ist, sie wollte uns nicht weglassen. Deswegen ist der Wagen nicht angesprungen ...« Alain brach ab und richtete sich auf, soweit es im beengten Raum möglich war. »Du hast dich als Pfand angeboten. Du hast gesagt, dass du wiederkommst, deswegen ist der Motor gestartet.«

»Ich …« Eric seufzte. »Es erschien mir als einzig logischer Schritt. Mir ist deine Erzählung eingefallen und ich habe es einfach mal versucht.« Er zuckte mit den Achseln. »Hat geklappt, oder?«

Vater und Sohn lächelten sich müde an, bevor sich der Moment unter der Last ihrer Situation erneut verflüchtigte.

»Wann ist Jéromes Frau gestorben?«, hakte Eric nach. Unterdessen ließen sie das Waldstück hinter sich und folgten der Landstraße weiter in Richtung Amblie.

»Vor fast sechs Jahren.«

Eric schüttelte ungläubig den Kopf. »Ich verstehe das alles nicht. Vincent muss doch klar sein, dass wir über Jéromes Situation Bescheid wissen. Herrgott, wir saßen gemeinsam am Tisch, als er davon erzählt hat. Was will er damit erreichen? Wen will er für dumm verkaufen?«

»Ich glaube, Jérome ist auf dieselbe Art verschwunden, wie die anderen«, hörte er Alain murmeln. »Und verschwunden heißt in diesem Fall schätzungsweise …«

»Nein«, schnitt Eric ihm das Wort ab, »Ich finde heraus, wo er ist. Ich suche ihn, und wenn dabei das ganze verdammte Hofgut umgepflügt werden muss.«

Alains Kopf schoss herum und Eric fühlte, wie der Blick seines Sohnes auf ihm landete wie ein glühendes Brandeisen.

»Du meinst das ernst, oder?«

»Was denn?«

»Du willst wirklich zurück. Du hast gar nicht geblufft, als du sagtest, du wirst zum Hof zurückkehren.«

Eric sah von der Straße zu Alain und wieder auf die Straße wie der Zuschauer eines verdammten Tennisspiels. »Ich bin hier noch nicht fertig …«

»Und wenn du auch verschwindest?« An der Art, wie sein Sohn den Unterkiefer nach vorne schob, erkannte Eric das Level an Wut und Empörung in dessen Gesicht. Die offenen Emotionen machten ihn sprachlos vor Rührung.

»Was, wenn du genauso vom Erdboden verschluckt wirst wie die anderen?«, brauste Alain auf, »vielleicht hatten die auch diese Erscheinungen und haben ein paar Fragen zu viel gestellt? Oder mit der Polizei gedroht? Und Vincent hat sie aus dem Weg geräumt ...«

»So ein Quatsch, Vincent ist doch kein Mörder ...«

»Aber möglicherweise sie! Sie, der Fährmann, wen auch immer Paul gemeint hat.«

Eric öffnete den Mund und schloss ihn unverrichteter Dinge wieder. Er knetete das Lenkrad, die ersten Häuser Amblies tauchten auf. Sie würden den Bahnhof in weniger als fünf Minuten erreicht haben. Alain hatte recht. Nach der Erfahrung mit dem streikenden Motor und Vincents offensichtlicher und sehr dreisten Lüge war sich selbst Eric nicht mehr sicher, wie harmlos die ganze Sache tatsächlich zu bewerten war. Doch eine Flucht blieb ausgeschlossen. Er musste Klarheit haben. Für seinen Bruder. Sich selbst. All die verschwundenen Menschen. Es hieß Ruhe bewahren. Einen Schritt nach dem anderen setzen. Es war noch ein bisschen Zeit, bis er wieder ins Hotel zurückkehren würde, um mit Vincent das Gespräch zu suchen. Genug, sich ein paar Argumente zurechtzulegen. Und um sein Kind in Sicherheit zu bringen.

»Du hattest Recht mit deiner Vermutung«, sagte Alain unvermittelt in einem versöhnlicheren Ton, »die Fahrräder in der Garage sind nicht alle alt.«

Eric zwang seinen Gedankenstrom zum Stillstand und ließ die Information sacken.

»Okay ...«

»Es sind zwei relativ neue Modelle dabei. Ich weiß nicht, wahrscheinlich gehören sie Vincent und Magalie, aber ...« Alain zuckte mit den Schultern. »Mein Rad behandele ich anders.«

Ein demoralisiertes Nicken war alles, was Eric erwiderte. Er wollte so sehr an Alains Theorie glauben. Warum nur schaffte er es nicht?

»Meinst du, die gehören ... na ja, sind es Überbleibsel der Vermissten?«

»Das kann ich dir nicht sagen, Alain. Ich wünschte, ich hätte Erklärungen für das alles.«

Sie legten den restlichen Weg schweigend zurück. Mit dem Erreichen der Stadt kramte Alain sein Smartphone hervor und wischte darauf herum. Eric beschloss, ihn gewähren zu lassen und konzentrierte sich wieder auf die Straße.

»Wenn ich nach Hause komme ...«, begann er, und stockte.

Wirst du nicht da sein. Du bist nicht mehr der Mittelpunkt meines Lebens und ich habe es so gewollt. Verdammt, ich bin so ein Idiot.

Er räusperte sich und erkannte seinen tiefen Bass fast nicht wieder. »Wenn ich zurück in Paris bin, melde ich mich gleich bei dir. Versprochen.«

Alain antwortet nicht. Nur das immer energischer werdende Wischen auf dem Display und die vom verzweifelten Umklammern des Gerätes zitternden Hände waren stumme Reflexe auf den bevorstehenden Abschied.

Eric schluckte. Das kleine Schild, welches ihnen den Weg zum Bahnhof wies, verschwamm vor seinen Augen. Möglicherweise war es gar nicht so falsch, wenn er einfach verschwand. So wie all die anderen. Wütend rieb er sich über die feuchten Augen und steuerte den Peugeot in eine freie Lücke direkt vor dem Eingang.

Es stellte sich heraus, dass die Bezeichnung 'Bahnhof' eine maßlose Übertreibung darstellte. Genaugenommen handelte es sich um eine Bushaltestelle mit Zuganbindung: winzig, unbelebt und mit einem einzigen Gleis. Einen Imbiss, eine Einkaufsmöglichkeit, selbst einen spartanisch ausgestatteten Kiosk suchte man hier vergebens. Nur ein kleiner unbesetzter Schalter erweckte den Eindruck, als könne man sich dort mit dem Nötigsten an Fahrkarten und Basisinformationen eindecken.

»Jetzt fehlen nur noch ein paar Windhexen«, versuchte Eric die Stimmung aufzulockern, doch Alain stieg wortlos aus und knallte die

Beifahrertür zu. Seufzend kippte Eric den Kopf zurück und starrte einen Moment durch die Windschutzscheibe, wo er seinen Blick abwesend an ein auf dem Bahnsteig wartendes Pärchen heftete. Dann stieg er ebenfalls aus und sah nach dem Jungen, der im Begriff war, seine Sporttasche und das Ungetüm von Rucksack aus dem Kofferraum zu zerren. Die Frage, ob er Hilfe benötigte, verneinte er trotzig.

Die beiden schlichen die kurze Distanz vom Parkplatz zum Gleis eher, als dass sie gingen. Zwischenzeitlich versuchte Eric, Yvonne nochmals anzurufen, nur um erneut darüber informiert zu werden, dass der gewünschte Gesprächspartner vorübergehend nicht erreichbar sei. Er hinterließ ihr wie schon eine Stunde zuvor eine Meldung auf der Mailbox und auf dem Anrufbeantworter und hoffte, dass sie eine seiner zahlreichen Nachrichten abrief, bevor Alain vor ihrer Haustür stand.

Stumm studierten sie die Fahrpläne. Eric hatte die Abfahrtszeiten schon vor Stunden im Internet durchgesehen und wusste, dass die nächste Verbindung in Richtung Paris nicht lange auf sich warten ließ. Er hoffte, dass die Regionalbahn nicht in jedem Kaff auf dem Weg in die Hauptstadt stoppte und Alain vor Einbruch der Dunkelheit in heimischen Gefilden ankam.

Er sah sich um und stellte fest, dass außer dem jungen Paar und Alain niemand von hier wegwollte. Auch das Pärchen erweckte den Anschein, als würde es nicht gemeinsam verreisen. Der kleine Hartschalenkoffer schien zu unterdimensioniert, um Gepäck für zwei Personen zu fassen. Außerdem erkannte Eric an der Garderobe der beiden, wer davor stand eine Reise anzutreten und wer nur mal eben vom Sofa aufgestanden war, um es sich gleich wieder dort gemütlich zu machen.

Der füllige Herr zupfte am Sakko des schlecht sitzenden Anzugs herum, während sie seine Krawatte korrigierte. Ihre langen roten Haare waren nachlässig, aber nicht unattraktiv hochgesteckt. Eine schlabberige Hose und ein ebenso locker fallendes Shirt verhüllten ihre ohne Frage schlanke Figur. Eine kleine gehäkelte Tasche hing ihr von der Schulter. Eric betrachtete die beiden. Es ließ ihn das Gefühl nicht los, sie schon einmal gesehen zu haben.

»Kommt jeden Moment.«

Erics Aufmerksamkeit wurde wieder auf den Teenager vor ihm gelenkt, der erneut seinen Rucksack schulterte und sich so nah am Gleis positionierte, als bereite er sich darauf vor, bei voller Fahrt auf den Zug aufzuspringen. Ein paar Schritte zurückbleibend musterte Eric seinen Sohn. Zum ersten Mal fiel ihm auf, dass Alain fast dieselbe Kleidung trug wie am Tag ihrer Ankunft in Amblie. Der senfgelbe Hoodie, die Jeans-Bermuda, sogar die übergroßen Kopfhörer hatten von Eric unbemerkt ihren Weg wieder aus der Tasche um seinen Hals gefunden. Er fuhr sich durchs Haar. Seit ihrer Ankunft waren nur vier Tage vergangen und trotzdem hatte sich alles zum Schlechteren gewendet. Wie zur Hölle war das passiert?

Durch die Lautsprecher kündigte eine müde klingende, aber immerhin reale Angestellte der SNCF die bald einfahrende Regionalbahn an, deren Scheinwerfer bereits in der Ferne zu sehen waren.

»Okay. Brauchst du noch etwas? Warte.«

Eric zog seine Geldbörse aus der Tasche und kramte eine Hand voll Scheine hervor. »Es gibt sicher einen Speisewagen, iss bitte was Anständiges.«

Alain musterte das Geld wie einen fauligen Apfel. »Hast du Angst, jemand wirft dir Verletzung der Aufsichtspflicht vor?«

»Du kommst irgendwann spät alleine und unangekündigt in Paris an, völlig ausgemergelt und mit miefigen Klamotten. Was glaubst du, von wem ich heute Abend noch eine telefonische Standpauke zu hören kriege?«

»Meine Klamotten miefen nicht.«

»Du hattest sie vor vier Tagen schon an.«

»Ich habe Textilerfrischer benutzt.«

Erics Augenbrauen schossen in die Höhe. »Du hast was?«

Der Teenager zuckte mit den Schultern. »Ich habe ihn von daheim mitgenommen. Und da man im Urlaub schlecht zum Waschen kommt, habe ich ihn für alle Fälle eingepackt.«

Erneut kommunizierte die Lautsprecherdame mit der Handvoll wartender Fahrgäste und wies darauf hin, dass der Zug jetzt einfuhr und Vorsicht am Bahnsteig walten zu lassen sei.

»Das ist unerhört erwachsen von dir«, stellte Eric ehrfürchtig fest und betrachtete seinen Sohn, »Wann ist das denn passiert?«

»Als du es nicht mitbekommen hast.«

Autsch.

Eric hob die Hand und schüttelte vehement den Kopf. »Nicht. Fangen wir damit jetzt nicht an. Ich melde mich, wenn ich wieder in Paris bin.«

Wo ich deine Sachen packen werde. Um alles in Kisten zu stopfen und zu deiner Mutter zu schaffen.

»Melde dich früher«, forderte Alain. In seiner Stimme schwang Sorge mit. »Halt mich auf dem Laufenden. Ich will wissen, was Vincent sagt. Zu den Geistern und alldem. Und ob du etwas über Jérome herausgefunden hast. Und ich will wissen ...« Der Junge brach ab. Er seufzte tief und brummelte die nächsten Worte so leise, dass sie um ein Haar vom Rauschen des einfahrenden Zuges verschluckt wurden.

»Ich muss wissen, ob du okay bist.«

Der TER donnerte mit überraschend hohem Tempo in den Bahnhof und wirbelte Staub und Dreck auf. Der Sog zerrte an Kleidern und Haaren, das Quietschen der Bremsen war ohrenbetäubend. All das ging an Eric vorbei. Er packte Alain und zog ihn an sich in eine Umarmung, die in ihrer Intensität alles zusammenfasste, was in ihm vorging. Liebe, Schmerz, Dankbarkeit, Verlust – es umspülte ihn wie Wasser, das sich nicht entscheiden konnte, ob es kochend heiß oder klirrend kalt sein wollte. Er vergrub das Gesicht in der geliebten Mähne seines Kindes und kümmerte sich nicht um die Tränen, die ihren Weg aus seinen zusammengekniffenen Augen fanden. Er spürte, wie ihn schmächtige, lange Arme umschlangen, wie sich schlanke, kräftige Finger in seine Sommerjacke gruben.

Mit dem Stillstand des Zuges lösten Vater und Sohn zögerlich ihre Umarmung. Eric schniefte, wischte sich im Wegdrehen möglichst unauffällig das Gesicht trocken und interessierte sich auf einmal brennend für die Wagons, als plane er einen davon käuflich erwerben.

»Das ist er wohl«, stellte er unnötigerweise fest und widmete seine Aufmerksamkeit wieder Alain, der offenbar – und zum Glück für Erics Seelenheil – keine Träne vergossen hatte. Der Junge nahm die Reisetasche, rüttelte den Rucksack auf seinem Rücken zurecht und lächelte, wenngleich etwas gequält.

»Man sieht sich«, sagte er, als sich die Türen des TER mit einem sanften Surren aufschoben. Er reckte das Kinn zum Gruß und machte einen beherzten Satz in den Wagon, der ihn gleichgültig verschluckte.

Eric blieb allein zurück. Versuchte, Alain durch die dunkel getönten Scheiben zu erkennen, indem er den Kopf suchend hin- und herbewegte wie eine irritierte Taube, obwohl seine Gedanken eher der einer überbehütenden Glucke glichen. Hatte er alles gesagt? War alles besprochen? Hatte er ausreichend Geld zur Verfügung? Wo steckte Alains Wohnungsschlüssel, falls er aus welchem Grund auch immer, nicht zu seiner Mutter konnte? Er musste unbedingt Yvonne erreichen.

Die Federspeicher des Zuges keuchten. Eric atmete geräuschvoll ein und aus und zwang sich zur Ruhe. Er warf einen Blick zum Pärchen von vorhin und sah nur die junge Frau, die eine Fensterscheibe anstrahlte. Einige Meter weiter vorne annoncierte der Pfiff des Schaffners die bevorstehende Abfahrt und sie trat einen Schritt zurück.

Der Zug setzte sich träge in Bewegung und Eric inspizierte hoffnungsvoll die schemenhaften Gestalten im Inneren so lange er konnte, sah dem TER nach, der aus dem Bahnhof von Amblie schlich und seinen wertvollsten Besitz mit sich nahm. Das Dröhnen entfernte sich, die wenigen Passagiere, die ausgestiegen waren, hatten ihre Reise anderweitig fortgesetzt. Zurück blieben eine fast gespenstische Stille und ein paar umherfliegende Papierfetzen.

Eric schnaubte kraftvoll, sah sich um, wie aus einem Traum erwacht, und trat dann den Rückweg zu seinem Wagen an. Erneut sah er die Frau von vorhin.

Der Groschen fiel in dem Moment, als sie auf ihn zukam.

Die Haare.

Rot und auffallend voluminös.

Ihr Partner.

Korpulente Statur und völlig unscheinbar.

Sie schlenderte vorbei und warf ihm ein knappes Lächeln zu, bevor sie in Richtung Straße abbog. Eric löste sich aus seiner Starre und eilte ihr nach.

»Entschuldigen Sie«, rief er und hätte sie um ein Haar umgerannt, als sie abrupt stehenblieb und sich überrascht zu ihm umdrehte.

»Ja?«, fragte sie und taxierte Eric mit fragendem Blick.

»Ich möchte Sie nicht lange aufhalten«, versicherte dieser, »dürfte ich Ihnen eine Frage stellen?«

Sie rollte mit den Augen und setzte ein wissendes Lächeln auf. Dann zeigte sie ihm ihre Hand, an dessen Ringfinger ein silbernes Schmuckstück prangte.

»Wenn Sie nach einem Rendezvous fragen, ist das Ihre Antwort«, gab sie ungeniert zurück und wandte sich ab, um ihren Weg fortsetzen.

»Nein, Sie missverstehen mich«, lachte Eric nervös, »Ich würde Sie gerne zu einem Hotel in der Nähe befragen.«

Sie hielt inne. »Da würde ich Sie ja eigentlich eher an die Touristeninformation verweisen ...«

»Bitte, es dauert nicht lange.«

»Okay, schießen Sie los.«

Eric kam sich wie ein Trottel vor. Umso dankbarer war er für die Geduld seines Gegenübers. »Kennen Sie das *La Sainte Charonne*?«, fragte er.

Der sich vollziehende Stimmungswechsel spiegelte sich zuerst in ihrer Mimik wider. Der offene, neugierige Gesichtsausdruck verschloss sich wie eine schwere Stahltür, die man blitzschnell und mit enormer Kraft angeschoben hatte. Ihre schlanken Arme, die eben noch lässig neben ihr baumelten, verschränkten sich langsam vor ihrer Brust.

»Ja, das ist mir bekannt«, antwortete sie zögernd, »Ich bin allerdings nie Gast dort gewesen, falls Sie einen Übernachtungstipp brauchen.« Die Ungezwungenheit war komplett aus ihrer Stimme gewichen.

»Aber Sie waren dort zur Eröffnung, richtig?«

»Ich wüsste nicht, was Sie das angeht.« Sie trat einen Schritt zurück und funkelte ihn an. »Darf ich Ihnen jetzt eine Frage stellen? Wer sind Sie eigentlich?«

»Bitte entschuldigen Sie, ich bin Eric du Bellay. Mein Bruder ist der Betreiber des *La Sainte Charonne*.«

»Interessant. Und wieso fragen Sie mich über das Hotel aus? Sollen Sie dem Hof wieder zu Ruhm verhelfen?«

»Ich versuche herauszufinden, was dort geschieht.«

»Viel Glück dabei«, sagte sie schnippisch. Sie drehte sich um und setzte ihren Weg etwas eiliger als zuvor fort.

Eric sah ihr unschlüssig nach, bevor er ihr folgte. »Warten Sie, bitte. Madame Fournier!«

Erneut blieb sie wie angewurzelt stehen und fuhr wütend herum. »Woher kennen Sie meinen Namen?«

»Ich habe Sie in einer Zeitung gesehen. Sie waren auf einer Fotografie der Eröffnungsfeier. Ich habe Sie wiedererkannt, deswegen spreche ich Sie an. Bitte, ich benötige Informationen, Hinweise, irgendetwas, das mir hilft zu verstehen, was auf dem Hof vor sich geht.«

Sie zögerte, was Eric als gutes Zeichen wertete. Die Unentschlossenheit schien sie zu zerreißen. Einerseits sah es so aus, als wolle sie so schnell wie möglich verschwinden, zurück auf ihre Couch, nicht ohne ihm am liebsten zum Abschied ein paar saftige Bemerkungen an den Kopf zu werfen. Andererseits erweckte es den Eindruck, als ginge Erics Verzweiflung nicht spurlos an ihr vorbei. Möglicherweise hatte sie selbst dringenden Redebedarf?

»Warum glauben Sie, dass ich Ihnen helfen kann?« Ihre Stimme hatte sanftere Töne angeschlagen.

»Ich weiß nicht, ob Sie das können«, gab Eric zu, »aber ich möchte mit jemandem reden, der dem Hotel wenigstens zu Beginn eine Chance gegeben hat. Ohne Vorurteile. Denn das haben Sie ganz offenkundig. Und womöglich können Sie mir erklären, welchen Groll das Dorf gegen meinen Bruder und den Hof hegt.«

»Das kann Ihnen jeder hier erklären. Ein Besuch im Stadtarchiv kann das. Ich wüsste nicht …«

»Was haben Sie damals gespürt?«

Fournier hielt inne. »Bitte?«

»Bei der Eröffnung. Auf dem Foto sahen Sie nicht glücklich aus. Ihr Partner … ihr Mann und Sie, Sie wirkten angespannt. Etwas hat Sie verstört. Was war es?«

»Ich …«

Eric fasste sich ein Herz. »Hier vorne ist ein kleines Café. Darf ich Sie einladen? Eine halbe Stunde Ihrer Zeit ist alles, um was ich Sie bitte.«

Sie folgte seinem Blick und betrachtete die kleine, beschauliche Kaffeestube am Ende der Straße, während Eric sich furchtbar fühlte. Es war nicht seine Art, Menschen derart zu bedrängen, dennoch war Madame Fournier eine wichtige Informationsquelle, die es auszuschöpfen galt.

»Bitte«, versuchte er es weiter, »ich suche nur nach Antworten.«

Sie holte tief Luft und biss sich auf die Unterlippe. Es dauerte eine gefühlte Ewigkeit, bis sie zaghaft nickte.

19

Das *Coco* lockte seine Gäste mit urigem Ambiente und prominenter Lage. Das alte Eckhaus beherbergte das Café im Erdgeschoss, auf dem sich ein Fachwerk aus fast schwarzem Holz erhob. Ein gepflegtes, aber in die Jahre gekommenes Mansarddach saß wie der getreue Hut eines vornehmen Herrn oben auf. Hier saßen an heißen Sommertagen die Bewohner von Amblie, die Alten wie die Jungen, von der dunkelgrünen Markise vor der Sonne geschützt, und ließen sich ihre Croissants und Cafés au lait schmecken.

Heute war die Markise eingefahren, die Außenbestuhlung verkettet. Das kalte Wetter und die einsetzende Abenddämmerung trieben die Menschen ins Innere ihrer Häuser.

Eric und seine unfreiwillige Begleitung waren trotzdem nicht die einzigen Gäste im *Coco*. Ein alter Mann saß am großen Fenster, vertieft in den Sportteil seiner Tageszeitung. An der Theke saß eine junge Frau und unterhielt sich lautstark mit dem Wirt. Das gemütliche, warme Schummerlicht arbeitete hart, um für etwas Helligkeit in dem dunkel vertäfelten Raum zu sorgen. An den Wänden hingen Bilder von Paris, auf Holz aufgezogene Zeitungsartikel und Porträts von Coco Chanel, der offenkundigen Namensgeberin des Cafés.

Die Kellnerin stellte die georderten Getränke vor ihnen auf dem kleinen quadratischen Holztisch ab, und Eric bemühte sich, sein Gegenüber nicht allzu eindringlich zu mustern. Er kam sich ohnehin schon schäbig genug vor, indem er sie hierher entführt hatte. Wenn er sie jetzt noch anstarrte wie ein Blödsinniger, wäre seine Chance, an Informationen zu gelangen, vollends dahin.

»Ich danke Ihnen nochmals für Ihre Zeit«, beteuerte er, als sich die Bedienung wieder in die Schatten des sparsam beleuchteten Cafés zurückgezogen hatte, und legte seine Hände um die Kaffeetasse vor ihm. »Ich werde Sie nicht länger aufhalten als nötig, Madame Fournier.«

Sie nickte knapp. »Nennen Sie mich Leah.« Dann schubste sie mit ihrem Löffel den Teebeutel im heißen Wasser umher. »Was genau möchten Sie wissen?«

Eric seufzte. Dies war schon die erste Frage, auf die er zu gerne eine Antwort wüsste.

»Sie sind nicht gut auf den Hof zu sprechen, oder?«, entschied er sich für die Flucht nach vorn.

»Das ist hier niemand.« Sie ließ vom Teebeutel ab, schob ihre Tasse weg und verschränkte die Arme auf dem Tisch. »Wissen Sie, Ihr Bruder ist ein freundlicher und charmanter Mann, Eric. Aber er ist stur wie ein Esel. Ich kenne die Anschuldigungen, die hier im Ort gegen ihn erhoben werden und ich halte sie für notwendig, in seinem und im Sinne der Menschen, die hier vorbeikommen und in Erwägung ziehen, sich hier aufzuhalten.«

Erics Augenbrauen schossen in Anbetracht der direkten Ansprache nach oben. Bisher waren die Bewohner Amblies in seiner Vorstellung eine Horde Bauern mit Fackeln und Mistgabeln; ein wütender, getriebener Mob auf der Jagd nach Frankensteins Monster. Augenscheinlich saß ein Teil des besagten Mobs direkt vor ihm.

»Ist das so?«, fragte er, »Sie haben nicht zufällig auch schon mal eine Aussage bei der Polizei den Hof betreffend gemacht?«

Sie ignorierte seine Anmerkung. »Es war ein Fehler, diesen Hof wieder aufzubauen, man hat Ihren Bruder mehrfach davor gewarnt. Und doch tat er es. Und es sind Menschen gestorben und verschwunden, Besucher, die nichts von der Vergangenheit des Hofes wussten. Es ist uns zu verdanken, dass weitere Gäste ausbleiben und das Hotel über kurz oder lang schließen wird.«

»Interessant, Ihre These. Wo Sie doch gar nicht von hier stammen und Ihr Wissen lediglich dem Hörensagen zu verdanken haben.«

Sie legte den Kopf schief und sah ihn mit verengten Augen an.

»Kennen Sie die Geschichte des Hofes, Eric?«

»Nicht ausführlich, nein.«

»Wir kannten sie ebenso wenig. Mein Mann und ich sind zwei Tage vor der Einweihung des Hotels hierher gezogen und dachten, es wäre eine passende Gelegenheit, ein paar Bewohner kennenzulernen, Kontakte zu knüpfen. Das ging gründlich daneben. Kennengelernt haben wir nur Ihren Bruder, eine Rezeptionistin und den Fotografen der örtlichen Zeitung. Den Bürgermeister und sein Gefolge haben wir nur kurz gesehen.«

»Und diese Personen waren so furchteinflößend, dass Sie auf dem anschließenden Foto so verschüchtert ausgesehen haben?«

»Mein Mann und ich kamen am Tag der Feier dort an und waren guter Dinge«, fuhr Leah unbeirrt fort, »Wir tranken ein Gläschen Crémant, vielleicht auch zwei, es war ja genug von allem da. Ihr Bruder führte uns herum, zeigte uns das komplette Hotel. Zugegeben, es ist wunderschön, ich hatte sogar mit dem Gedanken gespielt, dort mal aus Spaß zu übernachten, obwohl ich hier wohne. Waren Sie mal da?«

Eric hätte fast laut aufgelacht.

Oh ja, na klar, und er hatte interessante Dinge gefunden und mit noch interessanteren Dingen im Pool gebadet.

»Ja, ich war dort«, antworte er knapp.

»Nach der Führung sprach uns der Fotograf an. Er IST die Zeitung: Journalist, Redakteur, Bildermacher, alles in einer Person. Als ihm klar wurde, dass wir neu im Ort waren und keine Ahnung von der Geschichte des Hofguts hatten, hat man praktisch dabei zusehen können, wie ihm der Speichel im Mund zusammenlief.«

Sie legte eine dramatische Pause ein und griff nach ihrer Teetasse, ohne den Augenkontakt zu Eric zu unterbrechen. »Das Foto, auf dem Sie uns erkannt haben, wurde im Anschluss seiner ausführlichen Erläuterungen zur Historie aufgenommen. Entsprechend ist das Entsetzen auf unseren Gesichtern wohl für immer auf Film gebannt.«

Eric lauschte ihrem geräuschvollen Teegenuss und verarbeitete die gewonnenen Informationen.

»Und es ist Ihnen nie in den Sinn gekommen, dass er gerade dies beabsichtigt hat?«, fragte er herausfordernd, »Wie Sie schon sagten, man konnte ihn sabbern sehen – er ist Journalist, er wiegelt die Menschen im Dorf gegeneinander auf, damit es etwas gibt, worüber er schreiben kann. Und da die Bewohner ja Bescheid wissen müssen, über alles und jeden, wird die Zeitung auch fleißig gekauft.«

»Sie denken, was immer er uns erzählt hat, sind Ammenmärchen, um die Auflage des Amtsblatts zu steigern?«

»Können Sie mich vom Gegenteil überzeugen?«

Einen Moment lang sah sie ihn nur an. Dann griff sie nach ihrer kleinen Häkeltasche und zog ein Etui hervor, aus dem sie eine Visitenkarte entnahm. Sie legte es in die Tischmitte und schob es Eric wortlos hin, der die darauf abgedruckten Daten mit wachsendem Erstaunen erfasste.

»Sie arbeiten im Stadtarchiv in Caen«, stellte er amüsiert fest und fühlte Triumph und Furcht zugleich. Er hatte endlich jemanden vor sich, der ihm die richtigen Antworten geben konnte. Aber er wusste auch, dass ebendiese Antworten in der Lage waren, das fragile Konstrukt aus Hoffnung und Zweifel in einem Wimpernschlag zum Einsturz zu bringen.

»Ganz recht. Und die Einträge zum Roche-Anwesen in Amblie waren die Ersten, die ich mir nach den Erläuterungen des Zeitungsmenschen herausgesucht habe. Glauben Sie mir, Eric, hier geht es nicht um Zeitungsabos und Auflagensteigerungen.«

Eric betrachtete die Visitenkarte, ohne sie zu lesen. Dann schob er sie zurück und verschränkte in gespannter Erwartung die Hände ineinander.

»Erzählen Sie mir davon.«

Sie nahm einen weiteren Schluck von ihrem Tee und hielt die Tasse in ihren Händen umschlossen. »Der Gutshof hatte seine Hochphase in den späten dreißiger und frühen vierziger Jahren«, begann sie, »die Familie Roche hat eine Menge Geld mit der Zucht von Schweinen verdient und war bis zum Beginn des Krieges und darüber hinaus hoch angesehen.«

»Dann wurde der Hof zerstört«, fügte Eric die Information hinzu, die er vom Inspektor erhalten hatte.

»Teilweise. Ein Luftangriff im Herbst 1943 machte einen Teil der großen Scheune dem Erdboden gleich. Auch das Dach des Haupthauses wurde in Mitleidenschaft gezogen. Zu diesem Zeitpunkt befand sich nur noch der Familienpatriarch auf dem Hof, der bei dem Angriff schwer verletzt wurde. Die Tochter des Hauses, Camille, arbeitete als Krankenschwester in Caen. Nachdem sie vom Unglück erfuhr, brach sie alle Zelte in der Stadt ab und kehrte zurück, um ihren Vater auf dem Hofgut zu pflegen.«

Eric stutzte. »Warum wurde er nicht in ein Krankenhaus eingeliefert?«

»Weil er das nicht wollte. Ihm war klar, dass er seine letzten Tage und Wochen vor sich hatte, und da er zeit seines Lebens jeden Tag auf dem Hof verbracht hat, war sein Plan, auch dort sterben. Seine Tochter konnte ihm diesen Wunsch leicht erfüllen, sie hatte eine medizinische Ausbildung. Und in den Wirren des Krieges war man tatsächlich nicht immer gut in städtischen Krankenhäusern aufgehoben. Camille verschanzte sich also mit ausreichend Medizin und Lebensmitteln im Erdgeschoss des Haupthauses und pflegte ihren Vater bis zu seinem Tod Anfang 1944. Danach blieb sie in ihrem Versteck und hauste dort unentdeckt von den deutschen Truppen.«

Eric runzelte die Stirn. »Das heißt, sie hat den Hof nie mehr verlassen?«

Leah schüttelte den Kopf. »Es war eine gefährliche Zeit. Insbesondere für schöne, alleinstehende Frauen. Sie richtete sich häuslich ein, versorgte sich selbst, schlachtete ab und an eines der übriggebliebenen Schweine und wartete auf das Ende des Krieges. Allerdings fand der Krieg letztlich sie.«

Fournier machte eine erneute Pause und nippte an ihrer Teetasse, dessen Inhalt mittlerweile höchstwahrscheinlich einer lauwarmen Brühe glich. Eric starrte auf den ihm zugewandten Tassenboden und wünschte, er wäre in der Lage ihren Trinkvorgang zu beschleunigen.

»Was passierte dann?«, fragte er in geduldigem Tonfall, obwohl er den Fortgang der Erzählung am liebsten aus ihr herausgeschüttelt hätte.

»Einige Tage nach dem 6. Juni 1944, dem D-Day, suchten kanadische Soldaten Unterschlupf im Gutshof, die meisten von ihnen schwer verwundet. Camille nahm sich ihrer an und kümmerte sich um die Männer, so gut es ihr möglich war. Doch Sie können sich vorstellen, dass eine einzelne junge Krankenschwester allein nicht ausreicht, um eine ganze Division zu verarzten, geschweige denn zu heilen. Zudem sprach sich ihre Arbeit herum, es kamen immer mehr Soldaten zu ihr und die Medikamente wurden knapp. Sie war faktisch zur Hilflosigkeit verdammt, so sehr sie sich auch bemühte, so sehr sie wollte, die meisten starben ihr unter den Händen weg.«

Eine Welle des Mitgefühls überkam Eric. Vor seinem inneren Auge baute sich das *La Sainte Charonne* auf, wie er es kannte. Doch statt der aufgeräumten, stilvollen Hotelromantik zeigte ihm sein Gehirn ein einsames junges Mädchen inmitten zuckender Körper im weißen, mit Blut besprenkelten Schotter des Innenhofs.

»Es muss furchtbar gewesen sein«, murmelte er betroffen.

»Ich denke, es hat sie verrückt gemacht. Schlussendlich entschied sie sich dazu, den Männern auf die einzige Art beizustehen, die ihr geblieben war: Sie half ihnen beim Sterben.«

Eric wurde kalt. Eine Stimme hallte in seinem Kopf wider und es dauerte einen Moment bis er erkannte, dass es seine Eigene war.

Mir ist klar, dass diese Anhäufung von Todesfällen seltsam ist. Aber wir sprechen hier vom natürlichen Tod sterbenskranker Menschen ... warum wird das meinem Bruder zur Last gelegt?

»Bitte?«, hauchte er, unfähig, mehr Kraft in das einzelne Wort zu legen.

Ich spreche nicht von den Toten während des Zweiten Weltkrieges. Es sind Menschen im La Sainte Charonne gestorben. Gäste, die nur ihren Urlaub verbringen wollten und nie mehr heimgekehrt sind.

»Wie genau sie dabei vorging, ist nicht überliefert. Wahrscheinlich mit Morphium, dem einzigen Mittel, dessen Nachschub praktisch gesichert war, da die meisten Soldaten immer etwas davon mitführten. Sicher hatte sie noch andere Stoffe, wir werden es nie erfahren. Doch egal auf welche Art, sie hat es sich zur Aufgabe gemacht, jeden einzelnen Sterbenden zu begleiten. Sie hat deren Hände gehalten, hat ihnen vorgesungen, Geschichten erzählt. Sie ist dadurch zu zweifelhafter Berühmtheit in den Bataillonen gelangt …«

Wollen Sie wissen, was die beiden gemeinsam hatten?

»Sie ist der Fährmann«, flüsterte Eric. Sein Kopf hatte plötzlich um viele hundert Kilo an Gewicht zugelegt und er presste seine Fingerkuppen gegen die Stirn, um ihn vor dem Hinabsinken zu bewahren.

Sie waren beide krank.

Leah hob die Augenbrauen und nickte. »So könnte man es ausdrücken. Die einen betrachteten sie als Heilige, für die anderen stellte sie das pure Böse dar.«

Leah pausierte und ließ ihre Erläuterungen einwirken, wofür Eric ihr zum ersten Mal dankbar war. Ein Gefühl der Übelkeit stieg in ihm auf, verbunden mit kaltem Schweiß. Die Wände des kleinen Cafés schienen näher zu rücken und er verspürte den unbändigen Drang, aufzuspringen und nach draußen zu rennen. Noch nie in seinem Leben hatte er eine Panikattacke erlitten. In diesem Augenblick war er nah dran.

Alles, was Alain und ihm in den letzten Tagen widerfahren war, ergab mit einem Mal einen grauenhaften Sinn. Leahs Fakten verbanden sich mit ihren Begegnungen zu einem gelebten Albtraum, aus dem es kein Erwachen gab.

Es hieß nun, sich zusammenzureißen. Die Geschichte bis zum Ende zu hören.

»Ist alles in Ordnung?«, fragte Leah besorgt und sah sich im Café um, »ich bestelle Ihnen ein Wasser, oder?«

»Nein, ist schon okay …«

Eric schob seine noch halbvolle Kaffeetasse von sich. Er sah Leah an und bemerkte ein Grinsen auf ihrem Gesicht. Es reichte nicht bis zu ihren Augen.

»Sie sehen jetzt ungefähr so aus wie mein Mann und ich auf dem Foto«, sagte sie tonlos und leerte ihren Tee.

Eric lächelte matt. Wenn die Gute wüsste.

»Fahren sie fort«, bat er sie höflich, »Warum war sie nach Ansicht vieler das pure Böse?«

»Weil für einige der Männer der Tod gar nicht die letzte Option gewesen ist«, antwortete Leah und wartete seine Reaktion ab.

»Warten Sie, Sie meinen ...«

Sie nickte. »Sie hätten es nach ein paar Tagen Schlaf und Ruhe sicher wieder soweit auf die Beine geschafft, um ein militärisches Lazarett zu erreichen. Bei manch anderen wäre gar keine ärztliche Hilfe von Nöten gewesen. Wie bereits erwähnt, sie hat über die Zeit ihren Verstand verloren. Für sie war irgendwann klar: Jeder, der zu ihr kommt, bleibt auch bei ihr.«

Sie ist der Fährmann und das Badehaus ihr Tor.

Als die Kellnerin wie aus dem Nichts an ihren Tisch trat, zuckte Eric zusammen. Sie wies darauf hin, dass das Café bald schließen würde, und fragte eine letzte Bestellung ab. Doch weder Leah noch ihm war nach einem weiteren Getränk. Eric bat um die Rechnung und sie entfernte sich wieder. Es wurde still zwischen den beiden und er sah sich um. Sie waren in der Tat die letzten Gäste. Der alte Mann mit seiner Zeitung war verschwunden, ebenso die Frau an der Theke. Wann hatte man die Stühle um sie herum auf die Tische gestellt?

»Woher wissen Sie das alles?«, fragte Eric nach einem Moment der Verwunderung und zog seine Geldbörse aus der Hosentasche.

»Erzählungen, Überlieferungen, Briefe. Einige der Soldaten, die bei ihr waren, sind noch am Leben. Diejenigen, die sie noch heilte, statt umzubringen. Vor ihrem Wahnsinn. Und jene, die nicht bei der Explosion umkamen.«

»Die den Hof schlussendlich vollständig zerstörte.«

»Korrekt.«

»Wie kam es dazu?«

»Das ist nicht ganz klar. Historiker tippen auf einen Luftangriff, die letzten Zeugen sagen jedoch aus, dass sich zu dem Zeitpunkt keine Flugzeuge am Himmel befanden. Die Theorie von deutschen Panzern ist ebenso unwahrscheinlich. Man geht verstärkt davon aus, dass einer der Soldaten bei ihrem Anblick in Panik geriet und eine Granate zündete. Es war nicht nur sein, sondern auch ihr Ende, genau wie das von diversen weiteren Kameraden.«

Ein handgeschriebener Zettel materialisierte sich vor Eric und er dachte kurz darüber nach, der Kellnerin ein kleines Glöckchen zu besorgen, damit sie sich nicht ständig an ihre Gäste anschlich. Er bezahlte die Rechnung und bedankte sich.

Bleierne Müdigkeit überkam ihn. Erschöpfung und Ratlosigkeit hingen an ihm wie Gewichte. Es gab keine rationale Erklärung mehr für all die ominösen Geschehnisse der letzten Tage. Ein weiteres Mal versuchte er, die Tatsachen anzuzweifeln, die ihm in der vergangenen Dreiviertelstunde förmlich um die Ohren gehauen worden waren, wissend, dass er nach einem Strohhalm griff, der so morsch war wie ein vertrockneter Zweig.

»Dies alles ist vor siebzig Jahren passiert«, begann er kraftlos und resigniert, »Der Hof wurde komplett zerstört, die Ruinen sich selbst und der Natur überlassen. Mein Bruder hat die Gebäude neu aufgebaut. Woher kommt dieser Aberglaube? Warum ist das Dorf noch immer davon überzeugt, dass die aktuellen Geschehnisse mit der Vergangenheit zusammenhängen?«

Leah nickte, als hätte sie auf diese Frage gewartet. »Wissen Sie, was mir bei der Führung durch das Hotel als Zweites auffiel, praktisch direkt nach der Schönheit und Ästhetik des wiederaufgebauten Hofs?«

Eric erwiderte nichts und ließ sie sprechen.

»Wie viele Schweine sind Ihnen im Hotel begegnet, seit Sie dort sind, Eric? Wie erklären Sie sich den Gestank? Siebzig Jahre nach dem Tod des letzten Tieres auf dem Grundstück?«

Ein weiterer Schauer lief Eric den Rücken herunter.

Das Pool-Haus. Der ehemalige Schweinestall.

»Wo sind die Menschen geblieben, die dort abgestiegen sind? Warum sind im letzten Jahr so viele Hotelgäste verstorben?« Sie kramte aus ihrem Täschchen eine Tube Handcreme hervor. »Das sind eine Menge Zufälle. Wenn Sie nicht an Gespenster oder Esoterik glauben, schön. Dann entschuldigen Sie unser Verhalten mit Pietät. Man baut keine Häuser auf Friedhöfen. Und man erschafft kein Hotel aus den Grundmauern eines Schlachthofs. Nichts weiter war das Roche-Anwesen in dessen letzten Wochen und Monaten.«

Sie rieb sich die Hände mit der weißen Lotion ein. Der intensive Duft erfüllte die Luft binnen Sekunden. Ein würziger, fast modriger Geruch, der sich nicht entscheiden wollte, ob er zu einem Medizin- oder Schönheitsprodukt gehörte.

Eric stutzte. Er lehnte sich vor. »Darf ich fragen, was Sie für eine Creme benutzen?«

Leah, sichtlich irritiert von seinem plötzlichen Interesse an ihrem Pflegeprodukt, reichte ihm die Tube. »Ringelblume. Riecht nicht überwältigend gut, hilft aber bei fast allem.«

Eric klappte den Deckel zurück und roch an der Öffnung. »Auch wenn man sich etwas anstößt? Den kleinen Zeh beispielsweise?«, fragte er nach.

Leahs Verwirrung wuchs, doch sie fiel erneut in ihren Erklärungsmodus zurück. »Nun ja, sie wirkt zumindest entzündungshemmend und fördert die Wundheilung bei Hautentzündungen, schlecht heilenden Wunden und Quetschungen. Ich schätze also, sie hilft bei angestoßenen Extremitäten, ja. Warum fragen Sie?«

Eric zuckte mit den Schultern und bemühte sich, das Zittern seiner Hände zu verbergen, als er ihr die Tube zurückgab. »Mir passiert das des öfteren und ich suche noch ein pflanzliches Mittel für die Hausapotheke.«

Sie nickte verunsichert. »Wie dem auch sei, ich sollte langsam mal los. Falls Sie weitere Fragen haben, das Stadtarchiv in Caen beherbergt alles Wissenswerte über Amblie und den Roche-Hof, was Ihnen weiterhilft.« Sie erhob sich. Eric tat es ihr gleich und reichte ihr die Hand.

»Ich danke Ihnen vielmals für Ihre Zeit und die Informationen«, sagte er, und es klang so aufrichtig, wie er es meinte.

»Einen Rat gebe ich Ihnen noch mit. Hoffentlich sind Sie kein Gast in dem Laden. Falls doch, suchen Sie schleunigst das Weite. Und vielleicht können Sie Ihren Bruder zur Vernunft bringen.«

Eric setzte ein gequältes Lächeln auf. »Ich gebe mir Mühe.«

Leah sah ihn lange an, dann drehte sie sich um und marschierte Richtung Ausgang.

Er warf die Wagentür zu und sank tief in den Sitz, begrüßte das Fahrzeuginnere als seinen persönlichen Kokon. Mit der einkehrenden Ruhe fiel er förmlich in sich zusammen. Den Kopf kraftlos gegen die Stütze gelehnt, ließ er seine Arme unbrauchbar und schwer in seinen Schoß fallen.

Da hatte er seine Antworten. Zumindest was einige der Fragen auf seiner endlos erscheinenden Liste betraf. Sein Helmfund ergab auf grausame Weise Sinn. Ungewöhnlich, dass man sie in all den Jahren nie entdeckt hatte. Urkomisch, dass sie das Normalste an allem waren, was hier vor sich ging. Der Schweinestall, der keiner mehr war, aber noch immer danach roch. Visionen, in denen er in einem Bad aus Körperteilen und Verwesung unterzugehen drohte. Tote Soldaten, die Unterhaltungen mit seinem Sohn führten. Imaginäre Finger, die sich des nächtens um schmerzende Fußzehen kümmerten. Mit Ringelblumensalbe.

Eric begann, unkontrolliert zu kichern. Was war das doch alles für ein großer Kackhaufen, in den er hier hineingeraten war. Warum nicht einfach ins Hotel zurückfahren, die restlichen Sachen einpacken und sich verabschieden. Alles hinter sich lassen. Alain war in Sicherheit, es hielt ihn nichts mehr hier.

Doch stimmte das?

Ganz gleich, wie stark sie sich über die Jahre entfremdet hatten, er liebte Vincent. Sollte er ihn hier sich selbst überlassen? Mit den gereizten Dorfbewohnern, dem drohenden Ende seines Lebens-

traums? Leah hatte recht, lange würde das Hotel nicht mehr beste-
hen. Wer fing seinen Bruder auf, wenn es so weit kam?

Nicht zu vergessen: die Sache mit dem Spuk. Alles, was Eric
heute über das Anwesen und dessen Vergangenheit gelernt hatte, war
plausibel vereinbar mit seinen und Alains Erlebnissen der letzten
Tage. Und so sehr sich sein rational denkendes Gehirn dagegen
wehrte, musste er die Existenz von allerhand Übersinnlichem glauben und akzeptieren.

Was wusste sein Bruder von alldem? War er sich der Anwesenheit
seiner jenseitigen Gäste bewusst? Hatten sie sich ihm gegenüber
ebenso gezeigt, dieselben Botschaften übermittelt wie Alain und
ihm?

Schwebten sie alle in Gefahr?

Eric massierte sich mit zittrigen Fingern den Nasenrücken. Vor
ihm lag das beleuchtete, verwaiste Bahnhofsgebäude. Obwohl es
nicht spät war, trieben die grauen Wolken den Ort jetzt schon in die
unweigerlich aufziehende Nacht. Eine unschuldige Szene im Chaos.
Etwas an seiner Sitzposition störte Eric. Er wand sich umständlich
auf dem Fahrersitz und klopfte seine Gesäßtasche ab. Und stutzte.

Das Tagebuch.

Er hatte es vollkommen vergessen.

Behutsam zog er es hervor, wickelte es aus dem mittlerweile
zerrissenen Seidenpapier und schaltete die Innenbeleuchtung des
Wagens ein.

»Keine Ahnung, ob ich wirklich noch mehr vertrage heute«,
brummte er das kleine Büchlein an, als wäre es zur Verantwortung
zu ziehen. Mit einem Seufzer schlug er es auf.

20

Obwohl der immer dunkler werdende Schatten der ehemaligen Scheune eine bessere Deckung bot als der offen liegende Feldweg, legte sich seine Nervosität nur unwesentlich. Er kam sich vor wie ein Krimineller und liefe ihm hier tatsächlich jemand über den Weg, wären ihm die zurechtgelegten Erklärungen wohl von wenig Nutzen. Aber wer sollte ihm schon begegnen? Niemand erwartete ihn, und das war sein Vorteil.

Alain presste seinen Körper so dicht wie möglich gegen die Steinmauer des Gebäudes und sah zum wenige Kilometer entfernt liegenden Waldstück hinab, das in der aufkommenden Dämmerung einem schwarzen, alles verschlingenden Moloch glich. Perfekt, um herannahende Scheinwerfer frühzeitig erkennen und sich in ein Versteck flüchten zu können.

Wie hatte er auch ahnen sollen, dass sein Vater einen Zwischenstopp in einem Café einlegen würde. Noch dazu in weiblicher Begleitung, die Alain nicht zuordnen konnte. Das Durchkreuzen seiner Pläne hatte ihn zu sehr aus dem Konzept gebracht, als dass er sich über die Weibergeschichten seines Vaters gewundert hätte. Stattdessen lief er nun Gefahr, dass sein alter Herr jeden Moment hier auftauchte und ihn erwischte, statt bereits im Hotel-Restaurant mit Vincent zu sitzen. Aber was bedeutete eine weitere Ladung Adrenalin als Dreingabe zu dem ohnehin schon aufreibenden Abend?

Es war pures Glück gewesen, dass Eric ihn am Bahnhof nicht beim aus dem Zug Entschwinden erwischt hatte. Alain war nach dem Einstieg einen Waggon weitergesprintet, in geduckter Haltung und erleichtert darüber, dass man nur schwerlich von außen ins Wageninnere sehen konnte. Er hatte sich bei etlichen Mitreisenden dafür entschuldigt, sie mit seinem Gepäck tuschiert zu haben und just den Moment zum Wiederausstieg genutzt, in dem sich sein Vater in die entgegengesetzte Richtung drehte.

Im Schutz der Gepäckschließfächer hatte er ausgeharrt, bis sein alter Herr sich zum Ausgang begab. Doch als dieser sich nicht wie erwartet zum Auto zurückbewegte, sondern stattdessen mit der fremden Frau in einem Café verschwand, sah sich Alain gezwungen, seine Pläne umzuwerfen.

Sporttasche und Rucksack in einem Schließfach deponiert, hatte er den nur stündlich fahrenden Bus erwischt und war die wenigen Haltestellen zurück in Richtung Hotel gefahren.

Hier hockte er nun, nachdem er den Kiesweg von der Landstraße im geduckten Sprint zurückgelegt hatte, auf der Rückseite der Scheune dieses verfluchten Hofs, inmitten von Brombeeren und Brennnesseln und zitterte. Er wusste nicht, was ihm größere Furcht bereitete: die Gefahr, jederzeit entdeckt zu werden. Oder dass, was ihn entdecken konnte.

Trotz seiner ursprünglichen Sympathie für die übernatürlichen Wesen, die ihm mehrfach auf dem Hof begegnet waren, hatte er Angst. Wie sicher konnte er sich sein, dass sie tatsächlich harmlos waren? Nur eine Botschaft zu übermitteln versuchten. Zu was waren sie fähig? Steckten sie hinter all den Vermisstenfällen? Beschuldigten sein alter Herr und er Vincent zu Unrecht? Oder war sein Onkel sich dem Spuk gar bewusst, trieb ein perfides Spiel? War sein Vater gerade dabei, vor lauter Bruderliebe in eine Falle zu rennen?

Alain schnaubte. Das würde er nicht zulassen. Sobald er etwas über Jéromes Verbleib herausgefunden hatte, würde er sich auf die Lauer legen. Mit dem Telefon in der Hand und der Notrufnummer im Anschlag, wenn nötig.

Er sah an sich herunter und fluchte im Stillen. Für eine verdeckte Spionageaktion in der Dunkelheit war seine Kleidung ausgezeichnet gewählt: Wenn ihn nicht der senfgelbe Hoodie verriet, würden seine in der Dämmerung unbekleideten, käseweißen und daher hell leuchtenden Schienbeine den Job erledigen. Doch zumindest für ein Problem hatte er eine Lösung in Form eines schwarzen T-Shirts parat. Er schälte sich umständlich aus dem Pullover und schob das gelbe Knäuel neben sich unter eine Hecke. Einer wesentlichen Wärmequelle beraubt, protestierte sein Körper postwendend. Gänsehaut überzog Alains Haut und seine Zähne schlugen in einem durchgängigen Rhythmus aufeinander. Energisch rieb er sich die Oberarme und holte tief Luft, bevor er sich in Bewegung setzte. Dicht an der Hauswand entlang, in gebückter Haltung, sprintete er los. Die groben Mauersteine schabten an seiner Kleidung, während ihm das Dickicht aus Sträuchern die Vorwärtsbewegung erschwerte. An der Scheunenecke angekommen, sank er erneut in die Knie und lugte vorsichtig daran vorbei, um sich einen Überblick zu verschaffen.

Wie erwartet, fand er weder Fahrzeuge noch Menschen vor. Die verglaste Lobby war hell erleuchtet, im Inneren warteten die unbesetzte Rezeption und das Restaurant auf Gäste, die nicht kamen. Leise Musik waberte durch die Luft. Die dunklen Fenster der einzelnen Zimmer wirkten dagegen wie klaffende schwarze Löcher. Aus ihnen drang kein Licht heraus, war keine Bewegung auszumachen. Das herrschaftliche Anwesen schien, zumindest was menschliche Bewohner betraf, vollends unbewohnt.

Und doch beschlich Alain ein dumpfes Gefühl. Stand dort oben jemand im ersten Stock und beobachtete ihn? Eine Silhouette im Dunkel, die auf ihn herabstarrte?

Ein Schatten in der Lobby ließ Alain mit einem Ruck zurückweichen. Als könne er mit der Gebäudewand verschmelzen, drückte er sich gegen das schroffe Gestein. Er sog nervös Luft ein, bevor er erneut um die Ecke spähte.

Es war Vincent. Entschiedenen Schrittes marschierte er an der Rezeption vorbei und trat durch die Glastür ins Freie, wo er nur wenige Meter weiter zum Stehen kam.

In Alain regten sich die Alarmglocken und begannen, hin und her zu schwingen. Die Gänsehaut auf seinen entblößten Armen war nur noch zum Teil der Kälte zuzuschreiben. Zu Angst gesellte sich Wut.

Hier stand er, der Mann, den sein Vater zu seinen engsten Vertrauten zählte. Dessen Probleme Eric allzu oft vor die eigenen gestellt hatte. Alain erinnerte sich an lange, nicht enden wollende Telefonate, Gespräche, in denen sein alter Herr Vincent zuhörte, zuredete und Trost spendete. Zu oft war sein Onkel Gesprächsthema am Küchentisch gewesen, wenn Eric dessen Probleme wieder zu den eigenen beförderte, Vincents Sorgen adoptierte. Alain, zu klein, um alles im Detail zu verstehen, hatte den Kummer und die Ratlosigkeit seines Vaters deutlich gespürt. All das war viele Jahre her und mit dem fast vollständigen Kontaktabbruch seitens Vincent war Ruhe eingekehrt, zumindest an der brüderlichen Front.

Nun schien sich der Albtraum zu wiederholen.

Sein Vater hätte mit ihm nach Paris zurückkehren, mit den Schultern zucken und akzeptieren sollen, dass sein Bruder ein erwachsener Mann war und sein Leben selbst im Griff zu haben hatte. Doch wieder hatte er Vincents Probleme zu den seinen gemacht, und wieder versuchte er, sie zu lösen.

Der Undank des Onkels und die Sorge um seinen Vater brachte Alains Blut in Wallung. Er ballte unbewusst die Hände zu Fäusten. Wieso log Vincent? Was hatte er zu verbergen? Und wie würde seine Reaktion aussehen, wenn Eric ihn mit eben diesen Fragen konfrontierte?

Alain drängte seine Emotionen zurück und konzentrierte sich auf die Gestalt am Hoteleingang. Was im ersten Moment wirkte wie das methodische Durchatmen Vincents in der kühlen Abendluft, entpuppte sich bei längerem Zusehen als Aneinanderreihung nervöser Übersprungshandlungen. Er schien etwas in seinen Hosentaschen zu suchen und begann dabei, in großen hektischen Schritten auf und ab zu laufen. Als lägen die Lösungen all seiner Probleme auf dem Boden verstreut, richtete er den Blick stur auf den feinen Kies, dessen Knirschen Alain bis in sein Versteck erreichte. Offenkundig fündig geworden, materialisierte sich ein schachtelartiger Gegenstand in seiner Hand, aus dem er wiederum etwas herauszog, was er sich mit einer fahrigen Bewegung zwischen die Lippen steckte.

Alain stutzte.

Er hatte seinen Onkel nie rauchen sehen.

Der kurz aufleuchtende Schein eines Streichholzes erhellte Vincents vor Schweiß glänzendes Gesicht. Was blieb, war die kleine, glühende Spitze der Zigarette, die im Halbdunkel hin und her tanzte, während sein Onkel weiter Auf und Ab wanderte.

Alain wagte nicht, zu atmen. Erneut versuchte er, einen Blick in die Lobby zu erhaschen. War sein Onkel wirklich allein? Genügte es, sich nur auf dessen Anwesenheit zu konzentrieren, oder lief er Gefahr, Magalie über den Weg zu laufen?

Das jähe Stoppen jedweder Bewegung Vincents zog Alains Aufmerksamkeit wieder in den Innenhof. Der Junge fixierte den schwach glühenden Stummel und wartete auf dessen Aufleuchten. Doch der Rauchende hielt die Zigarette neben sich und starrte nach wie vor selbstvergessen zu Boden.

Dann hob er den Kopf.

Und sah Alain direkt an.

Unbändige Hitze und Eiseskälte überschwemmten den Körper des jungen du Bellay gleichermaßen. Mit einer unkoordinierten Bewegung warf er sich zurück in seine Deckung und landete unsanft zwischen Brennnesselstauden. Der Schmerz kam augenblicklich, doch Alain hatte keine Zeit, sich darum zu kümmern. Er rappelte sich wieder auf und presste seinen Körper erneut gegen das Mauerwerk, ignorierte die hervorstehenden Steine, die ihm in den Rücken stachen und das Beißen der Brennflüssigkeit auf der Haut. Sein Herzschlag hallte in seinen Ohren wieder und er betete inständig, dass seine Reaktion schnell genug gewesen war und ihn die Ecke der Scheune ausreichend verbarg.

Hatte Vincent ihn gesehen? Wusste womöglich von seiner Anwesenheit? Nein, das konnte nicht sein. Die Blickrichtung war reiner Zufall.

Wie gelähmt verharrte Alain in angespannter Position, die einzige Bewegung das bebende Auf und Ab seiner Brust. Sein Atmen war zu schnell und zu laut und machte es gepaart mit dem Rauschen in seinen Ohren unmöglich zu hören, ob sich jemand näherte. Zu allem Überfluss brachten ihn seine mit Quaddeln überzogenen Gliedmaßen schier um den Verstand.

Es blieb ruhig. Keine Sohlen, die auf dem Schotter knackten, keine Stimme, die nach ihm rief.

Alain schloss die Augen. Er hatte zwei Möglichkeiten. Die ganze Sache abblasen und von hier verschwinden. Schnell und lautlos. Vincents Lüge akzeptieren und nie herausfinden, was wirklich passiert war. Eric sich selbst überlassen und darauf hoffen, dass dieser die richtigen Entscheidungen traf.

Oder seinen Plan durchziehen. Spuren über Jéromes Verbleib finden. Seinen Vater beschützen.

Er stieß leise aber kraftvoll Luft aus, blinzelte und warf der Brennnesselstaude einen finsteren Blick zu. Dann lehnte er sich erneut langsam und vorsichtig zur Hausecke und spähte daran vorbei. Vincent hatte sich nicht vom Fleck bewegt. Doch statt wie befürchtet Alains Versteck zu fixieren, hielt er den Blick einmal mehr gesenkt. Ein erneuter Zug an der Zigarette, ein weiteres Aufglühen in der Dunkelheit. Dann drehte sein Onkel sich zur Tür, drückte den Stummel im dort angebrachten Aschenbecher aus. Er verweilte für einen so ungewöhnlich langen Moment in diesem Prozess, dass Alain glaubte, er wäre im Stehen eingeschlafen, bis er registrierte, dass Vincent redete. Die Bewegungen seiner Lippen waren nur schwer auszumachen, leise Fetzen zu schnell gesprochener Sätze jedoch reichten zischend bis in Alains Versteck. Zu verstehen war kein Wort, und doch genügte die Szene, um seine Beunruhigung um ein Vielfaches zu steigern.

»Siehst wohl auch Gespenster«, hauchte er verwundert und versuchte, einen Gesprächspartner ausfindig zu machen. Mit wem redete der Mann? Was, wenn er nun doch nicht allein war?

Die Konversation mit dem Unsichtbaren endete nach mehreren Minuten jäh mit Vincents abrupten Herumwirbeln. Zu Alains Überraschung begab er sich nicht zurück in die Lobby, sondern zielstrebig zum Scheuneneingang.

»Was zum …?«

Zum zweiten Mal an diesem Abend warf er sich zurück in seine Deckung und verharrte reglos mit angehaltenem Atem. Er vernahm die knirschenden Schritte, das Knarren der Torflügel, die erst einmal, dann ein weiteres Mal wimmerten, bevor ein sanftes Poltern ihr ins Schloss fallen signalisierte.

Alain sank in sich zusammen, Anspannung und Atemluft sickerten aus ihm heraus wie ein kleines Rinnsal. Ein winziger Funken der Euphorie entzündete sich in ihm und er lehnte sich um die Ecke, ließ seinen wachsamen Blick zwischen dem geschlossenen Scheunentor und dem Hoteleingang hin- und herspringen.

Dies war die einzige Chance, die er bekommen würde. Es galt, jetzt zu handeln oder gar nicht. Das Risiko eingehen, jemandem in der Lobby in die Arme zu laufen, oder kneifen und sich unverrichteter Dinge aus dem Staub machen.

Er wagte sich weiter aus seinem Versteck heraus. In der alten Scheune war das Licht eingeschaltet worden, das durch die Lücken und Schlitze in den verwitterten Toren floh und ein leuchtendes Muster bildete.

Alain rückte ein wenig von der Hauswand ab. Plötzlich war ihm unwohl bei dem Gedanken, dass sich Vincent dort drin aufhielt, während er selbst direkt hier stand und nur ein paar Steine sie trennten. Das penetrante Gefühl, beobachtet zu werden, schürte seine Unsicherheit noch weiter.

Er zögerte nur für einen Augenblick. Dann streifte er seine Sneaker von den Füßen, drückte sie sich fest an die Brust und lief los.

Was er an Stille gewann, büßte er mit Schmerz ein. Die Socken dämpften das Knirschen des Schotters, stachen jedoch mit jedem Schritt unbarmherzig in seine Fußsohlen. Mit zusammengepressten Lippen durchquerte Alain den Innenhof, ließ dabei das Scheunentor nicht aus den Augen. Würde es sich jetzt öffnen und Vincent hinaustreten, befände er buchstäblich auf dem Präsentierteller. In Socken.

Das rettende Gebäude schien meilenweit entfernt. Kalte Schauer liefen ihm wie Sturzbäche über den Rücken und nur mit Mühe verkniff er sich den Ausstoß eines adrenalin-entfachten Lauts. Die letzten Meter legte Alain im Spurt zurück. Sein Blick schwang zwischen Scheune, den Fenstern des Hauptgebäudes und der Glastür des Hoteleingangs umher.

Nichts regte sich am Tor. Gut so.

Mit der freien Hand umschloss er den Griff, fast lachte er vor Erleichterung laut auf. Seine Schulter prallte gegen das Glas und er drückte mit dem gesamten Körpergewicht dagegen. Schwerfällig schwang die Tür nach innen auf. Die draußen nur leise zu vernehmende Musik wurde augenblicklich lauter und hieß ihn in der goldgelb beleuchteten Wärme des Foyers willkommen.

Alain schlüpfte nach drinnen und schob die sich im Schneckentempo zugleitende Glastür mit Nachdruck hinter sich zu. Dann schlich er sich wie ein Ninja in geduckter Haltung in den Schutz des Rezeptionstresens.

Seine Lungen brannten. So leise nach Luft japsend wie möglich spähte er hoch zur setzkastenartigen Regalwand, die sämtliche Zimmerkarten beherbergte. Alle Karten befanden sich in ihren Fächern, mit Ausnahme der seines Vaters. So weit, so normal.

»Okay«, hauchte Alain zu sich und reckte seinen Kopf, um die Nummern zu erkennen. Jérome hatte in einem ihrer Treffen erwähnt, dass er in Hotels grundsätzlich immer das Zimmer im obersten Stockwerk bezog, am weitesten weg vom Trubel der Lobby und des Restaurants.

Die Stimme des alten Mannes hallte in Alains Kopf wider und bestärkte ihn in seinem Plan. Ohne sich aus dem Versteck aufzurichten streckte er den Arm aus und zog die Schlüsselkarte aus Fach 16. Er schob sie in die Gesäßtasche und schlüpfte in seine Sneaker.

Er gestand sich ein paar Sekunden zum Sammeln und Luftholen zu. Niemand hatte ihn gesehen oder abgepasst. Kein verrottender Soldat zwang ihm ein Gespräch auf. Dies war als gutes Zeichen zu werten, richtig?

Untermalt von den kratzigen Grammophon-Klängen eines alten Chansons, bewegte sich Alain auf allen vieren um den Tresen und schaute daran entlang nach draußen zur Scheune. Die Tore, von einem feinen Netz aus Licht durchzogen, waren noch immer geschlossen.

»Was treibt der eigentlich da drin?«

Alain schüttelte den Kopf, bevor er sich auf die Füße stellte und flink aus seinem Versteck zur Treppe huschte.

Dann erstarb die Musik.

21

07. Juni 1944

–

Ich lebe. Das ist mehr, als ich über die meisten meiner Kameraden zu behaupten im Stande bin. Man hatte uns gewarnt. Uns vorbereitet. Nicht genug, wie ich jetzt weiß. Ich kann den Ton nicht abstellen. Die Schüsse, die Einschläge. Die Rufe, unzählige Schreie. Sie hallen in meinem Kopf umher und ich kann es nicht ausblenden. Wir waren mutig. Dachten, wir könnten alles erreichen. Wie die Amerikaner einmarschieren, mit erhobenen Häuptern und der wehenden Flagge. Die Wahrheit ist, dass es keine Gewinner gibt. Die Amerikaner haben ebenso große Verluste erlitten wie wir. Die hocherhobenen Häupter zerschossen, die stolze Flagge zerfetzt. Ich will nicht weitergehen. Und doch muss ich.

10. Juni 1944

–

Nach Tagen der Angst und des Kampfes, angefüllt mit Blut und Tränen, haben wir einen Unterschlupf gefunden. Ob er sicher ist, weiß niemand. Wieder werden wir gewarnt, dieses Mal nicht vor dem Feind. Kameraden, die uns raten, schnell weiterzuziehen. Doch wir können nicht mehr. Wir sind müde. Nicht die Deutschen und ihre Gewehre sind hier unser Ende, sondern ein Wesen so engelsgleich, dass ich weinen möchte.

11. Juni 1944

–

Es gibt Schweine. An manchen Tagen erlaubt Camille uns, eines von ihnen zu schlachten. Es ist erstaunlich, was von so einer Sau essbar ist. Und trotzdem hoffe ich, all das nie wieder zu mir nehmen zu müssen. An so einem Tier ist viel dran, doch es kann uns nicht alle sättigen. Im Grunde sind wir es, die die Schweine ernähren. Sie machen keinen Unterschied zwischen Gemüse oder Fleisch und wir müssen nicht all unsere Toten vergraben. Manchmal sind es einfach zu viele. Es ist gut, dass ich dieses Wissen nur mit wenigen gemein habe. Die meisten würden die Essensaufnahme einstellen. Das wäre fatal. Wir müssen doch bei Kräften bleiben!

13. Juni 1944
—

Ich habe beschlossen, aufzugeben. Dass ich es nicht mehr nach Hause schaffen werde, habe ich akzeptiert, meinen Frieden gemacht. Der Körper ist zerschunden, doch es ist mein Geist, den ich niemandem mehr zumuten kann. Ich will nicht mehr sehen. Nicht mehr hören. Das Erlebte mit ins Grab nehmen. Sie wird mir helfen, den letzten Weg zu gehen, für den ich mich längst nicht alt genug fühle. Wie vielen anderen vor und vielen Weiteren nach mir, wird sie der Fährmann sein.

In einer Zeit des Irrsinns
Ist dieser Ort Zuflucht,
seine Räume Schutz.
Ich nehme Abschied vom Verstand
Und gebe mich dem Wahnsinn hin.
Für die einen bist du der Teufel.
Für die anderen eine Heilige.
Du bist Charon, dein Haus eine Fähre.
Wer soll die Toten geleiten,
wenn nicht du?

Eric klappte das Buch zu und warf es kraftlos neben sich auf den Beifahrersitz. Dann presste er sich Daumen und Zeigefinger so fest gegen die Nasenwurzel, dass es schmerzte, und schloss die Augen.

Diese wenigen Einträge waren die einzigen, die er hatte entziffern können. Das Buch war zu dreiviertel vollgeschrieben, aber aufgrund von Zeit und Witterung waren die einst dort festgehaltenen Worte für immer verloren. Und doch waren es diese letzten erhaltenen Zeilen, die genug Licht ins Dunkel brachten.

Wieder und wieder hatte Eric sie durchgelesen und dabei mit Abscheu, Unglauben und Mitgefühl gekämpft.

Er hatte es gefunden, Vincents inspirierendes Gedicht. Den Impulsgeber für den Namen eines Gutshofs, der nie mehr und nie weniger gewesen war als das – eine Ansammlung von Gebäuden, umgeben von Wiesen und Feldern. Einst errichtet aus Steinen und Ziegeln, um einem Bauern und seiner Familie ein warmes, gemütliches Zuhause zu sein. Später eine Zuflucht in den Wirren des Krieges, um all denen Schutz zu bieten, die am Ende ihrer Kräfte oder ihres Verstandes waren. Schlussendlich gewaltsam zerstört und zur Grabstätte unzähliger Soldaten geworden.

Kein Wunder, dass sich die Bewohner von Amblie gegen den Wiederaufbau gesträubt hatten. Sie alle waren offensichtlich mit dessen Geschichte vertraut. Und doch taten sie ihm Unrecht. Nicht die Gebäude trugen die Schuld. Nicht der Hof hatte all die jungen Männer auf dem Gewissen. Trotzdem beherbergte eben jener Hof nach seinem unwillkommenen Wiederaufbau zwangsläufig einen Fluch, der sich zusätzlich in einem Namen manifestierte, der ebenso unschuldig wie beunruhigend klang.

Die Heilige.

Der Fährmann, hier die fantasievolle, weibliche Herleitung des Charon aus der Mythologie.

La Sainte Charonne.

Camille war der Schlüssel. Die letzte Erbin des Guts, die an diesem Ort zuerst gerettet und dann gemordet hatte. Sie mochte auf dem Hof umgekommen sein, von dort weggegangen war sie nie.

Eric lachte auf, doch es war keine Freude in seinem plötzlichen Gefühlsausbruch. All die Tatsachen, die da in den letzten Tagen und Stunden auf ihn eingehämmert waren, überforderten ihn. Nun ergab alles Sinn. Die Erscheinungen im Pool-Haus. Sein Bad in menschlichen Überresten. Keineswegs war diese Einbildung ein Zufall gewesen. All die Hotelgäste, die im Hotel verstorben waren. Jeder Einzelne mit einer niederschmetternden Diagnose, die früher oder später zum Ende geführt hätte. Todgeweihte, denen Camille auf die einzige Art und Weise geholfen hatte, die ihr geblieben war.

»Sie ist der Fährmann. Sie lässt niemanden gehen«, flüsterte Eric und zuckte zusammen, als ein dicker Regentropfen auf die Windschutzscheibe klatschte. Er blinzelte und beobachtete das Wasser, wie es von der Scheibe abperlte. Zu dem einen gesellten sich weitere in immer schneller werdendem Rhythmus und hüllten den Wagen binnen kürzester Zeit in ein ohrenbetäubendes Prasseln.

Erneut meldete sich die Vernunft und riet ihm zur Flucht. Sämtliche Besitztümer, die noch auf seinem Zimmer im Hotel deponiert waren, zurücklassen und mit Vollgas aus dem Ort Richtung Paris fahren – der einzig logische Plan. Er konnte von zuhause aus mit der Polizei kooperieren, sein Wissen an Inspektor Manzin weitergeben und so weitere Vermisstenfälle verhindern.

Morde. Warum nicht getrost beim Namen nennen.

Doch es war sein Herz, das ihn zurückhielt.

Er konnte Vincent nicht einfach sich selbst überlassen. Dies würde ihn keinen Deut besser machen, als all die anderen, die seinem Bruder immer die kalte Schulter gezeigt hatten.

Er hat dich angelogen.

Sie waren Brüder. Vincent war immer für ihn da gewesen, und trotz der geografischen und vor allem menschlichen Entfernung über die letzten Jahre hatte das unsichtbare Band immer gehalten.

Er war nicht ehrlich zu dir.

Erics Aussage vor der Polizei würde Vincent höchstwahrscheinlich in große Schwierigkeiten bringen. Dann an dessen Seite zu sein, war das Mindeste, was er tun konnte.

Erst verpfeifst du ihn, dann willst du Händchenhalten. Armselig, du Bellay, armselig.

Erics Emotionen bahnten sich ihren Weg nach draußen. Wut, Enttäuschung und Verzweiflung kochten zu einer brodelnden, beweglichen Masse in ihm hoch. Mit einem lauten Knurren schlug er mit der flachen Hand auf das Lenkrad, bevor er es umklammerte und die Stirn gegen das weiche Leder fallen ließ. Was hätte er darum gegeben, seine innere Stimme zum Schweigen zu bringen. Er wollte dem Geschwätz dieses ewig besserwissenden Verstands nicht eine Minute länger zuhören, und doch wusste Eric, dass dieser mit allem Recht hatte.

Er sammelte sich, holte tief Luft und richtete sich auf. Ein Blick auf die Uhr verriet ihm, dass es nach zehn war. Vincent hatte sicher mittlerweile selbst erkannt, dass es kein gemeinsames Abendessen geben würde. Er griff nach seinem Mobiltelefon und zog zeitgleich eine Visitenkarte aus der Brusttasche, die er so neben das hell erleuchtete Display hielt, dass er die darauf abgedruckte Nummer lesen konnte. Er wählte und presste dann das Smartphone an sein Ohr, durch die Scheibe die allmählich zerfließende Außenwelt beobachtend. Es war mittlerweile stockfinster geworden.

Niemand nahm ab. Erst die Mailbox erbarmte sich und wies Eric auf das offensichtliche Fehlen eines Gesprächspartners hin. Nachdem er wie aufgefordert eine Nachricht hinterließ, versuchte er eine zweite auf der Visitenkarte aufgedruckte Rufnummer.

Diesmal vernahm er ein Klicken in der Leitung, dann erklang eine schläfrige, aber freundlichen Frauenstimme. »Gendarmerie Nationale in Caen, wie kann ich weiterhelfen?«

»Ähm ...«, Eric setzte sich aufrechter in den Fahrersitz, »mein Name ist Eric du Bellay. Könnte ich bitte mit Inspektor Manzin sprechen? Es ist dringend.«

»Tut mir leid, der Inspektor ist unterwegs.«

Hatte ihre Stimme gerade eine besorgte Note angenommen? »Sie haben es sicher bereits mobil versucht, richtig? Soll ich etwas ausrichten, wenn er wieder im Haus ist?«

Aus dem Konzept gebracht, überlegte Eric, ob es Sinn ergab, den Grund seines Anrufes zu erläutern, verwarf die Idee jedoch schnell wieder.

»Danke, nein. Könnten Sie ihn einfach bitten, mich umgehend zurückzurufen? Er hat meine Nummer.«

Er wartete ihre Verabschiedung nicht ab und beendete die Verbindung. Dann starrte er resigniert auf das hell erleuchtete Display des Telefons, als ihm das Symbol der Browser-App ins Auge sprang.

»Google ist dein Freund«, wiederholte er Alains vor einer gefühlten Ewigkeit gesprochenen Worte und öffnete die App. Dann gab er in das Feld der Suchmaschine die Gendarmerie in Caen ein und fügte den Zusatz *aktuelle Vermisstenfälle* hinzu. Die Suchergebnisse lieferten umgehend die passenden Links und Eric fand sich schnell in der Auflistung der derzeitigen Vermisstenmeldungen in Caen und dessen Umkreis wieder.

Behutsam scrollte nach oben und überflog die zahlreichen Einträge. Ein alter Mann war aus seinem Pflegeheim getürmt. Ein junges Mädchen war nicht aus dem Zeltlager heimgekehrt und wahrscheinlich mit einem Betreuer durchgebrannt. Es dauerte eine Weile, bis das Foto eines älteren Ehepaars Erics Scrollen erstarren ließ.

Aufgenommen an einem sonnigen Tag, zeigte es die beiden lächelnd in einem Café in einer beliebigen Stadt. Das silbern schillernde Haar der betagten Frau war zu einem strengen Knoten gebunden, ihre schmalen Lippen blutrot geschminkt. Was bei vielen andere Damen jüngeren Kalibers billig gewirkt hätte, machte diese Person trotz ihres fortgeschrittenen Alters zu einer recht attraktiven Erscheinung. Ihr Partner, ein ebenso gepflegter Mann mit einem vollen, schlohweißen Bart, stand ihr optisch in nichts nach. Die beiden hatten die Köpfe aneinandergesteckt wie zwei Teenager und versprühten eine allein über das Foto ansteckende Lebensfreude.

Doch nicht das Bild hatte Eric Aufmerksamkeit auf sich gezogen. Es waren die Namen der vermissten Eheleute, die er auf Anhieb wiedererkannte.

Jules und Adaliz Durand.

Er erinnerte sich an deren Eintrag im Gästebuch. Sie waren Stammgäste gewesen bis zu dem Tag, an dem sie verschwanden. Ob sie das Hotel überhaupt je verlassen hatten?

Eric runzelte die Stirn und rief die Informationen zu den Durands auf. Die meisten Fakten kannte er bereits und fast hätte er das Fenster wieder geschlossen, bis ihm unter den Hinweisen die Angaben zum ebenfalls vermissten Fahrzeug der Durands ins Auge fielen.

Ein Renault Espace, Baujahr 2008, Farbe: violett.

Eric wurde schlagartig kalt. Mit zitternden Händen wechselte er erneut zur Übersicht der Vermissten und wischte hektisch weiter, bis er zum zweiten Fall kam, von dem er wusste.

René und Catherine Nicolas. Wieder gab es eine Fotografie der beiden zusammen, offenbar ein Schnappschuss aus dem Urlaub. Die auffällig gebräunte Hautfarbe des Paares und die Palmen im Hintergrund lieferten hierfür den eindeutigen Beweis.

Wieder suchte Eric die Seite nach den Informationen ab und verglich sie mit seinem Wissen.

Zwei Kinder, Zwillinge. Vermisst gemeldet von den Eltern des jungen Vaters. Ebenso waren Hinweise erbeten zur Auffindung von zwei neuwertigen Mountainbikes der Marke Votec, weiß mit neongelbem Schriftzug sowie einem Mitsubishi Outlander, schwarz, Baujahr 2022.

Der dritte und bereits am längsten zurückliegende Fall behandelte die englische Studentin Courtney Heartington. Von ihr gab es, neben einem offensichtlich auf ihrer ersten und letzten Frankreich-Tour aufgenommenem, nächtlichen Selfie, nur spärliche Hinweise. Hinter der stark übergewichtigen jungen Frau erstrahlte der Eiffelturm in vollem Glanz, während sie selbst eher unvorteilhaft vor der Linse posierte.

Eric ließ sein Telefon sinken und die Informationen Revue passieren. Er hatte die beiden Fahrzeuge in Vincents Garage gesehen. Ob der Mitsubishi letztendlich schwarz gewesen war, hatte er aufgrund der zentimeterdicken Staubschicht nicht genau erkennen können. Doch den Wagen der Durands hatte er definitiv dort stehen sehen.

Erneut bewahrheitete sich etwas, was er all die Tage nur als vage Vorahnung behandelt hatte. Nun galt es herausfinden, was das eine mit dem anderen zu tun hatte.

Eric seufzte schwer und sah erneut auf sein Telefon. Dann rief er nochmals das Browser-Fenster auf. Mehr aus Neugier und ohne die Hoffnung, etwas Konkretes zu finden, gab er den Namen 'Camille Roche' in die Suchmaschine ein. Er hatte weder die Nerven noch die Zeit, ellenlange Texte über die Frau zu lesen, und schaltete auf die Bildsuche um.

Die Ergebnisse waren spärlich und zeigten größtenteils Außenaufnahmen des alten Gutshofs. Eric staunte nicht schlecht. Tatsächlich hatte Vincent den Hof fast originalgetreu wieder aufgebaut und lediglich um modernere Elemente, wie die verglaste Lobby, ergänzt. Er stieß auf einige Aufnahmen aus den Vierzigern, die Roche-Familie wahlweise mit oder ohne ihre Schweine, qualitativ jedoch zu schlecht, um etwas darauf erkennen zu können.

Eric wollte schon aufgeben, da fiel ihm weiter unten in den Suchergebnissen eine alte Schwarz-Weiß-Fotografie ins Auge. Datiert auf September 1943 zeigte es das Porträt einer sehr anmutigen jungen Frau in Schwesterntracht. Ihr helles Haar, auf dem eine weiße Haube saß, hatte sie streng zurückgenommen. Wie damals üblich blickte sie an der Kamera vorbei in eine ungewisse, aber hoffnungsvolle Zukunft. Die Bildzuschrift verriet Eric, dass er fündig geworden war.

Camille Louise Roche, Krankenschwester des L'îlot Sanitaire in Caen.

Der Anblick des makellosen, unschuldigen Gesichts drehte Eric mit einem Mal den Magen um. Es hatte nichts damit zu tun, dass er sich nun eine Vorstellung von diesem Wesen machen konnte.

Es war die Tatsache, dass er mit ihr bereits persönlich gesprochen hatte.

Eric schluckte schwer und warf das Handy auf den Beifahrersitz, als wäre es glühend heiß, wo es neben dem Tagebuch zum liegen kam. Er startete fieberhaft den Motor und zwang sich zur Ruhe auf seiner hoffentlich letzten Anfahrt auf das *La Sainte Charonne*.

22

Vier Stufen.

Er hatte genau vier Stufen geschafft. Noch während Alain darüber nachdachte, einfach weiter nach oben zu steigen und das plötzliche Ausbleiben der Musik zu ignorieren, spürte er die Blicke, die sich in seinen Rücken bohrten.

Umgeben von einer alles konsumierenden Stille kam er zum Stehen, drehte sich langsam um und erwartete einen verdatterten Onkel Vincent oder eine Erscheinung aus dem Reich der Toten am Fuß der Treppe. Er war überrascht, dass jemand gänzlich anderes dort stand und zu ihm aufschaute.

»Nanu. Ich dachte, du wärst abgereist?«, bemerkte Magalie amüsiert und strahlte ihn an.

Sämtliche Ausreden blieben Alain im Hals stecken. Mit ihr hatte er am wenigsten gerechnet. Und mit ihr wollte er nach Vincent am wenigsten zu tun haben.

»Ich ...« Er versuchte, seine Nervosität mit aufgesetzter Lässigkeit zu überspielen, und schob die Hände in die Gesäßtaschen. Dabei bekam er Jéromes Schlüsselkarte zu fassen und umschloss sie wie einen Glücksbringer. Ihr Besitz ermutigte ihn.

»Ich wollte meinen Vater überraschen«, erwiderte er, »der wird Augen machen. Aber nichts verraten, okay? Ich warte oben auf ihn.«

Sie setzte einen verschwörerischen Blick auf und nickte. Dann erfüllte ihr Lachen die Lobby. Obwohl es ein helles, freundliches Kichern war, verursachte es bei Alain eine Gänsehaut. Dem Drang, der unangenehmen Situation zu entkommen folgend, schickte er sich an, seinen Weg treppauf fortzusetzen.

»Tut mir leid, dass Jérome sich nicht persönlich von dir verabschieden konnte.«

Alain hielt inne. Erneut wandte er sich zu Magalie um. Ihr Lächeln war einer mitleidigen Miene gewichen.

»Er hat vor seinem Abschied in den höchsten Tönen von dir gesprochen.«

Skeptisch runzelte Alain die Stirn. »Ach ja? Dann hätte er ja theoretisch so lange bleiben können, um Tschüss zu sagen.«

»Seine Frau ist krank geworden, es war ihm nicht möglich, zu warten.«

Die Augenbrauen hochziehend, hätte er fast laut aufgelacht.

»Stimmt, seine Frau«, erwiderte er mit einem schnippischen Unterton, »sie ist ja schon extrem alt.«

Magalie nickte, ohne auf seinen Sarkasmus anzuspringen. Am liebsten hätte Alain ihr das Verständnis heuchelnde Lächeln aus dem blassen Gesicht gewischt. Sie war genauso eine bescheidene Lügnerin wie sein Onkel.

»Er hat dir aber etwas dagelassen, es steht in der Garage. Komm, ich zeige es dir.«

Feindselig musterte Alain die schmalen, feingliedrigen Finger der Hand, die sie ihm hinstreckte. Er dachte gar nicht daran, sie zu ergreifen.

»Und was wäre das?«

»Sein Fahrrad ist noch hier. Er möchte, dass du es bekommst.«

»Sein Rennrad?« Alain schob den Kopf ungläubig nach vorn, als hätte er sich verhört. »Er hat es dagelassen?«

Magalie ließ ihre Hand sinken und nickte. Ihr mildes Lächeln blieb, unbeeindruckt von Alains schärfer gewordenem Ton.

»Das würde er nicht machen. Nie würde er es einfach so verschenken, nicht einmal an mich. Er hängt sehr daran.«

»Da liegst du falsch. Der richtigen Person hätte er es anvertraut, und diese bist du für ihn gewesen. Und wegen seines hohen emotionalen Wertes hat Vincent dafür gesorgt, dass man es nicht gleich findet. Zur Garage hat ja anscheinend jeder ungehindert Zutritt.«

Während sie redete, bewegte sie sich zum Ausgang, ohne Alain aus den Augen zu lassen. »Nun?«

Irritiert davon, dass Magalie von Jérome mit einem Mal in der Vergangenheitsform sprach, blieb er zunächst auf der Treppe stehen. Sämtliche Alarmglocken in seinem Kopf heulten auf.

Vincent hielt sich in der Garage auf. Wie sollte er ihm bitte seine Anwesenheit erklären? Er würde Fragen stellen. Und Fragen bildeten Stolpersteine.

Doch der Wunsch, Jérome nicht zu enttäuschen, indem er dessen wertvollsten Besitz als Geschenk ausschlug, übernahm die Oberhand. Vor Alains innerem Auge formte sich das Bild der ineinandergekeilten Fahrräder, die in der Garage vor sich hin rotteten. Niemals würde der alte Mann zulassen, dass sein Rad zu einem dieser bedauernswerten Drahtgestelle mutierte. Und Alain würde es ebenso wenig tun. Er musste es an sich nehmen, damit er es dem alten Mann bei einem Besuch zurückgeben konnte.

Er zögerte, sah Magalie nach, als sie das Gebäude verließ. Dann stieg er die Treppen hinab und folgte ihr.

Er fröstelte, als ihm die weiter abgekühlte Abendluft ins Gesicht schlug. Sie stand in Kontrast zum warmen, diffusen Licht, das ihm aus der Garage entgegenstrahlte, dessen Türen nun geöffnet vor ihm lagen.

So musste das Tor zur Hölle aussehen. Exakt so.

Alain rieb sich die Oberarme. Er würde Vincent dieselbe Lüge auftischen wie Magalie. Das Rad an sich nehmen und unter dem Vorwand, es auszuprobieren, von hier verschwinden. Dann würde er seinen Vater anrufen – von dem er angesichts seiner ungeplanten Anwesenheit gewaltigen Ärger zu erwarten hatte. Aber darüber würde er sich später Gedanken machen.

Magalie, die vor den Toren wartete, zeigte erneut ihr Rezeptionistinnen-Grinsen, bevor sie im Inneren der Garage verschwand. Alain holte Luft und folgte ihr.

Der ihm vertraute Raum wirkte im bloßen Licht der zwei nackten, altersschwachen Glühbirnen um einiges unheimlicher als bei

Tag. Unzählige, sich zu bewegen scheinende Schatten lauerten überall. Ecken, dunkel und uneinsehbar, brüllten ihn mit weit aufgerissenen Mäulern an. Die Konturen abgestellter, harmloser Gegenstände stachen wie Krallen aus dem Schwarz. Den stark abgekühlten Außentemperaturen zum Trotz stand hier die Luft.

Alain atmete flach und lautlos. Jeder Schritt kratzte unter seinen Sohlen. Mit donnerndem Herzschlag in den Ohren sah er sich um. Von Vincent keine Spur. Und auch Magalie war nirgendwo zu sehen. Sie hatte doch nur einige Sekunden vor ihm die Garage betreten.

»Hallo?«, rief er zögerlich in die gespenstische Stille, »Magalie?«

In der Raummitte fiel ihm eine schwarze, wie mit einem Zirkel gezogene kreisrunde Fläche auf, von der er im Halbdunkel nicht erkennen konnte, um was genau es sich handelte. Er versuchte, sich daran zu erinnern, ob ihm etwas Derartiges schon vorher aufgefallen war, und setzte an, es genauer zu inspizieren. Dann fielen die beiden schweren Torflügel hinter ihm krachend ins Schloss.

Alain fuhr zusammen. Einem ersten Impuls nachgebend hechtete er zurück und rüttelte am Riegel. Die Türblätter schwangen ächzend hin und her, weigerten sich jedoch standhaft, nachzugeben.

»Sehr witzig, echt. Magalie? Onkel Vincent?« Alains Rufe hallten zwischen den steinernen Mauern entlang und verloren sich im Gebälk. Die einzige Antwort, die er erhielt, war das Stöhnen der alten Scharniere unter der Last seiner Panik.

Er hielt kurz inne und schluckte, bevor er laut einen weiteren Namen rief: »Paul? Paul d'Argies?«

Doch auch das dritte Geschöpf, das erfahrungsgemäß in der Lage war, ihn in einem Gebäude gefangen zu halten, rührte sich nicht.

Frustriert schlug Alain mit der Faust auf das raue Holz, bevor er aufgab und zurückwich. Er sah sich um. Hier drinnen musste es doch etwas geben, mit dem man dieses morsche Ding aufbekam. Oder einen anderen Ausgang? Durch eines der Fenster?

Ein Geräusch ließ ihn herumfahren.

Es war nicht genau verortbar, klang jedoch menschlich und nach großem, körperlichem Leid.

Und er hatte es schon einmal gehört.

»Jérome?«, rief er und hasste das Beben seiner Stimme. »Wo bist du?«

Alain lauschte angestrengt. Er drehte sich auf der Stelle, wagte es nicht, zu atmen, und lauschte.

Ein Stöhnen. Das Keuchen eines Mannes, der um jedem Atemzug kämpfte. Es kroch aus der kreisrunden Fläche in der Raummitte, die sich bei näherem Hinsehen als Öffnung im Boden entpuppte.

Alain zögerte nicht. Er hastete zu dem Loch und warf sich auf die Knie. »Jérome?«

Die Kante war rau und scharf. Grober Beton schnitt ihm in die Finger, als er sich daran festklammerte, um sich tiefer in die kühle, feucht-modrige Schwärze hinunter zu beugen.

»Jérome? Bist du da unten?«

Die intensive Ammoniaknote, die ihm entgegenwaberte, löste sofortigen Würgereiz aus. Alain kannte den Geruch von Zusammenkünften mit seinem Großvater, den er während seiner letzten Monate im Pflegeheim besucht hatte. Die unabänderlichen Ausdünstungen des Alters, gepaart mit der Nachlässigkeit von Körperhygiene, hatten seine Besuche nie länger als eine halbe Stunde andauern lassen. Ein Geruch, den Alain jedoch keinesfalls mit seinem so agilen, lebenslustigen Freund in Verbindung brachte.

Der Stoß, der ihn im Rücken traf, kam überraschend.

Alain schrie auf, weniger aus Schmerz denn vor Schreck, seine Hände griffen panisch ins Leere. Das Momentum trug ihn vorwärts und bevor er über die Tiefe des Lochs im Boden vor ihm nachzudenken in der Lage war, befand er sich bereits im freien Fall.

Alain prallte hart mit dem Rücken auf einen unnachgiebigen Untergrund auf, was ihm sämtliche Luft aus den Lungen trieb. Für einen kurzen Augenblick lag er benommen da und wartete darauf, dass sein Gehirn das Geschehene verarbeiten und mit einer Erklärung versehen würde. Über ihm wölbte sich die Decke der Scheune in einem zirkularen Ausschnitt. Mit einem schmerzerfüllten Stöhnen rappelte er sich in eine sitzende Position auf. Der Raum war, der

Akustik nach zu urteilen, nicht besonders groß, dafür stockfinster. Keinerlei Umrisse, Zeichnungen von Mauerwerk oder Türen schälten sich aus dem Dunkel. Der Gestank von Urin, Schweiß und Moder war kaum zu ertragen. Die einzigen Geräusche, die von den Wänden zurück hallten, waren seine schwere Atmung und das Scharren seiner Sohlen auf dem Boden.

»Jérome? Bist du hier unten?«

Keine Antwort. Die Laute des Leids waren verstummt.

Verwirrung und Schreck wichen Rage. Alain kämpfte sich auf die Füße und nahm dabei kaum Notiz von seinem schmerzenden Rücken. Ernüchtert stellte er fest, dass die Öffnung über ihm außerhalb seiner Reichweite war. So sehr er sich streckte und in die Höhe sprang, die Distanz war unüberwindbar.

Verzweifelt fuhr er sich durchs Haar. Er war in die Falle getappt. Jene Falle, vor der er seinen Vater hatte schützen wollen.

»Hey!«, brüllte er unbeherrscht nach oben, »Was soll das? Vincent? Magalie?«

Er sah sich erneut um und versuchte, etwas in der stinkenden Dunkelheit um ihn herum auszumachen. Sollte er tatsächlich allein hier unten sein? Er hatte Jérome doch vorhin deutlich gehört. Das Keuchen, das Stöhnen – er hatte sich das nicht eingebildet! Der alte Mann musste hier unten sein.

Als Alain seinen Blick wieder nach oben richtete, stand Magalie an der Öffnung. Sie sah auf ihn herab wie eine Trauernde auf den in ein Grab abgelassenen Sarg.

»Hey!«, donnerte Alain ihr entgegen und ballte die Fäuste, »Lass mich sofort hier raus! Was soll der Scheiß?«

Sie schüttelte betrübt den Kopf und verzog keine Miene. »Das kann ich nicht tun, Alain.«

»Was zum ...« Die Worte blieben ihm im Hals stecken, als eine zweite Gestalt hinter ihr auftauchte.

»Onkel Vincent! Was bedeutet das hier? Lasst mich hier raus!«

Vincents Ausdruck unterschied sich nicht von Magalies. Er wirkte traurig und konfus. Sein Hemd hing ihm aus der Hose und war mit dunklen Flecken beschmiert. Von dem stattlichen Mann, den Alain kennengelernt hatte, fehlte jede Spur.

»Tut mir leid«, sagte er mit verhaltener, tonloser Stimme, »du würdest all das her zerstören. Das kann ich nicht zulassen.«

»Was? Wovon sprichst du?«

»Du hast nach Paul gerufen. Glaubst du, er wird kommen und dir helfen?«, fragte Magalie und sank in die Knie, um Alain näher zu sein.

»Wer weiß«, antworte dieser und versuchte, trotz seiner aufkommenden Zweifel selbstbewusst zu klingen. Die beiden wussten also vom Geist des Paul d'Argies. »Er scheint zu wissen, was hier vor sich geht.«

Magalie lächelte matt.

»Was daran liegen mag, dass er maßgeblich dafür verantwortlich ist.«

Hoffnung keimte in Alain auf. Zeit.

Er brauchte Zeit. Sein Vater war sicher schon auf dem Weg hierher. Wenn er die beiden nur lang genug hinhielt, bis Papa hier eintraf …

»Soll heißen?«, hakte er nach, »Erzähl mir seine Geschichte. Ich hab zufällig viel Zeit.«

»Es gibt keine Geschichte. Hätte er meine Hilfe angenommen, müsste er nicht mehr hier sein. Er wäre frei.« Sie richtete sich auf und streckte die Arme von sich, als präsentierte sie die alte Scheune. »Stattdessen hat er mein Zuhause zerstört. Mich in einen Winterschlaf versetzt. Jahrzehnte war ich gezwungen, zu warten – in den Trümmern und dem Geröll, zwischen verwesenden Menschen und Schweinen, die darunter begraben lagen, so lange, bis ich stark genug war um jemanden zu rufen, der meine Fähre wieder errichtet.«

Alain sog scharf Luft ein.

Die Erkenntnis traf ihn mit der Wucht einer Abrissbirne.

»Du bist der Fährmann?«, raunte er und wich zurück.

Magalie ließ die Arme sinken. »Siehst du«, hauchte sie fast liebevoll, »du weißt schon mehr als genug.«

Sie sah auf ihn herab mit einem mitleidigen Lächeln. Erst jetzt fiel ihm auf, dass Vincent verschwunden war. Im selben Moment hörte er es.

Zunächst konnte Alain das mahlende Geräusch nicht zuordnen. Zu spät identifizierte er das Malmen von Stein auf Stein und erkannte, dass sich die Öffnung über ihm langsam schloss.

»Halt! Nein!«, rief er und warf sich mit ausgestreckten Armen vorwärts, auf der Suche nach der nächstgelegenen Wand. Vielleicht konnte er daran hochklettern. Möglicherweise fand er einen Türgriff. Seine Handflächen scheuerten panisch an unebenem Gestein entlang, seine Schuhspitzen rutschten ab, ohne ansatzweise Halt zu finden. Er brüllte. Er flehte. Doch die Öffnung zwei Meter über seinem Kopf hatte sich zu einem sichelförmigen Mond verwandelt, der unaufhaltsam immer schmaler wurde.

»Leb wohl, kleiner Alain«, sang Magalie, »ich wünschte, wir hätten uns unter anderen Umständen kennengelernt.« Es waren die letzten Worte, die er hörte, bevor sich der Deckel endgültig schloss. Mit der absoluten Dunkelheit kam das Vakuum. Und mit dem Vakuum die Panik. Alains gehetzter Atem floh aus seinen Lungen, um an zu dicht stehenden Wänden abzuprallen. Der beißende Gestank in seinem Kerker schien sich in all seinen Poren festzusetzen, sie zu verstopfen. Jedes verzweifelte Luftholen war von einem Wimmern begleitet, das den winzigen Raum ausfüllte. Doch so sehr er an den Wänden kratzte, mit bloßen Fäusten gegen den rohen Stein hämmerte und dabei aus Leibeskräften schrie, es nutzte nichts. Die Schwärze blieb, hüllte ihn ein. Und sie ließ ihn nicht gehen.

Irgendwann, Minuten oder Stunden später, er konnte es nicht benennen, sank Alain erschöpft zu Boden und schluckte. Sein Hals war rau und staubtrocken. Angst und Verzweiflung schlugen über ihm zusammen wie eine alles mit sich reißende Brandung.

Nicht heulen. Jetzt bloß nicht heulen.

23

Für die Entscheidung, die Eric mit der Schaltung des Gangs auf P traf, lachte ihn sein Herz aus, während sein Verstand ihn beglückwünschte. Er ließ die Hand, die den Schlüssel eben aus der Zündung ziehen wollte, unverrichteter Dinge sinken – möglicherweise würde er hier später zügig wegmüssen. Sein Gehirn rief eine Szene aus einem Horrorfilm auf, in dem das Opfer schreiend nach dem Autoschlüssel kramte, mit dem gurgelnd hinter ihm her preschenden Axtmörder. Zumindest darauf wäre er schon mal vorbereitet.

Er sah durch die Windschutzscheibe auf das vom Dunkel der Nacht verschluckte Badehaus. All die Abende zuvor waren die U-förmig angeordneten Gebäude einladend angestrahlt worden, doch offenbar hatte Vincent beschlossen, keine Gäste mehr anzuziehen. Hatte er eingesehen, dass es vorbei war? Musste er vielleicht gar nicht zum Aufgeben, zum Mitkommen überredet werden?

Eric musterte den ehemaligen Schweinestall und schauderte. Seine Erscheinung war auf besondere Art real gewesen. Die Kopie eines Szenarios, welches sich Jahrzehnte zuvor abgespielt hatte, doch heute nicht minder grauenerregend war. In diesem Gebäude hatte man Schweinen zwischen Küchenabfällen und Essensresten die Leichen von unzähligen Soldaten serviert. Aus hygienischen Gründen, um zu verhindern, dass der Gestank der verwesenden Kadaver ein Problem darstellte. Aus der Not heraus, damit die Tiere in Zeiten von dürftigen Lebensmittelrationen fett und kräftig blieben, um später selbst als Nahrung zu dienen.

Eric schluckte schwer. Es war ein Fehler, hierher zurückzukehren. Er begab sich in die Höhle des Löwen, ohne Waffen und ohne Plan, dafür mit jeder Menge Koteletts um den Hals. Dabei erwies sich Vincent als sein geringstes Problem, davon war Eric überzeugt.

Er schaute aus dem Seitenfenster hinaus direkt in die hell erleuchtete Lobby. Es war keine Menschenseele zu sehen. Im Restaurant brannte, wie jeden Abend seit ihrer Ankunft, stimmungsvolles Licht. Einzig die Stille verwunderte Eric. Kein Chanson schwang nach draußen, keine Stimme, die über eine verflossene Liebe sang.

Langsam stieg er aus dem Wagen und lehnte die Tür hinter sich an. Die Geräuschlosigkeit war beklemmend und Eric würde, wenn er jetzt die Autotür zuschlug, mit ziemlicher Sicherheit doch noch eine Herzattacke erleiden. Die Vögel blieben stumm, selbst das Grillenzirpen schien sich verflüchtigt zu haben. Im nahegelegenen Waldstück hörte man eine Eule und für einen Moment wünschte er sich, er säße jetzt unter einer Kiefer, weit entfernt von diesem Ort hier, von dem er plötzlich so dringend wegwollte. Dann holte Eric noch einmal tief Luft und betrat das *La Sainte Charonne* zum hoffentlich letzten Mal.

Die Empfangshalle war leer, die Rezeption unbesetzt. Mehr aus Reflex als aus Neugier scannte Eric den Setzkasten, in dem die Zimmerkarten einsortiert lagerten, und runzelte die Stirn. Zwei Schlüsselkarten fehlten. Eine davon logischerweise seine Eigene, doch zu wem gehörte die Zweite? Er hoffte, dass sich keine neuen Gäste hierher verirrt hatten.

»Hallo?«, schallte seine tiefe Stimme durch die Lobby und verursachte Gänsehaut. Er wusste, wo er Vincent antreffen würde. Tatsächlich wollte er sichergehen, dass Magalie nicht in der Nähe war. Sie stellte das größte Problem dar. Doch nachdem auch sie sich nicht meldete, atmete Eric tief durch und trat durch die Glastür in das Restaurant. Zigarettenrauch stieg ihm in die Nase und er verzog das Gesicht.

»Na, wenn das mal nicht Ärger mit den Behörden geben wird«, murmelte er.

»Als ob ich den nicht schon längst hätte«, erreichte ihn die Antwort und Eric entdeckte seinen Bruder am selben Tisch, an dem sie alle zusammen an ihren ersten Abend gegessen hatten.

Eric blieb im Eingangsbereich stehen und legte den Kopf schief.

Vincent sah furchtbar aus. Seine für gewöhnlich glatt gegelten und sauber frisierten Haare standen derangiert in alle Richtungen ab. Ein ausgeprägter Fünf-Uhr-Schatten belegte die untere Hälfte des vor Schweiß glänzenden Gesichts. Die Ärmel seines weißen Hemds waren schludrig hochgekrempelt. In einer Hand hielt er ein zu voll eingeschenktes Weißweinglas, in der anderen eine qualmende Zigarette. Doch keine dieser Auffälligkeiten irritierte Eric mehr als die ausgeprägten roten Flecken auf der Vorderseite des Hemds.

»Komm«, forderte Vincent, und winkte ihn unbeholfen zu sich, ohne auf das Stück Asche zu achten, das von der Zigarette auf die makellos weiße Tischdecke fiel, »komm her, kleiner Bruder. Setz dich. Trink ein Glas von diesem wunderbaren Wein. Oder ein Wasser. So wie ich dich kenne, willst du einen klaren Kopf behalten.«

Eric blieb, wo er war. Er fixierte den Ascheklumpen und zuckte zusammen, als sein Bruder ihn ungerührt mit der bloßen Hand vom Tisch fegte und dabei eine graue Spur hinterließ. Der Vincent von heute früh wäre durchgedreht ob der Schweinerei und hätte sofort eine neue Tischdecke organisiert. Der Vincent von heute früh rauchte nicht und wäre eher verdurstet, als Wein aus einem derart stillos vollgeschenktem Glas zu trinken.

»Hey Vince«, grüßte Eric sanft, »Du siehst nicht besonders gut aus heute Abend.«

»Wärst du eine Frau, wäre ich jetzt beleidigt«, gab Vincent gespielt pikiert zurück. Er stellte das Weinglas unsanft ab und fuhr sich durch die Haare, was die Unordnung perfekt machte. Doch trotz seines derangierten Äußeren klang er unerwartet klar und nüchtern.

»Wo warst du denn so lange? Wollten wir nicht zusammen essen?«

Eric runzelte die Stirn und warf einen Blick Richtung Küche. »Hast du denn gekocht?«

Ein Grinsen flackerte über Vincents Gesicht. »Touché.«

»Weil du daran gezweifelt hast, dass ich zurückkomme?«

»Ich habe nie daran gezweifelt.« Sein großer Bruder wurde ernst und beugte sich vor. »Das ist dein Problem, Eric. Du bist zu verdammt gutmütig. Du versuchst, alle Probleme auf dieser Erde zu lösen. Dabei vergisst du, dass du selbst mehr mit dir herumschleifst, als du tragen kannst. Wie ein Hund voller fetter Zecken, der bei jedem Spaziergang nur immer weitere Zecken einsammelt, bis er schlussendlich daran krepiert.«

Die harschen Worte trafen Eric ins Mark. Er kannte diesen Ton und die unterschwellige Aggression von seinem Bruder, jedoch hatte er sie niemals zuvor gegen seine Person gerichtet.

»Schön«, gab er trotzig zurück und gesellte sich zu Vincent an den Tisch. Misstrauisch musterte er das volle Wasserglas, das vor ihm stand. Man hatte ihn also erwartet.

»Reden wir zur Abwechslung doch mal über deine Zecken. Keine Lügen mehr, keine Märchen.«

Vincent schnaubte und sah aus dem Fenster, hinter dem nur tiefschwarze Nacht wartete. Die an das Grundstück anschließenden saftigen Wiesen lagen dort vollständig in Dunkelheit gehüllt.

»Fangen wir mit etwas Leichtem an«, fuhr Eric unbeirrt fort, »Was sind das für Flecken auf deinem Hemd?«

Sein Bruder sah an sich herunter, als hätte er keinen Schimmer, wovon Eric sprach. »Das ist Rotwein. Von dem du im Übrigen noch gar nicht probiert hast.« Er griff erneut nach dem Glas und prostete Eric zu.

»Du trinkst Weißwein.«

»Den Roten habe ich zum Kochen benutzt.«

»Du hast nicht gekocht.« Eric bemühte sich, nicht laut zu werden. Was sollte das hier? Hatte sein Bruder jetzt vollends den Verstand verloren? »Ist das der Wein von den Durands aus Montpellier? Die mehrfach im Jahr hier waren und mittlerweile zu alt zum Reisen sind? Und weil sie dich so charmant finden, haben sie gleich ihr Auto hier in der Garage gelassen.«

Vincents Grinsen erkaltete augenblicklich zu einer starren Fratze, doch er hielt Erics Blick stand.

»Die Nicolas' aus Metz fanden das so entzückend, dass sie ihren Wagen ebenfalls gleich dazugestellt haben. Und die Studentin? Lass mich überlegen, sie hatte gar kein Auto zu verschenken, aber da gibt es mit Sicherheit das ein oder andere Fahrrad drüben, das ihr gehört.«

»Du traust mir noch immer zu, dass ich diese Menschen beiseite geräumt habe?«

Eric schüttelte den Kopf. »Wenn ich das glauben würde, wäre ich mit Alain nach Hause gefahren. Ich hätte der Polizei jedes Detail haarklein erzählt, das mich hier um den Schlaf gebracht hat. Ich weiß nicht, welche Rolle du hier spielst, aber ... dieser Ort, dieses Haus ist nicht gut für dich. Hier sind Dinge passiert, die sich nicht wiederholen dürfen.«

»Und doch wiederholen sie sich.«

»Aber es ist nicht deine Schuld.«

»Glaubst du.«

»Ich weiß es. Du bist gar nicht fähig, jemandem weh zu tun.«

Vincent zuckte unmerklich zusammen. Für eine Sekunde sah es aus, als würde sein großer, starker Bruder mit den Tränen ringen. Doch so unvermittelt die Gefühlsregung sich zeigte, so schnell verschwand sie wieder hinter der Fassade.

»Ich bin nicht mehr der kleine Junge, der auf Bäume klettert, Eric«, begann er und seine Stimme bebte, »der deine Hand nimmt, wenn du dich mit einer schlechten Note nicht nach Hause traust. Mein Leben war ein Arschloch. Irgendwann musste ich auch eins werden. Ich bin nicht stolz darauf, aber ich kann es auch nicht ändern.«

Eric starrte ihn an. Sein erster Impuls war, sich die Ohren zuzuhalten. Das Bild, das er von Vincent hatte, in seinem Herzen zu bewahren. Doch das offensichtlich nur als Kulisse erschaffene Konstrukt schwankte bedenklich.

»Wo ist Magalie?«, fragte er betont ruhig und sah sich um, »Oder sollte ich sie bei ihrem richtigen Namen nennen? Camille?«

Vincents überraschter Blick spornte ihn an und er sprach weiter.

»Ich weiß Bescheid, Vince. Ich weiß, wer und was sie ist. Was auch immer sie mit dir angestellt hat, dass du ihr hörig bist, es wird enden, sobald du von hier weggehst.«

»Du weißt gar nichts«, zischte Vincent und leerte den Wein in einem beängstigend kräftigen Zug. Dann funkelte er Eric an. »Gar nichts. Du hast keine Ahnung davon, wie das ist, wenn einen niemand braucht und will. Unsere Eltern haben dich geliebt, gefördert und behütet. Ich war der Klotz, der nun mal da war, der kleine, hässliche Grund dafür, dass der Lebenstraum unserer Mutter geplatzt ist. Der nervtötende Auslöser für die täglichen Streitereien. Ich habe nicht so funktioniert wie du, war nie so perfekt. Ich wurde gehasst, noch bevor ich meinen ersten Atemzug nahm.« Er lachte auf. »Strenggenommen müsste ich mich bei dir dafür entschuldigen, dass die Atmosphäre daheim dank mir immer so vergiftet war.«

Eric schluckte. Wie gern hätte er Vincent unterbrochen. Ihn an die schönen Zeiten erinnert, die sie als Familie verbracht hatten. Doch er wusste selbst, wie viel Wahrheit in den Worten seines Bruders steckte. Es gab wenig gemeinsame Anekdoten im Familienkapitel der du Bellays, an die man sich gerne zurückerinnerte.

»Diese Einsamkeit zieht sich durch mein ganzes Leben, Eric. Als wäre ich verflucht. Wie ein Stinktier, das nur bei bloßem Erscheinen für Entsetzen sorgt. Ich weiß, wir haben in den letzten Jahren oft darüber gesprochen, dass du mich beneidest. Um meine Freiheit. Meine Unabhängigkeit. Im Gegensatz zu dir habe ich mir nie Predigten anhören müssen, dass ich schon wieder zu spät von der Arbeit nach Hause komme oder zu viele Dienstreisen unternehme. Aber soll ich dir was sagen? Ich war es, der dich beneidet hat.« Vincent stach seinen Zeigefinger in die Luft. »Du hattest eine Familie. Einen kleinen Sohn. Du wurdest gebraucht. Wie gerne hätte ich meine Freiheit eingetauscht für das, was du hattest. Ihr wart für mich die Hoffnung, dass es so etwas wie Familie tatsächlich gibt. Bedingungslosen Zusammenhalt. Uneingeschränkte Liebe. Weißt du, wie ich mich gefühlt habe, als Yvonne und du die Scheidung eingereicht haben?«

Eric schwieg. Diese Sicht der Vorgänge war ihm völlig neu. Ja,

Vincent hatte sich bestürzt gezeigt, war so betroffen, wie man es eben war, wenn man von einer Trennung erfuhr. Dass das Ereignis seinen Bruder derart mitgenommen hatte, überraschte Eric. Er öffnete den Mund, um etwas zu erwidern, und hielt inne.

Er hatte Vincents Schutzwall verletzt. Einen Spalt hineingerissen, aus dem es nun unaufhörlich sprudelte. Ihn jetzt zu unterbrechen würde womöglich dazu führen, dass sich dieser Spalt blitzschnell wieder schloss. Er brauchte Antworten. Und die würde er nur bekommen, wenn die Risse geöffnet blieben.

»Also bin ich geflüchtet«, sprach Vincent weiter, griff zur Weinflasche und füllte sein Glas erneut obszön voll. »Habe mich tiefer in die Arbeit gestürzt und zurückgezogen, denn allem Anschein nach färbt mein Fluch auf mein Umfeld ab. Und auf dem Weg an die Küste hat sie mich gerufen.«

Eric schob den Kopf nach vorne. »Du hattest nur eine Autopanne«, stellte er richtig.

Vincent hob die Augenbrauen. »Weil sie es so wollte.«

Wie ein falsches Dia schob sich die Erinnerung an sein eigenes streikendes Auto nur einige Stunden zuvor in Erics Gedanken. Es fühlte sich an, als wären zwischenzeitlich Tage vergangen.

Sie lässt niemanden gehen.

»Du hast dich selber gefragt, warum ich nicht der Straße zum nächsten Ort gefolgt bin, sondern mich stattdessen durch das Dickicht gekämpft habe. Es war sie, die wollte, dass ich die Ruine finde und wieder aufbaue. Und genau das habe ich getan.«

Eric rieb sich die Schläfen in Frustration. »Wusstest du von der Vergangenheit dieses Hofs? Ist dir klar, was das hier ist, Vincent? Was hier passiert ist? Was sie getan hat?«

»Sie hat mir davon erzählt. Jedes Detail.«

»Andere Menschen wären schreiend davongerannt, weißt du? Und das nicht nur, weil hier ein Geist herumschwirrt. Das hier ist ein Leichenschauhaus. Ein Friedhof. Dieses Gebäude, das Pool-Haus ... Gott, ich will nicht wissen, was die Garage früher gewesen ist, mit Ausnahme einer unschuldigen Scheune.«

»Der Krieg hat viele Leben ausgelöscht, dies hier war eine Zuflucht. Es sollte nie ein Ort des Todes sein. Das hat sie nie gewollt. Camille hat geholfen, wo sie konnte und mit allen Mitteln, die ihr zur Verfügung standen.«

»Das mag alles sein, aber ...« Eric lehnte sich zurück und bemühte sich um Fassung. »Was ist mit den Gästen passiert, Vince?«, fragte er, ohne die Antwort hören zu wollen, »Sie sind tot, richtig?«

Auf Vincents Gesicht regte sich eine Mischung aus Traurigkeit und Verbitterung. Er starrte auf die fast abgebrannte Zigarette zwischen seinen Fingern und strich mit der anderen Hand eine Serviette glatt, die bereits meisterhaft gebügelt war.

»Das Hotel lief gut an. Wir wurden zwar von den Dorfbewohnern gemieden, aber die Ortsfremden kamen in Scharen. Wir waren fast immer ausgebucht, hatten jede Menge Angestellte, es war perfekt. Camille hielt sich im Hintergrund. Sie wollte unsere Zeit kennenlernen, zu Kräften kommen. Doch dann hat sie sich verändert.« Er stockte und drückte den Rest seiner Zigarette aus, ohne den Blick von ihr abzuwenden. »Sie nahm ihre alte Gewohnheit wieder auf. Den Menschen helfen. Doch wie schon damals musste sie erkennen, dass sie es nicht schaffen konnte. Krebs lässt sich nicht mit einem Kräutertee bekämpfen. Eine Meningitis nicht mit einer Schmerztablette. Sie war machtlos.«

»Also tat sie dasselbe wie 70 Jahre zuvor«, fügte Eric zusammen, »Sie hat die Menschen erlöst.«

Vincent nickte fast unmerklich. Mit einem resignierten Stöhnen stand Eric auf und legte sich die Hände auf den Kopf. Langsam ging er im Raum umher.

»Das ist nicht richtig«, zischte er, »Das ist Gott spielen. Vielleicht hätten diese Menschen gerettet werden können, damals wie heute. Womöglich wären einige deiner Gäste nach ihrer Reise zum Arzt gegangen und ihr Leiden wäre rechtzeitig entdeckt worden. Möglicherweise hätten die Todgeweihten ihre letzten Wochen anders verbracht. Herrje, die Durands waren alt, aber da lagen trotzdem noch viele Jahre vor ihnen.«

»Glaubst du etwa, ich hätte nicht alles versucht, um sie zu stoppen?«, unterbrach ihn Vincent laut, »Ihr klar zu machen, dass diese Entscheidungen nicht die ihren sind?«

»Warum bist du geblieben?« Eric schrie ihn an. Es war ihm egal, ob er Gefühle verletzte oder Schutzwälle gewaltsam niederriss. »Du hättest gehen müssen. Die Behörden verständigen. Das erste Todesopfer hätte dich von hier weg direkt zur Polizei treiben müssen. Zu wissen, was hier passiert, macht dich zum Mittäter. Warum, Vincent?«

Sein Bruder schaute weg. Erneut schien die Nacht auf der anderen Seite des Fensters für ihn interessanter zu sein als alles, was sich hier drinnen abspielte.

»Erinnerst du dich an meine Figuren? Im Arbeitszimmer?«, fragte er. Sein Ton war zur Ruhe gekommen. Er klang fast liebevoll.

Eric starrte ihn an. Die langen schwarzen Glieder und Gesichter der Plastiken, die ihn von den Regalen aus beobachteten, manifestierten sich vor seinem inneren Auge. Das Gefühl von Traurigkeit und Angst, das er bei deren Berührung gespürt hatte, stieg in ihm auf, es schien nie vollends verschwunden zu sein.

»Sie sind ich«, sprach Vincent weiter, ohne seinen Blick vom Fenster abzuwenden, »in ihnen habe ich alles verarbeitet, was mich ausgemacht hat. All den Schmerz, die Sorgen. Mein ganzes verdammtes, verkorkstes Leben habe ich genommen und zu dem geformt, was du dort gesehen hast.«

»Vince …«

»Aber das ist vorbei!« Er warf den Kopf herum und sah Eric an, dabei zeigte er in Richtung Restauranttür, als wolle er sie einer Schuld bezichtigen »ich habe all das da draußen zurückgelassen. Der dumme, mitleiderregende Vincent, mit dem nie einer spielt, den gibt es nicht mehr. Der ist damals im Auto verrottet, als er auf den Pannendienst gewartet hat.«

»Lass uns von hier weggehen, Vince«, erwiderte Eric sanft wie zu einem aufgeschreckten Tier, »mach den Laden zu und komm nach Paris zurück.«

»Verstehst du das nicht? Ich habe endlich ein Zuhause. Es ging mir nie besser. Ich habe eine Aufgabe, jemanden, der mich braucht. Ich war in meinem ganzen Leben nie glücklicher. Ich werde geliebt und kann selber lieben.«

Erics Mund öffnete und schloss sich wie der eines Fisches. Die Worte seines Bruders erreichten seine Ohren, doch sein Verstand weigerte sich, sie zu akzeptieren. »Sie existiert nicht, Vincent«, appellierte er vorsichtig, fast flehend, »Wir sprechen von einem Geist. Diese ganze Situation ist surreal. Sie braucht dich nicht, sie nutzt dich aus, um Kraft zu schöpfen. Wer weiß, was sie noch vor hat …«

»Sie hat gar nichts vor. Sie will helfen. Sie will leben, so wie ich.«

»Sie ist bereits seit über siebzig Jahren tot! Da gibt's nichts mehr zu leben. Du läufst einem Geist hinterher, was soll der Blödsinn?«

»Für mich ist sie real genug.«

Fassungslos starrte Eric seinen Bruder an. Er war versucht, sich nach einer versteckten Kamera umzusehen. Sich selbst zu kneifen, um aus diesem Albtraum aufzuwachen.

Seine Kehle meldete Trockenheit an. Er marschierte zum Tisch und leerte das bisher unbeachtete Glas Wasser in einem gierigen, verzweifelten Zug, in der Hoffnung, dadurch die Klarheit zu behalten, die nötig war. Auch, wenn er den Inhalt in diesem Augenblick lieber mit etwas Hochprozentigem getauscht hätte.

Er behielt das Glas in der Hand, drehte und betrachtete es.

»Was ist mit meiner Liebe, Vincent?«, fragte er resigniert, und er spürte deutlich den Kloß, der sich in seinem Hals formte, »War ich dir keine gute Familie? Wir haben all den Quatsch angestellt, den Brüder so anstellen. Wenn auch die Anwesenheit unserer Eltern für dich meist eine Tortur gewesen ist, so war die Verbindung zwischen uns doch etwas Besonderes, oder etwa nicht?«

Er sah auf und ihre Blicke trafen sich. Vincents Kinn bebte, seine Augen waren glasig.

»Ich liebe dich, weißt du«, sprach Eric weiter. »Habe ich immer und werde ich bis zum Ende meiner Tage. Du warst mir eine große

Stütze, als ich durch die Hölle gegangen bin. Und auch jetzt kann ich auf dich zählen. Und darum werde ich dich hier herausholen, verstehst du?«

Er zog sein Telefon aus der Hosentasche. Vincent machte keinerlei Anstalten, ihn zu stoppen. Stattdessen beobachtete er Eric mit traurigem Blick.

»Gib dir keine Mühe«, krächzte er nur, ohne sich zu bewegen. »Die Person, die du zu erreichen versuchst, wird deinen Anruf nicht entgegennehmen.«

Eric prüfte das Display. Dann drangen Vincents Worte in sein Bewusstsein und er riss den Kopf hoch.

Die Flecken auf dem weißen Hemd.

Manzins Unerreichbarkeit.

Die besorgte Stimme der Telefonistin bei seinem Versuch, den Inspektor zu sprechen.

»Was hast du getan?«, flüsterte Eric und ließ das Mobiltelefon langsam sinken. Sein Arm bewegte sich wie durch Melasse, seine Hände waren taub. »Vincent …«

Es war Camille, die ihm antwortete.

24

Alain hatte jegliches Zeitgefühl verloren. Seine Hände pochten, die Finger schmerzten vom verzweifelten Kratzen am Gestein. Mit ziemlicher Sicherheit hatte er sich die Hälfte seiner Nägel bis ins Fleisch eingerissen und seine Knöchel sahen höchstwahrscheinlich aus wie durch den Fleischwolf gedreht. Der Gestank und die immer stickiger werdende Luft bereiteten ihm Kopfschmerzen. Seine vom Schreien gereizte Kehle protestierte mit jedem trockenen Schlucken. Er löste die kribbelnden Arme, die seit einer gefühlten Ewigkeit seine Knie umschlangen, und starrte auf seine Handflächen, oder dahin, wo er sie vermutete. Er blinzelte, um herauszufinden, ob seine Augen offen oder geschlossen waren, und stellte fest, dass es keinen Unterschied machte. Nie in seinem Leben hatte er Zeit an einem so finsteren Ort verbracht.

Kraftlos ließ Alain seine Gliedmaßen sinken. »Scheiße«, sagte er laut in die Dunkelheit und hoffte, dabei gleichgültiger zu klingen, als er sich fühlte.

»Scheiße. Scheiße!«

Seine Stimme hallte durch die Finsternis wie ein Fremdkörper und wirkte dabei paradoxerweise beruhigend. Ihr Klang war das einzige Geräusch und gleichzeitig das Vertrauteste hier unten. Ein enger, heiserer Freund.

Er saß in der Klemme, so viel stand fest. Es war niemand da, der ihm helfen konnte. Selbst wenn Papa im Hotel auftauchte, er würde Alain nicht hören, geschweige denn ihn hier suchen. Sie schwebten beide in Lebensgefahr, er hier unten und sein Vater dort oben. Nicht auszudenken, zu was Magalie fähig sein mochte. Sie war nicht real. Eine Erscheinung. Ein böser, durchgeknallter Geist, der höchstwahrscheinlich nicht nur die vielen Soldaten, sondern auch die verschwundenen Hotelgäste auf dem Gewissen hatte.

Vielleicht auch Jérome.

Alain spürte, wie ihm erneut die Tränen in die Augen stiegen.

»Du bist so ein blöder Arsch, Alain«, schalt er sich und verrieb zornig die Feuchtigkeit auf seinem Gesicht.

In Filmen tauchte immer ein Beschützer auf. Ein Held in einer glänzenden Rüstung, der in letzter Sekunde den Tag rettete. Doch weil er seinen Helden angelogen hatte, würde dieser nicht kommen. Er vermutete sein Mündel in Sicherheit, in einem Zug auf dem Weg nach Paris. Alain war auf sich gestellt. Und wenn er nicht bald aus seiner verblödeten Schockstarre aufwachte, würde sich dieses düstere Loch unweigerlich in sein ganz persönliches Grab verwandeln.

»Okay!«, stellte er betont laut klar und rieb sich die Hände, »Suchen wir den Ausgang.«

Vorsichtig richtete er sich auf. Obwohl Alain ungefähr wusste, wie hoch die Decke der Kammer lag und dass keinerlei Gefahr bestand, sich den Kopf anzuschlagen, spielte die Dunkelheit mit seinen Sinnen und zwang ihn zu geduckter Haltung. Sein Kreislauf quittierte die Aktion mit einer Schwindelattacke und er konzentrierte sich, um nicht wieder direkt auf den Boden zurückzufallen.

In seiner anfänglichen Panik hatte er die Wände hastig und unkoordiniert abgetastet. Es war Zeit, die Lösungssuche strukturiert anzugehen.

Unbeholfen streckte er die Arme vor sich aus und schwang sie leicht hin und her. Dann begann er damit, sich behutsam vorwärts zu bewegen.

Ein Schritt.

Zwei Schritte.

Das Schlurfen seiner Sneaker erschreckte ihn zunächst, doch dann entschied er, dass sie eine ebenso willkommene Geräuschkulisse boten wie seine Selbstgespräche.

»Eine Kammer im Boden unter der ehemaligen Scheune«, stellte er laut fest, »denk nach, Alain, was ist das hier?«

Drei Schritte.

»Ein Auffangbecken? Ein Brunnen? Dann muss es doch einen Wasserzulauf geben, oder?«

Vier Schritte.

»Wer baut einen Brunnen in ein Gebäude mit einem Dach, das ist doch Quatsch. Wo ist der Sinn?«

Mit dem fünften Schritt stießen seine ausgestreckten Hände gegen ein Hindernis. Er zuckte zusammen, als die schmerzenden Finger über raues Gestein fuhren.

»Okay, so weit waren wir heute schon mal«, knurrte er die Wand an. Es galt nun, sich an der Wand entlang zu tasten, bis er auf etwas stieß, was einer Lösung nahekam. Im besten Fall eine Tür, eine Luke, Leiter, was auch immer. Wenn er wenigstens Licht hier unten hätte …

Er schlug sich gegen die Stirn.

»Mann! Alter!«, rief er und klopfte hastig seine Hosentasche ab, »Idiot!«

Sein Telefon. Natürlich.

Mit zitternden Fingern zog er das schlanke Gerät hervor und jubelte mit dem Erwachen des Displays auf.

»Danke!«, rief er und hielt das Smartphone umklammert wie eine Rettungsleine. Ein Blick auf den Akkuladebalken verriet ihm, dass er sich zumindest hierum vorerst keine Sorgen machen musste. Ganz im Gegensatz zum Empfang. An den war hier unten erwartungsgemäß nicht zu denken.

»Alles klar.« Er holte tief Luft und zwang sich zur Ruhe. Nicht auszudenken, wenn er das Gerät jetzt vor lauter Aufregung fallen ließ. »Dann schauen wir uns mal richtig um.«

Der kräftige Strahl der in das Telefon integrierten Taschenlampe schnitt eine Schneise durch das Schwarz und erhellte die kahle, dreckige Wand vor ihm. Alain blinzelte das alte Gestein an. Es schien hier unten keinerlei Anzeichen von Leben zu geben. Keine Pflanzen, nicht einmal Moose oder Pilze hatten sich an der schmutzigen, grauen Steinwand niedergelassen. Auch Spinnen oder Kellerasseln suchte er vergebens. Stattdessen erkannte Alain feine dunkle Streifen, die horizontal in unterschiedlichen Höhen wie mit einem Lineal entlang gezeichnet waren. Offenbar war dieser Raum in der Tat ein Brunnen oder etwas Ähnliches gewesen. Die verschieden hohen Füllstände hatten sich zu stummen Gradmessern im Gemäuer verewigt.

Alain schwang den Strahl der Lampe nach oben, von wo aus ihn die Öffnung verhöhnte, durch die er hindurchgestoßen worden war. Seine Zuversicht zerfiel wie eine welkende Blüte. Dieser vermeintlich einzige Ausgang war fest mit einem Deckel verschlossen, wahrscheinlich aus Stahl oder Beton. Selbst wenn es Alain wider Erwarten gelang, die Öffnung zu erreichen, würde seine Kraft niemals genügen, um den Deckel auch nur zu bewegen, geschweige denn aufzustoßen.

»Ganz toll«, seufzte er resigniert. Nach oben führte also kein Weg raus. Er schwang den Lichtkegel wieder Richtung Wand – es musste etwas geben hier unten.

Doch was er fand, ließ sein Blut in den Adern gefrieren. All sein Mut und Tatendrang, innerhalb der vergangenen Zeit mühevoll aufgetürmt, fiel in sich zusammen wie ein Kartenhaus. Blankes Entsetzen trat an deren Stelle und egal, wie geschunden Alains Stimmbänder schon waren, er ignorierte ihre schmerzvollen Beschwerden. Das Smartphone fiel scheppernd zu Boden, Schock und Kummer multiplizierten sich zu einem Schrei, der fast schon einem Kreischen gleichzusetzen war. Er stolperte rückwärts, hastig und unbeholfen, so weit weg wie nur möglich, bis sein Rücken mit einem Ende der Kammer kollidierte. Dort presste er die Handballen fest auf die Augen, als könne er sich dadurch dem Grauen, welches vor ihm lag, verschließen. Quälende Minuten verstrichen, bis Alains Schreie endlich zu einem Wimmern abebbten, und es dauerte ebenso lange, bis er es wagte, seine Hände sinken zu lassen. Das kräftige Licht des Telefons strahlte arglos und unbeeindruckt aus der Raummitte gegen den verschlossenen Einstieg.

Er wischte sich die Tränen aus dem Gesicht. Blinzelte und wagte den erneuten Blick auf die gegenüberliegende Seite. Vielleicht war es Einbildung gewesen. Die Schatten hatten ihm einen Streich gespielt. Doch als er die Umrisse wiederfand, verzog sich seine Miene von Neuem und er schluchzte hemmungslos.

Am liebsten hätte Alain das Licht ausgeschaltet. Sich der Illusion hingegeben, dass Dinge, die man nicht sah, nicht existierten. Andererseits war es keine Option, in einer stockfinsteren Kammer zu sitzen mit dem Wissen, dass er nicht alleine hier unten war.

Jérome war tot.

Er hatte das Hotel nie verlassen.

Zeit für Verabschiedungen hatte man ihm höchstwahrscheinlich nicht gegeben.

Zögerlich legte Alain den Kopf schief und betrachtete seinen an der Wand lehnenden Freund durch einen Tränenschleier. Jérome wirkte, als hätte er sich zu einer kleinen Rast niedergelassen. An seinen Füßen erkannte Alain die Fahrradschuhe, um die sich zahlreiche witzige Anekdoten rankten. Wie Jérome mehrfach einfach vergessen hatte, sich aus den Pedalen auszuklinken und einer Slapstick-Szene gleich samt Rad unsanft umgekippt war. Er hatte so viele Geschichten zum Besten gegeben, wann immer sie Zeit nebeneinander im Innenhof verbracht hatten. Alain auf einer leeren Weinkiste sitzend, sein alter Freund mit ölverschmierten Händen am Drahtesel werkelnd. Auch jetzt trug Jérome sein allgegenwärtiges Trikot und unternahm eine kleine Pause nach einer anstrengen Tour.

Eine Pause, die nie endete.

Den Mund leicht geöffnet, obwohl keine Geschichte jemals mehr über die schmalen Lippen gelangen würden.

Erneut schluchzte Alain und ließ den Kopf hängen. Er sollte hinübergehen und prüfen, ob Jérome wirklich tot war. Einen Puls suchen. Nachsehen, ob er vielleicht doch noch atmete.

Er konnte es nicht.

So friedlich der alte Mann auch aussah, man erkannte den Tod in all dem, was ihn ausgemacht hatte. Jéromes freundliche Züge waren erstarrt, seine Haut im Schein der Smartphone-Lampe unnatürlich fahl und bleich.

Alain vergrub sein Gesicht in den Händen. Seine Wangen brannten, gereizt durch das Salz der vielen Tränen. Er war so unglaublich durstig, seine Zunge lag in seinem Mund wie ein großes, pelziges Tier. Das Atmen fiel ihm schwer und sein Kopf dröhnte. Es war nur eine Frage der Zeit, wann er hier unten verdursten oder ersticken würde. So wie sein Freund.

So wie der Andere.

Schwerfällig sah Alain auf und musterte die zweite, definitiv tote Person im Raum. Der Mann war in etwa so alt wie Papa. Seine Kleidung ließ darauf schließen, dass er in offizielleren Belangen unterwegs gewesen war: ein dunkler Anzug, ein Hemd, gepflegte Schuhe. Doch im Gegensatz zu Jérome war dieser Mann nicht unversehrt. Der hintere Teil seines Kragens war dunkel gefärbt. Alain schätzte, dass es sich um Blut handelte.

Wieder entrann ein Schluchzen seinen aufeinandergepressten Lippen. Er wollte weiter weinen. Doch er wusste nicht, wie viele Tränen noch übrig waren.

25

»Vincent kann nichts dafür«, erklärte Camille sanft. »Ich habe ihn dazu gebracht.«

Sie stand an der Glastür des Restaurants. Ihre für gewöhnlich hochgesteckten blonden Haare fielen offen und sanft über ihre schmalen Schultern. Ihre ganze Erscheinung passte so exakt in die heutige Zeit, dass Erics Wissen um ihre tatsächliche Identität schwer begreiflich war.

Eric wich zurück, obwohl die Distanz zwischen ihnen groß genug war. Erneut klebte ihm die Zunge am Gaumen, doch sein Durst stellte im Moment das kleinere Übel dar.

»Wehe du kommst mir zu nahe«, knurrte er und hob drohend den Zeigefinger. Er warf einen hilfesuchenden Blick zu Vincent, der das frisch geleerte Weinglas fixierte. Er wirkte wie ein Schuljunge, vor dem Direktor stehend im Begriff, sich eine Predigt anzuhören. Eric erkannte keinerlei Kälte in seinen Zügen. Sein stolzer großer Bruder schien mit einem Mal wie ein verlorenes Kind.

»Es tut mir leid, aber ich konnte unmöglich erlauben, dass man uns diesen Ort wegnimmt«, sprach Camille weiter. Ihre stahlblauen Augen wanderten zu Vincent und ihr Ausdruck wurde weich, fast liebevoll. »Unser Zuhause.«

Eric schluckte schwer. In den letzten Tagen hatte er sich jedem Verdacht, sein Bruder könnte ein kaltblütiger Mörder sein, entgegengestemmt. Sich mit aller Kraft vor ihn gestellt wie ein Ritter mit einem Schild. Er hätte ihn gegen alle und jeden verteidigt.

Wie ein Hund voller fetter Zecken, der bei jedem Spaziergang nur immer weitere Zecken einsammelt, bis er schlussendlich daran krepiert.

Und dabei war er blind gewesen, ignorant gegenüber allen auf der Hand liegenden Zeichen.

»Vince«, krächzte er und sah Vincent flehend an. Er musste es von ihm selbst hören, egal, wie weh es tat. »Wessen Blut ist das an deinem Hemd?« Und für einen kurzen Moment hoffte sein kleiner, naiver Verstand, dass es tatsächlich nur Rotwein war. »Sag, dass das nicht stimmt. Sag mir, dass du dem Inspektor nichts angetan hast.«

Mit Entsetzen beobachtete er, wie sich eine einzelne Träne löste und an Vincents Wange hinab kroch. Er zögerte kurz, bevor er kaum hörbar und ohne aufzuschauen antwortete: »Ich habe noch weitaus Schlimmeres getan.«

Erics Fassungslosigkeit äußerte sich mit einem ohrenbetäubenden Rauschen in seinen Ohren. Er wollte schreien, weglaufen, Vincent packen und schütteln. Doch nichts von alldem würde die Geschichte ändern. Keine Reaktion konnte das Geschehene ungeschehen machen. Stattdessen flüchtete Eric sich in eine Erinnerung, die über zwanzig Jahre zurücklag. Es war der Abend, an dem er Vincent zum letzten Mal hatte weinen sehen.

Aufwachen, kleiner Mann!

Vince? Was ist?

Alles gut. Ich wollte nur Tschüss sagen.

Ich hab' aber schon geschlafen.

Es dauert auch nicht lange.

Du gehst du weg? Warum? Wohin?

Ich geh' mir die Welt ansehen.

Was? Allein? Aber dafür bist du doch noch zu klein!

Kann sein. Äußerlich, ja. Aber mein Herz ist schon steinalt.

Okay. Aber hast du denn Spaß so allein? In der Welt?

Bestimmt.

Und warum weinst du dann?

Weil ich dich nicht mitnehmen kann. Und du wirst mir am meisten fehlen.

Und Mama? Papa? Dein Zimmer? Zuhause?

Du bist mein Zuhause, Räuber.

Eric spürte seine eigenen Tränen auf dem Gesicht und senkte den Blick.

»Der Inspektor wurde zu aufdringlich«, rechtfertigte sich Vincent, der mittlerweile zu seinem kleinen Bruder aufsah, »ich musste etwas unternehmen. Verstehst du, Eric? Dies hier ist meine Zuflucht. Wo soll ich hin, wenn sie mir weggenommen wird?«

Eric schüttelte entgeistert den Kopf. »Was ist mit den anderen Menschen? Den Durands? Was ist mit Jérome passiert?« Er kannte die Antwort, bevor Vincent sie aussprach. »Er ist nie nach Hause gefahren, oder? Er ist noch hier. Du ... ihr habt ihn umgebracht und dann was, hm? Zu den Helmen im Wald gebracht und dort verscharrt? Liegt er irgendwo auf dem Hof vergraben?«

Sein Bruder sagte nichts, und in Eric zerbrach etwas.

»Jérome ist ein guter Mann gewesen«, protestierte er weiter, »das hat er nicht verdient!«

»Auch er war krank.« Camilles Einwurf brachte Eric aus dem Konzept und er wirbelte zu ihr herum. Fast hätte er ihre Anwesenheit vergessen. Sie hatte sich nicht gerührt und stand noch immer wachsfigurengleich an der Tür.

»Wie bitte? Was ist denn das für ein Argument?«, fauchte Eric sie an und trat einen weiteren, wackligen Schritt zurück. Ihr Beisein und das Erkennen von Vincents wahrem Gesicht setzten ihm zu. Er fühlte sich mit einem Mal hundeelend.

»Sein Herz«, antwortete sie, »er hätte nicht mehr lange durchgehalten, es war nur eine Frage der Zeit.«

»Also hast du nachgeholfen.«

»Er ist sanft eingeschlafen, wenn es dich beruhigt, Eric. Ich habe mich seiner angenommen.«

»Mit einem Knüppel oder Küchenmesser, so wie augenscheinlich bei Inspektor Manzin geschehen?«

»Ich bin ausgebildet im Umgang mit Medizin und in der Anwendung von Kräutern und Heilpflanzen. Ich weiß, welche Substanzen für Linderung oder Erlösung sorgen. In deiner ersten Nacht hier hast du davon profitiert.«

Wie aus dem Nichts stieg Eric ein altbekannter würziger Geruch in die Nase und sein kleiner Zeh begann wie auf Kommando zu pochen. Angewidert verzog er das Gesicht.

»Ringelblume«, stellte er zynisch fest, »wirkt entzündungshemmend und fördert die Wundheilung.«

Das Schmunzeln, das Camille aufsetzte, brachte sein Blut in Wallung. Am liebsten hätte er sie geohrfeigt. Frau oder Geist, es war ihm gleich.

Ein feines, leises Brummen zog seine Aufmerksamkeit in das Hier und Jetzt zurück. Sein Telefon vibrierte in der Hosentasche.

Alain.

Es musste die versprochene Statusmeldung sein. Er war heil in Paris angekommen, wohlauf und behütet, weit weg von all dem Irrsinn. Und sicher neugierig zu erfahren, was der Stand der Dinge war. Erleichtert schloss Eric die Augen. Gott sei Dank.

Er entschied, den Anruf zu ignorieren. Keinesfalls wollte er sein Kind an diesem Ort haben, und sei es auch nur die Stimme. Er legte die Hand sanft auf das Telefon in seiner Tasche und fand einen sonderbaren Frieden, selbst dann noch, als das Vibrieren verstummte.

»Warum hast du all diese Menschen getötet?«, fragte er, irritiert von der Tatsache, dass seine Stimme weit entfernt klang. Weshalb fiel ihm das Sprechen so schwer?

»Ich habe meine Arbeit gemacht. Ich bin hier, um zu helfen. Keinen dieser Menschen habe ich getötet, ich habe sie befreit, habe ihnen einen langen Weg des Leidens erspart.« Camille setzte sich in Bewegung und trat in langsamen Schritten zur großen schwarzen Fensterfront. »Die Durands waren gerne hier. Sie haben dieses Haus geliebt, die Umgebung. Sie selbst haben davon geschwärmt, dass sie ihre letzten Tage, wenn sie es in der Hand hätten, hier verbringen würden.«

»Und du hast dafür gesorgt, dass ihr Wunsch in Erfüllung geht.«

»Sie sind friedlich gegangen. Wer wünscht sich das nicht? Gemeinsam einschlafen, ohne Schmerzen, ohne Qualen? Dasselbe gilt auch für alle anderen. Es hätte keine Rettung für sie gegeben.«

»Und die Studentin? Auch todkrank? Oder nur im Weg?«

»Manche Menschen bringen sich selbst um, ohne es zu merken«, gab Camille trocken zurück.

Eric rief sich das Foto von Courtney Heartington ins Gedächtnis. Ihr bildschönes Gesicht, mit dem sie jedoch nicht von ihrem immensen Übergewicht ablenken konnte. Als Camille sich die Hand auf ihre Brust legte, verstand er.

»Das Herz«, sang sie, »es ist so oft das Herz.«

Als hätte sie einen unsichtbaren Knopf gedrückt, spürte Eric seinen eigenen Puls stolpern. Für einen kurzen Moment konnte er schwören, dass in ihm etwas aus dem Takt geraten war, was nie aus dem Takt geraten durfte. Er versuchte, sich nichts anmerken zu lassen.

»Du bist tot«, presste er hervor, »warum hast du es nicht dabei belassen?«

Camille sah ihn verständnislos an. »Ich kann nicht sterben, Eric«, antwortete sie verwundert, »Ich bin der Fährmann, wer soll mich holen? Die Toten geleiten, wenn nicht ich?«

Eric schritt einen weiteren vorsichtigen Meter rückwärts und sah Vincent an, der seinen Blick sofort erwiderte, als hätte er seines Bruders Augen auf sich gespürt.

»Was ist es?«, fragte Eric und legte so viel Selbstvertrauen in seine Stimme, wie er unter den gegeben Umständen aufbrachte.

Vincent runzelte die Stirn. »Was meinst du?«

»Du sagtest, du hättest noch weitaus Schlimmeres getan. Was um Himmels willen kann schlimmer sein, als einen Menschen zu ermorden?«

Was noch an Farbe in seines Bruders Gesicht übrig war, wich komplett und Eric verstand in diesem Moment, dass auch hier eine Antwort auf ihn wartete, die er nicht hören wollte.

»Es tut mir leid ... ich ...«

»Was tut dir leid?« Eric legte misstrauisch den Kopf schief. Jede Faser seines Körpers drängte ihn dazu, auf Vincent zuzugehen, ihn zu trösten und zu versprechen, dass alles gut werden würde. Doch sein Verstand und die Angst, keinen einzigen Schritt mehr gehen zu können, hielten ihn zurück.

»Vincent«, sagte Camille unerwartet scharf. Der Angesprochene ignorierte sie.

»Alain …«

Die Art, wie sein Bruder die zwei Silben aussprach, versetzte Eric in Panik. In dessen Stimme lag zu viel Kummer und Reue, als dass der begonnene Satz harmlos enden konnte.

»Was ist mit Alain?«

Die Antwort ließ auf sich warten, und er wurde nachdrücklicher. »Was ist mit ihm?«

»Er ist nicht in Paris.« Es war nur ein Flüstern. Ein kaum wahrnehmbares Rauschen in der spannungsgeladenen Stille des Raums. Doch für Eric kamen die vier gesprochenen Worte einem Kometeneinschlag gleich. »Er ist bei Jérome.«

26

Ein Tosen in Erics Ohren. Sein komplettes Innenleben machte einen Satz. Er wollte etwas sagen, doch seine tobenden Gedanken zerschlugen die sich formenden Worte sofort. Er hatte Alain in den Zug gesetzt. Hatte ihn einsteigen sehen. Es war alles gut. Er hatte ihm zum Abschied gewunken.

Hatte er doch, oder?

Zweifel flackerten auf, kleine, aggressiv züngelnde Flammen, die mit jeder Sekunde heranwuchsen.

Er hatte ihn einsteigen sehen. Der Zug war abgefahren. Aber hatte er sein Kind im Zug gesehen?

Schweiß rann an seiner Schläfe hinab, und er wischte es geistesabwesend weg. Er räusperte sich.

»Er ist in Paris«, erklärte er mit kratziger Stimme, »was redest du da, Vincent?«

Doch dieser hielt den Kopf gesenkt, wollte seinen Blick weder erwidern noch ihm standhalten.

Wieder war es Camille, die Erics Aufmerksamkeit auf sich lenkte. Wie aus dem Nichts zog sie einen dicken, gelben Stoff hervor. Eine Decke vielleicht oder ein voluminöses Tuch. Es dauerte einen Moment, bis Eric klar wurde, um was es sich handelte.

Wenn 100.000 Volt an den Nervenbahnen des menschlichen Körpers entlang jagten, musste es sich genau so anfühlen. Eric spürte seine Knie nachgeben und suchte blind aber erfolglos nach etwas, das ihn auffangen konnte. Er landete unsanft auf dem Boden – den Schmerz des Aufpralls spürte er nicht.

Alains Hoodie.

Wie kam er hierher? In Camilles Hände?

Sein Sohn hatte ihn getragen, es war das Letzte gewesen, was Eric von ihm gesehen hatte, bevor er in den Zug gestiegen war. Er war doch eingestiegen?

Alain war in Paris. In Sicherheit.

Eric hockte auf dem kalten Steinboden, doch das Gefühl des freien Falls endete nicht. Ein schwarzer, stinkender Abgrund erwartete ihn, dunkel und trostlos, und er stürzte immer weiter und weiter.

»Du lügst«, sagte er so leise, dass nicht klar war, ob er es ausgesprochen hatte. Aus dem Augenwinkel heraus sah er, dass Vincent aufgesprungen war. Die wenigen Schritte hin zu seinem gefallenen Bruder wagte er allerdings nicht. »Alain ist in Paris …«

»Er hätte nicht zurückkehren sollen«, entgegnete Camille kühl, »es ist und war nie meine Absicht, ihm etwas anzutun. Er ist ein lieber Junge. Aber leider ist er zu einem weiteren Risiko geworden, genau wie der Inspektor.«

Ihre Erklärung klang wie Schritte auf frischem Schnee. Weich und doch schneidend. Euphorie und Schmerz brachten Erics Magen zum Rebellieren und ließen keinen klaren Gedanken mehr zu. Er wollte schreien, um sich schlagen. Sich die beiden Schuldigen im Raum greifen, sie schütteln und davon abhalten, weitere Lügen zu verbreiten. Doch gleichzeitig fühlte er sich kraftlos und isoliert und unsicher, ob er überhaupt zum Aufstehen in der Lage war.

»Wo ist er?«, fragte er erst leise, verwirrt darüber, wie erbärmlich er lallte, bevor er seine irritierend schnell schwindende Kraft in die Stimme legte, »WO IST ER?!«

»Ihr werdet vereint sein. Ich verspreche es dir.«

Obwohl Eric wusste, wo Camille sich im Raum befand, hatte er Schwierigkeiten, sie zu finden. Seine Sicht war verschwommen, unfähig zu fokussieren. Er machte ihre Silhouette am Fenster aus und verstand.

»Was … war in dem Wasser?« Er versuchte erst gar nicht, seinen wirren Blick auf das Glas zu lenken, das er so gierig ausgetrunken hatte.

»Auszüge von schwarzem Bilsenkraut. Zu wenig, um dich umzubringen. Aber genug, um dich zu beruhigen. Es dir angenehmer zu machen.«

Erics Gehirn verarbeitete Camilles Ausführungen langsam und verzögert. Ihm war klar, dass er hier nicht seelenruhig auf dem Boden sitzen konnte, ohne Gegenwehr oder nur den Ansatz zur Flucht. Doch seine Glieder gehorchten nur noch zäh und jeglicher Versuch, auf die Beine zu kommen, scheiterte kläglich in einer Abfolge von unkoordinierten Bewegungen.

Vielleicht war Alain nicht tot. Würde ein Vater den Tod seines Kindes nicht spüren? War er in irgendeinem Zimmer auf diesem gottverdammten Hof eingesperrt? Oder saß er inzwischen sicher in Paris, und sie trieben nur ein dunkles Spiel mit ihm? Der teuflische Geist und sein williger Gehilfe, der einst sein Bruder gewesen war?

Eric kniff die Augen zu. Welche Wahl hatte er? Weg von hier, so schnell wie möglich, dabei möglicherweise Alain zurücklassen, sollte er am Leben sein und sich auf dem Hof befinden? Bleiben und das Risiko eingehen, hier auf dem Boden des Restaurants jämmerlich den Löffel abgeben? Denn obgleich Camille behauptete, was immer sie ihm eingeflößt hatten, brächte ihn nicht um, es fühlte sich verdammt nochmal danach an.

In seiner Tasche vibrierte es erneut, und für einen kurzen Moment kehrten die schwindenden Lebensgeister zu Eric zurück. Ein Bluff? War Alain doch in Sicherheit und versuchte nach wie vor, ihn zu erreichen?

Eric sah zu Camille und Vincent auf, unfähig das, was er schemenhaft von deren Mimik erkannte, zu deuten. Seine Befürchtung, sie würden einschreiten, um zu verhindern, dass er den Anruf entgegennahm, erfüllte sich nicht, und so klopfte er ungelenk die Hosentasche ab, um sein Telefon hervorzuziehen.

Er wollte schlafen.

Nach mehrfach fehlschlagenden Versuchen, den Schieber auf *Annehmen* zu bugsieren, hatte Eric Erfolg. Er wimmerte vor Frustration, als ihm klar wurde, dass er das Gerät an sein Ohr heben musste.

Er konnte nicht mehr. Er war so entsetzlich müde. Mit letzter Kraft bewegte er das Smartphone in Richtung Kopf und beugte sich gleichzeitig mühselig nach vorne, um die unendlich erscheinende Strecke zu verkürzen.

»Gott sei Dank erreiche ich dich! Hör mir jetzt gut zu. Ich habe ein bisschen Recherche betrieben zu deinem Helm-Phänomen und dem ganzen Laden dort, das hat mir dann doch keine Ruhe gelassen. Sogar meinen Großvater habe ich dazu befragt, und jetzt pass auf ... er kennt den Hof, der auf dem Grundstück stand ... er ist dort gewesen ...«

Eine Woge aus Glück, Heimweh und Kummer überkam Eric. Mit Philipe hatte er am wenigsten gerechnet.

»Ich habe ihn noch nie so aufgelöst gesehen, Eric. Da ist ein Damm gebrochen, einer, der alle hässlichen Erinnerungen zurückhält. Er hat mir die ganze Geschichte erzählt – die Explosion, die ihn damals so schwer verletzt hat. Es ist dort geschehen, auf diesem Hof, auf dessen Grund jetzt das Hotel steht. Das ist verrückt, oder? Jedenfalls habe ich mir daraufhin Zeitungsartikel und all den Kram zusammengesucht und weißt du was – ich glaube, in dem Laden spukt es! Man munkelt, die Besitzerin des Hofs ist noch immer da und tötet die Gäste.«

Eric schaffte es nicht mehr, den Kopf zu heben. Stattdessen verdrehte er seine Augen so weit, dass er Camille fixierte. Noch immer stand sie ungerührt am Fenster und sah hinaus, wohl wissend, dass ihr keine Gefahr drohte.

»Ich weiß, das klingt alles absurd«, drang Philipes aufgeregte Stimme erneut in Erics schwindendes Bewusstsein, »und du wirst Kaffee-Bringdienste von mir einfordern für den Quatsch, mit dem ich dich hier behellige, aber ... Eric, ich habe den alten Armand nie zuvor so panisch gesehen. Ihr müsst da weg, Alain und du, macht, dass ihr da verschwindet. Wahrscheinlich irre ich mich und alles ist in bester Ordnung, aber ich habe kein gutes Gefühl. Eric? Hörst du mir eigentlich zu? Yo, bist du noch dran? Hallo?«

Die verschwommene Wahrnehmung, von irgendwoher seinen

Namen zu hören, vermischte sich mit dem Scheppern des Telefons auf hartem Stein. Den Aufprall seines Kopfes neben dem Gerät spürte er nicht mehr.

27

Die ersten Empfindungen, die er wahrnahm, waren ein unerträglicher Druck auf der Brust und das Gefühl, etwas würde seine Beine langziehen. Und obwohl er ahnte, dass die aufsteigende Übelkeit nichts weiter als folgenloser Protest seines Magens als Reaktion auf die Enge um den Brustkorb war, versuchte er, sich instinktiv auf die Seite zu drehen.

Es blieb beim Versuch. Der Druck um seinen Oberkörper verstärkte sich und beschränkte den Bewegungsradius auf das bloße Heben und Senken des Brustkorbs zum Luftholen.

Eric blinzelte. Seine verwaschene Sicht war keine große Hilfe, reichte aber aus, um zu registrieren, dass es dunkel war. Es roch nach frischer Nachtluft, eine leichte Brise kroch über seine Haut, die Grillen zirpten desinteressiert in einem durcheinandergeratenen Chor. Sein Gedächtnis entschied, die Arbeit wieder aufzunehmen, und sofort wünschte Eric sich, sein Kopf hätte mehr abbekommen und sämtliche Erinnerungen gelöscht. Szenen von Vincent und Camille entfalteten sich vor seinem inneren Auge. Momente, von denen er nicht wusste, ob es Erlebnisse oder Visionen waren. Sein Bruder im blutverschmierten Hemd; seine Tränen; Camille im Restaurant, in ihren Händen ein vertrautes Kleidungsstück.

Gelb.

Alains Hoodie.

Oh Gott.

Er blinzelte zwanghaft. Von irgendwoher vernahm er ein dunkles, gequältes Brummen, das er erst verspätet als einen Laut aus den Tiefen seines Inneren erkannte.

Er war noch am Leben.

Entgegen seinen Befürchtungen hatte das was-auch-immer in seinem Wasser keinen größeren Schaden angerichtet als ihn außer Gefecht zu setzen und seinen Körper in eine nutzlose Puppe zu transformieren. Doch wie lange war er ohne Bewusstsein gewesen? Minuten? Stunden? Wenn Alain dasselbe durchgemacht hatte - und es konnte gar nicht anders sein, sein Junge war am Leben, soviel stand fest – und sich irgendwo auf diesem verfluchten Hof aufhielt, musste er ihn möglichst schnell finden. Jetzt.

Eric wand sich, doch erreichte nur, dass sich der Druck auf seinen Oberkörper verstärkte.

»Lass es«, zischte eine atemlose Stimme dicht an seinem Kopf scharf, bevor sie sanfter wurde »Bitte, Eric.«

»Vincent«, krächzte Eric und schaffte es nur unter großer Anstrengung, seine kraftlos herabhängenden Arme nach oben zu nehmen und entkräftet an seinen Fesseln zu zupfen. Es waren kräftige, behaarte Unterarme, die Eric unter seinen Achseln ertastete. Arme, die ihn als Baby getragen und als kleinen Jungen im Spiel niedergerungen hatten, und die gerade dabei waren, ihn weiß Gott wohin zu schleppen. Erst jetzt erfasste Eric seine Situation im Ganzen. Er blinzelte erneut und erahnte die Umrisse seiner Beine, die unter ihm am Boden schleiften. Es war beängstigend, wie hilflos er war. Jegliche Bemühung, die Kontrolle über die gelähmten Glieder zu erlangen, blieben fruchtlos.

»Ich habe das alles nicht gewollt«, erklärte Vincent keuchend, Erics unbrauchbaren Körper rückwärts laufend mitziehend, »hörst du? Du musst mir glauben. Welche Wahl hatte ich? Ich bin glücklich, Eric, so glücklich wie lange nicht.«

Seine Stimme brach, doch Eric blieb stumm. Selbst wenn er genug Energie aufbrächte zu antworten – seine Qualen, die Enttäuschung und die Sorge um Alain waren übermächtig. Er hatte keinen Bruder mehr. Vincent war mit dem ersten Menschen, der hier durch seine Hände sein Leben gelassen hatte, gestorben.

Die Schleifgeräusche veränderten sich, ebenso die Temperatur. Die Dunkelheit hellte sich zu einem schummrigen Licht auf, Umrisse schälten sich hervor, kühle Luft wurde durch nach Holz und Motorenöl riechender Wärme verdrängt.

Die Garage.

Eric zog in Erwägung, erneut gegen den festen Griff seines Bruders anzukämpfen. Er fühlte, wie die Kraft allmählich wieder in seinen Körper strömte und die Benommenheit zurückwich. Doch es war lange nicht genug, um gegen Vincent anzukommen.

Es überraschte ihn, sanft zu Boden gelassen zu werden. Die Präsenz hinter ihm verschwand. Was als Nächstes geschehen würde, war ungewiss, doch Eric ahnte, dass sich ihm hier die letzte Möglichkeit zur Flucht bot. Er kniff die Augen mehrfach zusammen, blinzelte, forderte seine Sehkraft mental mit aller Gewalt zurück. Langsam aber stetig schärften sich die Konturen der Scheunendecke zu einem akzeptablen Bild. Das Gebälk, das Muster der Ziegel, die Schatten.

Hinter ihm ertönte ein langgezogenes, mahlendes Geräusch. Eric drehte den Kopf, schaffte den nötigen Radius jedoch nicht, um zu erkennen, wovon es erzeugt wurde. Stattdessen konzentrierte er sich auf die Beweglichkeit in seinen Beinen und brachte es zumindest fertig, sie leicht anzuwinkeln. Es fühlte sich an, als hingen Bleigewichte in seinen Kniekehlen, doch das allmähliche Erwachen der einzelnen Körperteile spornte ihn an. Seine rechte Hand kroch schwerfällig und langsam zu einer Hosentasche, die linke tat er ihm gleich. Beide wiesen keinerlei Inhalt vor.

Eric stieß einen leisen Fluch aus. Telefonieren schied schonmal aus, was bedeutete, dass er physisch von hier zu verschwinden hatte. Dazu musste er seine alte Stärke möglichst schnell zurückerlangen und Vincent außer Gefecht setzen. Er konnte Hilfe holen, die Polizei informieren und zurückkehren, um Alain zu finden. Und dabei hoffen, dass Camille, wo immer sie gerade steckte, ihn bei dem Unterfangen nicht aufhielt oder seinem Sohn etwas antat, so lange er weg war. Es klang unmöglich, war jedoch der vernünftigste Plan.

Er schüttelte dunkel aufziehende Gedanken ab und lauschte auf die Geräusche hinter ihm, um Vincent zu lokalisieren. Das Mahlen war verstummt. Stattdessen drang ein leises Flehen in sein Ohr, das sich schnell zu einer Tirade formierte.

Sein Herz machte einen Satz. Eric kannte die Ausdrücke genau.

Es waren die Verwünschungen an einem Samstagmorgen, wenn er das Verbot über den abendlichen Partybesuch beim missratenen Kumpel aussprach. Die schrille Stimmlage, in der man sich dank einer verhauenen Mathearbeit darüber ausließ, wie ungerecht Lehrer bewerteten. Der wütende Protest nach einem verlorenen Hockeyspiel aufgrund der Unfähigkeit des Schiedsrichters und dem Dilettantismus der eigenen Leute.

In diesem Moment waren die Reklamationen und die wüsten Beschimpfungen, die Eric sonst mit einem Wutausbruch seinerseits und sofort in Kraft tretendem Zimmerarrest beantwortete, wie ein warmer Regenguss.

»Alain.« Aufgeregt streckte Eric den Kopf durch, so weit er konnte, um die Quelle der vertrauten Stimme auszumachen. Er rechnete nicht mit zwei Händen, die sich unerwartet in seine Schultern gruben, um ihn unsanft über den Boden zu ziehen. Was immer Vincent angestellt hatte, er war fertig damit.

Eric setzte grunzend zur Gegenwehr an, so weit es ihm möglich war. Er packte die Finger, die sich teils in den Stoff seines Hemds, teils schmerzhaft in sein Fleisch krallten. Ihm war klar, dass seine Stärke nicht ausreichte, um sich mit Gewalt aus der Situation zu befreien. Er musste es mit Technik versuchen.

Eric ließ von den Händen in seiner Schulter ab und suchte stattdessen nach Vincents Beinen. Er passte den Moment ab, in dem ein Fuß den Boden verließ, umschloss die Hosenbeine und zog mit aller verfügbaren Kraft. Die Reaktion folgte sofort. Sein Bruder schrie auf und strauchelte, die Hände ließen von Erics Schultern ab. Ein dumpfer Schlag, als würde sein Sandsack auf Beton aufprallen, ertönte direkt hinter ihm, gefolgt von einem schmerzverzerrten Stöhnen.

Jetzt oder nie.

Eric rollte sich deprimierend schwerfällig auf den Bauch und genehmigte sich für den Bruchteil einer Sekunde den Triumph seines aufgegangenen Plans. Er hatte Vincent zu Fall gebracht und etwas Zeit gewonnen. Statt den garantiert von Misserfolg gekrönten Versuch zu unternehmen, auf die Füße zu kommen, stemmte Eric sich vom Boden und warf sich mit seinem gesamten Gewicht und einem dem Urschrei gleichenden Brüllen auf den sich langsam aufrappelnden Mann. Er presste dessen Oberarme auf den Boden und gab sich der Schwerkraft hin, um seinen sich windenden Gegner unten zu halten.

»Eric«, japste Vincent und hatte Mühe, seinen Angreifer auf Abstand zu bringen, »du schaffst ... das nicht.«

»Hast du früher auch immer gesagt«, knurrte Eric keuchend zurück. Er wusste, dass sein Bruder Recht hatte. Er konnte diesen Kampf nicht gewinnen, und noch während er ausholte und Vincent ins Gesicht schlug, spürte er, dass von seiner aus Adrenalin und Wut gespeisten Energie nichts mehr übrig war. Trotzdem verlieh ihm das schmerzerfüllte Grunzen seines Bruders eine seltsame Genugtuung. Seine Gedanken wanderten zu Alains Stimme, die er vor wenigen Augenblicken so deutlich vernommen hatte.

»Wo ist mein Sohn?«, spuckte er Vincent entgegen und wuchtete seinen mitgenommenen Körper in eine Position, in der er den Unterarm auf dessen Kehle pressen konnte, um den Druck so weit wie möglich zu erhöhen.

»Du wirst ... ihn sehen.«

Ausgelaugt und erschöpft konnte Eric sich nicht gegen den Stoß wehren, mit dem Vincent ihn von sich warf. Er sog scharf Luft ein und erwartete den Aufschlag auf dem Scheunenboden, der ausblieb. Stattdessen fiel er.

Es wurde dunkel. Dann erst kam der Aufprall, verspätet. Und obwohl er es mysteriöserweise schaffte, auf den Füßen zu landen, brachten ihn der Schwung und die Tiefe seines Sturzes dennoch unsanft zu Fall.

Benommen, der Sauerstoff aus seinen Lungenflügeln geborsten, übermannten ihn Zorn, Hilflosigkeit und Kummer. Die apokalyptischen Reiter des Schmerzes manifestierten sich in einem markerschütternden Schrei. Auf dem Rücken liegend wie ein Käfer brüllte er in Richtung des runden Lochs in der Decke, die sich über ihm aufspannte. In wo immer er hineingestürzt oder vielmehr geworfen worden war, es stank bestialisch.

Ein verdammtes Loch im Boden.

Wahrscheinlich eine stillgelegte Sickergrube.

Ein Kerker.

Ein Verlies ohne Fluchtmöglichkeit.

Er hatte Alain gehört, sein Junge schien so nah, und er? Ließ sich in diese verdammte Grube werfen lassen, ohne Aussicht auf Entkommen und ohne die Chance, ihn und sich zu retten.

Er brüllte noch immer, als sich der Deckel schleppend zuschob und ihn in absolute Dunkelheit hüllte. Erst dann schlug er sich die Hände vor das Gesicht und sein Brüllen verwandelte sich in ein mattes Schluchzen. Er hatte verloren. Alain. Vincent. Den Kampf in die Freiheit. Er würde hier unten sterben, während sein Sohn es ihm irgendwo dort oben gleichtat. Seine fixe Idee, einen schönen Urlaub zusammen zu verbringen, Probleme aus der Welt zu schaffen, würde sie beide ihr Leben kosten.

»Eric!«

Nach der Trennung von Yvonne war eine Welt für ihn zusammengebrochen. Sein Versagen als Vater hatte ihn gelehrt, dass es schlimmer kommen konnte. Nie hätte er sich vorgestellt, dass es selbst davon eine Steigerung gab.

»Papa!«

Er hörte sein Kind. Schmerzhafte Halluzinationen. Alains Stimme durchdrang Erics Seelenzustand wie Sonnenstrahlen die graue Wolkendecke, gleichzeitig hinterließ sie die Luft verbrannt. Er blinzelte. Schemenhaft traten die Umrisse seines Kerkers aus den Schatten. Wann hatte Alain ihn eigentlich das letzte Mal Papa genannt? Papi? Paps?

»Papa! Schau mich an, los. Na komm schon!«

Papa.

So nah. So klar.

Der Umriss sah ihn an, dicht vor seinem Gesicht. Eric zuckte zusammen. Über ihm manifestierten sich Alains besorgte Züge, bevor sie in ein breites Grinsen aufbrachen.

28

»Alain?«, hauchte Eric ungläubig.

Er rappelte sich auf und kam zum Sitzen. Dann streckte er die Hände aus und berührte das, was er annahm, die Wangen des Jungen zu sein, mit seinen Fingerspitzen, so leicht und sachte, wie ein fragiles Gebilde, das bei der kleinsten Berührung in sich zusammenfiel. Sich sicher, dass die Erscheinung vor ihm real war, packte Eric Alain an den Oberarmen und zog ihn energisch an sich. Er hielt ihn in einer Umklammerung, als könne der Moment sofort wieder vorbeiziehen, sog seinen Duft ein, spürte die Körperwärme, die widerspenstigen langen Haare, die seine Nase kitzelten.

»Verdammt, jag mir nie mehr so einen Schrecken ein!«

Er fühlte, wie Alain seine Umarmung ebenso kräftig erwiderte.

»War keine Absicht«, entgegnete der Junge, die Stimme gedämpft durch den Stoff seines Hemds.

Nach einer gefühlten Ewigkeit, die länger hätte andauern dürfen, löste sich Eric widerwillig aus der Umarmung. Er registrierte das Smartphone auf dem Boden und begrüßte im Stillen die Unerschrockenheit des Jungen. Dann sah er Alain ernst an. Die schwache Beleuchtung des Raumes ließ keine verlässliche Erfassung seines Gesundheitszustands zu.

»Ist alles okay? Geht es dir gut?« Eric hätte sich ein Nicken gewünscht. Alains Zögern beunruhigte ihn.

»Ich habe Durst und mein Schädel brummt. Ein bisschen frische Luft wäre auch ganz nice.«

»Wie lange bist du schon hier drin?«

Alain zuckte mit den Schultern. »Eine Stunde? Zwei?«

Eric schüttelte den Kopf. »Eine oder zwei Stunden, die du bequem in einem Zug Richtung Paris hättest sitzen können!«, mahnte er, »Warum hast du das gemacht? Was hat dich geritten?«

»Ich wollte doch nur nach Jérome suchen«, gab Alain beleidigt zurück, »und ich wollte auf dich aufpassen.«

»Auf mich?«

»Ja! Ich meine, wir wissen mittlerweile beide, zu was Vincent und Camille fähig sind. Ich wollte da sein, wenn nötig Hilfe holen, falls deine Aussprache mit ihm schlecht läuft.«

Eric zog verständnislos die Augenbrauen nach oben. »Hast du gut hinbekommen«, kommentierte er trocken.

Alain seufzte, den Tränen nahe. »Ich weiß, bescheuerter Plan.«

»Wie hast du das überhaupt angestellt? Ich meine, ich habe dich doch in den Zug gesetzt! Wie bist du wieder ausgestiegen, ohne dass es mir aufgefallen ist?« Eric fuhr sich durchs Haar und schüttelte fassungslos den Kopf. »Mein Gott, ich werde alt.«

»Eine Parade hätte an dir vorbeilaufen können, du hättest nichts bemerkt. Du warst zu sehr auf eine hübsche Dame fixiert.«

Eric erinnerte sich an sein Gespräch mit Leah Fournier. Es kam ihm vor, as wäre eine Ewigkeit seitdem vergangen.

»Ich habe die Tasche in ein Schließfach gesperrt, habe mich mit einem Taxi bis zum Tor fahren lassen und bin hoch zum Hof geschlichen«, erzählte Alain. Er gab seine Geschichte von der Ankunft in der Lobby bis zu seinem Sturz in diese Kammer haarklein wieder, während Eric ihm aufmerksam zuhörte.

»Im Übrigen hab ich ihn gefunden«, beendete Alain seine Ausführungen und wurde still.

Eric stutzte. »Wen?«

»Jérome.«

Kommentarlos hob Alain das Telefon vom Boden auf und schwenkte die Taschenlampe. Erics Blick folgte dem Lichtstrahl.

»Oh mein Gott«, flüsterte er und starrte die beiden an der Wand lehnenden Körper an. Zu wissen, dass die Männer tot waren, war eine Sache. Die Leichen zu sehen eine völlig andere. Eric richtete sich langsam auf und wartete, bis der Schwindel sich legte, tappte auf wackligen Beinen zu Jérome und sank vor ihm auf die Knie.

»Verdammt, es tut mir leid«, flüsterte er und betrachtete resigniert die beiden Verstorbenen. In diesem Moment war er froh um das bescheidene Licht. Es täuschte über die weniger ansehnlichen Eigenschaften des Todes hinweg.

»Kennst du den anderen Mann?«

Eric nickte. »Das ist der Polizei-Inspektor, mit dem ich gesprochen habe. Er muss nochmal hierher zurückgekehrt sein, womöglich, um mit mir zu sprechen. Vielleicht wollte er auch weitere Nachforschungen anstellen. War wohl ein Fehler.«

Den Tod eindeutig festzustellen kostete ihn große Überwindung, war aber für sein Empfinden nötig. Sie mussten sichergehen. Mit zitternden Händen ertastete er die Halsschlagadern der Männer vor ihm. Die Haut der beiden war kalt und ledrig, und so sehr Eric auch suchte, er konnte keinen Puls fühlen.

»Dann wird die Polizei ihn doch sicher bald vermissen, oder? Sie werden Hilfe schicken.«

»Wenn sie wissen, wo sie suchen müssen, ja. Mich wundert allerdings, dass er alleine war.«

Mit spitzen Fingern hob Eric das Jackett des Inspektors an, fand jedoch kein Telefon, Funkgerät oder ähnlich Brauchbares. Auch eine Waffe suchte er vergebens. Sein Blick fiel auf den dunkel verfärbten Hemdkragen. Offenbar hatte der Hinterkopf des Inspektors Bekanntschaft mit einem scharfkantigen, schweren Gegenstand gemacht. Er schüttelte seufzend den Kopf, kam auf die Füße und inspizierte die Wand.

»Das hier scheint eine Sickergrube oder so etwas sein. Die Deckelplatte war mir schon vor Tagen aufgefallen. Ich nehme an, du hast bereits erfolglos einen Ausgang gesucht, hm?« Er erhielt keine Antwort. Als er sich irritiert umdrehte, fand er seinen Sohn reglos auf dem Boden liegend.

»Alain!« Mit einem Satz durchquerte er den kleinen Raum, warf sich auf den Boden und packte den Jugendlichen an den Schultern, wodurch dieser alarmiert aufschreckte.

»Was!?«, antwortete Alain ebenso laut und setzte sich bestürzt auf. Er war vollkommen orientierungslos und sprengte damit die Skala von Erics Sorgenbarometer.

»Du darfst nicht einschlafen!«, schrie Eric ihn an und schüttelte ihn stärker als beabsichtigt.

»Bin ich nicht.«

Eric streifte ein Haar von Alains Stirn und versuchte mit Mühe, den Blick des Jungen mit seinem einzufangen. Sie mussten hier raus. Er selbst kämpfte bereits mit den Folgen des knapp gewordenen Sauerstoffs, wie sollte es Alain gehen, der schon seit Stunden hier unten ausharrte?

»Hör mal«, begann er und setzte sich neben den Jungen, die Arme locker auf die Knie gelegt wie bei einem lauschigen Lagerfeuer-Plausch, »ich weiß, du bist müde, du hast Durst und die Luft hier unten ist schlimmer als in den Pariser Katakomben, aber wir müssen durchhalten, okay?«

Alain nickte schläfrig. Eric beobachtete seine Augen, die im schummrigen, kalten Licht groß und lethargisch vor sich hinstarrten. Sie wurden kurz in langsamen, fast hypnotisierenden Intervallen von den Augenlidern verdeckt. Sein Brustkorb hob und senkte sich schnell und angestrengt, als würde er durch einen Strohhalm atmen.

»Werden wir es je wiedersehen?«, fragte Alain unvermittelt, »Paris?«

»Vermisst du den ollen Moloch etwa? Den Lärm? Die Touristen? Den Smog im Sommer und die matschigen Straßen im Winter? Den alten Monsieur Duchamp mit der ewig miesen Laune in seiner zwergenhaften Bäckerei?« Erics Versuch, die Stimmung etwas anzuheben, schlug jämmerlich fehl. Je mehr er aufzählte, desto trauriger wurde er selbst. Heimweh übermannte ihn, und mit Alains schwermütigem Nicken schloss er ihn zum zweiten Mal an diesem Abend fest in die Arme.

»So oft haben wir uns in den letzten Monaten nicht umarmt«, raunte er an Erics Brust geschmiegt und brachte sie damit beide zum Lachen.

Dann wurden sie still. Eric wusste, dass er Alain und sich selbst wachhalten musste, doch ihm fehlte die Energie, weiterzusprechen. Er holte tief Luft, was ihm erschreckend schwerfiel. Der Sauerstoff ging zur Neige. Das Gefühl eines sitzenden zentnerschweren Elefanten auf seiner Brust war beängstigend. Die Aussicht auf einen langen, erholsamen Schlaf tanzte verführerisch vor seinen immer schwerer werdenden Augenlidern. Im Sitzen einzuschlafen war eine Kunst, die er nie zu perfektionieren vermocht hatte. Stundenlange Nachtflüge oder Bahnfahrten waren für ihn eine Qual. Doch heute, jetzt in diesem Moment, schien es ihm als das Verheißungsvollste überhaupt. Mit Alain im Arm und kribbelnden Beinen saß er aufrecht und konnte sich dem Schlaf, der seine lange Krallen nach ihm ausstreckte, nicht entziehen.

Seine Gedanken wanderten zu Philipe. Um was war es bei ihrem letzten Gespräch gegangen? Er erinnerte sich nicht.

Das wunderschöne Gesicht seiner Ex-Frau erschien vor ihm, verborgen hinter einem weißen, mit Ornamenten bestickten Schleier, die Augen glasig vor Rührung und dem betörendsten Lächeln der Welt auf den Lippen.

Plötzlich saß er im Wald auf einem Felsen und schnitzte ein grobes Stück Holz zu einem Boot. Er schaute auf und sah Vincent es ihm einige Meter entfernt gleich tun. Das Gesicht eines zehn Jahre alten Jungen, mit der Zunge die Oberlippe fixierend in einem Ausdruck höchster Konzentration. Er schien den Blick auf sich zu spüren und grinste.

Was ist?, fragte er, ohne aufzusehen.

Eric öffnete den Mund, um zu antworten. Sein Blick fiel auf Vincents Schnitzerei. Das Abbild eines Menschen mit surreal langen Gliedern und scharfkantigen Formen. Doch bevor Eric sein Entsetzen zu äußern imstande war, bewegte sich das Gewicht an seiner Brust und er schenkte dem Bündel in seinen Armen die Beachtung, die es forderte. Der nur wenige Tage alte Säugling wand sich und rieb sich unbeholfen mit winzigen Händen die geschlossenen Augen. Dabei schmatzte er und warf den kleinen Kopf umher.

Ich weiß, du hast Durst, ertönte Erics tiefe Stimme ruhig und sanft. Die Hilflosigkeit ergriff ihn und schnürte ihm die Luft ab. Er konnte seinen Sohn nicht füttern. Wie sollte er ihn durchbringen? Wie nur?

Das Geräusch von mahlendem Stein und der Zug einströmender, ölgeschwängerter Luft rissen ihn vom Abgrund.

Ihr müsst fliehen.

Eric schlug die Augen auf. Es dauerte einen Moment, bis sein Orientierungssinn einsetzte. Er war tatsächlich eingeschlafen.

Los jetzt.

Er atmete tief ein. Frischer Sauerstoff. Nicht unbedingt klare Gebirgsluft, aber besser als nichts.

Flieht.

Irritiert schaute er nach oben. Der bescheidene Lichtschein der noch immer funktionierenden Smartphone-Lampe erhellte ein Gesicht, das durch die aufgeschobene Öffnung der Sickergrube auf ihn herabsah.

»Wer ... was ...«, setzte Eric an, doch die Augen des ihm völlig unbekannten Mannes machten ihm unmissverständlich klar, dass dies der falsche Zeitpunkt für eine Vorstellungsrunde war.

Keine Fragen. Flieht!

Die Lippen des Mannes, der außer einer Kette nichts am Leibe zu tragen schien, bewegten sich nicht, doch Eric hörte die Worte und erkannte ihre Dringlichkeit. Er widmete sich dem warmen Gewicht in seinem Schoß. Zu seiner Erleichterung atmete sein Sohn. Flach und langsam, aber er atmete.

»Alain? Alain, wach auf, Räuber! Na los. Ich brauch dich jetzt hier.«

Es dauerte ein wenig, bis der Junge sich rührte und Protest einlegte. »Nenn ... mich nicht so«, knurrte er und rappelte sich unkoordiniert in eine sitzende Position, in der er bedrohlich schwankte, »ich will schlafen.«

»Und das darfst du, so lange du möchtest«, versprach Eric und kam auf die Füße, was ihm ebenso große Probleme bereitete, »ich werde keinen Mucks von mir geben, bis es Abendessen gibt, aber jetzt musst du aufstehen, okay? Alain, los jetzt!«

Als sein Sohn keinerlei Anstalten unternahm, aufzustehen, fügte Eric hinzu: »Hier ist jemand, den du vielleicht kennst.«

Der Junge blinzelte ihn fragend an und folgte dann Erics Blick zur Decke. Er erkannte die Erscheinung sofort.

»Paul«, flüsterte er, als würde er einen alten Freund nach langer Zeit wiedersehen, ohne genau zu wissen, ob er sich freuen sollte oder nicht. Der Soldat lächelte und hob die Hand an die Stirn zum militärischen Gruß. Dann wurde er wieder ernst und machte eine Bewegung mit dem Kopf, die sie aufforderte, sich zu beeilen.

Eric nickte knapp und ärgerte sich gleichzeitig darüber, dass Alains Gespenst nicht für eine Leiter sorgte. Er positionierte sich unterhalb der Öffnung, ging leicht in die Knie und faltete seine Hände auf Oberschenkelhöhe. In seinem Kopf hämmerte ein Schlagbohrer, doch für den hatte er jetzt keine Zeit.

»Psst!«, zischte er, »Kennt die Generation Videospiele zocken noch die gute alte Räuberleiter?«

Alain rappelte sich auf und wankte erneut. Er brauchte ein paar Anläufe, bis er es zu Eric schaffte und seinen Fuß in dessen Händen abstellen konnte. Er umgriff Erics Schultern und hielt inne, um sich zu sammeln.

»Du schaffst das«, raunte Eric ihm zu, und legte seine Stirn an Alains, »wie immer das hier ausgeht, ich hab dich sehr lieb, okay?« Er spürte das Nicken und machte sich bereit.

»Eins, zwei …«

Bei drei nahm er Alains volles Körpergewicht in seinen Händen wahr und drückte ihn nach oben, so weit er konnte. Alain arbeitete mit und stieg auf Erics Schultern. Eric wagte nicht, aufzusehen, stattdessen kniff er die Augen zusammen und betete, dass ihr Plan funktionierte. Er hatte keine Ahnung, ob Alain die Kantenöffnung erreichen würde oder ob die Kraft des Jungen ausreichte, sich hinauf in die Freiheit zu ziehen. Auch war ihm absolut unklar, wie er selbst sich aus der Grube befreien sollte. Seine Beine zitterten vor Anstrengung und sein Kreislauf beschwerte sich auf das Heftigste.

Mit einem Mal verschwand Alains Gewicht von seinen Schultern und ein außer Puste geratenes, triumphierendes Kichern ertönte von oben. Eric warf den Kopf zurück und suchte die Dunkelheit über sich ab.

»Alain?«, rief er in einer Mischung aus Flüstern und Rufen, doch die einzige Antwort waren schnelle Schritte, gefolgt von einem schabenden Geräusch. »Alain!«

Nur Sekunden später schob sich eine Holzleiter durch die Öffnung. Eric wich zurück und nahm sie in Empfang. Nachdem er sie in einen halbwegs stabilen Stand gebracht hatte und nach oben sah, grinste Alain zu ihm runter, mit seinem Fingern ein Peace-Zeichen formend.

»Geil, was?«

»Geil«, antwortete Eric und stellte fest, dass sich der Ausruf zwar seltsam, aber der Situation angemessen anfühlte. Er hob Alains Smartphone vom Boden auf und beleuchtete ein letztes Mal die Leichen von Jérome und Noah Manzin. Er hatte das Gefühl, etwas sagen zu müssen, doch die richtigen Worte mochten sich nicht formen. Stattdessen nickte er ihnen zu, schaltete die Lampe aus, verstaute das Telefon und stieg vorsichtig die Leiter empor.

29

Die ehemalige Scheune war zwar nicht minder dunkel als das Verlies, aus dem sie gerade entkommen waren, doch durch die wenigen, kleinen Fenster drang genug Mondlicht, um ihnen ausreichend Sicht zu gewähren. Sie genehmigten sich einen kurzen Moment, um wertvollen Sauerstoff einzuatmen und sich umzusehen.

Eric tastete sich zum Scheunentor, schloss die Augen zu einem stillen Gebet und bewegte vorsichtig den Riegel. Er glitt mühelos zurück und gab den rechten Flügel frei, der um wenige Zentimeter aufschwang. Es drangen keinerlei Geräusche außer dem allgegenwärtigen Zirpen der Grillen in das Gebäude hinein. Eric lachte leise auf und stieß einen Dank an wen auch immer aus.

»Scheint, als würde unsere Glückssträhne anhalten«, raunte er zu sich selbst. Dann sah er sich nach dem Geist des Soldaten um, doch sie waren allein.

»Warum hilft er uns?«, flüsterte er Alain zu, der sich zu ihm gesellt hatte. »Was hat er davon?«

»Camille erklärte mir, er wäre maßgeblich dafür verantwortlich, dass sie hier ist. Er hätte ihr Zuhause zerstört. Vielleicht will er etwas wiedergutmachen? Oder MUSS, damit er weiterziehen kann.«

Eric nickte und rief sich die Geschichte in Erinnerung, von der Leah ihm berichtet hatte.

»Die Frau, mit der ich gesprochen habe, die vom Bahnhof – sie arbeitet im Stadtarchiv von Caen. Sie hat mir erzählt, dass der Grund für die Zerstörung ein in Panik geratener Soldat gewesen ist, der eine Granate gezündet hat. War Paul vielleicht dieser Soldat?«

»Möglich. Auf jeden Fall scheint er auf unserer Seite zu sein.«

Eric zuckte mit den Schultern. Dann fiel sein Blick auf eine dunkle Ecke neben der Werkzeugbank, aus der ein unnatürliches Blitzen aufleuchtete. Er signalisierte dem Jungen zu warten, und schlich zu der vollgestellten Bank hinüber.

»Was ist da?«, hörte er Alain wispern, doch er hielt nur die Hand hoch.

Fast ehrfürchtig ging er vor den beiden Stahlblech-Kanistern in die Hocke und starrte sie an. Über einem hingen die Erkennungsmarken eines Soldaten. Eric streckte zögernd die Hand danach aus und betastete das alte, von den vielen Jahren und dem Wetter angegriffene Metall. Die Kette war zerrissen, die meisten Glieder stark in Mitleidenschaft gezogen. Die rauen, gebrochenen Kanten der beiden Marken waren scharf und rissig. Die Erhebungen des eingestanzten Namens, des Rangs und der Bataillons-Zugehörigkeit waren kaum mehr erkennbar. Es sei denn, man wusste, wer die Marken getragen hatte.

»Du willst uns etwas sagen, Paul d'Argies«, stellte Eric leise fest und inspizierte die beiden Kanister. Ein Schauer kroch über seinen Rücken und er zog die Hand zurück, als hätte ihn etwas gebissen.

Nein.

Unmöglich.

Er richtete sich auf und wandte sich ab, doch er konnte keinen Schritt gehen. Stattdessen starrte er auf den fast unsichtbaren Boden und versuchte, seine aufgeschreckten Gedanken zu ordnen.

»Papa?«

Er verstand Pauls Plan. Doch wollte er ihn wirklich ausführen? Konnte er es? War es seine Aufgabe, dies hier zu beenden, auf diese brachiale Art und Weise? Wäre es nicht besser, sie verschwanden von hier, informierten die Behörden und überließen denen alles Weitere?

»Papa?«

Was, wenn dies nicht genug war? Vincent hatte seinen Platz im Gefängnis über Jahre hinweg sicher, und die Polizei würde den Hof mit Flatterband und Betreten-verboten-Schildern absperren. Doch die Gebäude konnten warten und Camille mit ihnen. Über Jahre und

Jahrzehnte. Auf den Nächsten, der einzog. Und alles würde von vorne beginnen.

Eric biss die Zähne zusammen und drehte sich zurück, griff nach den Kanistern und ruckelte sie leicht. Sie waren beide voll. Zweimal 20 Liter.

Was war mit Vincent? Was, wenn er sich nicht retten würde können? Sich womöglich nicht retten würde wollen?

»Papa. Wir sollten abhauen.«

Alains aufgeregtes Wispern holte ihn aus seinem Gewissenskampf und er traf eine Entscheidung. Entschlossen schnappte er die Erkennungsmarken und verstaute sie in der Hosentasche. Dann zog er die Kanister hervor.

»Alain, sieh nach, ob hier irgendwo Streichhölzer rumliegen.«

»Wieso Streichhölzer?«

»Frag nicht, geh suchen.« Er reichte Alain das Telefon. »Halt die Taschenlampe möglichst nach unten gerichtet, damit man das Licht von draußen nicht sieht. Beeil dich.«

Der Teenager tat wie ihm geheißen. Eric betrachtete die beiden stummen Kanister zu seinen Füßen. Ein zweites Mal an diesem Abend wünschte er sich einen schnellen Weg, seinen Sohn von hier wegzuschaffen. Er überlegte, ob die wenigen theoretischen Fahrstunden, die er mit Alain mal zum Spaß abgehalten hatte, ausreichten, um ihn den Wagen allein sicher bis zur Landstraße steuern zu lassen. Das hieß …

Er schlich mit großen Schritten hinüber zu einem der kleineren Fenster und warf einen Blick in den Hof. Nichts und niemand war zu sehen, der Hof wie leergefegt.

»So ein verdammter …«, fauchte Eric die Scheibe an und ließ seine sich anbahnende Verzweiflung am Mauerwerk aus, indem er dagegenschlug. So viel zur Glückssträhne.

»Was ist?«, tönte es aus einem hinteren Teil der Garage.

»Das Auto ist weg.«

Kurze Stille.

»Überrascht dich das jetzt echt?«

Eric knurrte. Natürlich nicht. Sie waren selbst zu Hotelgästen geworden, die es aus dem Weg zu räumen galt. Den Wagenschlüssel hatte er ja bequemerweise im Zündschloss hinterlassen. So leicht war es für Vincent sicher noch nie gewesen, ein Gästefahrzeug verschwinden zu lassen.

Ein feines, gleichmäßiges Klicken ertönte aus dem Dunkel und kam näher. Eric wusste, um was es sich handelte. Selbst im schwachen Licht war der kummervolle Blick seines Jungen zu erkennen, der sich aus dem Schatten schälte. In der einen Hand hielt er die angeforderte Schachtel Zündhölzer, in der anderen den Lenker eines Rennrads.

»Das gehört Jérome«, erklärte er traurig und Eric unterdrückte den Impuls, ihn zu korrigieren. Stattdessen kam ihm eine Idee und seine Entschlossenheit festigte sich.

»Alain, kannst du es schnell und sicher fahren?«

»Schätze schon.«

Eric nickte. »Die Einschätzung muss reichen. Hör mir jetzt gut zu. Stell dich hier vor das Tor. Wenn ich es öffne, will ich, dass du losfährst, als wäre der Teufel persönlich hinter dir her und zur Hauptstraße radelst.«

Alain sah ihn an, dann wandelte sich seine verständnislose Miene in blanke Entrüstung. Vehement schüttelte er den Kopf.

»Oh nein, das hatten wir heute schon mal. Ich …«

»Und ich will, dass es dieses Mal funktioniert. Fahr wie ein Irrer und verschwinde von hier. So, wie ich das sehe, kann Camille das Grundstück nicht verlassen. Du bist in Sicherheit, sobald du die Hofeinfahrt passiert hast.«

»Das ist ein Rennrad, ich kann damit nicht gut auf dem Schotterweg fahren, schon gar nicht schnell …«

»Dann fahr auf der Wiese.«

Alains Flüstern wurde schrill, wie das Kratzen von Nägeln auf einer Tafel. »Nein. Ich denk gar nicht dran. Wir gehen zusammen!«

»Alain. Wir haben dafür keine Zeit. Ich muss das hier zu Ende bringen.«

»Papa …«

Eric lächelte gequält. Er trat an seinen Sohn heran und wuschelte die langen, zerzausten Haare, bevor er behutsam nach den Streichhölzern griff.

»Was hast du vor?«, fragte Alain mit tränenerstickter Stimme und hielt die Schachtel einen Moment fest, bevor er sie widerwillig freigab.

»Ich zelebriere ein Lagerfeuer«, flüstere Eric, »und du machst dir keine Sorgen.«

Damit ließ er seinen Sohn stehen. Floh vor dem anklagenden Blick, den traurigen Augen. Es zerriss ihn innerlich, so resolut mit Alain umzugehen. Aber diese Sache war schon einmal um ein Haar schiefgegangen. Eine zweite Chance würde er nicht heraufbeschwören. Er ging an seinem Jungen vorbei, klopfte auf den Sattel des grazilen Rennrads und signalisierte ihm damit, dass das Gespräch beendet war. Bevor er selbst es sich anders überlegte und die ganze Sache abblies.

Während er Alains leise Schritte und das muntere Rattern des Freilaufs hinter sich vernahm, packte er einen der beiden Kanister und schleppte ihn in eine Ecke der Scheune. Eine schnelle Prüfung der Umrisse dort lagernder Gegenstände stimmte ihn zuversichtlich. Er schraubte den Behälter auf und übergoss die alten Weinkisten, Werkzeuge und das sorgfältig gestapelte Brennholz mit dem Benzin. Der scharfe Geruch des Kraftstoffes kroch ihm sofort in die Nase und weckte seine Skrupel von Neuem. Doch er erstickte sie im Keim, indem er die hochentzündliche Flüssigkeit unbeirrt weiter über den herumliegenden Kram kippte, Liter für Liter, spürte, wie der Kanister mit jedem Schritt und jeder schwungvollen Armbewegung leichter wurde.

Als nur noch ein kümmerlicher Rest im Behälter umher schwappte, widerstand Eric dem Drang, ihn einfach zur durchtränkten Brandlast zu werfen, und stellte ihn stattdessen behutsam ab, bevor er die Schachtel Zündhölzer hervorzog. Seine zitternden Finger hatten Mühe, den Schuber aufzudrücken und ein Hölzchen hervorzuziehen.

Ein feines, fast unschuldiges Klappern ertönte, als mehrere Hölzer zu Boden fielen.

Eric drehte sich zu Alain, zufrieden mit dem, was er sah: Der Junge hatte auf dem Fahrradsattel Platz genommen und den linken Fuß auf einem Pedal abgestellt, während der Rechte sein Gewicht stützte. Er starrte stur auf das Scheunentor. Mit beiden Händen am Lenker sah er aus wie ein Radprofi kurz vor dem Start. Mit einem tiefen Atemzug widmete Eric sich wieder seinem Unterfangen. Er leckte sich die trockenen Lippen.

»Tut mir leid, Vincent«, murmelte er zum Zündholz zwischen seinen Fingern, »ich hoffe, du verstehst, dass ich das hier tun muss.«

Damit führte er das Hölzchen mit einem kräftigen Ruck an der Reibefläche entlang. Er blinzelte gegen die aufflackernde Helligkeit und hielt für einen kurzen Moment inne, bevor er zurücktrat und das brennende Streichholz auf die Brandlasten warf.

Das Feuer erwachte mit einem einzigen, heiseren Bellen zum Leben. Hypnotisierend schön und pfeilschnell floss die große Flamme über die durchtränkten Objekte und tauchte die Scheune in warmes gelbes Licht. Die unbändige Hitze verdrängte die modrige, abgestandene Luft und schien alles zu absorbieren wie ein Wal, der durch einen Schwarm Krill gleitet.

Eric hatte keine Zeit, das Schauspiel weiter zu bewundern. Er griff sich den zweiten Kanister und rannte zum Tor. Alain hatte sich jetzt umgedreht, seine weit aufgerissenen Augen starrten ihn aus einem hell angestrahlten Gesicht an, doch auch er zögerte keine Sekunde: mit Erics kraftvollem Aufstoßen einer der beiden Torflügel trat er in die Pedale. Das dünne Hinterrad des schlanken Gefährts rutschte auf dem sandigen Untergrund bedrohlich weg, doch Alain brachte das Rennrad unter Kontrolle und schoss ins Freie.

Vor der Scheune sah Eric zu, wie die pechschwarze Nacht seinen Sohn verschluckte, während gleißende Flammen das alte Gebäude aus dem Inneren heraus auffraßen.

Im Haupthaus ertönte ein ohrenbetäubendes Kreischen. Es war das Entsetzlichste, was er jemals in seinem Leben gehört hatte. Es vereinte Schmerz, Wut, Kummer und Hass in einem Ausruf, von dem schwer auszumachen war, ober er menschlich oder tierisch war. Eric wusste, dass die Quelle weder in die eine noch in die andere Kategorie gehörte. Es waren die Schreie eines Geistes, der im Begriff war, sein Zuhause zu verlieren.

30

Camille schrie. Eric rannte.

Mit dem schweren Kanister an die Brust geklemmt war sein Laufstil weder elegant noch effizient, doch Stehenbleiben war keine Option. Mit der hin- und herschwappenden Fracht, die seine Schritte gefährlich aus dem Takt brachte, musste er sich eingestehen, dass er seinen Plan nur bis zum Öffnen des Scheunentores durchdacht hatte. Mit brennenden Lungen und schmerzenden Armen erreichte er die Schatten des gegenüberliegenden Badehauses. Nach Luft ringend, den Benzinkanister fest an sich gedrückt, presste er sich dicht an dessen Außenwand und blickte auf das Gebäude, aus dem sie geflohen waren.

Die Flammen waren längst nicht fertig mit dem Innenleben, und ohne das offene Tor und die kleinen Fenster hätte niemand auch nur geahnt, dass drinnen ein Inferno tobte.

Mit Ausnahme von Camille.

Sie spürte offenbar an ihrem irrealen, nicht-existenten Leib, wie die Flammen ein zweites Mal das auffraßen, was ihr lieb und heilig war. Das Einzige, das sie hier hielt. Unfähig, den Hof selbst wieder aufzubauen, hatte sie ein menschliches Wesen gebraucht, welches diese Aufgabe für sie übernehmen konnte. So hatte sie sich Vincent zunutze gemacht, den verzweifelten, verwundbaren Vincent, der nichts weiter gesucht hatte, als den Sinn seines Daseins. Dabei hatte sie ihn ebenso zerstört wie die Leben vieler anderer. Die Qualen, die sie gerade durchlitt, jeder Aufschrei, jede verbale Äußerung ihres Schmerzes, sorgten bei Eric für wohlige Genugtuung.

»Ja, brüll du nur«, knurrte er atemlos und schwenkte seinen Blick zum Haupteingang und die dunkle Lobby.

Seine nächste und hoffentlich letzte Station.

Und die schwierigste.

Sicher, er konnte den zweiten Kanister für das Badehaus verwenden und sich aus dem Staub machen, in der Hoffnung, dass der Brand von allein auf das Haupthaus übergriff. Er konnte auch einfach den vollen Behälter hier und jetzt abstellen und verschwinden. Er wäre in Sicherheit, genau wie Alain.

Nein. Es galt zu beenden, was er angefangen hatte. Und dazu führte kein Weg am Haupthaus vorbei.

»Jetzt ist der perfekte Zeitpunkt, sich zu verpissen, großer Bruder«, murmelte Eric, »Mach, das du da rauskommst.«

Angespannt ließ er den Blick an der Fassade des Badehauses entlangstreifen, bis ihm die Außentür auffiel.

Natürlich.

Durch den Haupteingang rein, durch das Pool-Haus raus. Er musste es nur schaffen, ungesehen in das Hauptgebäude zu gelangen. Bei seiner Durchquerung würde er den Kanister leeren, den Bau in Brand stecken und rechtzeitig durch das Badehaus wieder hinausgelangen.

Es klang schon fast zu einfach.

Eric ließ sich zurück gegen die Mauer fallen und schloss die Augen. Jetzt kein Nervenflattern bekommen, du Bellay. Er atmete tief ein und aus, bevor er blinzelte und sich auf den Haupteingang konzentrierte.

Die Lobby immer im Blick bewegte er sich zügig, aber unauffällig an der Mauer entlang, an der schmalen Tür, die später sein Fluchtweg sein würde, vorbei, bis er die Verbindung von Bade- und Haupthaus erreicht hatte. Dort sank er in die Hocke, stellte den Kanister behutsam ab und wartete. Camilles Gejammer war mittlerweile verstummt. Außer dem bedrohlichen, wenn auch gedämpften Knacken und Knistern des lodernden Brandes war es still. Wie vorhergesehen musste Eric nicht lange warten.

Die Tür des Haupteingangs flog auf und heraus stolperten zwei Schatten – zuerst Vincent, dicht gefolgt von Camille. Letztere hatte ihr Gesicht in den Händen vergraben und torkelte eher kopflos in Richtung Garage, während sein Bruder in eine regelrechte Betriebsamkeit verfiel. Ohne zu zögern hechtete er um das Haupthaus herum und verschwand, um kurz darauf mit einem wassertriefenden Gartenschlauch zurückzukehren, den er verzweifelt hinter sich her zerrte.

Die beiden waren beschäftigt und Eric nutzte seine Chance. Er hatte keinen Schimmer, ob sein Plan aufgehen würde, seine Ablenkung funktionierte. Seine Gegnerin war übernatürlich, konnte er sie mit menschlichen Tricks an der Nase herumführen?

Beherzt griff er den Kanister und richtete sich in eine geduckte Haltung auf, der heiter schwappende Inhalt brachte ihn dabei fast aus dem Gleichgewicht. Erics Rücken beanstandete die Aktion mit einem stechenden Schmerz, den er ignorierte. Den Blick auf Camille und Vincent gerichtet, legte er die wenigen Meter zum Haupteingang mit schnellen Schritten zurück. Das Bersten einer Fensterscheibe ließ ihn zusammenfahren, doch er lief unbeirrt weiter. Das tobende Feuer hatte sich seinen Weg nach draußen gearbeitet und verschluckte das verräterische Knacken des Schotters unter seinen Sohlen, was Eric die nötige Deckung bot.

Nach einem schier endlos scheinenden Lauf erreichte er den Haupteingang des Hotels. Er stieß die Tür mit aller Kraft auf und ließ sich vom Momentum rückwärts in die Lobby tragen. Dort huschte er in das nächstbeste Halbdunkel und beobachtete mit angehaltenem Atem, wie sich die Tür langsam wieder schloss. Das aggressive Brüllen des Feuers und das Stöhnen der brennenden Scheune wurden mit jedem Zentimeter der sich schließenden Tür leiser, bis sie letztlich vollständig zufiel und Eric in eine merkwürdig dumpfe Stille hüllte.

Er schraubte den Kanister auf und bewegte sich mit großen Schritten rückwärts, die Tür wie auch die Geschehnisse draußen immer im Auge behaltend. Das Feuer hatte das Scheunendach erreicht – große Flammen schlugen zwischen den Schindeln hindurch in den Nachthimmel.

Das hier würde nicht unbemerkt bleiben. Sicher wimmelte es bald von Feuerwehr und Einsatzkräften. Gut so.

Eric verlor keine Zeit. Großzügig verteilte er größere Mengen Benzin in der Lobby, benetzte die Rezeptionstresen, die kleine Sitzecke, die unteren Stufen der Treppe. Er entschied, nicht nach oben zu steigen, sondern seinen Weg durch das Restaurant fortzuführen.

»Lagerfeuer«, keuchte er, »unten anzünden, es arbeitet sich von selbst nach oben.«

Er schob die Glastür zum abgedunkelten Gastbereich mit dem Rücken auf und erweiterte den Radius, mit dem er den immer leichter werdenden Kanister schwenkte. Die Überreste ihrer vorherigen Unterredung waren entfernt worden, nichts deutete darauf hin, dass er vor wenigen Stunden hier womöglich die letzten Worte mit Vincent gewechselt hatte. Weiße, gestärkte Tischwäsche, die im Dunkeln zu leuchten schien, Servietten und Möbel – es schmerzte Eric. Zornig trat er einen Stuhl um. Unter normalen Umständen hätte es Vincent zu einem großen Hotelier gebracht. Andererseits – wie viel Einfluss hatte Camille auf seinen Bruder genommen, dass er all das hier zu schaffen in der Lage gewesen war? Der ewig rollende Stein, unfähig, Bindungen einzugehen, gerade Mal dazu fähig, ein Rührei zuzubereiten?

Die letzten Liter Benzin schwappten über die Theke und Eric warf den leeren Kanister beiseite, diesmal ohne darauf bedacht, möglichst wenig Lärm zu machen. Sicher wusste Camille bereits, dass er hier sein Unwesen trieb. Insgeheim wunderte er sich, dass sie noch nicht eingegriffen hatte.

Noch während er sich in geduckter Haltung zum Ausgang des Restaurants begab, klopfte er seine Tasche nach den Streichhölzern ab. Seine Augen brannten von den Ausdünstungen des Benzins. Er musste schleunigst hier raus. Schon bevor er das kleine, lädierte Schächtelchen in der Hand hielt, fühlte er das Problem.

Die Schachtel war leer.

Eric biss sich auf die Unterlippe, um einen Wutschrei zu unterdrücken, und schleuderte die nutzlose Box weit von sich. Hilfesuchend sah er sich um, bis sein Blick auf die Küchentür fiel. Dann schoss er zwischen den hochentzündlichen Tischen vorbei durch die Schwingtür.

Durch die großen weinberankten Fenster drang das Flackern des Feuers und tauchte die Küche in warmes, orangefarbenes Licht. Hektisch wühlte Eric sich durch Besteck, Messer, Geschirrhandtücher, doch Schublade um Schublade bargen Enttäuschungen. Der Küchenblock in der Mitte war wie immer sauber und aufgeräumt, ebenso die Arbeitsplatte. Was er im diffusen Licht erkennen konnte, war nicht das, was Eric suchte.

»Streichhölzer, Feuerzeuge, ein Scheiß-Crème Brûlée-Brenner, irgendwas. Wo? Wo zum Teufel?«

Sein Blick fiel auf den riesigen Herd, über dem mehrere Emaille-Becher an der Wand befestigt waren. Neben Pfannenwendern und Grillzangen lugte dort ein schmales, gebogenes Werkzeug heraus.

Ein Bügelgasanzünder.

»Bingo!«

Eric griff danach, doch die immense Bedeutung des kleinen Geräts, das sich eben noch als Lösung seines Problems entpuppte, hatte sich just in den Hintergrund geschoben. Seine volle Aufmerksamkeit galt dem imposanten Herd.

Sechsflammig. Gas.

Wie hypnotisiert fixierte er das mächtige Gerät, in dessen verchromten Beschlägen sich das Feuer widerspiegelte. Und noch während sein Verstand ihn förmlich anbrüllte, diese irrsinnige Idee sofort zu verwerfen, hockte Eric sich vor den Herd und sah ihn an wie einen seltenen Schatz, den es zu bergen galt.

»Bumm«, raunte er ihm fast träumerisch zu.

Dies war einer der dümmsten, verantwortungslosesten und hirnverbranntesten Pläne, die er in seinem Leben je hatte. Er war gefährlich, nicht nur für ihn, sondern auch für alle anderen, die sich auf dem Hof aufhielten. Er konnte nur hoffen, dass Alain sich dieses Mal gemäß dem Plan weit genug vom Grundstück entfernt hatte. Was allerdings Vincent oder ihn betraf …

Eric schloss die Augen. Zum zweiten Mal an diesem Abend war er sich nicht sicher, ob er Alain aufwachsen sehen würde. Für welchen Beruf der Junge sich entschied. Welche Hobbys er vertiefen und welche er aufgeben würde. Ob sich eine seiner unzähligen Freundinnen als die richtige herausstellen sollte.

Erics Beschluss, Alain zu seiner Mutter zu schicken, schien eine Ewigkeit zurückzuliegen. Und heute fühlten sich ihre Streitereien so surreal und unnötig an, dass es schmerzte. Wie dumm waren sie gewesen? Was war passiert, dass sich seine Beziehung zu Alain derart verschlechtern konnte? Liefen sie Gefahr, dass aus seinem Sohn das werden würde, was aus Vincent geworden war?

Ein fast ohrenbetäubendes Poltern riss ihn aus seinen dunklen Gedanken und er hastete zum Fenster. Das Dach der ehemaligen Scheune hatte dem Feuer nicht länger standgehalten. Was davon übrig war, ragte in toten, lodernden Balken in den Feuerschein des Nachthimmels. Er hatte keine Zeit mehr.

Mit großen Schritten kehrte Eric zurück zum Herd und kniete sich davor. Das Gerät hatte eine Retro-Optik, war aber hochmodern, was bedeutete, dass ein Aufdrehen der Brenner nicht ausreichte, um Gas ausströmen zu lassen. Um seinen Plan auszuführen, war es nötig, die Eingeweide zu manipulieren. Er umklammerte den Ofengriff und zog. Nichts rührte sich.

»Was zum ...«

Eric versuchte es ein weiteres Mal, doch auch mit beiden Händen und maximaler Kraftanstrengung blieb die Backofentür geschlossen. »Komm schon, lass mich nicht im Stich«, grunzte er, verzweifelt im schwachen Licht nach einem Mechanismus suchend, der die Ofentür blockierte, »wer bitteschön schließt denn einen Backofen ab?«

Eric spürte den Luftzug, bevor er die Silhouette an der Tür wahrnahm. Sein hektisches Reißen und Zerren erfror zu einem Standbild und er umklammerte den Griff des Ofens, als könne er sich damit aus dem Raum teleportieren, wenn er nur fest genug daran glaubte. Für einen Moment herrschte Totenstille. Selbst das tosende Inferno im Hof zog sich weit in den Hintergrund zurück.

»Menschen, die wissen, dass ihre Liebsten nichts Gutes im Schilde führen.«

Eric drehte langsam den Kopf und fixierte seinen Bruder, der in einer ähnlichen Haltung am Türrahmen lehnte, wie er es selbst vor einigen Tagen getan hatte. Vincents Stirn und Wangen glänzten vor Schweiß, seine helle Kleidung war starr vor Dreck. Schwarzer Ruß hatte sich an allen freien Hautstellen festgesetzt und sorgte unfreiwillig für ausreichende Tarnung in der Dunkelheit. Auf seinem Gesicht formte sich ein trauriges Lächeln.

»Menschen«, entgegnete Eric, »Verrückte Formulierung.«

»Hätte ich Camille schon früher gehabt«, sprach sein Bruder weiter, »hätte sie mir unsere Eltern vom Hals halten können. Dann wären mir so einige unliebsame Konversationen mit ihnen erspart geblieben.«

Langsam richtete Eric sich auf und trat vom Herd zurück, ohne Vincent aus den Augen zu lassen. Es war ein unbewusstes Zeichen der Resignation.

»Alle haben Angst vor dem bösen Gespenst«, sprach die Silhouette unbeirrt weiter, »der gehässige Geist, der durch das Gebäude spukt und Menschen umbringt, buhuu. Der totale Irrglaube. Sie könnte das gar nicht. Tatsächlich ist sie noch immer dasselbe freundliche, hilfsbereite Wesen von früher. Sie wollte immerzu nur helfen. Sie ist über die Jahre ein bisschen zornig geworden, sicherlich, aber wer wäre das nicht?«

Er stieß sich vom Türrahmen ab und schlenderte lässig in den Raum hinein. Erst jetzt bemerkte Eric den kleinen, dunklen Gegenstand in Vincents Hand, der das spärliche Licht reflektierte und sein Mund wurde staubtrocken.

»Nein, der wahre Verbrecher hier bin wohl ich«, fuhr die rußige Gestalt fort, »den eifrigen Inspektor um die Ecke bringen. Den rechtschaffenen Jérome. Sie hat getan, was sie konnte, den Rest habe ich erledigt. Sie hat die Todgeweihten erlöst, und ich die Angehörigen und die, die zu neugierig waren.« Er blieb stehen und legte den Kopf schief. »Ich habe mich oft gefragt, warum sie ausgerechnet mich gerufen hat. Von allen Wanderern, Ausflüglern, Bauern, die hier herumstreifen, war ich es, den sie damals aufgegabelt hat.«

Vincent nahm die Pistole hoch und inspizierte sie, als wäre ihm gerade erst aufgefallen, dass er sie in seiner Hand hielt. Liebevoll strich er mit dem Daumen über das schwarze Metall.

»Als ich damals auf Geschäftsreise aufgebrochen bin, hatte ich nicht vor, zurückzukommen, weißt du? Ich hatte dieses Schätzchen hier im Handschuhfach. Brandneu, voll bestückt, und glaub mir, die hier war nicht zu meiner Sicherheit bestimmt.«

Eric wagte nicht, zu atmen. Sein Blick sprang zwischen der Waffe und Vincents Gesicht hin und her.

»Ich hatte alle Vorkehrungen getroffen«, fuhr sein Bruder fort, »die Wohnung in Paris verkauft, meine wenigen Schäfchen ins Trockene geschafft. Deswegen war es auch so einfach gewesen, schnell und spontan hier in Amblie zu bleiben. Ich hatte mein altes Leben bereits viel früher hinter mir gelassen, wenn auch mit anderen Plänen.«

»Du wolltest dich umbringen«, fasste Eric tonlos zusammen, »Warum? Du hättest …«

»Spar dir deine warmen Worte, kleiner Bruder!«, zischte Vincent mit unerwarteter Schärfe. Die liebevolle Anrede war wie ein in Stacheldraht gewickeltes Daunenkissen. So innig und doch so verletzend.

»Was, ich hätte dich anrufen sollen? Nur um dann in dein perfektes Leben einzudringen, um es durcheinanderzubringen und Unruhe zu stiften?«

»Was war denn an meinem Leben so perfekt? Meine Ehe ist gescheitert, mein Sohn wird bald ebenso aus dieser ach so heilen Welt verschwunden sein wie meine Frau, und mein Bruder, warte, ach ja, der ist ein Mörder.«

Für den Bruchteil einer Sekunde warnte Erics Verstand ihn davor, so mit jemandem zu sprechen, der eine höchstwahrscheinlich geladene Waffe in der Hand hielt, doch er ignorierte die Warnung. Er machte einen herausfordernden Schritt auf Vincent zu.

»Ich dachte, ich hätte dir oft genug klargemacht, was du mir bedeutest. Doch statt mich um Hilfe zu bitten, verramschst du deine Seele dem Teufel.«

Vincents Arm schoss in die Höhe und Eric blickte plötzlich in den Lauf der kleinkalibrigen Pistole. Dieses Mal verstummte er augenblicklich.

»Sie hat mich verstanden!«

Sein Bruder brüllte jetzt. Selbst in der kümmerlichen Beleuchtung sah Eric Spuckefetzen davonfliegen. »Sie hat gespürt, dass ich Hilfe brauche, sie war für mich da! Das ist es, was sie ausmacht, Eric. Sie will helfen, schon immer will sie das und nichts anderes hat sie für mich getan.«

»Sie konnte dich manipulieren, weil sie dich in deinem schwächsten Moment gefunden und aufgenommen hat. Drogendealer machen das übrigens auch so, und du weißt sicher, wie so etwas endet.« Erneut meldete sich Erics Verstand mit einer noch deutlicheren Mahnung.

Jetzt war es Vincent, der einen Schritt auf Eric zu trat. Er knurrte wie ein Tier, sein ganzer Körper bebte, in nur wenigen Minuten war er zum kompletten Gegenteil dessen mutiert, was er immer darzustellen versucht hatte. Die perfekte, makellose Schale war aufgebrochen, um nun endlich ihr schwarzes Inneres zu Tage zu fördern. Auf die energische Bewegung seines Daumens, die Vincents ganzen Arm hinaufjagte, folgte ein fast surreal zaghaftes Klicken, als er den Hahn spannte.

Das Geräusch ließ Erics Blut gefrieren, doch er zwang sich, weder zurückzuweichen, noch sonst auf irgendeine Art Angst zu zeigen. Es war Zeit, etwas zu unternehmen. Er konnte hier stehen und darauf warten, dass auch die letzte Sicherung bei Vincent durchbrannte. Oder die Flucht nach vorne antreten. Heil aus diese Sache herauszukommen stand ohnehin nicht auf seinem Plan.

Vincent keuchte. Verbrauchter Atem und Speichel schossen in Stößen zwischen den gefletschten Zähnen hindurch. Seine Hand, die Waffe fest umschlossen, zitterte dramatisch.

Eric versuchte, nicht darauf zu achten. Wenn es eine Sache gab, die er in seinen zahlreichen Streitgesprächen mit Alain gelernt hatte, dann war es die Erkenntnis, dass man Feuer nicht mit Feuer bekämpfte. Obwohl er selbst durch die Anspannung zu bersten drohte, zwang er sich zur Ruhe. Er atmete tief durch, bevor er mit dem Kinn in Richtung Waffe nickte.

»Worauf wartest du?«, fragte er so ruhig und besonnen wie möglich, während ihn sein in Panik geschaltetes Gehirn für vollends verrückt erklärte. »Du hast in deinem Wahn, dieses vermeintliche Zuhause zu erhalten, so viele Menschen umgebracht. Hast aus Angst, diese geliebte Person, die schon lange nicht mehr real ist, zu schützen, gemordet. Da kommt es doch auf ein Leben mehr oder weniger nicht an.«

Vincent presste die Lippen aufeinander. Sein Gesicht glänzte vor Schweiß und Tränen. Die von Emotionen verzerrten und von Asche verrußte Züge zogen sich zu einer Grimasse zusammen. Das Zittern der Pistole blieb eine konstante Bedrohung.

»Na los«, Eric ging einen weiteren Schritt auf Vincent zu und breitete die Arme aus, »du wirst mich aus dem Weg räumen müssen. Denn wenn nicht, werde ich all das hier in Schutt und Asche verwandeln.«

Es fiel ihm schwer, die nötige Schärfe ihn seine Worte zu legen. Der Kloß in seinem Hals schwoll mit jeder Sekunde weiter an. Seinen Bruder so zu sehen, brachte ihn fast um den Verstand.

»Das wagst du nicht ...«, presste Vincent hervor.

»Ich lasse nicht zu, dass das so weitergeht. Und wenn ich dabei ins Gras beiße. Ich habe meinen Frieden geschlossen. Was ist mit dir?«

Vincents Finger zuckte nervös am Abzug. Er hielt die Waffe weiterhin auf Eric gerichtet, doch seine Statur schien mit einem Mal in sich zusammenzufallen.

»Ist man ein Mörder, wenn man etwas beschützt, Eric?«, hauchte er und seine Stimme brach, »Wenn man etwas so sehr liebt, dass man es gegen andere verteidigt, die es einem wegnehmen wollen?«

Eric schluckte. Was war mit ihm? Alain? Waren sie es nicht wert, verteidigt zu werden? Zog Vincent wirklich den Hof und ein übernatürliches Wesen, ein Gespenst, seinem Bruder und seinem Neffen vor? Wie blind war er geworden?

Er blinzelte die Tränen weg. Dann nickte er. Und als Vincent nach einer gefühlten Ewigkeit langsam die Waffe sinken ließ, atmete er erleichtert auf.

Mit dem einzelnen Schuss, der durch die Küche hallte, fuhr er erschrocken und überrascht zusammen.

31

Er konnte unmöglich differenzieren, ob der unerwartet eintretende Schmerz oder die Wucht der einschlagenden Patrone für das Wegknicken seiner Beine verantwortlich war. Was Eric als nächstes registrierte, war der dumpfe Aufprall des eigenen Körpers auf dem Dielenboden und ein Brennen, das heiß wie Lava von seinem linken Oberschenkel ausgehend seinen Magen und gesamtes Bein flutete. Reflexartig griff er nach der Quelle seiner Pein und presste die Hände darauf – eine Handlung, die ein gequältes Stöhnen durch zusammengebissene Zähne hervorrief. Ungläubig betrachtete er das Blut, das warm und dunkel zwischen seinen Fingern hervorquoll und den Stoff der Hose durchtränkte. Es kostete ihn Mühe, zu begreifen, was gerade geschehen war.

»Gott ...«, presste er hervor, bevor er sich der Länge nach auf den Boden zurückfallen ließ und versuchte, durch den Schmerz hindurch zu atmen. Dabei kam er absurderweise nicht umhin, sich mental zu schelten.

Das war's dann. Du und deine große Klappe.

Ein helles Poltern erinnerte ihn daran, dass sich die Person, die soeben auf ihn geschossen hatte, noch immer mit ihm im Raum befand. Augenblicklich wieder bei Sinnen, rappelte sich Eric in eine sitzende Position auf. Das dumpfe Pochen seines Oberschenkels weitestgehend ignorierend, arbeitete er sich hastig rückwärts, bis er unsanft gegen die Wand stieß. Von dort aus hatte er trotz der bescheidenen Lichtverhältnisse einen guten Überblick über seinen Blutverlust. Die dunkle Schleifspur auf dem Holz war durchgängig, aber glücklicherweise schmal.

Die Arterie schien intakt. Das war die gute Nachricht.

Nervös suchte Eric die Küche nach der drohenden Gefahr ab und fand deren Umrisse auf der anderen Seite des Raumes. Dort, im Schatten, lauerte Vincent völlig regungslos und sah ihn an. Überraschenderweise schien er ebenso ungläubig wie Eric selbst. Die Brüder starrten sich schweigend an, jeder für sich gefangen in einem Zustand des Schocks und Misstrauens.

Erics Blick wanderte über den Boden, bis er die Pistole sah. Ob Vincent sie bewusst oder aus Versehen hatte fallen lassen, war nicht zu beurteilen. Die Entfernung von seiner Position bis zur Waffe abschätzend, rechnete Eric sich die Chancen aus, sie zu erreichen. Er stufte sie mit einhundertprozentiger Sicherheit als aussichtslos ein. Selbst wenn er es schaffte, seinen ramponierten Körper geringfügig schneller als in Zeitlupe vorwärts zu bewegen, würde Vincent seinen Plan durchschaut haben, bevor er sich der Waffe überhaupt genähert hatte.

Er schluckte eine Portion Galle hinunter. Ohne seinen Bruder aus den Augen zu lassen, testete Eric sein unversehrtes Bein und stemmte sich mühselig an der Wand entlang in einen fragilen Stand. Spürte, wie die Wärme an seinem Oberschenkel herunterkroch und der Hosenstoff an der Haut klebte. Wenigstens der Schmerz war dank des Adrenalins auszuhalten.

»Eric ... ich ...«

Vincents Stimme zitterte. Doch was immer er sagen wollte, zu mehr kam er nicht. Ein Kreischen erfüllte den Raum, so grell wie Fingernägel auf einer Schultafel. Die Brüder rissen die Köpfe herum. Vincent presste sich die Hände auf die Ohren, was Eric ihm am liebsten gleichgetan hätte, wenn es nicht bedeutete, noch mehr Blut zu verlieren. Stattdessen zog er die Schultern hoch und wagte einen schmerzverzerrten Blick durch die Scheibe.

Draußen, vor dem Fenster, sah er Camille stehen. Sie betrachtete ihn durch das verschmutzte Glas, ihre Mimik ein Ausdruck von Verwirrung und Wut. Obwohl das Kreischen anhielt, waren ihre Lippen geschlossen. Hinter ihr tobte das Feuer, das mittlerweile die komplette Scheune zerstört hatte, in einem flammenden Inferno.

Hell hath no fury like a woman scorned.

Wie aus dem Nichts fiel Eric der Satz von William Congreve ein und brachte ihn dazu, sich noch stärker gegen die Wand zu pressen, in der absurden Hoffnung, damit zu verschmelzen. Dann ebbte ihr Schreien ab. Ungläubig sah Eric zu, wie Camille durch Fenster und Mauerwerk glitt, als wären sie nicht existent. Kaum im Raum angekommen, blieb sie stehen und fixiere ihn voller Hass.

»Du zerstörst mein Zuhause!«, spie sie ihm entgegen.

»Überrascht?«, entgegnete Eric und grunzte, als eine weitere Schmerzwelle durch sein Bein rollte. Sein Körper schien sich mit seinem Verstand verbündet zu haben und bestrafte ihn für jedes unüberlegte Wort.

Irritiert wanderte Camilles Blick zu Erics blutendem Oberschenkel. Ihre Miene wurde augenblicklich weicher, die Zornesfalte zwischen ihren Augenbrauen löste sich auf und verschwand.

»Das sieht nicht gut aus«, stellte sie fest und legte den Kopf schräg.

Eric erstarrte. Die Metamorphose vom rachsüchtigen Gespenst zur hilfsbereiten Krankenschwester fand gerade direkt vor seinen Augen statt. Er hatte genug über ihre Therapieansätze gelernt und wollte diese keinesfalls selbst ausprobieren. Er wand sich unter ihrem intensiven Blick, drehte das verletzte Bein aus ihrem Sichtfeld – die Art, wie sie ihn anstierte, machte ihn nervös. Als sie sich anschickte, näher zu kommen, schaute er verzweifelt zu Vincent. Doch dieser stand reglos in seiner dunklen Ecke.

»Darf ich?«, fragte Camille und streckte ihre feingliedrigen Finger nach seiner Verletzung aus.

»Auf gar keinen Fall«, blaffte Eric ihr entgegen und war versucht, ihre Hand wegzuschlagen. Kurz kam ihm der Gedanke, ob dies überhaupt möglich sei, doch da hatte Camille sie bereits wieder zurückgezogen.

»Ich kann es dir leichter machen.« Sie sah ihn mitleidvoll an.

»Danke, ich verzichte.«

Er begann zu zittern, was nicht an der Temperatur oder der Gesellschaft im Raum lag. Ihm war klar, dass sich der Blutverlust körperlich bemerkbar machte, dabei hatte er inständig gehofft, ein wenig mehr Zeit zu haben. Er brauchte jetzt langsam mal einen Plan.

Camille öffnete den Mund zu einer Erwiderung, bevor sie abrupt innehielt. Sie verdrehte die Augen und zog die Schultern hoch, als lauschte sie etwas, was nur sie zu hören imstande war. Ihrem Mienenspiel nach zu urteilen, schien es nichts Angenehmes.

»Du!« Sie spuckte die Anrede hervor und drehte sich von Eric weg, was ihn erleichtert in sich zusammensacken ließ. Was immer ihre traute Zweisamkeit unterbrach, verschaffte ihm zumindest ein wenig Zeit. Er versuchte, Camilles Blick zu folgen, und machte eine Bewegung auf der anderen Seite des Raumes aus. Eine Gestalt schälte sich aus den Schatten, der unbekleidete Oberkörper mit etwas Undefinierbarem verschmiert.

»Hallo Kräuterhexe«, begrüßte der Mann sie und in Erics Ohren klang Paul d'Argies Stimme genauso wie vorhin in seinem Kopf. »Das Fegefeuer wartet.«

»Du wagst es …«

»Lass endlich los, Camille«, unterbrach Paul sie in besänftigendem Ton, als spräche er mit einem trotzigen Kleinkind, »deine Aufgabe hier ist erfüllt. Erst wenn du das einsiehst, können wir weiterziehen. Du und ich. Das wollen wir doch, oder?«

»Ich habe dich hier geduldet, all die Jahre, die Jahrzehnte, ist das der Dank?«

»Geduldet? Es lag ebenso wenig in deiner Hand, dass ich hier festsitze, wie in der meinen. Niemand weiß, warum ich hier noch herumspuke. Vielleicht weil wir eine Rechnung offen haben. Aber ich habe zu lange mitangesehen, wie weit du zu gehen bereit bist. Ich habe mir immer geschworen, die wenige Kraft, die mir bleibt, dafür zu opfern, dich davon zu überzeugen, dass es irgendwann gut sein muss. Deine Vernichtung ist mein Weg hier raus.«

Fassungslos beobachtete Eric den verbalen Schlagabtausch zwischen den beiden Toten. Falls sein rationales Denken bis jetzt nicht über Bord gegangen war, so schien dies der ideale Zeitpunkt dafür.

Sollte es so simpel sein? Musste Camille verstehen, dass ihre Zeit des Heilens beendet war, um weiterziehen zu können? In ein Himmelreich, falls es das gab? Oder würde ihre Reise in die entgegengesetzte Richtung gehen?

Sein entgeisterter Blick fiel auf Vincent, der sich im Schutz der Dunkelheit unvermittelt in Bewegung setzte. Geschmeidig wie eine Katze manövrierte er sich zum Herd, kniete davor nieder und öffnete mühelos die Ofentür. Dann verschwanden seine Arme in der Schwärze des Rohrs. Was tat der Kerl?

Nach einem Moment des Knirschens und Knackens, der Eric durch Mark und Bein drang, riss er etwas mit grober Gewalt aus dem Ofen heraus. Nur einen Sekundenbruchteil später war das charakteristische Zischen von ausströmendem Gas zu vernehmen.

Erics Augen weiteten sich. Ungläubig sah er zu Camille, die von der Operation offenbar nichts bemerkt hatte. Paul hatte seine Position gewechselt und so dafür gesorgt, dass sie Vincent ebenfalls den Rücken zudrehte.

Gas flutete den Raum. Draußen loderte ein Inferno. Und dazwischen lag nichts weiter als eine dünne, alte Fensterscheibe.

In der Zwischenzeit kam sein Bruder wieder auf die Beine und lehnte sich erstaunlich lässig an die Küchenzeile, als hätte er nicht soeben die Büchse der Pandora geöffnet. Er nickte Eric zu, in seinen Augen die unausgesprochene Bekundung: *Das war es doch, was du vor hattest, oder?*

»Aber ... wer rettet die Soldaten?«, hörte man Camille aufgebracht fragen. Offenbar hatte sie die lästigen Lebenden im Raum vergessen.

»Die gibt es hier nicht mehr«, gab Paul ihr geduldig zu verstehen, »schon lange nicht. Und für die anderen bist du nicht verantwortlich. Das warst du nie. Du hast dir eine Bürde auferlegt, die immer zu schwer für dich war.«

»Es war nie eine Bürde. Nie eine Last. Ich hätte noch viele retten können.«

»Das war unmöglich und das weißt du.«

»Wärst du nicht gewesen, ich hätte meine Arbeit noch lange verrichtet. Du hast mich in den Tod gerissen. Du hast dafür gesorgt, dass ich in jedem einzelnen Stein dieses Ortes gefangen bin. Die Mauern dieses Hofes halten mich hier.«

»Nein, Camille. Du hältst dich hier. Akzeptiere endlich, dass du nicht alle retten kannst. Lass los.«

Eine weitere Schmerzwelle überrollte Eric und riss ihn aus seiner Zuschauerrolle. Er blinzelte und bemerkte, dass Vincent in seiner Hosentasche kramte und kurz darauf einen flachen Gegenstand herausfischte. Wo nahm der Mann diese Seelenruhe angesichts der Situation her?

Mit dem Aufklappen blitzte die verchromte Oberfläche silbern auf. Erst als Vincent etwas daraus hervorzog, erkannte Eric, was es war. Und spürte den exakten Moment, in dem sein Herz stehenblieb.

32

Um der Situation noch mehr Absurdität zu verleihen, schlenderte Vincent in einer Gemütlichkeit zu ihm rüber und gesellte sich an seine Seite. Für Außenstehende mochten sie ein friedliches Bild abgeben, doch in Eric tobten Furcht und Verwirrung.

»Seit wann rauchst du?«, fragte er leise in aufgesetzt beiläufigem Ton und hoffte, dass er die Panik in seiner Stimme erfolgreich unterdrückte. Er wandte den Blick dabei nicht von den beiden längst verstorbenen Seelen ab, die in der Mitte des Raumes derart vertieft diskutierten, dass sie ihr Umfeld vergaßen. Vincent klemmte sich die Zigarette zwischen die Lippen und steckte das Etui wieder weg. Er zuckte mit den Schultern.

»Es gibt so einiges, was du nicht über mich weißt«, raunte er am Filter vorbei. Wie aus dem Nichts zog er den Bügelgasanzünder hervor. Eric erkannte das kleine Gerät und schloss die Augen. Der Raum musste bereits zum Bersten mit Gas gefüllt sein. Das Restaurant triefte vor Benzin. Streng genommen war sein Plan voll aufgegangen. Nur seine Anwesenheit hatte er nicht mit einkalkuliert.

»Geh jetzt.«

Eric drehte überrascht den Kopf. Vincent sah ihn nicht an, trotzdem erkannte er, dass sein großer Bruder den Tränen nahe war.

»Vince …«

»Geh.« Erst jetzt trafen sich ihre Blicke. Das Licht der Flammen tanzte über Vincents Gesicht und spiegelte sich in seinen glasigen Augen. »Es tut mir leid. Ich habe so viel falsch gemacht, so vielen Menschen Kummer bereitet. Unseren Eltern, dir …«

»Vincent …«

»Der glücklichste Mann der Welt wurde ich erst, indem andere dafür bezahlt haben.«

Stille Tränen rannen über seine Wangen. Eric setzte ein weiteres Mal an, als die ersten gesungenen Worte eines Liedes in seine Ohren drangen. Er richtete seine Aufmerksamkeit erneut auf die beiden Geister. Pauls Gesang erfüllte den Raum, ein der Gesamtlage völlig unangemessen fröhliches Lied, dessen heitere Melodie wie ein knallgelbes Sakko auf einer Beerdigung wirkte. Eric kannte es, irgendein antikes Chanson von Charles Trenet, weitaus älter als er selbst. Wie gebannt beobachtete er Camilles Reaktion. Sie schien ebenfalls zu weinen, ob aus Rührung oder Wut konnte Eric nicht ausmachen. Sie schlug sich ihre zarten Hände auf die Ohren und schüttelte den Kopf, als könne sie die Melodie so aussperren.

»Jetzt, Eric!«, zischte Vincent.

Mit offenem Mund starrte Eric ihn an. Emotionen wirbelten durcheinander: Zweifel, ob er angesichts seiner Beinverletzung überhaupt zur Flucht fähig war. Schmerz über den bevorstehenden Verlust seines Bruders. Angst, es nicht an Camille vorbei zu schaffen. Hoffnung auf die letzte Chance, die ihm blieb. Der Wille, Alain wieder in die Arme schließen zu können.

Er humpelte er los. Ohne die surreale Szenerie eines weiteren Blickes zu würdigen, umrundete er mühsam den Küchenblock, immer die Sorge im Nacken, Camilles Aufmerksamkeit erneut auf sich zu ziehen, und stürzte durch die Schwingtür. Der Gestank von Benzin schlug ihm ins Gesicht wie ein zurückschnellender Ast.

Er würde es niemals rechtzeitig hier raus schaffen. Selbst wenn er das Gebäude verlassen konnte, bevor alles in die Luft flog, die Druckwelle allein wäre ausreichend, ihn in Stücke zu reißen.

Zwischen seiner unbändigen Furcht und den horrenden Schmerzen, die sein verletztes Bein anmeldete, sondierte sein in Panik geratener Verstand all die Möglichkeiten, die ihm blieben, ebenso wie den umgefallenen Stuhl, auf den er zustolperte. Der Impuls kam rechtzeitig, der Ausführung jedoch stand die Trägheit eines angeschossenen Oberschenkels im Weg. Zu spät setzte Eric zum Sprung an und spürte den Zug an seinem am Stuhlbein hängenbleibenden Fuß. Wie von einer unsichtbaren Schlinge gebremst, wurde sein Vorwärtshasten jäh gestoppt. Es war sein rechtes Knie, das den Aufprall seines kompletten Gewichts auf dem Fußboden abfing, bevor der restliche Körper folgte.

Eric schrie auf und krümmte sich zusammen. Der Schmerz schoss durch das gesamte Bein und trieb ihm Tränen in die Augen, während sein Verstand ihn anbrüllte, um Himmels Willen wieder aufzustehen und von hier zu verschwinden.

Er war so müde. Für einen kleinen Moment spielte er mit dem Gedanken, sich einzurollen und auf die unausweichliche Detonation zu warten. Mit etwas Glück würde es schnell gehen. Die Explosion würde ihn einfach zerfetzen und verhindern, dass er mitbekam, wenn die Flammen seinen Kadaver verbrannten.

Doch so schnell ihm die Idee kam, so energisch wischte Eric sie wieder beiseite. Er blinzelte gegen die Dämpfe und die Qualen an und schlug mit der Hand auf den Boden.

»Jetzt beweg endlich deinen alten, fetten Hintern«, stachelte er sich selbst an und rappelte sich keuchend auf. Er schüttelte die aufkommenden Schwindelgefühle und die von Gas und Dämpfen herbeigeführte Übelkeit ab und biss die Zähne zusammen. Die Restauranttür schien sich immer weiter zu entfernen, doch Eric visierte sie an wie ein Schütze das Ziel. Dann schleppte er sich vorwärts.

Jeder Schritt war eine Tortur, jegliche Belastung des rechten Beins ein Glücksspiel.

»Nächstes Jahr wird ... wird wieder Urlaub ... in Spanien gemacht ...«, schimpfte er, während er sich, auf Tischen und Stühlen gestützt, zum Ausgang mühte. Ständig rutschte er auf den Benzin-getränkten Stuhllehnen ab, fluchte vor Wut und zitterte vor Schmerz, bis er endlich die Glastür erreichte und aufstieß. Er hoffte und betete, dass sich kein Funke der noch immer brennenden Scheune in die Lobby verirrt hatte und das ausgebreitete Gas entzündete.

Die Durchquerung des Eingangsbereichs schaffte Eric unter größter Anstrengung, doch mit dem Hinaustreten in die nach Asche und verbranntem Gummi stinkende Nachtluft quittierte sein Bein endgültig den Dienst. Wie auf Knopfdruck gab es nach und beförderte Eric auf den steinigen Boden des Innenhofs, wo er erschöpft liegenblieb. Nur einen Moment. Eine kleine Pause …

Er wusste, dass für Pausen keine Zeit blieb. Dass er wesentlich mehr Abstand zwischen sich und dem *La Sainte Charonne* bringen musste. Doch der Schmerz übermannte ihn. Das Knistern der brennenden Scheune, die Wärme des Feuers lullte ihn in einen Dämmerzustand, und er schloss die Augen. Vielleicht hatte er doch ein bisschen viel Gas eingeatmet heute. Die feinen Kieselsteine stachen ihm in die Wange, sein Oberschenkel pulsierte und brannte. Sein Atem ging schwer, er inhalierte Staub, Asche und Schwefel. Er lauschte den Geräuschen des schwächer werdenden Feuers, die immer lauter wurden. Seltsam.

Das Knirschen des verglühenden Holzes schien sich zu nähern und irritierte Eric so sehr, dass er mit letzter Kraft den Kopf vom Schotter hochstemmte und blinzelte.

Nicht das Gebäude kam auf ihn zu.

Es war sein Auto.

Mit eingeschaltetem Fernlicht und zu hohem Tempo raste der Citroën durch den Innenhof geradewegs auf ihn zu. Erics Augen weiteten sich. Zurückkatapultiert in den Wachzustand rollte er sich reflexartig zusammen und vergrub den Kopf in seinen Armen, nicht ohne einen weiteren Aufschrei des Schmerzes und der Panik auszustoßen. Ein auf ihn einprasselnder Schauer aus Schottersteinen machte ihm bewusst, dass das Fahrzeug nur wenige Zentimeter vor seiner zusammengekauerten Gestalt zum Stehen gekommen war. Bevor Eric vollständig realisierte, was vor sich ging, wurde die Fahrertür aufgestoßen und ein dunkelhaariger Schopf tauchte zwischen A-Säule und Ausstieg auf.

»Sie hatten ein Taxi bestellt?«

Eric ließ den Kopf in den Schotter fallen und lachte laut auf, seine Augen füllten sich mit Tränen. Die Erleichterung, Alain wohlbehalten zu sehen, ließ ihn den Ernst der Lage kurz vergessen.

»Oh Gott, wieso ... warum hat das so lange gedauert? Ich fürchte, ich kann Ihr Unternehmen ... leider nicht weiterempfehlen.«

Alain hastete um die Tür und stürzte auf ihn zu. »Macht nichts, wir schließen unseren Betrieb.« Er zog Eric am Arm und versuchte, ihm auf die Beine zu helfen.

»Wo hast du mein Auto her?«

»Hab ich gefunden.«

Eric gönnte sich ein paar Sekunden, um seinen Sohn im harschen Licht der Scheinwerfer zu betrachten. Alain sah nicht weniger gestresst aus, als er sich fühlte. Schweißperlen glänzten auf seiner Stirn, die Haare standen in alle Richtungen ab, der wilde Blick fand nirgends Halt und schoss zwischen ihm, dem Gebäude und der Umgebung umher. Die Gefahr, in der sich die beiden befanden und die Eric in den letzten Sekunden erfolgreich verdrängt hatte, zwängte sich zurück in sein Bewusstsein. Er legte seinen Arm um Alains Schultern und stemmte sich stöhnend vom Boden ab.

»Ist mit dir alles in Ordnung?«

»Wir müssen hier weg.«

»Ja, ich weiß ...«

»Nein, ich meine, wir ... müssen SCHNELL hier weg ... hier fliegt gleich alles in die Luft.«

Eric schwankte bedenklich und stützte sich mit der freien Hand auf der Motorhaube ab. Er brauchte einen Moment.

»Wie meinst du das? Wo sind Vincent und Camille?« Alain begutachtete seinen Vater genauer. »Was ist das an deinem Bein? Ist das ...?«

»Später. Los jetzt. Du fährst.« Er schob Alain zur Fahrerseite und schleppte sich an der Karosserie entlang zur Beifahrertür, die er umständlich und nur mit großem Aufwand aufzog. Mit letzter Kraft ließ er sich auf den Sitz fallen und unterdrückte einen weiteren schmerzvollen Aufschrei, um Alain nicht vollends in Panik geraten zu lassen. Den Kopf in die dafür vorgesehene Stütze gepresst versuchte er, der anwachsenden Anspannung Herr zu werden, sog den künstlichen und völlig fehl am Platz wirkenden Vanilleduft des

Lufterfrischers ein und starrte in den dunklen Schlund der Lobby. Sie hatten mehr Glück als Verstand. Camille hatte seine Flucht bisher entweder nicht bemerkt oder ließ es zu. Plus, das Gebäude vor ihnen war bis zum Rand gefüllt mit hochentzündlichem Gas, während direkt daneben ein weiteres fröhlich vor sich hin loderte. Wenn er bis heute nicht an Schutzengel geglaubt hatte, war es jetzt so weit.

»Okay ... Rückwärtsgang ...«, hörte er Alain neben sich murmeln.

»R, den Hebel auf R«, antwortete Eric und zuckte zusammen. Als Alain hektisch den Wählhebel durch das Automatikgetriebe rührte, schälte sich aus dem Dunkel der Lobby eine Gestalt. Die Statur hätte Eric selbst im schwärzesten Loch dieser Erde sofort wiedererkannt. Dieser einst wertvolle Mensch, so vertraut und doch so fremd.

Wie hypnotisiert starrten sich Eric und Vincent durch unterschiedliche Schichten Glas an und ließen sich auch dann nicht aus den Augen, als Alain den Wagen mit kreischendem Motor rückwärts in Bewegung setzte. Vincent hatte noch immer die unangezündete Zigarette zwischen den Lippen. Seine Haltung war entspannt, sein Gesichtsausdruck von Schatten verhüllt.

Im Stupor gefangen nahm Eric kaum wahr, wie sein Sohn behände aber zu schnell ein Wendemanöver einleitete. Den Bremsvorgang bemerkte er dafür umso heftiger. Der Wagen stoppte so abrupt, dass Eric nach vorne schwang und um ein Haar auf das Armaturenbrett aufschlug. Eine erneute Woge des Schmerzes durchfuhr ihn und erinnerte ihn jäh daran, die Benutzung des Sicherheitsgurtes in Betracht zu ziehen. Mühevoll und mit zusammengebissenen Zähnen bugsierte er den Gurt an sich entlang und rastete ihn ein. Fast hätte er angesichts dieser profanen Geste laut aufgelacht. Als Alains verzweifelte Stimme und das Aufheulen des Motors in sein Bewusstsein drangen, verpuffte sein aufkeimender Humor.

»WARUM FAHREN WIR NICHT!?«, schrie der Junge und schlug gegen das Lenkrad.

»Ruhig bleiben«, krächzte Eric. Mit einem Stöhnen beugte er sich zur Fahrerseite und prüfte die Anzeigen. Um ihn herum tobte das Chaos: Alain fluchte, den Tränen und der Hysterie nah, malträtierte das Lenkrad mit Fäusten. Der Motor, von seinem wiederholten Treten des Gaspedals in die höchsten Drehzahlen getrieben, heulte auf, immer und immer wieder, ohne dass sich der Wagen auch nur im Ansatz rührte. Tausend Gedanken schossen durch Erics Gehirn. Was konnte noch alles schief gehen? Waren sie so weit gekommen, nur um jetzt an seinem bockigen Auto zu scheitern?

»Ruhig bleiben«, wiederholte er mehr zu sich selbst. Keine Warnmeldungen. Der Tank war voll. Der Motor lief. Wo zur Hölle lag das Problem?

Sein Blick blieb am Wählhebel hängen.

»D! Den Hebel auf D, nicht auf N!«, rief er, griff zwischen die Lenkradspeichen und rammte den Gangschaltungshebel auf die richtige Position, »Jetzt! Drück drauf!«

Wieder heulte der Motor auf, doch dieses Mal brachte er die Kraft auf den Boden. Die Reifen drehten kurz auf dem Schotter durch und spritzten eine ordentliche Portion Kies in die Luft, bevor sich der Citroën kraftvoll in Bewegung setzte. Eric umklammerte mit der rechten Hand den Haltegriff über der Tür und stützte sich mit der anderen auf dem Armaturenbrett vor ihm ab. Mit weit aufgerissenen Augen starrte er durch die Windschutzscheibe.

»Ich bin zu schnell!«, schrie Alain, der das Lenkrad in Todesangst umkrallte.

Absolut!, dachte Eric, aber rief stattdessen: »Egal! Fuß auf dem Gaspedal lassen! Du kannst das!«

Sie passierten das Tor. Er sog scharf Luft ein und rückte etwas von der Tür weg. Sekundenbruchteile später flog der Außenspiegel mit einem knirschenden Krachen davon, als der Citroën die Mauer tuschierte.

»Scheiße! Papa!«, brüllte Alain, doch Eric schüttelte energisch den Kopf.

»Macht nichts, weiter, immer weiter!«

Der Wagen flog förmlich über den breiten Feldweg, der sich vom Mondlicht hell erleuchtet vor ihnen erstreckte. Erst jetzt bemerkte Eric, dass sie noch immer mit eingeschaltetem Fernlicht fuhren. Er beschloss, dass auch das egal war. Er konnte nicht einschätzen, ob sie es bereits weit genug weggeschafft hatten, und wollte Alain auf gar keinen Fall mit einer unnützen Aufgabe wie dem Abblenden betrauen. Das Auto bei diesem irrsinnigen Tempo auf der Straße zu halten war Arbeit genug für einen Sechzehnjährigen ohne Führerschein.

Vor ihnen lag das Waldstück, das sie von der Landstraße trennte. Ein paar hundert Meter und sie waren in Sicherheit. Als es unvermittelt aufleuchtete, die vom bläulichen Scheinwerfer erzeugten Farben in unnatürliches hell-orange wechselten, waren Fahrer und Beifahrer kurz irritiert.

»Was ...«, hörte Eric seinen Jungen noch hauchen, dann zerbarst die Heckscheibe des Wagens. Unter einem gewaltigen Grollen wurde der Citroën angehoben und in einer Woge heißer, gleißender Luft vorwärts katapultiert, während ihre Schreie im Chaos untergingen.

33

Interessiert verfolgten seine Augen die Pinselstriche, die sich über das grobe Büttenpapier zogen, um eines der Wahrzeichen von Paris darzustellen. Vom Fundament bis zur Spitze waren alle Details vorhanden, wenngleich nicht vollständig ausgearbeitet.

Aquarelle hatten schon immer eine beruhigende Wirkung auf ihn gehabt. Wahrscheinlich hingen sie deswegen in dieser sterilen, weißgetünchten Umgebung, in der es nach Desinfektionsmitteln, Schonkost und Alter roch. Nicht auszudenken, was Pop-Art hier anrichten würde.

Eric nippte vorsichtig an seinem Pappbecher und verzog angewidert das Gesicht. Er schwenkte den Blick zur ungastlichen Sitzecke am Ende des langen Gangs. Alain hing über sein Smartphone gebeugt, halb sitzend, halb liegend, die Ohren mit Kopfhörern abgedichtet. Ob sein Spross bemerken würde, wenn er ihm die auf dem Beistelltisch abgestellte Cola klaute? Der Softdrink war definitiv die bessere Wahl gewesen. Wann würde Eric lernen, dass man um Kantinen-Kaffee einen großen Bogen zu machen hatte?

Der Aufzug informierte mit einem Pling über seine Ankunft. Heraus polterte ein übervoller Servierwagen, auf dem sich schmutziges Geschirr stapelte, gefolgt von einer konzentriert dreinblickenden Pflegerin. Als sie den Wagen abstellte und sich entfernte, nutzte Eric die Gunst der Stunde. Er umklammerte seinen Gehstock und bewegte sich humpelnd über den Gang. Auf einer freien Stelle zwischen PVC-Abdeckhauben und Schnabeltassen fand er Platz, um den Pappbecher mit dem inzwischen erkalteten Kantinenkaffee loszuwerden, bevor er sich auf den schier endlosen Weg zur Sitzecke begab.

Die Schmerzen in seinem Oberschenkel hatten sich zu einem dumpfen Pochen zurückgebildet, den Gehstock würde er trotzdem noch einige Wochen in Anspruch nehmen müssen. Wenigstens hatte er das Paar medizinischer Gehhilfen gegen ein Solo-Modell mit mehr Stil eintauschen können, auch wenn der Arzt ihn lieber noch eine Weile auf Krücken oder gar nicht aufrecht gehend gesehen hätte. Langsam und mühevoll hinkte er voran, vorbei an weiteren Aquarellen diverser Pariser Sehenswürdigkeiten. Doch seine Aufmerksamkeit galt Alain. Die Farben in dessen Gesicht hatten mittlerweile von Blau und Violett zu Gelb und Grün gewechselt. Die Gehirnerschütterung hatte der Junge gut überstanden. Die Schürfwunden an seiner Stirn waren noch deutlich sichtbar, doch auch sie würden mit der Zeit verblassen.

Zur Heilung der seelischen Wunden wagte Eric keine Prognosen zu stellen.

Sie hatten Glück gehabt, und davon reichlich. Weit genug von der Gasexplosion entfernt, die das *La Sainte Charonne* vollständig dem Erdboden gleichmachte, dazu in einem wie in ein Schutzkäfig fungierendem Auto, hatte ihr Leben gerettet. Trotzdem hatten sich die ersten Minuten nach dem Aufwachen für Eric wie Sterben angefühlt. Nicht die ungeheuren Schmerzen an unzähligen Stellen seines Körpers hatte ihn in Panik versetzt. Nicht der Schock hatte ihn dazu gebracht, wie ein Berserker um sich zu schlagen und sich aus dem Griff geschulter Notärzte zu winden. Erst die zufriedenstellende Antwort auf seine mehrfach gebrüllte Frage nach Alain hatte ihn beruhigen können. Sein Sohn hatte schrecklich ausgesehen, doch Eric blieb nichts anderes übrig, als den besänftigenden Worten der Sanitäter Glauben zu schenken. Damit, dem Wissen um Alains Sicherheit, und einer gehörigen Portion Beruhigungsmittel hatte Eric das Bewusstsein verloren, dort draußen auf dem Feldweg, viele hundert Meter entfernt von den Überresten des ehemaligen Gutshofs.

Eric erreichte das letzte Aquarell der Reihe und blieb davor stehen. Die flink gezogenen Linien zeigten das rege Treiben eines Künstlermarktes auf einem großen Platz. Händler boten ihre Porträts und Zeichnungen zum Kauf an, während am Rande sitzende Menschen das Getümmel bei einem Kaffee beobachteten.

Diese ersten warmen Tage waren das Größte für ihn. Wie sie den langen Winter aus der Stadt vertrieben und aus ihrem Dämmerzustand weckte. Es war noch zu kalt, um auf die Jacke zu verzichten, aber man konnte schon eines der T-Shirts darunter tragen, die er seit Monaten vermisste. Die Krönung dieses Märztages wäre ein Abstecher in den Park oder auf den Fußballplatz, doch Vincent hatte andere Pläne. Für gewöhnlich hätte Eric sich gegen seinen großen Bruder aufgelehnt, aber der Tag im Hause du Bellay war wieder einmal mit Streit und Türenknallen gestartet. Um Vincent aufzumuntern, hatte Eric ihm den Gefallen getan und ihn an seinen Lieblingsort begleitet.

Ihm war nicht klar, worin die Spannung bestand, den Künstlern beim Feilschen zuzusehen. Aber er wusste, dass sein Bruder hier oft stundenlang saß und die Szenen beobachtete, die sich tagtäglich boten. Touristen ließen sich hier porträtieren oder erwarben fertige Bilder des Pariser Lebens. Manche zahlten anstandslos die Preise, andere handelten bis zur Schmerzgrenze.

Die Brüder saßen eine gefühlte Ewigkeit mit baumelnden Füßen auf der steinernen Mauer, und Eric fragte sich, wie er Vincent davon überzeugen konnte, etwas anderes zu unternehmen.

»Ich möchte das später auch«, sagte dieser plötzlich völlig unvermittelt, ohne die Augen vom bunten Geschehen abzuwenden.

Eric sah ihn irritiert an. »Und was?«

»So einen Stand haben. Meine Bilder anbieten. Vorbeikommende zeichnen. Und wenn keiner gemalt werden möchte, male ich eben, was ich will.«

Eric kniff die Augen zusammen und versuchte, die vielen unterschiedlichen Bilder, die an den Sonnenschirmen hingen, zu betrachten. Er stellte sich vor, wie seine eigenen Gemälde aus Wasserfarben und Wachsmalstiften hierherpassen könnten.

»Verdient man da viel?«

»Ich glaube nicht. Ist auch egal.« Mit einem Mal strahlte Vincent und wandte sich seinem kleinen Bruder zu. »Willst du mitmachen? Du und ich, wir könnten hier unseren eigenen Stand haben.«

Erics Augen weiteten sich. »Ich kann doch gar nicht malen«, protestierte er.

Vincent sprang auf wie von der Tarantel gestochen. »Dann verkaufst du eben. Du kümmerst dich um die Einnahmen und ich male. Was meinst du?« Er breitete die Arme aus und setzte eine ernste Miene auf. »Kommen Sie, schauen Sie, die du- Bellay-Brüder haben wieder einmal Erstaunliches vollbracht! Tun Sie es den Menschen aus aller Welt gleich und besuchen Sie unseren Stand voller Schätze! Malerei, Bildhauerei und vieles mehr!«

Einige Passanten sahen irritiert in ihre Richtung. Überrumpelt und beschämt von Vincents plötzlichem Enthusiasmus duckte Eric den Kopf. Er rutschte von der Mauer und klopfte sich den unsichtbaren Dreck von der Hose.

»Ne, will ich nicht«, lehnte er ab, »Ich will eigentlich jetzt Fußball spielen.«

Als er aufsah, sah er gerade noch, wie das Leuchten in Vincents Augen erstarb. Etwas zerbrach in seinem großen Bruder, doch so leid es Eric auch tat, er schaffte es nicht, über seinen von kindlichem Trotz gezeichneten Schatten zu springen. Schnell wandte er die Augen ab und dachte darüber nach, wie er seinen Fehler wiedergutmachen konnte.

»Kommst du mit?«, fragte er. Aus dem Augenwinkel vernahm er ein Kopfschütteln.

»Nein. Wir sehen uns dann später.«

Er hatte Vincent noch nie so enttäuscht erlebt.

Eric presste Daumen und Zeigefinger in seine Augen. Die Tränen kamen trotzdem.

»Wir hätten den besten und erfolgreichsten Stand auf dem ganzen Markt gehabt«, flüsterte er und kämpfte gegen den Kloß in seinem

Hals an. Die plötzliche Präsenz an seiner Seite hielt ihn schlussendlich davon ab, sich der Trauer hinzugeben, und er schluckte schwer.

»Das ist der Place du Tertre, oder?«, fragte Alain sanft. Eric antwortete mit einem Nicken.

»Du siehst es schon eine Weile an«, bemerkte der Junge und stellte sich so dicht neben seinen Vater, dass sich ihre Arme berührten.

»Das war Vincents Lieblingsort«, erwiderte Eric und räusperte sich, nach Fassung ringend. Er schloss die Augen, als er Alains Kopf an seiner Schulter spürte. Ein stiller Moment voller Verständnis, Mitgefühl und Liebe, dass es Eric fast zerriss. So eindringlich er nach geeigneten Worten suchte, es fiel ihm nichts ein. Jede Silbe wäre zu viel, jede Beteuerung könnte nur dazu führen, diesen innigen Augenblick unwiederbringlich zu zerstören. Und so schwiegen Vater und Sohn. Was blieb, war ihr Schweigen und Erics freie Hand, mit der er Alain sanft über den Kopf fuhr.

Das durch den Gang hallende Knarzen einer Klinke beförderte sie wieder ins hier und jetzt. Philippe streckte seinen Kopf aus einer der zahlreichen Türen.

»Da seid ihr ja. Kommt, er ist gerade gut drauf.«

Der Kopf verschwand, ohne abzuwarten, ob die du Bellays seinem Aufruf folgten. Alain setzte sich in Bewegung, doch Eric hielt ihn auf.

»Hör mal«, sagte er, »du musst da nicht mit rein. Der alte Mann ist sehr emotional, das wird vielleicht nicht besonders schön.«

»Das ist okay. Ich kann ja rausgehen, wenn's mir zu viel wird.«

»Sicher?«

Der Junge grinste. »Wer zuerst drinnen ist«, sagte er und machte sich auf den Weg zur offenstehenden Tür.

34

Erics Sohlen quietschten auf dem weinroten Linoleum, als er das überraschend große Zimmer betrat. Vom weit geöffneten Fenster wehte ihm eine frische Brise entgegen und milderte den allgegenwärtigen Geruch von Sterilium und Altersheim. Er ließ seinen Blick kurz durch den spartanisch eingerichteten Raum schweifen: über das kleine, knapp unter der Decke angebrachte Fernsehgerät, die farblich zum Boden passenden Vorhänge, die sich im Wind bewegten, das Plastiktablett auf dem kleinen Tisch, auf dem eine Banane auf ihren Verzehr wartete. Das einzig Persönliche waren ein paar Rahmen mit Fotografien und Militärorden, die sorgfältig an der Wand befestigt waren. Ein winziges Überbleibsel aus Armands ehemals immenser Sammlung.

Die Beklommenheit überkam Eric aus heiterem Himmel, sie legte sich um seine Schultern wie ein tonnenschwerer Mantel. So freundlich das Personal sich gab, so rührend man sich um die Bewohner kümmerte, dieser Ort war und blieb für viele Menschen das letzte Stück Heimat, bevor man diese Welt für immer verließ. Und doch spiegelte nichts in diesem Raum annähernd wider, was man als Heimat bezeichnen würde.

Gegenstände und Habseligkeiten, die man im Laufe seines Lebens angehäuft, gesammelt und geliebt hatte, hier suchte man vergebens nach ihnen. Es führte Eric schmerzhaft vor Augen, dass es ein Kreislauf war, dem niemand entrinnen konnte. Man kam mit nichts im Leben an und verließ es mit ebenso viel. Das Einzige, was blieb, waren die Erinnerungen. So lange, bis man selbst nur noch das war, eine Erinnerung.

Wir sehen uns dann später.

»Wie schön, dass ihr zwei da seid!«, riss ihn Philippe aus seiner Trübsal. »Armand freut sich immer über Besuch, ist doch so, oder, Großvater?«

Erst jetzt kam Eric dazu, dem kleinen, zerbrechlichen Männlein in dem zu groß erscheinenden Bett in der Mitte des Raumes seine volle Aufmerksamkeit zu schenken. Die Decke bis zur Brust gezogen, blass, zerknittert, weißhaarig, bildete er mit dem hellen Bettzeug eine Einheit. Doch was immer sein Körper mit fortschreitendem Alter an Kraft und Dominanz eingebüßt hatte, sein Ausdruck war der eines jungen Mannes, der den Schalk im Nacken hatte. Er musterte seine Besucher mit wachsamen, stahlblauen Augen.

»Ah«, stieß er hervor und lächelte matt. Er fing an, sich mühevoll aufzurappeln, bis Philippe ihm das Bedienteil seines Bettes reichte. Der alte Mann beäugte das Gerät für einen Moment eher kritisch, bis er mit einem zufriedenen Nicken darauf herumdrückte. Das sanfte Surren des Motors erfüllte das Zimmer, bis Armands Oberkörper in fast aufrechter Position zum Stillstand kam.

Philipe war von seinem Platz neben dem Bett aufgesprungen und bugsierte Alain auf den frei gewordenen Stuhl. Der Junge wirkte eingeschüchtert und gleichzeitig neugierig.

»Dies hier sind mein Kollege Eric und sein Sohn Alain«, stellte Philipe sie vor. Dabei klopfte er dem Teenager auf die Schultern. Eric machte einen Schritt vorwärts, so beherzt es ihm mit seinem Stock möglich war, überrascht, als Armand ihm zuvorkam und ihm eine dürre, knochige Hand entgegenstreckte. Er nahm sie vorsichtig an.

»Es freut mich sehr, ich habe schon eine Menge von Ihnen gehört, Monsieur ...« Eric stockte, als er bemerkte, dass er den Nachnamen des alten Mannes gar nicht kannte. Dieser winkte ab.

»Bitte«, krächzte er und schüttelte den Kopf, »Armand ist genug. Nur nicht so förmlich.«

Ruhe breitete sich zwischen den Anwesenden aus, die weder unangenehm noch bedrohlich war. Jeder gönnte sich einen Moment des Ausruhens, des Erfassens. Armand begutachtete seine Besucher eingängig. Der Anblick von Alain löste ein liebevolles Schmunzeln in ihm aus. Er schien sich an seine Jugend zurückzuerinnern. Sein Blick wanderte zu Eric und ruhte für eine geraume Weile auf ihm, bevor Armand das Schweigen brach.

»Wie ich hörte, sind Sie da gewesen, Eric?«, fragte er leise.

»Ja. Alain und ich haben ein paar Tage dort verbracht.«

»Und Sie haben *sie* tatsächlich gesehen.«

Eric nickte.

»Sie war eine schöne Frau, nicht wahr? Ich habe an sie geglaubt. Es gab diejenigen, die an ihre Heilkräfte geglaubt haben und jene, die es nicht taten. Denn ist nicht auch der Tod eine Form von Heilung?«

Sein Blick wurde leer und Eric hatte kurz die Befürchtung, er wäre mit offenen Augen eingeschlafen. Er sah zu Philippe, der ihm zunickte und durch einen Wink mit der Armbanduhr zu verstehen gab, dass die Zeit drängte. Die Aufmerksamkeitsspanne eines 92-Jährigen war gering.

Eric verstand und zog einen Umschlag aus seiner Jackentasche.

»Armand ... Philippe erwähnte, dass Sie Sammler sind. Wir haben etwas auf dem Hof gefunden und dachten, Sie freuen sich vielleicht darüber.«

Erics Worte holten den Greis von wo auch immer zurück in den kargen Raum des Altenheims.

»Von dort«, flüsterte er kaum hörbar und musterte das Kuvert aus braunem Kraftpapier. Er zögerte. Dann streckte er zwei zittrige Hände danach aus, »ich habe nur ein paar wenige Dinge mit hierher genommen. Was immer dies hier ist, es wird einen besonderen Platz in ...«

Armand verstummte, als die verwitterte Kette mit den beiden Erkennungsmarken aus der Umschlagöffnung rutschte und mit einem sachten Klirren auf der Bettdecke landete. Wie versteinert starrte der alte Mann auf das Relikt des längst verstorbenen Soldaten, dem Eric auf ewig dankbar sein würde.

Ruhe in Frieden, Paul d'Argies. Wo immer du jetzt bist.

Das leere Kuvert segelte geräuschlos auf das rote Linoleum. Die einzigen Laute im Zimmer waren das Vogelgezwitscher von draußen und Armands unvermittelt einsetzendes Schluchzen.

Eric sah hilfesuchend zu Philippe. Doch dieser beobachtete die intensive Reaktion seines Großvaters mit Wohlwollen und Rührung. Er hatte sie darauf vorbereitet, dass die Übergabe emotional verlaufen würde. Trotzdem war es schwer zu ertragen, den alten Mann so zu sehen. Bereits Erics Ausführungen der Geschehnisse auf dem Hof hatten Philipes Gesichtsfarbe ungesund blass werden lassen. Im Krankenhausbett sitzend hatte Eric zum ersten Mal nach ihrer Rettung mit jemandem gesprochen, der die gesamte Geschichte verdient hatte. Wo die Polizei nur die rationale Version zu hören bekam, ohne Geister, nichts Übernatürliches, verheimlichte Eric seinem besten Freund kein Detail. Umso erstaunter hatte er die Tatsache aufgenommen, dass Philipes Großvater Armand und Paul d'Argies damals Kameraden gewesen waren. Sollte sie so klein sein, die Welt?

Eric hätte es auf sich beruhen und die Marken verschwinden lassen. Doch Philippe hatte andere Pläne und ihn dazu gedrängt, sie heute hierher zu bringen.

»Sollen wir lieber gehen?«, fragte Eric vorsichtig und trat einen Schritt zurück. Es war ihm unangenehm, einem solch intimen Moment beizuwohnen. Alain erhob sich langsam von seinem Stuhl. Sechs Augenpaare sahen dem alten Mann beim Weinen zu, der dazu überging, die Marken zu streicheln. Arthritische, knöcherne Finger streiften über das verwitterte Metall. Dann stimmte er ein Lied an. Als die ersten tränenerstickten Klänge in sein Ohr drangen, zuckte Eric zusammen. Dasselbe Stück, wenn auch in einer fröhlicheren Variante, hatte Paul bei ihrem letzten Zusammentreffen in der Küche gesungen, von Angesicht zu Angesicht mit Camille.

»*La route enchantée*«, murmelte Philippe leise, »Pauls und Armands Lieblingslied. Es hat sie durch schwere Zeiten gebracht.«

Zeile um Zeile wurde die Stimme des Alten klarer. Die Trauer wich der Gelassenheit und der Freude. Als wäre die Kette ein Symbol dafür, dass es ein Wiedersehen geben würde. Mit den letzten verklingenden Tönen waren die Tränen des Alten getrocknet. Doch es hatte ihn eine Menge Kraft gekostet. Die Marken mit beiden Händen umschlossen lehnte er sich seufzend in sein Kissen und schloss die Augen, was Philippe als Zeichen deutete, das Bett wieder in die Liegeposition zu fahren. Eric legte seinem Kollegen behutsam eine Hand auf die Schulter.

»Wir werden euch jetzt alleine lassen«, verkündete er sanft und gab Alain mit einem Nicken das Signal zum Aufbruch. Der Junge erhob sich und taperte zur Tür.

»Danke, dass ihr euch die Mühe gemacht habt«, erwiderte Philippe. Seine Augen waren glasig. »Euer Geschenk bedeutet ihm sehr viel.«

Eric lächelte. Dann wandte auch er sich zur Tür und öffnete sie im selben Moment, in dem ein zartes Stimmchen hinter ihm ein kaum hörbares 'Danke' an ihn herantrug. Er blickte zurück: Das zerbrechliche, selige Lächeln des alten Armand in seinem viel zu großen Bett würde er für immer im Herzen tragen.

»Lass uns noch ein bisschen am Wasser spazieren«, schlug Eric vor und bog am Zugang in die Metro ab, ohne Alains Antwort abzuwarten. Auch wenn ihn der lange Marsch höchstwahrscheinlich an seine Grenzen bringen würde, wollte er es zumindest versuchen. Ihm war dringend nach frischer Luft.

Wortlos und mühevoll überquerten Vater und Sohn die Hauptstraße, die am Pflegeheim entlangführte und schritten bzw. humpelten die Treppe zum Ufer der Seine hinunter. Der schöne Spätsommertag lockte viele Menschen an den Fluss, überall wimmelte und wuselte es. Das Treppensteigen mit Gehstock blieb eine Herausforderung für Eric, selbst ohne die zahlreichen mehr oder minder rücksichtsvollen Gestalten, die sich an ihm vorbeidrückten.

»Wow, das war krass«, kicherte Alain. Sein Lachen klang weniger selbstsicher, als Eric es gewohnt war. Doch immerhin lachte er wieder. Als die Ärzte im Krankenhaus von Traumata und Psychotherapie sprachen, hatte er das Schlimmste befürchtet. Und tatsächlich hatte es einige Tage gebraucht, bis Alain Bereitschaft gezeigt hatte, sich wieder zu öffnen. Eric vergrub seine freie Hand in der Jackentasche.

»Ich bin mir nicht sicher, ob wir dem armen Mann nicht gerade den Weg zu einem Herzinfarkt geebnet haben. Aber Philipe hat darauf bestanden, dass wir seinem Großvater Pauls Marken übergeben.« Alain kickte einen Stein in eine Horde Tauben, die in einer Wolke aus Federn, Kotkrümel und Dreck aufgeschreckt davonflatterten.

»Was wird mit dem Hof passieren?«

Er schaute zu Eric auf, der das Thema am liebsten aus seinem Gedächtnis streichen wollte.

»Der Hof ist Geschichte«, knurrte er und ließ seinen Blick über das Wasser gleiten.

»Du weißt, was ich meine. Die abgebrannten Überreste. Was, wenn …«

»Es wird nicht mehr passieren«, schnitt Eric ihm das Wort ab. Sofort tat ihm sein Tonfall leid und er kam seufzend zum Stehen.

»Pass auf, ich habe mich erkundigt. Die Ruinen werden komplett abgerissen, das Gelände befriedet. Zusätzlich wird es zu militärischem Sperrgebiet erklärt.«

»Meinst du, das reicht?«

Eric presste die Lippen aufeinander. Die Wahrheit war, er wusste es nicht. Er bezweifelte, dass die Explosion mehr angerichtet hatte als die Mauern einzureißen und Vincent zu töten. Ob Camille noch immer ihr Unwesen trieb oder sich Pauls Ratschlag loszulassen gebeugt hatte, konnte er nicht sagen.

»Lass uns Urlaub machen«, wechselte Alain das Thema.

»Bitte?«

»Du weißt schon. Das, wo man in der Sonne liegt, bis die Haut fast Blasen wirft, um dann ins Meer oder in den Pool zu springen. Urlaub.«

Eric jonglierte die Idee in seinem Kopf, das Konzept von Erholung und Frühstücksbuffets, und musste lächeln.

»Ich bin noch krankgeschrieben und du solltest eigentlich längst wieder in der Schule sein ...« Dann verdüsterte sich seine Miene. »Außerdem müssen wir deinen Umzug regeln.«

Schlagartig breitete sich Kälte zwischen ihnen aus. Alain büßte seine Euphorie von der einen auf die andere Sekunde ein. Er starrte auf den Boden.

»Ja, das müssen wir wohl«, murmelte er kaum hörbar.

»Sollten wir, ja«, stimmte Eric zu. Sein Blick wanderte zu einem vorbeifahrenden Sightseeing-Boot. Die mikrofonverstärkte Stimme des Fremdenführers dröhnte aus der mit Touristen vollgestopften Barkasse, welche die französische Hauptstadt durch ihre Smartphone-Kameras wahrnahmen. Gefesselt von der Neugier für Paris, unbehelligt von den Problemen ihrer Einwohner. Eric hatte das Thema so lange wie möglich von sich geschoben. Sie mussten körperlich heilen, das brauchte Zeit. Die Dinge mussten verarbeitet werden, also bitte keine Ablenkung durch unliebsame Themen wie der auf sie einhämmernden Realität. Doch irgendwann musste es eben sein.

»Und was, wenn ich nicht will?«

Der Rhythmus von Erics Humpeln stotterte kurz.

»Alain, ich ...«

»Versuchen wir's doch nochmal. Eine Chance noch.« Der Junge flehte fast und Eric war überrascht, wie erwachsen er gerade klang. »Ich wollte ganz viel Papa um mich herum und ... jetzt haben wir eine solche Menge Scheiße zusammen erlebt, mir reicht es schon fast wieder. Aber hat es uns nicht auch zusammengeschweißt?«

Eric schüttelte den Kopf. Nicht aus Ablehnung, sondern aus Zerrissenheit. Er rieb sich eine Hand über das Gesicht.

»Im Übrigen haben wir Vincents letzten Wunsch erfüllt.«

Eric blieb stehen und sah seinen Sohn an. »Wie meinst du das?«

»Nach unserem Streit im Wald habe ich ihn getroffen, als ich zum Hof zurück bin. Er hat gemerkt, dass etwas zwischen uns vorgefallen sein muss und er sagte ...« Alain zögerte kurz. »Er sagte, dass du mich mehr als alles andere liebst. Und er wünscht sich, uns beide gemeinsam vom Hof wegfahren zu sehen.«

»Das hat er gesagt?«

Alain nickte. »Haben wir geschafft, oder?«

Erneut formte sich ein Kloß in Erics Hals. Vielleicht war er es, der sich mit Psychotherapie auseinandersetzen sollte. Es hatte sich eine Menge angestaut, dass er sich von der Seele zu reden hatte. Dabei hatte er den Urlaub in Amblie gebraucht, um Probleme zu lösen. Zurückgekehrt war er mit weitaus größeren Lasten. Obwohl er die Lösung des Dilemmas, das ihn am stärksten belastete, bereits tief in seinem Herzen trug.

»Nun ja ...«, sagte er und schaffte ein fragiles Lächeln, »eigentlich sind wir eher vom Hof geflogen.«

Als Alain dieses Lächeln erwiderte, schien alles aufzuklaren. Sollte es am Ende doch so einfach sein? War dies die zweite Chance für seinen Jungen und ihn?

Ja, sie konnten es schaffen. Ein weiterer Versuch war es wert. Und egal wie lang der Weg zurück in die Normalität dauern würde, ganz gleich, ob ihre neugewonnene Beziehung Tage, Monate oder Jahre hielt, der erste Schritt schien hiermit gemacht.

»Was hältst du von einem überbackenen Croissant beim schlechtgelaunten Monsieur Duchamp?«, schlug Eric vor und legte Alain einen Arm um die Schulter. Fühlte sich gut an. Ungewohnt, aber gut.

»In seiner zwergenhaften Bäckerei?«, stellte der Teenager die Gegenfrage und streckte zur Antwort einen Daumen nach oben. »Bin dabei!«

Eric nickte und schob den Jungen vorwärts.

»Geh schonmal, ich brauche etwas länger.«

Er schaute Alain nach, der es sich nicht nehmen ließ, erneut eine Taubenversammlung durcheinanderzubringen, indem er direkt hindurch rannte. Wie ein Kleinkind.

Der Zufall wollte, dass sich just in diesem Moment keine Spaziergänger in der Nähe aufhielten. Vorsichtig zog Eric das kleine, in grünes Seidenpapier gewickelte Büchlein aus seiner Tasche. Er betrachtete es und widerstand dem Drang, es auszupacken. Es war an der Zeit, zu vergessen. Hiermit machte er den Anfang.

Nach einem letzten prüfenden Blick seiner Umgebung holte er aus und schleuderte das Tagebuch weit von sich. Es flog mehrere Meter durch die Luft, bis es mit einem vom Verkehrslärm der Stadt verschlungenen Platschen in der Heckwelle der Touristen-Barkasse versank. Eric wartete noch einige Sekunden, bevor er seinen Griff am Gehstock festigte und Alain zur Metro-Station folgte.

Er hatte eine Verabredung mit einem überbackenen Croissant. Und seinem Sohn.

Epilog

Henry Léglise hatte keine Kraft mehr, sich zu ärgern. Zu weit hatten seine Depression, seine fremdgehende Ehefrau und die Angst um seinen Job ihn in finstere Ecken gedrängt und all seinen Lebensmut aufgezehrt. Da kam ihm ein streikender Radlader geradezu harmlos vor.

Er drehte erneut den Zündschlüssel in der Hoffnung, der tonnenschweren Baumaschine doch noch das ein oder andere Motorengeräusch zu entlocken.

»Scheiß japanischer Dreck!«, schimpfte er, doch selbst Henrys Flüche waren wenig überzeugend. Er trommelte auf dem Lenkrad vor sich hin. Vielleicht brauchte das Arbeitsgerät eine Pause. Genau wie er.

»Wir sind eben alle nur Menschen«, murmelte er und kicherte. Ein rasselndes Geräusch tief in seinen Bronchien begleitete Henrys Gackern und mündete in einen Hustenanfall, den er nur schwer unter Kontrolle brachte. Ein alter Bekannter, sein Husten. Ebenso wusste er, wie das hastig hervorgezogene und über seinen Mund gehaltene Taschentuch aussehen würde, wenn der Anfall vorbei war. Und doch schwang jedes Mal die Hoffnung mit, die Symptome lösten sich von allein in Wohlgefallen auf. Keine Arztpraxis würde ihn jemals begrüßen dürfen. Er hasste Ärzte. Sie waren Überbringer schlechter Nachrichten. Und davon gab es in Henry Léglises Welt zu viele.

Er betrachtete die roten Sprenkel im schneeweißen Taschentuch, bevor er aus dem Augenwinkel eine Bewegung wahrnahm und die Augen verdrehte.

»Du fehlst mir gerade noch.«

Ächzend warf Henry die Fahrertür auf und kletterte behäbig aus der Fahrerkabine des Radladers. Sein wutschnaubender Vorarbeiter hatte ihn fast erreicht.

»Henry!«, brüllte er, »Für Pause ist es noch zu früh!«

»Sag das dem Teil hier«, konterte er, »der Reiskocher sieht das anders.«

»Was soll das heißen?«

»Ist ausgegangen und springt nicht mehr an.«

»Tanken vergessen?«

»Bin ich ein Amateur, Dominic?«

Mit einer verächtlichen Armbewegung marschierte der Vorarbeiter an Henry vorbei und bestieg die ersten zwei Trittstufen des Radladers. Er sah sich in der Fahrerkabine um, als reichte ein Blick auf das Armaturenbrett, um das Problem zu erkennen.

»Schlüssel steckt«, informierte Henry unnötigerweise und seufzte. Er wandte sich ab und stakste über die groben Steine, schob dabei mit seinen schweren Arbeitsstiefeln verkohltes Holz und Gegenstände beiseite, die der Explosion und dem Feuer zum Opfer gefallen waren.

Er wusste, warum er hier war. Er war ein lausiger Arbeiter, das hatte man ihm oft genug unter die Nase gerieben. Er war unzuverlässig, faul und kein guter Mensch. Nein, er war nicht aufgrund seiner Top-Referenzen hier. Er war hier, weil kaum ein anderer auf dieser Baustelle arbeiten wollte. Der Job hier, auf diesem verfluchten Grund und Boden, war Henrys Chance, seinen Job zu behalten. Und da er nicht an Spukgeschichten glaubte, hatte er gerne eingewilligt. Offensichtlich war sein Arbeitsgerät anderer Ansicht.

Mit einer Tirade an Flüchen und Verwünschungen sprang Dominic aus der Fahrerkabine und stapfte an Henry vorbei.

»Du wartest hier«, zischte er und verschwand hinter einem geparkten Muldenkipper.

»Zu Befehl«, brummelte Henry und salutierte schlampig, bevor er weiter den Boden inspizierte. Er und die paar anderen armen Schweine, die hier zum Aufräumen eingeteilt waren, würden die Letzten sein, die jemals hier herumlungerten. Wenn sie hier fertig waren, würde man das Grundstück inklusive einem irrwitzig großen Radius zum Sperrgebiet erklären. Aus Pietätsgründen. Und, selbstverständlich, der allgemeinen Vorsicht vor dem bösen Geist.

»So ein Schwachsinn.«

Er kickte einen mittelgroßen Stein vor sich her. Vielleicht gab es hier ja auch noch was zu holen? Und wenn es nur etwas aus einer demolierten Minibar war ...

Henry.

Er horchte auf. Rief Dominic nach ihm? Dann hätte er innerhalb der letzten sechzig Sekunden eine verdammt feminine Stimme entwickelt.

Es geht dir schlecht, Henry.

Er sah sich um. Es war niemand zu sehen.

»Was zum ...«

Ich kann es dir leichter machen.

Mit einem lauten Dröhnen erwachte der Komatsu zum Leben. Henry fuhr herum und starrte die nervös ratternde Baumaschine an.

»Ach was«, stellte er fest, »wie ist denn das jetzt passiert?« Er kniff die Augen zusammen und versuchte, ins Innere der Kabine zu sehen. War Dominic zurückgekehrt, ohne das er es mitbekommen hatte?

Der Motor des Vier-Zylinders heulte auf. Irritiert sah Henry zu, wie sich die mächtige Schaufel langsam vom Boden hob.

»Dominic?«, rief er und trat einen Schritt auf den Radlader zu.

Jetzt wird alles gut.

Mit einer Schnelligkeit, den Henry der schweren und vor Kraft nur so strotzenden Maschine nicht zugetraut hätte, machte der Komatsu einen Satz nach vorne. Zu spät erkannte Henry die Gefahr, in der er sich befand. Er schrie auf und bewegte sich ungelenk einige Schritte rückwärts.

»Hey. HEY! Stopp!«

Henry drehte sich um und rannte, der donnernde Motor und die malmenden Reifen des Radladers dicht hinter ihm. Ein erneuter Hustenreiz bremste seine Flucht.

Das Zusammenziehen seiner Lungen ließ ihn Straucheln, die kläglichen Überreste eines Dachbalkens brachten ihn zu Fall. Henry landete unsanft der Länge nach auf den Ruinen des *La Sainte Charonne*. Noch im selben Moment, in dem er die Schmerzen seiner aufgeschürften Handflächen wahrnahm, hörte er das unmissverständliche Krachen der aufsetzenden Schaufel.

Henrys letzten Gedanken im Angesicht des auf ihn zuwalzenden Radladers verschwendete er an seine Enttäuschung, nun doch zu einem Arzt zu müssen.

Dann wurde es schwarz in der Welt des Henry Léglise.